转基因人类

幸福的尤刚

吴楚 · 著

作家出版社

图书在版编目（CIP）数据

幸福的尤刚 / 吴楚著. -- 北京：作家出版社，2020.7
ISBN 978-7-5212-0993-8

Ⅰ.①幸… Ⅱ.①吴… Ⅲ.①长篇小说－中国－当代 Ⅳ.
①I247.5

中国版本图书馆CIP数据核字（2020）第091159号

幸福的尤刚

作　　者：吴　楚
责任编辑：李　夏
装帧设计：黄　静　老　左　张　茜
出版发行：作家出版社有限公司
社　　址：北京农展馆南里10号　　邮　　编：100125
电话传真：86-10-65067186（发行中心及邮购部）
　　　　　86-10-65004079（总编室）
E-mail:zuojia@zuojia.net.cn
http://www.zuojiachubanshe.com
印　　刷：保定市中画美凯印刷有限公司
成品尺寸：145×210
字　　数：268千
印　　张：11.5
版　　次：2020年7月第1版
印　　次：2020年7月第1次印刷
ISBN　978-7-5212-0993-8
定　　价：42.00元

目 录 contents

第五章　回家

这是一个发生在046号宇宙的故事，046宇宙与我们的世界同源共生，宇宙历13823817581年，由于人类历史上最强当量核弹"沙皇"试爆，引发某种奇妙的时空分裂，为叙述方便，本故事中的人称、时间、计量单位，依旧沿用现有的习惯方式。

第一章

尤家的龙凤

第一节　名人尤二

只要在尤村待过的人，就一定听过尤刚的名字；只要听过尤刚名字的人，就一定知道他的父亲。

尤刚的父亲名叫尤二，在尤刚出生前，尤二是这十里八乡最出名的人物。说起尤二的名声，大约有一成是他从赌桌上赢回来的，尤村的男女老少都知道：有赌局的地方，就有尤二；有尤二的地方，就有赌局。尤二剩下的九成名声，大约又有一成是他如花似玉的老婆带给他的。尤二的老婆叫牛红梅，是整个尤村乃至整个小石镇最漂亮的女人，尤村上上下下七十八号男人，除去八个老朽得已经想不动女人心思的十一个年幼还不晓得女人好处的，剩下的五十九个男人里，五十八个人的梦中情人都是牛红梅，剩下的那一个，就是尤二。

至于尤二剩下那百分之八十一的名声，来自他的三个孩子。

结婚第二年，只有十九岁的牛红梅在小石镇中心医院生下了第一个孩子尤龙。牛红梅生尤龙那天上午，尤二破天荒地没找人打牌，而是早早爬起床，给牛红梅炖了两个糖鸡蛋。吃完早饭，尤二就骑着他那辆四处作响、六处冒烟的无牌摩托车，驮着牛红梅，威风凛凛地从家里赶赴镇医院。由于肚子太大，牛红梅只有用力伸长双手，才能勉强抱住尤二的腰杆。路上的男女老幼眼见他俩这副恩爱的模样，纷纷露出不可思议的神情。

"嗨，尤二，今天太阳打西边出来啦？大清早不在家推牌九，陪老婆上医院了？"

尤二咧开嘴笑了，将摩托车喇叭按得震天响："他奶奶的，老子连输了四天，再输，只怕连老婆孩子都输掉了！村西头算命的崔瞎子对我说，今天禄马同乡，如果能添个儿子，未来三五年都能赌运昌盛。到时候，看我把尤济世、尤光棍、尤德赖几个家伙的卵蛋都赢家来！"

"噢！"说话者恍然大悟，这个形容猥琐的年轻后生偷偷地朝牛红梅红润的脸蛋瞄了两眼。待到尤二绝尘而去后，恨恨地朝地上吐了一口唾沫："他奶奶的，真是一朵鲜花插牛粪上了。"

扬长而去的尤二自然听不到这句咒骂，他风风火火地冲进镇医院，急吼吼地在前台挂了号，将挺着大肚子的牛红梅半扶半推地送进妇产科病房。

"大夫，我老婆生孩子！"

镇医院妇产科一共有两个医生，当天的值班医生叫周诚，是整个小石镇学历最高的男人。周诚是复旦大学的医学博士，天之骄子。作为镇上极少数不认识尤二的人，周诚盯着这不太和谐的一对看了足足三分钟，说："你老婆离预产期还有七天呢！羊水没破，没阵痛，总不能说生就生吧！"

尤二一听这话，面皮涨得通红，鼻头上的青春痘好像熟透的番茄，他大声嚷嚷："我要今天生，今天就得生！人家七八个月的都能生，俺媳妇都九个月零八天了，咋不能生！"

"胡闹！愚昧！"周诚的倔脾气也上来了，要是放到两年前，他说不准要一拳把眼前的尤二打个满脸花。但如今他没这个胆子了。两年前他打了一拳，把一个全上海几十家医院都畏之如虎的著名医闹打进了ICU，也将自己的前程从复旦附属医院打到了小石镇人民医院。倘若他今天再打一拳，说不定就要把自己从小石镇人民医院打进二洼村兽医站。二洼村兽医站是方圆六十里内唯一一家兽医站，三个招牌科室分别是张一刀主持的劁猪门诊，尤叫驴掌刀的骗驴门诊，以及孙养殖挂牌的禽类优生门诊。最近，兽医站的一把手兼一把刀张一刀正在全镇范围内寻觅接班人。人高马大、毕业于复旦医学系的周诚正是最理想的人选。

周诚是个倔脾气，不愿跟脾气更倔的猪驴骡羊打交道，所以这一拳他没挥出去，只是气鼓鼓地坐在吱嘎作响的木椅上，眼睛一翻，谁都不搭理了。尤二的脾气也倔，他认准自家媳妇该今天生孩子，这孩子不生就不行。两个男人一个女人，三双眼睛来来回回瞪了半天，硬是没蹦出半句话来。

"哎哟！"牛红梅哼了一声。

尤二充耳不闻，心里盘算着今天要真的没法生，之前付的六块钱挂号费到底能不能退。

周诚神游物外，脑子里回忆起张一刀邀自己去兽医站接班时，开出的十二万年薪。

"哎哟！"牛红梅又哼了一声，她觉得身子下面有些凉冰冰的，伸手一摸，半个手背都被浸湿了。

尤二有点回过神来，随口问："媳妇，不舒服了？"

周诚在梦游里第十八次拒绝了张一刀的邀请，懒洋洋地扫了眼前的孕妇一眼。然而就是这一眼，让他像兔子一样从椅子上蹦起来，张口大喊："产妇羊水破裂！阵痛间隔两分钟！已进入分娩期！准备生产！"

　　周诚一面叫唤，一面伸手去脱牛红梅那条松松垮垮的秋裤，准备观察她的宫颈张开程度。周诚的手刚碰到牛红梅秋裤的毛边，就跟触电一样飞快缩了回去。周诚忽然想到，这儿是小石镇人民医院，不是复旦大学附属医院，一个他这般年纪的男医生如果这么解开孕妇的裤子，很可能被孕妇的老公直接打到太平间去。

　　可惜这医院没有ICU，不然兴许还能抢救一下。

　　"徐福花，徐福花，有人要生了！"周诚气喘吁吁地冲到病房门口，扯破嗓子喊。

　　徐福花是小石镇本地人，是镇医院的另一个妇产科医生。两个医生的分工很明确，周诚负责望闻问切，以及不带身体接触的全部检查，如果遇上文化层次稍高一些的家属，还可以将耳朵凑到孕妇的肚皮上听听胎心，又或者做个剖腹产啥的。至于检查宫颈、顺产接生这类男女授受不亲的活计，自然是徐福花的专利。

　　"来了！"徐福花嘹亮的女高音就像一颗定心丸，一听到这声音，牛红梅肚子不疼了，手脚不抖了，就连两腿之间的羊水似乎都拧上了龙头，流得慢了些。徐福花踩着八厘米的高跟鞋，领着一老一少两个护士冲进病房。三个女人手忙脚乱地将牛红梅架上病床，滴溜溜地推向走廊另一头的产房。尤二打了个哈欠，晃荡着两条精瘦的胳膊，不紧不慢地跟了上去，临走的时候，还回头斜了周诚一眼："老子说今天生，就得今天生！服气不？"

　　尤二踱到产房门口，却没有进门。他寻思，这生孩子首先是女人的事，其次是医生的事，最后是护士的事。自己一个男人，就算进去也是瞎掺和，说不定沾了晦气，还不如不进。牛红梅躺在冰凉的产床上，眼睛瞪得大大地望着门口，巴望着自家老公能进来陪着自个儿，她喊："尤二，你进来！"

"你等等，俺去楼外面抽完这根烟就进来！"

尤二抽了一根又一根，直到烟盒里的烟抽完，才懒懒地站起身，拍了拍袖口的烟灰，准备回去。他推开产房门一看，发现婴儿的脑袋已经探出了产道，两个护士分别握住牛红梅的两手，在旁边"嗨呀""嗨呀"地呐喊助威。

"我就说，来得早不如来得巧，媳妇，你可得用点力，给我整个带把的啊！"

听见自家男人的这一声敦促，牛红梅精疲力竭的身子顿时充满了力量，"嗯""嗯"叫唤了两声，婴儿的肩膀露了出来，紧接着是肚皮，猩红色的脐带软绵绵地贴在桔梗般的肚脐上，就像一根没有弹性的水管。"咔嚓"，徐福花剪断脐带，将一个满身血污、号啕大哭的小娃娃捧到手上。尤二这一刻来了精神，也顾不上脏，两步冲到医生跟前，歪着脑袋，眼睛直勾勾地朝孩子的裆部望去。

"有雀儿，是个男娃！"尤二咧开嘴，傻笑了两声。他上上下下、前前后后打量孩子的外生殖器，恨不得把脑袋凑到湿漉漉的裤裆里去，亲一口吮两下才开心，不过尤二脸上的笑容很快就僵住了，他满嘴的黄牙咯咯作响，哭丧着脸，问旁边的徐福花："大……大夫，这娃儿的腚眼儿是不是有点问题？"

四十九岁，干了三十年妇科医生，接生过四千六百八十七个胎儿的徐福花愣了三五秒，扶了扶黑框眼镜，半信半疑地朝孩子的下身望去，只望了一眼，徐福花满是鲜血的双手就如同得了鸡爪风一般颤抖起来，她用凄厉的嗓音朝门外大叫："周诚，周诚！快进来！"

周诚像百米赛跑的运动员一样冲进产房，手中挥舞着两把止血钳和一大卷纱布，出乎意料的是，产房里很平静，并没有想象中孕妇惨呼、家属尖叫、鲜血狂喷的场面出现——在过去两年里，徐福花曾用这种语调叫过他三次，无一例外都是产妇大出血。但这一回，牛红梅安安静静地躺在床上，尤二目瞪口呆地站在旁边，身经百战的徐福花一脸茫然地靠在墙角。产房里唯一的声响，是婴儿响亮有力的啼哭。徐福花一见周诚，颤巍巍地说："周医生，你瞧瞧，这孩子的肛门！"

周诚挠了挠脑袋，低头朝孩子的双腿根部看去。这时护士已将孩子身上的污物擦掉了七七八八。仅用了五秒，小石镇医院妇产科权威周诚便作出了终审判决："胎儿先天性肛门闭锁！林护士，抱孩子去X光、B超室！"

尤二一屁股瘫坐在地，脑子里好像同时引爆了三五十颗窜天猴。

第二节　尤龙的悲剧

尤二与牛红梅的第一个孩子——尤刚的大哥尤龙，只活了十五天十个小时零七分钟，在这段时间里，护士在尤龙两条比擀面杖还细的胳膊上扎了二十八个针眼，六十瓶葡萄糖溶液就顺着这二十八个针眼，源源不断地流进尤龙不满六斤的身体，让尤龙苟活到了立秋后的第三天。

这结局从B超结果出来的一刻起就注定了。跟正常的孩子相比，尤龙缺少的不仅是一个健康正常的肛门，还有一整条直肠跟一长截大肠。换而言之，尤龙那光洁粉嫩的屁股是一个滴水不漏的实心屁股：应该是肛门的地方没有肛门，应该长肠子的地方没长肠子。这情况就算是大城市的医院也难以根治，就算勉强保住性命，尤龙的这一生也会是受罪的一生、痛苦的一生、苟延残喘的一生。尤二与牛红梅商量了一宿，最终在放弃抢救同意书上签下了自己的名字。

尤龙出生的当天下午，尤村的一百多名群众就听说了这个震撼人心的消息。原本平静的村子一下子炸了锅，这一百多名群众拖家带口、呼朋唤友地奔往小石镇人民医院，排着长队，想要挤进只有十二三平方米的简陋病房，亲眼见证这种只在传说中出现的奇观。要知道，生儿子没屁眼，就连干了三十年妇产科医生的徐福花都从未见过，更不要说这些整天在地里刨活儿的男女老幼了。

第一个观赏到这旷世奇观的尤村群众，是村头杂货店老板尤德赖。牛红梅生孩子的时候，尤德赖因为重感冒，正躺在医院的输液室吊盐水，听见隔壁产房里大呼小叫，发烧三十九度八的尤德赖心里就跟猫抓一样好奇，他将输液管的速度调到最快，以江河决堤般的速度吊完三大瓶抗生素。挂完水之后，尤德赖一溜烟蹿到二楼B超室门口，问门口的护士："请问，楼下刚生的那个娃娃是在里面检查吗？"

小护士看了眼尤德赖，说出一个字："是！"

"大概还有多久？"尤德赖不厌其烦地问。

"我又不是医生！"小护士白了尤德赖一眼，随口说了个时间，"半个小时吧！"

尤德赖往门缝里张望，只看见一道蓝色的拉帘。他觉得站在这儿干等半个小时委实无聊，于是跑回杂货店，兴冲冲地对正在看店的老婆徐玉凤说："婆娘，快走！跟我上镇医院去！"

徐玉凤甩开尤德赖的手，一脸不耐烦地说："去医院做啥？店不开了？"

尤德赖意识到自己忘了说重点，赶紧补充道："牛红梅生了个儿子……"

尤德赖下半句还没出口，耳朵已被徐玉凤狠狠揪了一下，徐玉凤咬牙切齿地骂："牛红梅生儿子，你激动个什么劲儿？难道是你跟她生的?!"

"不是，她，她生了个没屁眼的儿子！"

"没屁眼"三字一出，徐玉凤先愣了两秒，然后哈哈大笑。她如一只肥蚱蜢般从柜台后跳出来，动作比运动会上的跳高运动员还矫健两分，她一面关店门，一面问："真的？你怎么知道的？"

"我刚才在医院挂水，不小心听到的！"

"会不会听岔了？"

尤德赖仔细回忆了一下当时的情景，斩钉截铁地说："肯定没岔！我隔着玻璃门，看见尤二傻站在外面，连眼皮子都不眨了。你说那尤二平时猴子般的人，要不是这种大事，怎么会是这般模样！"

尤德赖夫妻锁好店门，直奔小石镇人民医院。跑到一半的时候，徐玉凤忽然不跑了，她用力拽住健步如飞的尤德赖，面露难色。尤德赖一时没回过神，还以为是自家老婆跑不动了，他回头催促道："你快点，快点！"

徐玉凤伸手在尤德赖的额头上拍了一下，问："俺两家非亲非故的，去年尤二结婚都没请咱家，你说俺们今天过去，手上连筐鸡蛋都不拿，算怎么回事？"

尤德赖这才醒悟过来，这次到医院去看尤二家没屁眼的儿子，虽说是去看西洋景，但是这念头只能掖在心里，不能挂在嘴边。尤德赖掉过头，脚下生烟地往刚关门打烊的杂货店奔去，他搬开店门，打开钱柜，从底下抽出一张百元大钞，装进信封。接着从货架上拿了一杆钢笔，准备在信封上写字。

刚拿起笔的时候，尤德赖想写"喜得贵子"，回头又觉得这不能算喜事，就想写"节哀顺变"，"节哀"的"节"字刚写下一个草字头，他又变卦了，觉得这事还不能算丧事。尤德赖琢磨了半晌，笔杆子被咬秃了半截，最后才灵光忽现，他写道："一方有难，八方支援。"

尤德赖满意地看着信封上的八个大字，为自己的书法与灵感感到洋洋自得。他将信封拿在手上，一路跑回徐玉凤身边，满脸炫耀地说："一方有难，八方支援。"

徐玉凤点点头，又摇摇头，她问："你包了多少钱？"

"一百！"

徐玉凤露出肉疼的神情，她说："去动物园看大熊猫也不要一百！"

尤德赖不乐意了，他说："大熊猫电视上谁都见过！有这个稀罕吗？"

徐玉凤勉强认可了自家男人的说法，夫妻俩不再纠结，迎着红红的夕阳奔跑向小石镇医院的方向。他们跑到医院门口时，发觉有三五十个尤村群众已经到了，这三五十号人排成一条歪歪扭扭的长队，每张脸上都挂着副翘首以盼的表情。

看热闹是这世上最广泛的娱乐方式，它之所以如此流行是因为廉价且充满新鲜感。今天老宅失火、明天夫妻互殴。好奇、伪善、高尚，人类的大多数情绪需求都可以通过看热闹得到满足。这并非俗人的通病，而是人类的共性。

坏了，这些人肯定都是过来看西洋景的，尤德赖心想。他死活想不通，这些庄邻是怎么听说这个爆炸性消息的。但是既然有人来了，就要有先来后到，就要排队。尤德赖愤愤不平地站在队伍的最后面，心里将散布这个消息的医生或护士咒骂了十七八遍。

尤德赖等了两支烟的工夫，身前的队伍没有丝毫缩短，身后的队伍又长了两倍。他寻思，就算是看大熊猫，也不该看这么久啊。他让老婆占住位置，一个人挤到队伍前面，打算问个究竟。果然，病房门口，尤二正黑着脸将两位老太太往外推："孩子身体不太好，各位乡亲就别来了！"

尤二闭门谢客，门外的观众不依不饶。两边大眼瞪小眼，哪边都不肯退让。尤德赖心头懊恼，寻思要不要打道回府。但他忽然发现，排在队伍前面的群众有一大半空着手，唯一提着东西的，是牛红梅的一个远房表弟，这半大小伙手里拎了一盒崭新的光明牛奶——这盒牛奶在尤德赖的杂货店里卖三十六块八，在批发市场的进价只有二十五。望见这番景象，尤德赖顿时觉得自己的形象高大伟岸了许多，他费力地推开老太太，挤到尤二的跟前，说："一方有难，八方支援！"

尤德赖说完这话，将手上的信封扬了扬，递到尤二手上，信封上撕开了一只角，露出了里面红艳艳的百元大钞。围观群众的眼睛一下子发直了，想要空手套白狼的几个老太太闭嘴了。尤德赖享受完尤村人敬佩的目光，又甩下一句："世间有真情，人间有大爱！"

尤二接过装有百元大钞的信封，既没有收起来，也没有推回去。尤二寻思，假若尤德赖是真心来捐款帮忙的，那就该放他进去；但要是尤德赖是想花钱来看热闹的，那就不该放他进去。尤二思索了四五秒钟，觉得不能以小人之心度君子之腹。他让过半边身子，说："谢谢！"

尤德赖两眼放光，但脸上依旧保持肃穆的神情，他跑回队伍中间，拽着老婆徐玉凤，挤过人群，从尤二让出的门缝里钻进病房。此刻医生护士都在二楼开会，商讨尤龙的治疗方案，病房里只有牛红梅跟孩子两个人。尤德赖强忍好奇，没有第一时间上前品鉴尤龙滴水不漏的实心屁股，而是先走到牛红梅床前，满脸悲痛地说："大妹子，辛苦你了！"

牛红梅已知道自己生下了一个什么样的孩子，也听到了尤德赖在门口说的那句"一方有难，八方支援"。这一刻她面色蜡黄，目光没有焦点，说："谢谢！"

说完这声谢谢后，牛红梅便扭过头，木木地看向斑驳开裂的墙壁。尤德赖走到一旁的婴儿床边，伸手将五斤八两的尤龙抱在怀里，仔细观赏尤龙那光洁圆润、滴水不漏的实心屁股。

他老婆站在一旁，鼻尖几乎要碰上尤龙的并不存在的肛门。夫妻俩相视一笑，用如丧考妣的语气说："真是不幸啊！"

牛红梅没有答话，这对夫妻又说："你们还年轻，还有机会！"

说完这话，尤德赖便拉着自家婆娘，钻出了病房大门，跟杵在门口的尤二说了同样的安慰话语，走出医院，往杂货店走去。路上，徐玉凤埋怨道："钱都花了，也不多看一会儿！我还没看清尤二那伢子的屁股到底长什么样呢！"

尤德赖鄙夷地看了自家婆娘一眼，说："看你急吼吼的穷样，这孩子一时半刻又死不了，过几天再看好了！"

"下次再花一百？你是不是钱多得没处花啊！"

尤德赖轻蔑地笑了一下，说："你傻啊，我们今天支援过了，还是第一个支援的，以后再去，就是探望了。撑死拎一箱牛奶、一篮鸡蛋就成！"

徐玉凤还是不甘心，她说："那也不要走这么急啊！"

尤德赖又笑了，他说："瓜婆娘，我们得赶紧回来开店啊，你想想，医院里那么多群众，不是每个人都像我尤德赖这么大方的！有些人舍得出一百，有些人最多只舍得出五十，那些连五十都舍不得出的穷鬼，就会来我们店里买东西。所以我们要赶紧回来开店！"

徐玉凤脸上放着光，她用崇敬的目光打量自己的男人，问："这么说，刚才花出去的一百还能挣回来？"

"稳赚不赔！"尤德赖说。他打开店门，满脸期待地钻进柜台。果然，刚过了三分钟，就有一位老太太进了店门，尤德赖认出，这老太太正是刚才排在队伍前面的群众之一。老太太在店里转了一圈，问："这牛奶咋卖？"

第三节　第二次怀孕

在尤德赖充满大爱的真情感召下，尤村群众纷纷慷慨解囊。有钱的捐钱，没钱的捐物，没钱又小气的跟在有钱大方的人后面，溜进病房，只为看一眼尤龙那滴水不漏的实心屁股。当然，这些钞票与营养品并没能挽救尤龙的生命。尤龙在啼哭与挣扎中活了十五天十个小时零七分钟，他的四肢越来越细，而肚皮越来越胀，哭声越来越微弱，最终双腿一蹬，在牛红梅的眼泪与尤二的叹息里离开了人世。热闹了一阵的尤村随之重归平静，就像什么都没有发生过。

尤龙下葬后，痛失爱子的尤二重新回到阔别良久的牌桌上。不知什么原因，自打添了第一个孩子又失去第一个孩子后，尤二赌钱的手风便一落千丈——从之前的小赌怡情、大赌养家，一下子堕落到霉运当头、见谁输谁的地步。跟尤二打牌的几个赌友私下都说，没屁眼的尤龙其实是貔貅转世，但尤二福德太浅，非但没能借这头貔貅一飞冲天，反倒把貔貅给养死了、养没了。从今往后，尤家三代内都会穷困潦倒、厄运缠身。这些风言风语很快传到了尤二耳里，他提了把一尺六寸长的剁骨刀，在村口骂了整整一个下午："哪个狗日的龟儿子说老子的闲话，老子把他的卵蛋剁下来喂狗！"

尤二一面骂，一面把刀在村口的青石上剁得当当响。牛红梅在家里听到自家男人的骂声，心里既难受又高兴，难受的是自己生了个早早夭折的孩子，没能给尤家传宗接代，还把尤家的脸面都丢尽了；高兴的是尤二竟然这么激动，这说明他还是很在乎这个家庭的。尤二找不出第一个散播谣言的长舌妇，就从村长骂到妇女主任，又从妇女主任骂到组织委员，从组织委员骂到宣传委员。等到太阳落山的时候，尤村一百五十八名干部群众已经被他骂了个遍，有些叫不出名字的，尤二就用外号或特征代替，例如"头顶生疮、脚底流脓的瘸老四""娶了个傻媳妇的尤光头"。尤二骂街的这天，偌大的尤村成了哑巴村，没人承认，没人回嘴，就连帮腔或搭话的人都没出现。许多人对恶人的态度都是如此——诅咒、远离，但只有人多势众或走投无路时才会反抗，等恶人被打倒后，他们会站出来，往尸体上吐一口唾沫，说："我早就想干他了。"

　　很明显，尤二就是这个"惹不起"的恶人。

　　尤二并没得失心疯。相反，他虽然骂得口干舌燥，但心头畅快，郁积了一个多月的怨气随着污言秽语一并喷出了体外。晚上到家，尤二一把抱住正在灶台上煮萝卜的牛红梅，喘息着说。

　　"婆娘，一个不中，俺们再生一个！"

　　牛红梅眼角湿润了，她没有说话，将身子轻轻伏在温暖的灶台上，炉火很旺，锅沿冒出的氤氲润湿了长长的睫毛，将美丽的脸庞浸润得如鲜花般殷红。

　　第二天早晨，尤二顶着黑眼圈，一手扶腰一手扶墙出门买菜的时候，发觉门口站了个跟他一样黑眼圈的半秃老头。

　　"你昨晚跟你老婆亲热了？"尤济世问尤二。

　　尤济世家世代行医，年轻那会儿，他是全镇唯一的赤脚医生，方圆数十里，谁有个头疼脑热大便不畅，都要找尤郎中看病抓药。然而等医改春风吹遍中国大地，没有行医执照的尤郎中就成了黑郎中、法规政策重点打击的违法对象。之后尤济世连续十年报考医师资格证，全部功亏一篑。正当他心灰意冷、打算种地养猪了此余生时，命运将尤济世推上了更大的舞台——由于多年来悬壶济世，上上届村民选举大会，尤济世以黑马身份意外杀出，以绝对优势当选尤村长。尤济世在村长位置上勤勤勉勉地折腾了八年，深受村人爱戴尊敬。半年前，尤济世正式退休，之后便深入人民群众，成了尤二家牌桌上的常客。由于牌技拙劣，在很长一段时日内，尤济世都有输无赢，被一众牌友调侃为"尤只输（村长）"。但他偏偏牌品上佳，从不拖欠。正因为这两点，昨日骂街，尤二骂尤济世的话语也比骂其他人的文明一些，不曾殃及其生殖器官跟祖宗八代。谁想到今天一开门，尤济世居然问出这么一个问题，这让尤二的火气直腾腾地冒上头顶。

"我不找我老婆亲热，难不成找你老娘？"尤二的鼻子几乎贴到尤济世的脸上，"你这个老鳏夫，老子睡自己婆娘，也轮到你管？"

尤济世也不动怒，慢条斯理地说："有句话你听了只怕不高兴，但是俺寻思了半宿，还是得说！"

"有话快说，有屁快放！"

"如果俺没记错，你家尤龙得的是先天性肛门闭锁吧！"

尤二怒了，说："你老家伙是身上发痒，上门找碴儿来了？"

尤济世用力摇头，花白的胡须随着脑袋猛一阵晃荡。他变戏法般从怀里掏出一本书，书不厚，封面皱巴巴的，上面还沾着一些不知名的黄色污渍，书名叫《优生优育指南》。

尤济世飞快地把《指南》翻到中间的某一页，读出上面画线的一段："若第一胎出现畸形、残疾等情况，说明夫妻中的一方或双方可能存在遗传物质异常，所以第二胎、第三胎的畸形率也会显著高于第一胎正常的夫妻。因此，从优生优育的角度出发，第一胎产下畸形婴儿的夫妻，在二次怀孕后应尽早就医，对胎儿进行基因筛查，如果怀孕已超过六个月，则应在基因筛查的同时，通过B超、X光等手段确定胎儿健康情况……"

"狗日的尤济世，你是咒我第二个孩子也没……"尤二把"屁眼"二字吞回喉咙，伸手扇了对方一个耳光。尤济世捂着脸，依旧心平气和地说："我是说，如果你打算要二胎，那得重视！得早些去医院看看！"

尤济世又从怀里掏出另一本书，这本书比前一本《指南》新了很多，封面光洁，书页间还留着些许油墨的香味，是一本《孕产知识大全》。尤济世放下捂脸的右手，继续翻书，他读道："本世纪以来，医学的进步越来越依赖于基因技术发展。去年11月，一种名为H.D.E.N的基因疗法正式在全球上市，这是一种全新的针对生殖细胞与胚胎细胞DNA编辑技术，可以将白化病、兔唇、三体综合征等一百二十四种常见遗传疾病彻底扼杀在摇篮里……"

尤二瞪大眼睛，不明所以地问："啥意思？"

"如果去年牛红梅刚怀孕的时候，你就带她上大医院检查，说不定尤龙的肛门闭锁就治好了……"

尤二恼羞成怒，他问："你当时怎么不说？"

"那时谁知道哇？"尤济世分辩。

尤二想了想，觉得也有道理。他的脸色变得温和了，伸手摸了摸尤济世脸上的指印，轻声说："刚才对不起啦！"

"没事，没事！"尤济世大度地说，"说实话，俺这个赤脚医生知道的也就这么多了，我觉得，你得去镇医院问问周诚，人家是名牌大学的博士生，一定懂得比我多！"

尤二点点头，跨上门口的摩托车，一踩油门，摩托车便突突地冲了出去。刚骑出去没多远，尤二又绕了回来，对尤济世说："你陪我一块儿去！"

尤二让尤济世跟他一起去医院是有道理的。毕竟，作为一个初中没毕业就被学校开除的混混，尤二对医学术语的理解能力基本为零。他把做过郎中、村长的尤济世带在身边，就等于带上了一个免费翻译员、一个义务讲解员。然而谁都没有想到，就是这个翻译官、讲解员让尤二迎来了第二场人间悲剧。

第四节　尤二的抉择

尤二带着尤济世，带着滚滚青烟与轰轰声响冲进小石镇人民医院。他没有挂号，而是直奔妇产科，推门而入，吓得里面的孕妇发出一声尖叫："你是谁？进来怎么不敲门？"

孕妇还想发作，但她家老公是认识尤二的，他扯了扯女人的袖口，低声说："算了吧。"

尤二讪讪地退了出去，在门口坐了十分钟。等孕妇出来之后，才拉着尤济世再次走进诊室。一身白大褂的周诚看见尤二，点了点头，说："这几天，我正准备找你爱人谈一下！"

"你找我老婆做什么？"尤二立马警觉起来，他用怀疑的目光打量对面的周诚。这个名牌大学的毕业生天生一副细嫩的好皮囊，皮肤白皙，嘴唇很薄，一看便是个出身富贵的小白脸。尤二心头不爽，又不好表现在脸上。倒是一旁的翻译官尤济世领会了周诚的意思，他拽了拽尤二的衣袖，问周诚："周医生，我们今天过来就是想咨询，他们夫妻这种情况生二胎，再出问题的概率大不大？"

这句话问到点子上了，周诚看看眼前的尤济世，点点头说："先天性肛门闭锁，这种病其实并不罕见。大多数情况下，是胎儿在母体内发育过程中，因不明原因导致消化道未正常发育完全造成的，如果这样就不会遗传。但这一点并不绝对，也有少部分肛门闭锁是因父母的遗传物质异常导致的。如果是后者，那就算生第二胎，依然很可能会有问题。所以，我建议，尤二夫妻下一次怀孕的时候，要尽早去大医院给胎儿做全面基因筛查。"周诚顿了两三秒，补充说，"尽早的意思就是，刚发现怀孕的时候，就要去查。"

"检查要多少钱？"尤二问。

"三四千吧。"周诚说。

"三四千？"尤二像一只被踩了尾巴的老鼠似的跳了起来，"为什么这么贵？"

"这只是检查费，万一发现孩子有问题，要治疗的话，那得上万！"周诚说，"这还是这两年技术普及了，放在前几年，没十万下不来。"

"十万？"尤二整张脸都变形了，他大叫，"医院是土匪吗？怎么不去抢？"

周诚眉头一皱，没有与尤二争辩，他冷冷地抛下一句话："钱重要还是孩子重要？"

尤济世眉头紧锁，他知道周诚的医术远胜于他这个无证郎中，他也知道周诚对农村的了解远逊于他这个无证郎中。尤济世拉着尤二离开了诊室。到家后的尤二并没有把这事放在心上，他坚信一对夫妻不可能接连生出两个没屁眼的孩儿，正如一个赌徒不可能连续两把抓到豹子。倒是老村长尤济世急群众所急，想群众所想，他翻开发黄的电话本，开始一个接一个地打电话。

第二天一早，尤济世将尤二从牌桌上拽了下来，他对尤二说："昨晚我问了三十多个同事朋友。这些人一大半是跟我一样的江湖郎中，一小半是卫生院的正规医生，还有两个是三甲医院的专家。在我的央求下，这三十多个人又问了他们的同事，最后算出来一个数字。"

"什么数字？"尤二看着不远处的牌桌，火急火燎地说，"有话快说，有屁快放。"

"千分之四十七。"

"千分之四十七？"

"我打听了一整宿，一共问到了一百四十九个第一胎出现先天性肛门闭锁的病例，在这些病例中，第二胎依旧患有先天性肛门闭锁的有七个，比率大概是千分之四十七，远高于正常的情况下千分之零点二的发病率！所以周医生说的没错，你千万别当儿戏！"

尤二听完这一连串数字和名词，脸上流露出迷茫与困惑的神色。尤济世想了想，对尤二说："一千次里面，大概有四十七次会生出没屁眼的孩子！"

千分之四十七，小学文化的尤二花了大半天的时间琢磨这带有千分号的数字，从艳阳高照一直想到太阳落山也没能想透彻。刚开始的时候，他觉得这个数字高得吓人。他记得自己上初中的时候，学校里差不多有一千号人，要是照这个比例算，那得有整整一个班的孩子没有屁眼，一想到满满一教室的孩童钻进茅厕，却一个个缺少排泄通道，簇拥在茅坑前大眼瞪泪眼的盛景，尤二不由得全身发凉。但转过头一想，尤二又觉得这千分之四十七也就这么回事，因为那时候全校所有班级轮流值日，每个班一个月，他上了两年初中，直到退学都没轮到过他的班级。因为这个千分之四十七，尤二愁得整整两宿没合眼，这两宿他跟牛红梅亲热了十一次，每次搞完后，尤二都会自言自语一句："干一千次，就有四十七次出问题！"

尤二终究没坚持到第一千次亲热，第三天晚上，他在牌桌上咨询尤济世："你说这千分之四十七的可能，到底有多大啊？"

当时尤济世也刚好玩在兴头上，他眯起眼，将手里三张牌依次露出一个指尖大的尖角，堪堪能看清上面的花色跟点数，说："说大不大，说小不小！"

尤二不乐意了，追问道："给句明白话成不，到底多大？"

"过！"尤济世把牌一扔，闭眼想了想，斩钉截铁地说，"就跟你玩诈金花抓到金花的机会差不多！"

语文课本上对比喻这种修辞手法的描述是这样的：用具体而熟悉之物象事例，比方说明或形容描写抽象的谈话主题。从这个角度来看，尤济世这个比喻实在精妙绝伦，简直可以被当成教科书的典范。然而尤济世没有考虑周全的是，尤二这段日子正处于赌徒生涯的低谷，从天色擦黑一直赌到东方发亮，总共打了七十四圈诈金花，豹子倒是摸了一把，却连一把金花都没能抓到。

"看来千分之四十七也就这么回事！"尤二做了一个艰难的决定。他做决定的理由不只是这晚没抓到金花，也不只因为他输了很多钱，还因为他想起报纸上过度医疗的新闻，他怀疑周诚或是尤济世为了帮医院牟利，而刻意夸大了胎儿的风险；尤二还想起自己上小学的时候打架伤了手，花了八十块钱照 X 光最后却屁事没有的经历。尤二没有将周诚与尤济世的警告转告牛红梅，他选择了沉默——这份沉默直到牛红梅将他的手按在平坦的肚皮上，欣喜地说"我又有了"的时候，依旧没有被打破。

第二天是立冬，按照尤村的习俗，该到打牌九的节令了。

开春后，牛红梅的肚子如气球般膨胀起来。和第一次怀孕时的满心欢喜不同，怀第二胎的牛红梅愁眉不展，她整天捧着肚子，对里面的孩子说："娃啊，娘不求你荣华富贵，不求你出人头地，就求你有个健健康康的身子。"

尤二渐渐被这样的情绪传染了，他心头懊悔，当初刚怀二胎时，不该为了省几千块钱，放弃去省医院做基因检查。牛红梅怀孕六个月的时候，尤二终于沉不住气了，他带着牛红梅，喊着尤济世一起，又跑到县医院找了一趟周诚。周诚一看到他们三个，劈头就问："基因检查结果怎么样？"

尤二耷拉着脑袋，说："没查！"

"没查？"周诚语气变了，满脸怒其不争的样子，他说，"你们就这么不把孩子当回事？"

尤二指指一旁的尤济世，说："他说他问过了，如果第一胎没屁眼的话，第二胎仍旧没屁眼的概率大概是千分之四十七。他还说，千分之四十七的机会就跟玩诈金花摸到金花的机会差不多！我那天玩了一宿牌，也没摸到金花！"

周诚气得直拍桌子。他用同情的目光看了一眼牛红梅，又用鄙夷的目光瞅了一眼尤二，最后用难以形容的目光瞪了一眼尤济世，什么话都没说。尤济世身子微微发抖，却理直气壮地分辩道："摸到金花的概率是千分之四十九点六，我算的没错！"

周诚闭上眼，手指在太阳穴上按了按，他轻轻叹息了一声，挥挥手说："算了！"

尤二眼见周诚一脸严肃的样子，有些着急了。他抖抖索索地从随身的挎包里掏出钱包，拉开拉链，从里面里翻出两张百元大钞，递到周诚的面前，尤二说："医生，要不这样，我马上就带我老婆去省医院做基因检测！就是这价格……你看能不能跟省医院打个招呼，给打个折什么的！"

周诚看都没看尤二手上的人民币，他从椅子上站起身，没有理会苦苦哀求的尤二和瑟瑟发抖的尤济世，慢慢走到满脸迷茫的牛红梅面前，轻轻拍了拍她的肩膀，安慰她说："乐观点，也许没那么糟！"

周诚这么说是有理由的，这时的牛红梅已经怀了六个月的身孕，胎儿的全部器官都已发育成形。而H.D.E.N基因疗法的首选介入期是在怀孕前，直接对有基因缺陷的精子或卵子进行问题基因替换。如果错过了这个时期，也可以在受精卵着床后的二到六周进行胚胎期介入，原理是通过一种名为亚当的人造病毒，侵入刚着床不久、细胞总量少于二的三十次方（注：受精卵成形二十四小时后第一次分裂，之后分裂周期约十二小时）的早期胚胎，对细胞内存在缺陷的基因进行精准的替换修正。正因如此，治疗成功率随着时间的推移急速下降，怀孕一旦超过两个月，H.D.E.N疗法几乎就全无用武之地了。

而牛红梅已经怀孕六个月了，这时候用H.D.E.N疗法，效果就跟用弹弓打航母差不多。

尤二哭丧着脸走出小石镇医院的大门，他低着脑袋，一言不发，既没有安慰可怜可悲的牛红梅，也没去责怪可恨可叹的尤济世。尤二跨上摩托车，让牛红梅坐在身前，又示意尤济世坐在身后。尤济世摇摇头，没有上车。尤二没有再劝，踩下油门，拖着轰隆隆的声音回家了。

回家后的尤二整日唉声叹气，他常常想，尤龙的夭折是一场无法避免的天灾，但如果下一个孩子依旧如此的话，那便是自己为省钱省事而造下的人祸了。这样的自责心理纠缠了他整整一个月的时间，直到牛红梅怀孕第七个月时，崔瞎子粉墨登场的那一天。

"尤二兄弟!"崔瞎子带着淡淡香灰味走进尤二家大门。这位尤村最知名的风水先生、算命大师背对夕阳站在尤二跟前,蛋黄般的红日恰好悬挂在后脑勺上方,好似观音大士头顶璀璨的佛光。正坐在藤椅上长吁短叹的尤二瞧见眼前的不速之客,抓了抓脑袋,问:"崔瞎子,你咋来了?"

"你心里想什么,我就为什么来!"

尤二往地上吐了口唾沫,心想自己现在最想做的就是把崔瞎子的卵蛋剁下来喂狗。他正准备把这话说出口,崔瞎子却笑着摇摇头,从裤兜里掏出一个精巧的罗盘,拄着拐杖,一步三摸地走到园子东南角的墙根上。崔瞎子问尤二:"这儿是你家院子的东南角吧?"

"是!"

拐杖敲出笃笃的声音,引着崔瞎子朝正北方走去,这一回他只走了三米,就被院里的老桑树给挡住了去路。崔瞎子将拐杖的龙头在树干上敲得咚咚响,伸手按了两下卷曲粗糙的树皮,接着说:"你在这儿种了棵桑树?"

"不是我种的,俺老娘当年养蚕种的!得有三四十年了!"

崔瞎子点点头,继续朝前走了。他稳定的步履与高深的神情让尤二有些吃惊,尤二实在想不出,一个瞎了三十年的盲人居然还能这么"走"路。崔瞎子走了约两根烟的工夫,用光滑的拐杖与粗糙的双手将尤二家的院子给"看"了个透彻。崔瞎子掐指一算,沉声说:"你的风水不对!"

尤二斜了崔瞎子一眼,躺在藤椅上没有作声。

"申位有桑树僵而不死,乾位有枯井干而不通,前临河,后靠山,乃绝户之地,故有长子绝后而瞎眼!"崔瞎子又补充了一句,"没屁眼,也算瞎眼!"

尤二一口水险些从喉咙里呛出来，他问："那你家也是绝户地了，不然你怎么瞎了？"

"我和你不一样，我是窥探天机太多，遭了天谴！"崔瞎子将罗盘揣进衣兜，不疾不徐地说，"山难撼，水难易。砍树填井乃正途，子女平安自多福！"

"真有用？"尤二问。

"心诚则灵！"崔瞎子说完话，也不伸手要钱，张开满是黄牙的嘴巴，对尤二微微一笑，转身翩然离去。

空荡荡的院子里只剩下泥塑木雕般的尤二。身后的房间里，牛红梅轻拍肚皮的声音好像摄魂的鼓点一样敲在心里，尤二一咬牙，从杂物间里翻出一把斧头，直直地走向院子里那棵僵而不死的老桑树。

心诚则灵是这世上最完美的谎言，因为它的真实含义是"不诚则不灵"。然而"诚不诚"是没人知道也无法证实的，所以，这句话又可以解释为"基本不灵"。即便真的"灵了"，那也与"心诚"没有任何狗屁关系。

第五节　龙凤呈祥

尤刚的二姐尤凤出生的时候，尤二正坐在客厅的八仙桌旁，用绝望的目光看着地上散落的三张扑克牌。自打一年前尤龙出生的那天起，尤二便对产科病房产生了无可抵御的恐惧。这次牛红梅生二胎，尤二本想陪产，谁料到刚望见待产室的大门，两条腿就像打摆子一样颤抖起来。尤二嘴唇青白，面如土色，哪还有平日里人浑胆大的模样？

善解人意的牛红梅发现了自家男人的异常，她挥挥手，对尤二说："要不你先回去吧！到时候我让医生打你电话！"

尤二觉得失了脸面，嘴上犹自强撑。但牛红梅笑了笑，将自家男人唤到身边，把尤二的大手放在她的小手中间，用力攥了攥，然后贴到脸颊边，她说："真的，你回去吧！等我消息！"

尤二感激涕零，他低下头，在牛红梅的脸颊上用力亲了一口，转身走了。牛红梅看着尤二远去的背影，眼睛里流出滚热的泪水，她对一旁的接生医生徐福花说："医生，拜托你们了！"

牛红梅擦掉泪水，摸摸圆滚滚的肚子，又说了一句："孩子，你要好好的！"

躲回家的尤二依旧没能解脱，他坐立难安，从客厅走到厨房，又从厨房转到厕所，脑袋里就跟放电影一样，开始重播尤龙出生时的惊心一幕。他从柜子里找出小半瓶白酒，咕嘟咕嘟地喝了下去。酒壮怂人胆，四两酒下肚后，尤二心头的恐惧略微消退了几分，他走到客厅的桌子旁坐了下来。桌上散落着一堆扑克牌，是一天前推牌九的时候留下来的。

　　"千分之四十七，就跟你玩诈金花抓到金花的机会差不多！"

　　尤二忽然想起尤济世的这句话，他一抬头，看见尤济世正端坐在牌桌对面的椅子上，一脸诡异地看着手上的三张牌。尤二一惊，用力一眨眼，尤济世又不见了。尤二明白，自己是紧张出幻觉了。于是站起身，想去厕所用冷水冲把脸清醒一下，但右手却鬼使神差地朝桌上的牌堆伸去。

　　他摸了三张牌。

　　他抖抖索索地打开牌，乌黑的眼珠越瞪越大。

　　第一张是黑桃K。

　　第二张是黑桃8。

　　最后一张，黑桃4！

　　尤二摸到了十个月来的第一把金花。

　　尤二触电般将手里的牌扔到地上，就像这是三张被烧得通红的铁片。说来也巧，就在第一张牌刚刚落地、后两张牌飘在空中的时候，电话响了。

　　"尤二，你来医院一下！"周诚痛心疾首地说。

　　尤刚的二姐尤凤在这世上只活了七天六个小时三十分钟。尤凤的前半生是在难以形容的饥饿中度过的，因为没有肛门无法排泄，尤凤整整三天水米不进，饿得整日整夜地啼哭。尤凤的后半生更痛苦，因为第四天一早，处于崩溃边缘的牛红梅一口气给尤凤喂了半斤牛奶和两个苹果，这些食物让尤凤度过了人生中最快乐的八个小时，并在接下来的时间里赐予她最痛苦的煎熬与死亡。

尤二夫妻一致拒绝了用营养液帮尤凤续命的方案，因为这方法并不会减少痛苦的总量，只会将更多的痛苦相对平均地分配到更长的时间里。在这十一天里，尤村的群众并没有像一年前那样，扶老携幼地上门观赏，大家都不是傻子，不愿再掏一次钱去看曾经看过的风景。

尤龙与尤凤的悲剧让尤二成了村子里最大的笑柄。群众纷纷猜测，尤二这辈子或上辈子一定做了什么伤天害理的事，才会接连生下两个没屁眼的孩子。有人说，尤二七岁那年，曾偷吃过村东头土地庙里的供品馒头；还有人说，尤二跟牛红梅结婚的时候，放的爆竹有一根飞到村西头的乱坟堆，炸到了一个睚眦必报的宋朝老鬼；最玄乎的说法还是出自尤二的赌友，也就是提出"一方有难，八方支援"的口号的杂货店老板尤德赖之口，尤德赖煞有介事地说，尤二为了赌运昌隆，前些年找过外面的巫婆学养小鬼，为了增加小鬼的怨气，尤二用枣仁堵住了小鬼的口鼻肛门，如今小鬼反噬，尤龙尤凤就成了可怜的替死鬼。

至于当初义务上门，劝尤二砍树填井的崔瞎子，这位民间玄学家前两个月逢人就说，自己帮尤二家改了风水，尤二的下一个孩子铁定是个健全的孩子，是个完整的孩子，是个有屁眼的孩子。但尤凤的出生打了崔瞎子一记响亮的耳光，让他的专业水准饱受质疑，崔瞎子只好改口说："一命、二运、三风水、四积阴德、五读书。我是帮尤二改了命运风水，但他自己不知积德行善、读书识字，这种人就算把十八尊菩萨都供在家里也会遭天打雷劈，我又有什么办法？"

这些流言蜚语中的一小部分传进牛红梅与尤二的耳里，尤二这回没去骂街，他对牛红梅赌咒发誓："下次，下次我们一定去做检查！"

牛红梅嘴角斜了下，算是笑过了，这时她听见屋外传来隐约的雷声，便对尤二说："尤二，下雨了，收衣服吧！"

尤二点点头，右手在牛红梅的脑袋上摩挲了一下，跑进院子。外面的天色已经很暗了，黑漆漆的乌云像天花板一样压在头顶。尤二刚收完衣服，雨点就落到了头上，先是米粒大小，很快就变成黄豆大小。尤二正要关门回屋，却看见隔壁邻居——线缆厂工人尤团结蹬着一辆电三轮，鬼喊鬼叫地从村口骑了过来。尤团结全身上下都湿透了，车还没停稳，他就跳下地面，从家里拖出一大块黑不溜秋的防水布，手忙脚乱地抢救起院子里晒的三百斤稻谷。

尤二看了两秒，决定过去帮忙。

在往日里，赌鬼尤二、泼皮尤二是决计不会做这种损己利人的善事的，但想起自己的前两个孩子，尤二决定多做些好事，积点功德。尤二一低头，顶着瓢泼般的暴雨奔到尤团结身旁，甩了甩头上的雨水，对尤团结说："我来帮你弄！"

尤团结也没客气，说了声"谢谢"就开始忙活了。谁知第二个"谢"字刚一出口，一道震耳欲聋的炸雷忽然在两人头顶响起，这炸雷响得吓人，震得大地都摇了两摇。院子里的两个男人同时吓了一跳，等尤二回过神来，尤团结已蹿到了七八米开外的地方。

"尤二兄弟，这雨太大，你先归屋去吧，这稻子我自己收！"尤团结冲尤二大喊。

"大家都隔壁邻居，客气啥？"尤二说，"湿都湿透了，干完呗!"

尤团结更焦急了,他抬头看看电闪雷鸣的天空,又低头看看卖力干活的尤二,打了个哆嗦,说:"真的不麻烦了,你快回去吧!"

尤二犟脾气上来了,他说:"你还是不是男人?不就是打个雷嘛,有啥好怕的?"

尤团结眼看尤二不听劝,急得站在七八米外的地方直跳脚。雨越下越大,一道闪电从云缝里劈了下来,恰好打在村头那棵三百多年的老槐树上,发出令人胆寒的断裂声,树木烧焦的气味随着潮湿的空气四下飘散。尤团结闻到焦味后,终于受不了了,他隔着雨帘对尤二拱手作揖,高喊:"崔瞎子说,你作恶太多,雷公这些日子会收了你!尤二兄弟,你行行好,快回家去吧!"

尤二愣住了,好像刚刚的那道闪电劈的不是老槐树,而是自己的脑袋一样。沉重的防水布从尤二手里滑落下来,在地上堆成一团奇怪的形状。尤二没有抬头,全身的关节仿佛忽然生了锈,他同手同脚,以一个僵硬别扭的姿势朝门口走去。

"尤二兄弟!这话是崔瞎子说的!俺也是宁可信其有、不可信其无!"尤团结在身后大喊,尤二脑袋点了点,一路走出尤团结家的大门,却没有回家,而是径自朝村西头崔瞎子的家里走去。无数道闪电在尤二的头顶亮起,织成一张耀眼的蛛网,尤二毫不畏惧,他越走越快,将风雨雷电全都甩到身后。

全身滴水的尤二推开崔瞎子家虚掩的铁门,他没有进屋,而是先在厨房里找了一把菜刀握在手里。崔瞎子听到外面的响动,只当是有乡邻进屋避雨,随口问了一声:"谁呀?"

没人答话,崔瞎子听到有脚步声在走近,不惊不疑,还以为是哪家妇女疑心老公偷人,又或者谁家男人担心被婆娘克死，借雨天没人看见，趁机求自己起卦作法来了。这些心怀鬼胎的家伙进屋后大多鬼鬼祟祟，而且一定要走到瞎子耳边才肯说话。崔瞎子伸出右手，比画出要钱的手势。谁知手上没等到预料之中的钞票，脖子上却等到一把冷冰冰的菜刀。

"敢……敢问是哪位道上的兄弟？"崔瞎子被吓得魂飞魄散，从瞎子变成了结巴，"钱在隔壁房间柜子的第二个抽屉里，钥匙在我兜里！"

"我是尤二！"

崔瞎子打了个激灵，想起自己之前的言语作为，恨不得抬手甩自己两个耳光。他当初帮尤二家看风水，完全是抱着浑水摸鱼、沽名钓誉的想法。崔瞎子认为，生一个没屁眼的孩子就算得上千载难逢的奇遇了，要是连生两个，那简直就是太阳从西边出来了。崔瞎子决定做一回无本生意，借改风水之名"帮"尤二一把，只要尤二下一个孩子是健康健全的，崔瞎子就能把功劳全扒拉到自己身上，摇身变作救苦救难的活神仙。谁知道尤凤的降生彻底捅破了崔瞎子的牛皮，为了挽回声誉，崔瞎子只能将污水重新泼给尤二。他没想到的是，尤二并不是任人诋毁的木偶，而是尊睚眦必报的瘟神。尤二将刀架在崔瞎子的脖子上，崔瞎子的心肝吓得快飞出屋顶了，他连声说："尤二祖宗，刀下留人啊！"

"之前这两天，是不是你跟村里人说我要遭雷劈的？"

"是，是！"崔瞎子不敢扯谎，他夹紧裤裆，老老实实地说。

"我刚才从村东走到村西，雷公就在我头顶看着，咋没劈我？既然雷不劈我，我就劈了你！"

崔瞎子被这话一吓，裤裆夹不住了，一股暖暖的液体从两条腿中间流出来。他不敢起身，"咚"的一声跪在地上，磕头如捣蒜："尤二祖宗，尤二祖宗。我错了，我赔你的损失，你大人不记小人过，饶瞎子一条狗命吧！"

"赔我的损失？"尤二用刀背在瞎子半秃的脑瓢上敲了一下，他问，"你拿什么赔？"

"俺柜子里放了一千五百块钱，是我省吃俭用大半年存下来的。这钱你拿去，就当给你的赔罪吧！"

尤二想了想，对崔瞎子的认错态度表示基本满意，但对赔款金额表示极不满意。他说："崔瞎子，你好歹也是远近闻名的半仙，家当就这点？"

要钱不要命，既然尤二要钱，崔瞎子知道自己的命保住了，被吓破的苦胆又肥了回来，他夹了下湿漉漉的裤裆，说："尤二兄弟，得饶人处且饶人！"

尤二将菜刀"哐当"扔到地上，说："要不这样，从明天开始，我每天跟着你，四处宣扬你上我家改风水的事迹。你敢再给人算命，我就砸了你这招摇撞骗的招牌！"

崔瞎子脸色一苦，脑子里三七二十一、四九三十六地盘算起被尤二跟一个月、两个月乃至半年的经济损失。作为整个镇上乃至两三百里内最出名的半仙，崔瞎子每天的营业额差不多顶得上尤村十分之一的GDP。崔瞎子说："我的祖宗，我赔你五千，不能再多了！"

"两万！"尤二依旧漫天要价。

崔瞎子像被阉割的公猪一样惨叫："我不过多喝了几口马尿，说了几句胡话！你不能这么勒索我！"

"一万八！"

"六千！"

"一万六！"

尤二生平的第一次勒索最后以八千四百二十八块的价格成

交了。他怀揣这笔巨款回到家中，脱掉透湿的衣服，洗了个澡，精神焕发地上了床。这一晚他跟牛红梅亲热了五次。第二天一早，尤二弓腰驼背地走进小石镇医院妇产科，对周诚说："给我来三十根验孕棒！"

周诚深深地看了尤二一眼，没有说什么。他翻开病历，龙飞凤舞地写上了"早孕检测试纸×30"的字样。他一字一顿地对尤二说："你老婆再怀孕，一定要第一时间上医院，半天都不能耽搁！"

"知道了。"

这三十根验孕棒最后只用了十五根，因为从第十三根开始，上面的红杠就从一道变成了两道。

第六节　价值两万的福音

省人民医院。

"先生您好，胚胎基因检测的结果要两个小时才能出来，请孕妇与家属到休息区等待！"一个眼睛大大的圆脸护士说。尤二瞅了一眼墙上的挂钟，搀着牛红梅，走到休息区的长椅上坐了下来。牛红梅问尤二："尤二，你说俺肚里这娃现在最多才蚕豆大吧，就算长了肛门，肛门也就米粒那么大，医生咋能看出来娃儿长没长肛门呢？"

"人家医院有放大镜，还有显微镜，别说米粒那么大了，就算针尖那么大，也能给你瞧出来！"尤二嘴上硬气，但心里依旧有些忐忑。他望望手上的缴费单，四千块的价格让尤二的底气略微足了一些。尤二扭过头，问一旁的尤济世，说，"书记，你有文化，给俺和俺媳妇解释下！"

科普工作者尤济世深入浅出地给尤二讲解了基因筛查的基本原理。他说，人的基因好比是赌钱时洗好的扑克，从先天上决定了赌局的走向输赢。低劣的赌徒只有抓到牌后才能知道自己的手牌，但高明的赌神只要在洗牌的时候扫上两眼，就能对全局掌控个七七八八。所谓胚胎基因筛查，就是在孩子刚怀上的时候，看出他（她）的高矮胖瘦、聪明愚笨、健全残疾，就跟赌神在洗牌时看出牌序是差不多的道理。至于基因替换治疗，就是把还没开始发的烂牌重洗一趟，洗成自己想要的好牌。末了，尤郎中还加了一句："看过周润发演的电影没？就跟那上面演的一样！"

尤二满意地点点头，跷起二郎腿，跟尤济世有一搭没一搭地聊起前几天的赌局。牛红梅静静地听着他们说话，眼睛扑闪扑闪地，也不知在想些什么。两个小时很快就过去了，大眼睛护士捧着一沓化验结果走了出来，高声喊："牛红梅，你的化验单！"

尤二抢在牛红梅前面蹿了上去，他接过化验单，横竖看了半天也没看懂。牛红梅将化验单接了过来，递给一旁的尤济世："您给看看，这上面到底写了啥？"

尤济世受宠若惊，他扶了扶鼻子上的老花镜，浑浊的眼睛眯成一条细缝，他只看了一眼，高声对尤二说："你这钱花得值啦！"

尤二不明所以，尤济世解释道："要是今天不来检查的话，你的第三个孩子，还是没屁眼，还是活不长！不过现在好啦，既然查出来了，人家就能治好！"

听说自己的第三个孩子依旧是个没屁眼的孩子，尤二嘴巴一撇，也不知该庆幸还是难过。尤济世又说："除了肛门闭锁外，你这孩子可能还有别的毛病！"

"啥毛病，能治吗？"

"你看，这上面写着第九对、第十三对染色体异常，可能导致肛门闭锁、消化道发育障碍、遗传性贫血等多种先天性畸形或疾病！"尤济世挥舞着手上的化验单说，"不过你放心，上面写了，只要做基因矫正，治愈率高达百分之九十九点九！这就不是抓金花啦，比你抓豹子还难！"

尤二心头稍安，他拉着牛红梅，提议去医院门口的餐馆，吃四菜一汤庆祝一下。旁边的门里走出来一个五十来岁的白大褂医生，医生说："牛红梅在不在？"

"在！"

"家属来了吗？"

"来了！"

"检查结果看见了吧，胎儿的染色体有多处异常，必须进行DNA替换治疗，你们跟我来一下，做术前谈话！"

两男一女跟着医生走进谈话间，医生关上房门，严肃地对尤二说："为保障病人知情权，加强医患沟通，我现在将基因替换疗法的功效与风险详细告知三位，请各位认真听！有不懂的地方可以问我！"

三人连连点头，医生打开身后的一台摄像机，先问牛红梅："请问你是孕妇牛红梅本人吗？"

"是！"

"你是牛红梅的爱人？"

"嗯！"

医生又问尤济世："你是孕妇的什么人？"

"我是他们的前任村长。"

"前任村长还管这个？"医生有些发愣，尤济世不好意思地挠挠头，正想实话实说，自己是被临时拉来担任翻译官跟传声筒的。可是话还没出口，尤济世桌下的脚就被尤二踩了一下，他连忙改口道："这个，我懂一点医术……我是孕妇的大舅！"

医生点点头，说："胎儿的基因缺陷主要集中在第九对、第十三对染色体上。具体症状对应为肛门闭锁、消化道发育异常、遗传性贫血以及其他未知遗传疾病。若不及时进行干预治疗，胎儿的患病率可能超过百分之九十。目前最适合的治疗方案是H.D.E.N基因疗法，该疗法通过一种无害的人造腺病毒，侵入尚未成形的受精卵，对细胞核内的问题染色体进行替换修正，能明白吗？"

尤二摇头，尤济世立刻凑到他耳边说："洗牌，洗牌！"尤二左右摇晃的脑袋立刻变成上下摇晃了。

医生心头不解，他问尤济世到底说了什么。尤济世也不藏私，大大方方将自己的那套洗牌理论说了出来。医生听完先是目瞪口呆，接着点头赞许，最后对这套理论进行了一点补充修正："这个比喻不错，但H.D.E.N的原理不是重新洗牌，而是换牌！把坏牌直接换成好牌！"

尤济世这个江湖郎中如今得到省医院专家的认可，嘴角笑得咧了开来："医生，您接着说，我负责给您翻译！"

医生说："H.D.E.N疗法虽然是一种新兴疗法，但也有数十万例的临床实验数据，总体来说，这种疗法的治愈率相当高。尤其是像你们这样，受精卵着床时间不足五周的，治愈率超过百分之九十九点九……"

尤二连连点头，脸上几乎开出一朵大红花，牛红梅嘴角荡漾，满是汗水的手也温暖了几分。

"但是，"医生话锋一转，"治愈率高毕竟也不是百分之百，在七万多例记录在案的病例里，也有两例治疗失败的，也就是说，胎儿的缺陷并没有得到矫正！具体原因不明，只能归结为偶然因素。"

尤二沉默不语，牛红梅的手心重新变得冰凉。医生又接着说："还有，受技术所限，我们目前只能对一些常见遗传疾病进行筛查矫正，包括三体综合征、色盲、肛门闭锁、遗传性贫血、先天性瓣膜缺失等，这些在你手上的检查报告上都写着。但也有一小部分罕见的遗传疾病，例如早衰症、象人症等，目前查不出来，也没有相应的治疗手段，这一点，您可以理解吗？"

三人同时点头，医生最后说："按照双盲数据分析，H.D.E.N疗法对流产率、死胎率、难产率均不产生可见影响。但在临床治疗中，仍有不少孕妇出于心理因素，将流产、死胎等意外情况的出现归结为H.D.E.N治疗的原因，在此我得申明，即便是正常怀孕，都存在约百分之六的流产概率，所以一旦出现这类情况，医院方面将不承担任何责任！"

走出谈话间的时候，尤二和牛红梅的脸色都有些发白，虽说医生反复强调H.D.E.N疗法风险极小，差不多可以跟阑尾炎、胆结石手术画等号，但尤二想到，尤村历史上第一个百岁老人、活了一百零三岁的尤祥瑞就是做完胆结石手术死的。他问尤济世："村长，你说这一次该不会再出啥幺蛾子了吧？"

有了上一次的教训，尤济世不敢打包票，只好说："喝凉水还会噎死人呢，不过，应该没问题！"

两个大男人在医院的长椅上扯皮了二十分钟，他们越说越忐忑，越说越犹豫，两张脸上的表情就像即将走上刑场的死囚。牛红梅听得不耐烦了，她低下头，从随身的行李中翻出钱包，一脸平静地说："在哪儿缴治疗费？"

两个男人同时闭上嘴巴。尤二抢过牛红梅手上的钱包，拿着病历跑到缴费处。医生拿过病历，眼皮没抬，对窗口说："先交两万！！"

两万？尤二吓了一跳，之前基因筛查花了四千，他觉得就跟剐掉一块肉那样心痛，没想到治疗费是检查费的五倍。尤二的一颗心疼得揪成一团，他可怜巴巴地看看身旁的尤济世。尤济世说："两万买一个肛门，不亏！"

尤二点点头，寻思要是有人花两万买自己的肛门，自己肯定不卖，就算二十万都不卖。这么一想，尤二觉得自己反倒占了便宜，开始沾沾自喜了。他掏出银行卡，甩到医生面前："刷卡！"

第七节 H.D.E.N

在尤济世微言大义的劝说下，尤二在与奓嗇心理的战役中取得了初步胜利。然而三天后，尤二陪牛红梅去做基因矫正治疗的时候，一切发生了变化。

夫妻俩在一间写有"H.D.E.N"的病房外等了半个小时，这期间牛红梅因为紧张跑了七八趟厕所，她抓着尤二的手说："你说这手术该咋做，不会要在肚子上开一个大口子吧！"

尤二自然没法回答牛红梅的问题，这一刻他后悔没让尤济世跟来了。尤二没带尤济世过来是为了省两百块钱往返车票钱，说实话，出门前尤二自己都不太想来，最后实在拗不过牛红梅的反复要求才上车的。尤二回忆起年少时陪女朋友做过的人流手术，想当然地认为基因矫正应该也差不多。他对牛红梅说："应该就是医生拿个啥工具，从你的那儿伸进去，然后把胎儿有问题的基因给换了吧！"

尤二说这话时脸色涨得通红，他低着头，鼻尖几乎要碰到膝盖上。除了怕牛红梅看出端倪外，尤二觉得坐在这块写着"H.D.E.N基因矫正室"的招牌下本身就是一种耻辱，他觉得"基因矫正"这四个字就跟"性病皮肤病专科""人工流产"差不多刺目。尤二想挪窝，又怕护士到时候喊不到人，不得不坐针毡地待在原地。所以，当走廊上响起"下一位患者，牛红梅"的声音时，尤二几乎像兔子一样蹿进了治疗室。

"是牛红梅吗？"

"是！"

"胎儿染色体异常，可能导致先天性肛门闭锁、消化道发育异常、遗传性贫血，知道吧？"

"是！"

"基因矫正的原理与风险，医生之前都给你们交代了吧？"

"是！"

牛红梅一连回答了三个"是"字。尤二始终没说话，他眯着眼睛，将诊疗室上上下下打量了一番。尤二觉得这房间跟想象中实在相去甚远。在进门前，尤二对诊疗室的想象完全源自当初缴的两万块钱。他觉得医院既然敢收两万，那治疗室就算不是金碧辉煌，起码也要壮观大气，里面摆满写满英文、法文、德文、意大利文的巨型机器才对。尤二曾陪老娘做过核磁共振，当时花了四千，尤二也第一次见识了核磁共振机。尤二觉得今天的诊疗室里起码得放三四台核磁共振机，才对得起两万的价位。谁知到头来大失所望。房间满打满算不过十五六平方米，中间一张病床，病床后一张桌子，桌后一扇小窗，窗后拉着道帘子，里面什么都看不见。别说核磁共振机，就连台 X 光机都望不到。一个长满青春痘的年轻护士吩咐牛红梅坐在病床上，然后走到窗口，拿起一根食指粗细、写有"牛红梅"三字的针管。护士拿起针管，将几滴淡青色液体推进牛红梅雪白的臀部，然后说："好啦！"

尤二以为护士打的是麻醉针，他问："可以准备做手术了？"

青春痘护士咧嘴一笑，脸上的痘痘闪闪发光，她说："H.D.E.N 不用开刀，也不用麻醉！打一针就行了！你们可以回家啦，祝你老婆生个健康漂亮的宝宝！"

尤二不可思议地望向护士手中的针筒，感觉跟自己小时候花五块钱打的青霉素没有任何分别，只不过颜色浅了一些、分量少了一些罢了，在注射完的针筒内，还残留着一点米粒大液体。尤二心疼地说："这么几滴药水，就要两万？这简直比金子化成的水还值钱啊！"

护士"扑哧"一下笑出声，她对眼前的土包子解释："你可别小看这几滴药水，这技术值好几百亿呢！你可能不知道，这里面的腺病毒载体，可不是在我们这儿配的，是我们医院把检测结果寄到首都，首都的基因实验室给配出来的！那地方一台设备都要十几亿，纯进口的呢！"

尤二不再说话，将信将疑地走出医院。回去的路上，尤二还始终惦记着针筒里残留的那一点注射液，不为别的，既然半针管绿水值两万，算下来的话，剩下的那一点起码也得值七八百，一想到这里，尤二的心又疼了，他对牛红梅说："刚才针管剩下的那点药，会不会是护士给克扣了？"

牛红梅没有答话，她想的不是剩下的那点药水究竟值多少钱，而是进入她身体的那些药水究竟能管多大用。她觉得刚才扎针的地方有些胀、有些痒，肌肉下面似乎有一些冰凉凉的液体正顺着血管流进子宫，她觉得子宫里的胎儿仿佛跳了一下，似乎笑了一下，这份天人合一、无法用科学解释的玄妙感觉来自母体与胎儿之间的血脉连接。牛红梅忽然笑了，她对尤二说："我感觉到了，这次会是个好娃娃！"

尤二被牛红梅的信心感染了，他说："嗯，一定是个好娃娃！"

尤二满心欢喜，当天晚上，他就带着十二分的精神重新回到荒废已久的赌博事业中，这一晚尤二如有神助，在赌桌上大杀特杀，将包括尤德赖、尤光棍在内的七八个赌友宰得叫苦不迭。尤其是尤德赖，还没到半夜，他桌上的赌本就只剩几个钢镚了。其中一大半自然输给了尤二，尤德赖心中恼火，认为自己多半着了尤二的道——这世上的赌徒大抵如是，习惯将赢钱的原因归结为自己的技术与心理素质，而输钱则要怪对手出千或自己时运不济。不止赌桌，在生活中，不少人也有同样的错觉。

"五十，不开!"尤二叼起一根烟，笑嘻嘻地望对面的尤德赖。

尤德赖觍着脸借了两百块赌本，一咬牙："我跟五十，不开!"

"跟一百!"一团烟圈从尤二的嘴里吐了出来。

"一百!"尤德赖头顶有汗珠渗出。

"两百!"尤二从面前一堆纸币中随手捏出两张红票，看都没看，就甩到桌子中间。

尤德赖强撑不下去了，哭丧着脸把牌一扔，气鼓鼓地说："我们先前打牌，一次最多跟五十!你个狗日的，下一百、两百算啥子意思?"

尤二把面前的牌一掀，居然是三张老K豹子。他将桌上的钱一把搂到怀里，慢条斯理地说："俺今天在省医院见过大世面了，这点小钱，随便玩!"

一众赌徒来了兴趣，输钱的郁闷都被甩到了一边，他们问尤二："你今天见过啥世面了?"

尤二绘声绘色地将白天做基因治疗的情景描述了一遍。为了更生动形象地表现出药水的昂贵，说到打针时，尤二一溜烟跑进厨房，拿出一瓶四块钱的海天酱油，拧下瓶盖，小心翼翼倒了半瓶盖酱油，指着瓶盖说："就这么一丁点儿药水，两万！你说咱哥几个一晚的输赢也不过两三千，人家医院卖两滴药水就赚回来了！"

赌徒们先是不信，但等尤二拿出白纸黑字的缴费单后，他们的眼睛直了，纷纷拍胸脯表示，要把自己的儿孙送进医学院，将来挣大钱，买大房子，娶城里女人。他们说得眉飞色舞，赌得天昏地暗，一个个沉浸在欢乐而愉悦的气氛里无法自拔。唯一不太开心的是尤德赖，凌晨两点时，他不但输光了身上的一千八赌本，还欠下了一千五的外债。他输的这三千三，至少有三千进了尤二的腰包。当尤二第四次吃掉他志在必得的好牌时，尤德赖眼珠一转，对尤二说："尤二兄弟，你说这省医院该不会是骗人的吧！"

五六双摸牌的手一下子顿在空中，尤济世第一个插话，他说："哪能呢？人家是三甲医院！"

"首都的医院还有骗人的呢！"尤德赖装出严肃的脸色，他说，"再说了，再贵的药也有不灵光的啊！前两年得癌症死的尤德贵，他吃的那药，美国进口，八百一颗，一天一颗，最后硬熬了三个月，花了七八万，人还不是没了？"

尤二被尤德赖一激，原本已沉到肚子里的心重新悬到了嗓子眼，他大声地说："别说晦气话！俺这回生的娃娃，一定有屁眼！"

"一定有！一定有！"赌友纷纷附和。当然，他们说这话并不都发自肺腑，不少只是出自客套的表面文章。然而这虚伪的吉言让尤二脑子一热，他一拍桌子当着七八个赌友的面，发了个改变尤刚一生的毒誓："苍天在上，俺这回生的孩儿只要有屁眼，老子就给他起名叫尤屁眼！"

第
二
章

尤刚的童年

第八节 刚者，肛也

尤刚出生的那天，尤村一百多名群众至少有三分之一围在小石镇医院的产房门口，这些人翘首以盼，等待尤二的第三个孩子降生。好事者甚至为此开出了盘口，他们赌尤二的下一个孩子到底有没有肛门，有的赔率是一赔一点二，没有的赔率是一赔九。不少赌徒押了后一个选项。所以，当婴儿响亮的啼哭声在病房里响起时，几十个围观群众的心也跟着哭声上下起伏。

病房里，尤二像一根木桩一样站在墙角，脑袋耷拉着，不敢看护士手中的婴儿。产床上的牛红梅虚弱得连呼吸都费力了，她用力吸了一口气，问医生："医生，俺这娃？"

"恭喜你，一切正常！"周诚沙哑的声音这一刻宛若天籁一般动听，牛红梅心上开出一朵鲜花，她对尤二说："尤二，尤二！"

尤二猛然抬头，没有神采的目光对准了婴儿光洁粉嫩的屁股，在洁白的屁股正中，生着一个小巧精致的肛门。尤二直愣愣地盯着肛门看了三分钟，觉得自己看到了一轮刚刚升起的太阳。

"俺娃儿有屁眼！"尤二高声尖叫道，"尤屁眼！有屁眼！"

挤在门口的男女老幼顿时发出巨大的嘘声，赢了钱的赌徒们欢欣鼓舞，输了的则唉声叹气，没有下注的看客觉得自己错过了连中三元的奇迹，多数人败兴而归。只有尤济世从潮水般退去的人群里挤进产房，兴高采烈地说："我就说，不会有问题，这两万块花值啦！！"

尤二端起婴儿，先在婴儿满是膻味的屁股上亲了三口，接着在牛红梅满是汗珠的脸上亲了两口，最后抱起尤济世油光滑亮的秃脑袋亲了一口。尤二高声叫唤："俺决定了，这孩子日后就叫尤屁眼！"

这话一出口，原本已退到医院门口的群众哄笑了一声，重新聚了回来，在窗口热情洋溢地鼓掌叫好："尤屁眼！尤屁眼！"

群众呼声高涨，声音整齐得就像阅兵仪式上的仪仗队。说来也怪，大家这一喊，尤二手里的婴儿立马停止了啼哭，眼睛撑开一条缝，好奇地望向外面的村民。尤二满心欢喜，觉得手中的孩子也满意"尤屁眼"这个名字。尤二咧开嘴笑了两声，说："尤屁眼，就这么定啦！"

"不行！"病床上的牛红梅尖叫。

一旁的医生周诚也连连摇头，说："胡扯！"

尤济世表情最激动："你这是对孩子的一生不负责！"

尤二的脸板下来了，牛红梅说反对，他虽不打算采纳，但表示理解，但周诚、尤济世的反对让尤二十分不爽，他觉得给这孩子起名，怎么都算自己的家事，轮不上外人插话。但牛红梅眼看复旦大学的博士生、德高望重的老村长都站在自己这一边，态度变得比铁都硬。她招招手，将尤二唤到身边，用力揪住尤二的头发，她愤怒地说："尤二，你给孩子起'尤屁眼'这样的名字，是想他一辈子遭人笑话吗？"

尤二梗着脖子分辩："俺在尤德赖几个跟前发过誓了，只要孩子有屁眼，名字就叫'尤屁眼'！俺一个大男人，说话总得算话吧！尤村长，你当时也在场，那会儿也没看你反对啊！"

"我哪知道你能玩真的?!"尤济世连连摇头，眼珠子滴溜溜地转了三五圈，忽然一拍脑门，大喊道："有了！"

病房里的四个大人一个婴儿齐刷刷地看向尤济世，尤济世捋了捋所剩无几的头发，一脸自豪地说："要不这样！这孩子叫尤刚！刚者，肛也！肛门就是屁眼！这名字既不难听，也不拗口，尤二兄弟，你也不算违背了誓言，对吧！"

尤济世的折中建议立刻得到了屋内人的一致认同，尤二拍着手说："好！尤刚好！就叫尤刚！"

尤刚悲惨的童年就此拉开了序幕。从出生的第一天开始，尤刚便取代了父亲尤二的地位，升级为尤村的第一名人。这也是很正常的事，毕竟在尤村三百多年历史上，还没有一个孩子能像尤刚这样，在出生前便吸引了全村人的目光的。

尤二添了孩子后，便功成名就地回到赌桌上，重新投入到赌博事业中。说来也怪，自从尤刚出生后，尤二的手气更加一发不可收拾，从以往的胜多负少、略占优势，一下子进化为大杀四方，每天深夜到凌晨，几乎整个尤村都能听到尤德赖、尤光棍等一干赌徒输红眼之后的大呼小叫。尤其是尤德赖，这个精明吝啬的杂货店老板每次手风不顺，都会找些话茬子揶揄尤二："尤二兄弟，你这手气真旺！怪不得之前连生两头貔貅！"尤德赖输掉了一把志在必得的牌，阴阳怪气地说。

尤二脸色一沉，赢钱的喜悦一下子散掉一大半。尤德赖不依不饶地说："早知道前两年多摸你家尤龙、尤凤几下，沾点财气！"

尤二将摸到一半的牌摔在桌上，大声吼道："狗日的，你还有完没完了！"

尤德赖这才闭嘴，桌上的牌友在抚慰尤二的同时，纷纷谴责尤德赖的口出恶言。

尤二又骂了几句脏话，便重新投入到热火朝天的赌博事业中去了。在接下来的两个小时里，尤二锱铢必较，牌桌上专门找尤德赖较劲，没有貔貅庇佑的尤德赖很快便丢盔弃甲地败下阵来。凌晨一点的时候，尤德赖狼狈地掏出口袋里的最后一张纸币，告饶道："尤二兄弟，我输光啦，不玩啦！"

"不行！"尤二把牌桌敲得震天响，"说好玩到天明鸡叫，你这输了就跑，还是不是男人！"

尤德赖摸了摸裤裆，寻思自己是不是男人并不会因为尤二的言语改变，干脆把牌一扔，站起身跑出门了。回到家后的尤德赖越想越气，又不敢冲尤二发作，只好四处散布尤二的坏话，诸如打牌出千、输钱赖账、偷鸡摸狗之类。有一次，尤德赖喝醉了酒，对村里的七八个混混说："尤二作恶多端，他这个儿子虽说有屁眼，但这屁眼是个次品，说不准哪天就没了！"

尤德赖说这话时，眼睛望着窗外的月亮，手上端着酒杯，表情里满是悲天悯人的味道，同在一张桌上喝酒的崔瞎子立刻出言附和，他说："不是不报，时辰未到！"

就这样，这句出自尤村知名企业家、杂货店董事长尤德赖之口，得到尤村首席玄学家、风水先生崔瞎子首肯的预言，立刻一传十、十传百，成了尤村一百多名群众最关心的话题。牛红梅无论将尤刚抱到哪里，都会有好事的村民在旁边起哄："红梅，你家尤刚的肛门还在不？"

这些群众一边说，一边伸长脖子朝尤刚的开裆裤里看去，个别胆子大的混混还会动手动脚，打着摸尤刚的幌子，趁机在牛红梅的胳膊、肩膀上蹭两下，摸两下。前几次遇上这样的情况，牛红梅总会羞红了脸，抱着尤刚夺路而逃。但时间久了，这位可怜的母亲也习惯了这种程度的讪笑与嘲讽。每个晴天的傍晚，她都会抱上襁褓中的尤刚，从村东走到村西，再从村西走回村东，无论群众怎么起哄、调笑，她都像瞎子聋子那样，没有丝毫反应，嘴巴里依旧哼唱着好听的摇篮曲。

"尤刚，尤刚，快快长大吧！"

第九节　记忆之初

尤刚人生中的第一段记忆发生在他三十七个月的时候，那是一个温暖而潮湿的春天早晨，牛红梅早早上镇里赶集了，尤二赌了一宿牌九后刚刚睡下，粗重的鼾声比屋外的鸡啼还要响亮。尤刚从床上醒来，发觉母亲的被子空空如也，而父亲怎么都推不醒，于是他穿着短了半截的棉衣从床上爬起来，揉了两下眼睛，蹦蹦跳跳地朝院子里走去。铁门没锁，于是尤刚推门走了出去。

尤刚跑到人来人往的村道上，觉得身上有些冷，于是就朝着太阳的方向走去。早起的村民很快就发现了孤身一人的尤刚，一个个开始窃窃私语，他们好奇尤刚的肛门是否还长在原来的地方，是否还是原来的大小，是否还有应该有的功能。尤刚睁大眼睛看着这些围观者，目光里满是迷茫。忽然，一个十三四岁的半大少年跑到尤刚面前，笑嘻嘻地说："尤屁眼，把你的裤子脱下来给我们看看！"

尤刚看了看对方，摇了摇头，他说："我冷，妈妈说热才脱衣服，冷不脱衣服！"

少年眼珠一转，他对尤刚说："你把裤子脱下来，我给你糖吃！"

看着少年手上的两颗糖果，尤刚的口水从嘴角滴到了地上，他几乎是迫不及待地脱掉裤子，然后按照对方的要求，高高撅起屁股，弓着腰原地转了七八圈，一直转到头晕目眩才停下来。大家发出一片哄笑，七八个群众立马挤了上来，他们围成一圈，将尤刚的肛门仔仔细细地品鉴了一遍，然后失望地说："这肛门好像没问题啊！"

"崔瞎子说了，还是时候未到！"

尤刚转得满头大汗，眼睛却始终直勾勾地望着少年手上的糖果。少年虽然顽劣，但好在说话算话，他将糖果交到尤刚的手上，说："走吧！"

尤刚开心地将糖果塞进嘴里，糖果甜滋滋的，从喉咙口一直甜到心眼儿里。尤刚提起裤子，迈起香甜的脚步，呼出香甜的气息，继续朝太阳的方向跑去。尤刚想如果脱一次裤子就能换两颗美味的糖果，那他宁愿每天脱一百次裤子。

太阳越爬越高，尤刚觉得身上暖和了一些，但肚子却咕咕叫了起来。于是他不再朝太阳的方向奔跑，而是转过身，朝着记忆中杂货店的方向奔跑。尤刚记得，自己每次跟妈妈出门，只要进了杂货店，就能拿到饼干、面包这些香甜可口的食物。尤刚跑到杂货店门口，看见正躺在藤椅上晒太阳的尤德赖。

"哟，尤刚？"尤德赖从藤椅上坐起身，半眯的眼睛睁大了，他朝尤刚的身后看了一眼，并没有发现牛红梅的身影，他问："你妈妈呢？"

尤刚摇摇头，目光从尤德赖的脸上移到后面的柜台上，锁定了一袋标价三块八的小熊饼干，之后就再也移不开了。尤德赖看出尤刚饥肠辘辘的样子，却想不明白这究竟是怎么一回事，他问尤刚："你妈妈让你来买饼干？"

尤刚一脸茫然地点点头，指了指饼干，又指了指肚子，舌头在嘴唇上舔了两下。

尤德赖眼珠转了转，他对尤刚说："这饼干四块八，你带了多少钱？"

尤刚嘴里发出嗯嗯的声音，眼睛依旧直勾勾地看着饼干的位置。尤德赖想了想，说："既然你不会掏钱，那我就去你口袋里拿啦！"

尤德赖的屁股离开了藤椅，他站起身，四下望了望，发现不远处的水田里站着几个正在除草的村民。他把尤刚拉进杂货店，将满是老茧的右手伸进尤刚的棉衣口袋。他第一下没掏着，第二下也没掏着，第三四五六七八下都没掏着。他干脆将尤刚全身的口袋都翻了出来，发觉除了一个锈迹斑斑的破铃铛外，里面什么都没有。尤德赖气急败坏地说："尤屁眼，没钱来买什么吃的？"

刚满三岁的尤刚并不知道问题出在什么地方，他只记得，自己每次来到杂货店，只要在门口站上一会儿，妈妈手上就会多出许多好吃好玩的东西。所以他天真地以为，货架上摆满的零食、玩具原本就是给每个需要的人准备的。尤刚踮起脚，伸手去够近在咫尺的一袋小熊饼干，谁知指尖刚够到饼干的袋口，尤德赖就伸出蒲扇般的大手，用力把尤刚一推，恶声恶气地说："你老子尤二是个赌鬼，生个儿子是个小偷，你们父子俩真是一路货色！"

尤刚一屁股跌在冰凉的烂泥地上，嘴巴一扁，发出响亮的哭声。尤德赖被这哭声一激，心头的怒火反烧得更旺了。他想起前一天晚上，自己玩牌九输掉的两百七十块；想起前前天晚上，自己诈金花输掉的三百九十块；想起前前前天晚上，自己打麻将输掉的一百六十块。这些钱有一多半进了手气正旺的尤二，也就是尤刚父亲的口袋里。尤德赖又想起，两年前自己拿尤龙跟尤凤说事，被睚眦必报的尤二在牌桌上狠宰了一个多月的惨痛往事。

尤德赖从地上拉起尤刚，脱掉他的裤子，将一团腥臭的烂泥抹在尤刚的肛门上："小王八羔子，你就活该没屁眼！"

尤刚并不知道尤德赖究竟做了什么，只觉得自己裤裆里湿湿的、凉凉的，他一面号啕大哭，一面朝家的方向跑去。尤德赖看着尤刚一歪一扭的背影，咧开嘴笑了，满嘴的黄牙在朝阳的照耀下闪闪发光。当意识到，如果这半大娃娃回去找父母告状，以尤二的泼皮性子，八成会找自己的麻烦，尤德赖又愁眉不展起来。他躺在藤椅上抽了七八根烟，终于眉头一展，心中生出一条完美的计策。他走进里屋，从一片狼藉的地上翻出一个装化肥的蛇皮袋，朝村头的公共垃圾堆走去。

令尤德赖格外惊喜的是，带尤刚上门找他理论的竟然是牛红梅，而不是尤二。

当时已到了中午，尤德赖正坐在店门口吃面条，吸溜吸溜的声音连马路对面都能听到。当他看到马路尽头，牛红梅牵着尤刚，一长一短两条身影朝自己走来时，嘴里不由自主地哼起了京剧："先帝爷三顾请才把山下，我本是卧龙岗一道家。"

尤德赖的三顾茅庐刚唱了两句，牛红梅已柳眉倒竖、怒气冲冲地走到跟前，她质问他为什么要欺负尤刚。谁知道尤德赖气势更凶，他一个鲤鱼打挺，从藤椅上蹦到牛红梅的跟前，反客为主地问："你怎么才来？"

尤德赖说话的声音很大，脸上满是愤愤不平的神色，牛红梅一看他这副样子，气势倒矮了半截，她说："什么我才来？我问你，你为啥要欺负我家娃娃？"

"我欺负你家娃？"尤德赖右手在柜台上一拍，转身走进屋。两分钟后，尤德赖捧着一只半人高的竹筐走了出来，竹筐里装着一大堆花花绿绿的被撕开口子的饼干袋、糖纸。尤德赖把这些杂物拨开，露出下面的一小堆饼干屑、碎方便面。尤德赖一脸委屈的样子，对牛红梅说："我就出去上个茅厕的工夫，你儿子就把我的店给洗劫啦！"

牛红梅眼睛睁得比核桃还大，正想问尤刚到底是怎么回事，尤德赖却先入为主了，他恶狠狠地冲尤刚喊："刚才你是不是拿柜台上的饼干了！"

尤刚愣了三四秒，点了点头，牛红梅脸色变了，尤德赖又问："我问你有没有钱，你不理我，对不对？"

尤刚嘴巴一扁，哇的一声哭了出来。

尤德赖一看这形势，胆又肥了两圈。他将竹篓里的包装袋与食品碎屑一股脑儿倒在地上，开始低头算账："饼干，三块八一袋，两袋；薯条，两块五一包，两包……你儿子在我店里总共拆了七十三块六的东西。作为长辈，我也稍微教训了一下他。既然如此，我就打个折，你赔我五十吧！"

牛红梅被尤德赖的一番抢白弄晕了，她低下头，问尤刚究竟有没有做这些，但尤刚只报以响亮的啼哭。牛红梅环顾四周，问旁边田里的村民有没有看见刚才发生的事，然而大家的反应让她再一次失望了。老实巴交的牛红梅想了想，一咬牙，从口袋里掏出两张十块钱的票子，说："就算我孩子调皮，你也不能在我儿子……"牛红梅将"肛门"二字咽回肚子里，她说，"你也不能这样欺负我儿子，这样，我赔你二十，两边扯平啦！"

尤德赖心头暗喜，但脸上仍装出一副不情不愿的样子，他说："好吧，算我今天出门没看黄历，遇到这个小灾星……"

尤德赖舔了下嘴唇，正要把二十块钱接到手里，忽然，他眼直了，腿抖了，伸出一半的手也僵住了。他看见围观的人群里挤进来一个熟悉的身影，接着，尤二平地炸雷般的嗓门在人群中炸开了：

"尤德赖，敢欺负我老婆孩子，看来你的黄胆从屁眼里屙掉啦！"

尤德赖眼看煞星上了门，整个人变成了一根软绵绵的没骨面条，他说："不要激动，不要激动！有话好好说！"

"刚才是怎么回事？"尤二揪着尤德赖的领子问。

尤德赖暗自叫苦，但谎话已经说出口了，再收回来无疑是自讨苦吃。只能抖抖索索地重复了一遍之前的说法，心里默念阿弥陀佛，希望尤二拆不穿他拙劣的谎言。谁知尤二听完尤德赖的话，压根儿没去计较真假。尤二说："我儿子拆了你店里七十三块六的东西，你就扒了我儿子的裤子，还在我儿子腚眼里塞泥巴，是这么回事吧？"

尤德赖心知不妙，但心想尤二既没能戳穿他的谎言，那自己还不完全理亏，他点头，说："略施惩戒，略施惩戒！"

尤二松开尤德赖的领子，尤德赖还以为这事就此揭过了，弯下腰，大口大口地喘气，谁知气刚吸到第三口，没等呼出来，尤二又一次揪住了他的头发。尤德赖的眼泪鼻涕一起喷了出来，他说："尤二兄弟，不是说好两家扯平了？你这又做什么？"

"谁跟你扯平了？"尤二手上又加了把力，他高声说，"既然你觉得这两样事能扯平，那好，我现在给你七十三块六，我也要脱你的裤子，往你腚里塞泥巴！"

尤二松开揪着尤德赖的手，右脚在尤德赖肚子上踢了一脚。尤德赖被尤二一踢，身子失去平衡，整个人仰面朝天倒下。尤德赖双手紧紧地抓住自己的裤腰带，哀声向尤二告饶道："尤二兄弟，我错了，我再也不敢了！"

一口带着浓痰的唾沫从尤二的嘴里发射出来，不偏不倚地落在尤德赖的酒糟鼻上。尤德赖不敢作声，只能哆嗦着低下头，一手抱着脑袋，一手提着裤子，默默地忍受尤二在他身上拳打脚踢发泄怒火。尤德赖总共挨了六拳四脚，外加十三口唾沫。待到围观的喧嚣声渐渐减弱，尤德赖才战战兢兢抬起头来，他朝前面望去，坑洼不平的村道上已经看不见尤二一家三口的影子了。

　　这一刻的尤二肯定不会想到，三年后，他对自己的儿子做出了比尤德赖更过分的举动。

第十节　尤刚的悲剧

在尤二远近闻名的淫威的庇佑下，尤刚茁壮地长到了上小学的年纪。六岁的尤刚个头儿比同龄人都高两寸，五官继承了父母双方的优点，齐整的平头下生着两颗乌黑的大眼睛。尤刚的鼻子像爸爸，高而挺拔；嘴巴像妈妈，唇红齿白。镇小学的老师看了，还以为这是哪个书香门第里走出来的娃娃。

这其中最大的功劳自然属于尤刚美丽却朴实的母亲，牛红梅不止生了张好脸蛋，还有一副好脾气和一颗好心，事实上，除了没有嫁一个好老公之外，牛红梅身上的一切都是完美无瑕的。但牛红梅并不这么认为，她始终觉得，自己嫁的男人就是这世上最好的男人。牛红梅一个人将尤刚拉扯长大，对儿子说的最多的一句话就是："爸爸虽然很少陪你，但他心里最疼你了！"

尤刚一听到这话，脑子里立刻浮现出三岁那年，父亲教训尤德赖那威风凛凛的身影，他点点头，说："嗯，爸爸是天底下最厉害的男人！"

牛红梅这般爱慕、崇拜尤二是有道理的：尤二好赌，但赢多输少，所有赢多输少的赌徒都不该称之为赌徒，而应该称之为赌者或者风险投资家，这类人身上至少有两个优点：聪明、自控力强，尤二也是如此；其次，尤二不嫖，当其他混混、赌棍在涂脂抹粉的站街小姐身上挥汗如雨的时候，尤二都躺在家里的大床上呼呼大睡；最后，尤二虽不做家务，游手好闲，是村里公认的流氓无赖，但他从来不打骂老婆。

这些年，尤村超过五分之三的无辜群众被尤二打过、骂过、威胁过、调戏过：六十八岁的周裁缝不小心将洗衣水泼到了尤二的身上，被揪着头发照着面门打了三拳；二十八岁的李寡妇因为走路挡了尤二摩托车的道，被隔着裤子摸了两下屁股；八岁的尤小虎因为拿弹弓射破了尤二家的玻璃，更被尤二吊在树上打得哇哇大哭，声音整个村子都能听到。至于尤德赖、尤光棍等一众赌友，平日里对尤二也是畏之如虎。但就这么一个混账、混蛋、混世魔王，在家里居然是个和平主义者。

尤二跟牛红梅也吵过架，为孩子吵、为家务吵、为所有其他夫妻吵架的理由吵。每当双方的怒火升级到不可调和的地步时，尤二就会张开铁钳般的大手，将牛红梅抱在怀里，然后剥她的衣裳，牛红梅刚开始时会挣扎，但最多三分钟后，夫妻间的战火就变成了炮火，动作片变成了三级片。

然而就在尤刚六岁生日的那一天，尤二第一次揍了自己的妻子、尤刚的母亲。

这件事还要从当地知名玄学家——崔瞎子说起。崔瞎子跟尤二的恩怨可谓源远流长：牛红梅怀尤凤的时候，崔瞎子曾主动上门帮尤二改过风水，意图搞一次十拿九稳的无偿投资，谁知投资失败身败名裂，这事尤二并没有过多计较。谁知等尤凤夭折后，崔瞎子为了挽回自己的声誉，造谣尤二作恶多端要遭天打雷劈。这一来激怒了尤二，崔瞎子因此被勒索走八千多块钱。所以，待到尤刚出生后，怀恨在心的崔瞎子就用他远近闻名的金口，给尤刚的一生定下了八字箴言："不是不报，时辰未到。"

　　现如今尤刚越长越大，整日在村子里上蹿下跳，完全看不出一丁点儿中途夭折或命途多舛的征兆。这一来，当初的八字箴言就成了崔瞎子算命生涯里全新的污点，这对无比爱惜名声的崔瞎子来说无疑是难以忍受的。但有诸多教训在前，崔瞎子不敢明面上找尤刚的麻烦、说尤刚的坏话，只好挖空心思，使劲琢磨该如何对付这个人畜无害的小娃娃。法子最后还是让他想出来了，崔瞎子效仿当年陈涉吴广的做法，编了两段顺口溜："尤刚尤刚，生来无肛，尤二尤二，没有老二！"

　　崔瞎子寻思了片刻，觉得这两句话要是传出去，尤二说不准会在全村人面前展示他宏伟雄奇的老二，那一来谣言就不攻自破了，所以崔瞎子又绞尽脑汁重编了一段："尤刚天生没屁眼，不吃不拉做神仙。尤二自个儿做郎中，拿起钉子钻个洞！"

　　崔瞎子没啥文化，编的这两句顺口溜也是俗不可耐、狗屁不通。不过崔瞎子算了四十年命，最擅长的就是察言观色，对群众心理的估摸比名牌大学的心理学教授还要厉害几十倍。他知道，尤二在尤村已经横行太久了，他娶了全村最漂亮的女人，生了全村最标致的娃娃，不仅如此，还在赌桌上赢了小半个村子的钱。所以这句顺口溜一旦问世，就一定能将尤二淹没在舆论的汪洋大海里。

　　崔瞎子选了一个月黑风高的夜晚，用半截粉笔将这四句顺口溜写在了村委会门外的砖墙上，他的忠实战友、资本家代表尤德赖则负责放风监督。大字报自然是匿名的，这是群众们多年的优良传统与智慧结晶。日后观察民意的风向，再决定是坚决拥护、煽风点火，还是转戈倒向。两人写完标语后哈哈大笑，心想恶人总算有了恶报，如果一时没报，那一定是时辰未到。

　　第二天中午之前，尤村三分之二的群众看见了这段顺口溜，其中就包括两个尤刚的同班同学。在这种前提下，牛红梅抽泣着找来红漆将标语涂掉的举动就显得毫无意义了，当她想明白这一点后，泪水又一次从红肿的眼眶里涌出来，她问周围人："到底是谁写的？"

二三十个围观群众面面相觑，大气都不敢出一口。等牛红梅将顺口溜的最后一个字涂成一个歪歪扭扭的红圈时，躲在人群最后的尤德赖拽了拽一旁崔瞎子的袖口，两人同时露出心满意足的笑容，转身回家了。

此后两天时间，整个尤村再一次淹没在尤二暴跳如雷的骂声中。尤二从村西骂到村东，从村南骂到村北，他将肚子里所有的脏字都骂了出来，将尤村上下所有人连同他们的祖宗八代都骂了进去。但这样的辱骂非但没能揪出幕后黑手，反而更加激起民愤，将风口浪尖上的尤刚往坑里推了一把。

说实话，此时距离尤刚的出生已经有六个年头了，人民群众对尤刚屁眼的兴趣早已比不上当年。尤刚屙屎屙尿的时候，再没有人愿意忍受着恶臭，摇头晃脑地围观了，村里的半大少年，顽劣孩童，对尤刚出生时的神奇传说更没有太深的印象。但这四句从天而降的标语，外加尤二这两天的所作所为，将群众尘封已久的记忆全都唤醒了。这些人不敢当面得罪尤二，但在背地里说坏话还是有勇气的。短短三天后，尤刚在同学心里的形象就从乖巧伶俐的三好学生，堕落成坏到流脓的流氓二代。那个尘封已久的绰号又一次登上了历史舞台，学校里的同学不再叫尤刚的名字，而是喊他："尤屁眼，你的屁眼还在不？"

六岁的尤刚已经基本能分辨出什么样的外号是光荣的，什么样的外号是耻辱的，什么样的外号是既不光荣也不耻辱的。而"尤屁眼"这个外号，毫无疑问属于最耻辱、最丢人、最饱含恶意的那一种。每当有人喊他"尤屁眼"这个外号时，尤刚都据理力争，甚至不惜用武力解决。尤刚个头挺拔，同时继承了父亲的优良血统，常常在一对一的战斗里打得这些同学哇哇乱叫。但喊他"尤屁眼"的孩子不是一个两个，也不是十个八个，而是几十个、几百个，所以，没过几天，尤刚就淹没在群众战争的汪洋大海中了。

尤刚回到家，怒冲冲地质问尤二："爸爸，你为什么给我起这么难听的名字?!"

当时的尤二正在火头上，非但没抚慰尤刚，反而恶狠狠地说："尤屁眼咋了，总比没屁眼好!"

"我宁可没屁眼，也不叫尤屁眼!"

尤二怒不打一处来，他伸手逮住尤刚，脱掉尤刚的裤子，把尤刚打得号啕大哭。尤二一面打一面问："你要不要屁眼?"

"不要!"

"到底要不要?"

"不要!"

"老子打死你，你要不要?"

"不要!"

尤二恼羞成怒，他提着尤刚走回房间，从柜子里找出一袋牛皮膏药。尤二将巴掌大的膏药贴在尤刚的屁股上，然后又撕下两长条，模仿封条的贴法在上面贴了一个大大的"×"字。尤二对尤刚说："既然你不要屁眼，那就别拉屎了!"

第十一节　飞来横祸

两天后。

尤刚已经整整四十八个小时没出恭了，他觉得肚子都快要被撑破了。放学铃声一响，尤刚就背上书包，像一只野兔般蹿出了校门。他跑到一处没人的野地，在一丛灌木后面蹲了下来，接着小心翼翼地撕掉屁股上的封条，痛快淋漓地排掉肚子里的存货。做完这一切之后，尤刚试着重新将膏药贴回去，谁知撕下的膏药没有了之前的黏性，尤刚搞了半天，也没法将屁股上的封条恢复原样。正当他着急的时候，忽然听到后面有人叫唤："嗨，尤刚！你咋用狗皮膏药把屁股贴起来了？"

尤刚的脸一下子黑了，他朝声音传来的方位望去，看见两个同村的孩子正站在田垄上一脸坏笑地望着自己。这两个孩子他都认识，一个上二年级，一个上三年级，两个人都是尤刚的老冤家，平日里没少在学校里嘲弄他。尤刚的心沉了下去，压抑了半天的火气腾腾地冲上脑门。尤刚将书包丢到路边的草垛上，捏着拳头就朝这两个仇人跑了过去。两个孩子看见尤刚气急败坏的样子，都嘻嘻哈哈地跑开了，他们一面跑一面叫，"尤刚的屁股上贴膏药啦！""尤屁眼的屁眼被贴起来啦！"尤刚在后面追他们。夕阳下，三个孩子的影子被拉得很长很长，就像三根刚擀出的面条。

尤刚追了整整三四里路，他汗流浃背，全身好像刚从水里捞出来一样，但他没有停下来，也没有放慢脚步。当他跑过尤村最大的十字路口时，一辆冒着黑烟、发出突突声的拖拉机也恰好驶到了这里。

这是一辆没上牌照的黑拖拉机，驾驶员是个三十来岁的黑瘦汉子，嘴里叼着烟，绿豆大的三角眼在路边的小姑娘大姑娘身上扫来扫去。正因如此，他的拖拉机在红灯下方的人行道上撞上了尤刚。看着一具小小的身子从眼前飞过，黑瘦汉子嘴里的烟一下子掉在了车踏板上，三角眼眨了两下，轰的一声踩死了油门。

两个在前面逃跑的娃娃一看尤刚被车撞飞了，吓得都停下了脚步。两人跑到尤刚身边，大声叫他的名字。尤刚看到仇人居然送到了自己跟前，想直起身赏他们一顿王八拳，但身子却软绵绵的，脑袋里好像有七八只活老鼠在跑来跑去。接着，他看到两个孩子的脸色变了，从苹果的颜色变成了白菜的颜色。他顺着这两人的目光朝自己的身侧看去，一汪红艳艳的鲜血在夕阳的照耀下显得分外妖娆。

"我……我会死吗?"尤刚的意识有些模糊，他说，"我屁股上的膏药好像掉下来了呢!"

这两个孩子此时展现出义薄云天的一面，他们没有丢下尤刚，而是哭喊着叫来了村里的大人。两个年轻小伙子轮流将尤刚背到了他出生的小石镇人民医院，到医院的时候，他们的白背心已经被血染成了红背心。与此同时，三个老太太踢溜着小脚，一颠一颠地跑到尤刚的家里，将这个消息告诉了正在煮饭的牛红梅与正在看电视的尤二。

"你儿子让拖拉机撞了，现在在镇医院!"

牛红梅发出一声凄厉的尖叫，她穿着拖鞋跑了出去，尤二紧随其后。两个人一前一后地在田间奔跑，当跑到两百米的时候，尤二超过了牛红梅，他挺着胸膛，鼻孔里发出呵呵的喘气声。尤二回头望了一眼牛红梅，脚步放慢了一些，牛红梅用肺部仅存的空气大喊："别等我，不要停！"于是尤二又继续往前跑了。等跑到八百米的时候，牛红梅反超了尤二，她扭头望了一眼尤二，嘴里没有说一个字，脚下的拖鞋在泥地上拍出清脆的啪啪声，披散的头发被风吹到脑后，远远看去就像骏马奔驰时飞扬的马尾。在这之后，尤二再也没能追上牛红梅，他的呼吸声像拉风箱一样响了，脚步像灌了铅一样重了。尤二弯下腰，目送牛红梅渐渐消失的背影，眼泪与鼻涕一齐流了下来。

　　牛红梅冲进镇医院大厅时，尤刚已被推进了抢救室。她像发疯一样推开挡在门口的年轻护士，高喊着要进去看一眼自己的儿子。护士让开了，牛红梅像火车头一样冲进抢救室，一头撞在一个高高瘦瘦的男人身上。

　　"你儿子肋骨断了两根，体表多处软组织受伤，不过，目前没有生命危险！"被撞翻在地的周诚扶了扶眼镜，对面色惨白的牛红梅说。牛红梅一听这话，绷得紧紧的身体一下子被抽空了，她一屁股瘫坐在地，说："周医生，谢谢你，周医生，谢谢你！"

　　周诚摆摆手，又说："有一个情况要说明一下，你儿子需要尽快手术。不过刚刚有一个产妇大出血，医院AB型血库存有些紧张，我们已经派人去市血库调血了。如果你们夫妻俩有谁是AB型血的话，建议也抽300毫升备用！"

　　"抽我血救我儿子？"一听这话，刚刚还全身发软的牛红梅像弹簧一样从地上蹦了起来，以百米冲刺的速度朝走廊尽头的抽血室奔去。周诚摇了摇头，他明白，除非万不得已，直系亲属间是禁止相互输血的。牛红梅与尤二献的血，将会优先供给那个大出血的产妇，然后再把那头省下来的血用到尤刚身上。周诚没有解释，而是加快脚步跟了过去。牛红梅捋起袖管，露出莲藕般洁白的小臂，说："医生，我身体棒着呢！多抽点！"

负责抽血的护士扑哧一声笑了，周诚的眼眶有些湿润，他说："不急，得先验血型！"

血型化验结果很快就出来了，AB型，血型符合。牛红梅看着自己体内的血顺着细细的导管缓缓流出，将干瘪的血袋撑得饱满鼓胀起来，脸上几乎放出光来。抽血结束后，牛红梅怅然若失地缩回胳膊，她央求周诚再多抽点，这要求自然被拒绝了，牛红梅目光顿时好似木偶般空荡无神。这样的状态整整持续了两分钟，尤二喘着粗气，带着满身汗臭与牛粪味跑到牛红梅的身边，紧张地问："尤刚呢？"

牛红梅没有回答尤二的问题，她将尤二摁在还带着体温的座位上，喊道："快验血！"

尤二一头雾水地坐到抽血台前，护士熟练地给尤二扎上了约束带，取出针头，正要扎进尤二的胳膊，一旁的周诚忽然接了个电话。周诚嗯了两声，紧接着按住了尤二的胳膊，说："不用抽了！"

"为啥？"尤二与牛红梅同时问。

周诚摆摆手，说："调血的救护车已经回镇上了，用不上你们的血了！"

尤二一下子炸了毛，他将献血台的桌面拍得震天响，说："用不上也要用！俺娃儿做手术，不用爹妈的血，难不成用外人的？我平时不抽烟、不喝酒、不找小姐，身体倍儿棒！到时候输血的时候，第一个用我的！"

周诚看了眼尤二，被这份如山的父爱感动了，对护士说："抽吧！"

护士点点头，熟练地将针头刺入尤二的静脉。周诚在旁边转了两圈，正要打电话给麻醉师，吩咐准备手术，耳边却传来护士结结巴巴的声音："血……血型结果出来了，O型！"

"O型，那不就是谁都能用上的万能血？没想到老子这样一个人，居然是为人民服务的血型！"尤二回忆起初中课本上的知识，骄傲地对牛红梅说。他将捋到一半的袖管又往上卷了两寸，火急火燎地对护士说："多抽点，我身子棒着呢！"

周诚脸上的表情凝固了，嘴巴张得可塞下一只鸡蛋，他用责怪的目光盯向眼前的年轻护士，护士愣了一下，紧接着掩住了嘴。这两个细节落在闻讯赶来的尤济世与尤德赖眼里，两人对视了一眼，觉得一定有什么地方出了问题。（注）

（注：按照血型遗传规律，如果孩子的血型为AB型，则孩子的生物学父亲不可能为O型血。）

第十二节　纯种与杂种

　　尤济世只花了一分钟便弄清了是怎么回事，脸色变得铁青，眼角的余光偷偷瞄向牛红梅。这一刻，这位原本美丽端庄的母亲宛若换了种气质，从圣洁变成了妖艳，如画的眉目间似乎透出一丝春意。尤济世低下头，防止一旁的尤德赖看穿自己的心思。

　　只有小学文化的尤德赖并不知道发生了什么，但善于察言观色的他从周诚与护士的表情中推断出，一定发生了什么。他伸长脖子，瞅了两眼桌上的两张血型化验单，心里隐隐猜出了个大概。尤德赖找了个机会溜进厕所，将手机连上网。当他看到，血型是 AB 与 O 型的父母，生下的孩子血型只可能是 A 型或 B 型时，心中的兴奋甚至要多过惊讶。尤德赖将手机揣回兜里，重新站回尤济世的身边。他看了眼牛红梅，又看了眼尤二，将头埋得比尤济世更低。

　　至于牛红梅与尤二，这一刻他们的心思全都扑在尤刚的生死上，完全不知道这个夜晚对他们来说意味着什么。

　　尤刚的手术很顺利，两根断裂的肋骨被医生的妙手重新接回一起。输血袋里的 AB 型血顺着透明的导管，一滴一滴地流淌进他的静脉，将尤刚惨白的脸色重新染上了一层红晕。尤二主动捐献的四百毫升O型血自然没有派上用场，却将尤刚的人生冲出了原本的河道。

手术做完后，牛红梅留在医院里照顾尤刚，尤二也想留下来，却被牛红梅连推带劝地赶出了病房。她叮嘱尤二第二天早些起床，去镇上买几斤肉骨头，煮一碗骨头汤带来，尤二将胸脯拍得砰砰响，表示一定做到。尤济世、尤德赖跟着尤二一起回了村。走到村口时，尤德赖不走了，他说："我店里还得收拾一下，你们回去吧！"

尤德赖走到杂货店门口，故意将木板门晃得轰隆轰隆响，却没有开门。他的目光牢牢锁定前面的尤济世与尤二，黑暗吞没了这两人模糊的背影。尤德赖嘿嘿笑了，他咽了口唾沫，转身朝医院的方向跑去。

尤德赖赶到医院时，病房外的挂钟刚好敲响了十下。牛红梅惊讶地看着去而复返的尤德赖，还以为他是什么东西落在了医院。尤德赖冲着她诡异地一笑，勾了勾指头，说："红梅妹子，你出来，我有事跟你说一下！"

牛红梅愣了下，接着想起尤龙出生的那天，尤德赖带头捐的一百块钱，外加那句"一方有难，八方支援"，心里放下了戒备。尤德赖将牛红梅带到走廊的尽头，压低了嗓门说："你的事，我全知道了！"

"什么事？"

"尤刚的事！"

"尤刚什么事？"

"只要你跟我睡一觉，我就不告诉尤二！"尤德赖没有直接回答牛红梅的问题，他舔了下嘴唇，透明的涎水顺着肥厚的下巴流淌下来。

"尤！德！赖！"牛红梅咬牙切齿地骂，"你吃错药了吗？"

牛红梅扭过身子，气愤地朝病房的方向跑去，尤德赖眼看煮熟的鸭子就要飞掉，也就不再遮遮掩掩了。他一把拽住牛红梅的胳膊，眼中的欲火几乎要蹿到她的胸脯上，他说："你这个小骚货，尤刚到底是……"

尤德赖的后半句话还没出口，脸上已重重地挨了一巴掌，牛红梅几乎用尽了全身的力气，将五道清晰的红印印在尤德赖脸颊的肥肉上。尤德赖被这一耳光打蒙了，脑子里似乎有十八件锣鼓在同时作响。尤德赖捂住火辣辣的面颊，不可思议地说："你敢打我？"

牛红梅很快就回应了他，她甩了他第二个耳光。

尤德赖发出杀猪般的号叫声，原本聚集在下身的血液一下子涌上脑门。他双目血红，呀呀怪叫着冲出医院。他直奔尤二的家里，他将尤二家铁门敲得震天响。尤二听到敲门声，还以为医院那边出了什么状况，吓得从床上滚了下来，隔着门大叫："怎么了，我儿子出事了？"

"不是你儿子出事，是你老婆出事了！"尤德赖进了屋，将脸上的红印指给尤二看，哭丧着脸说，"你老婆打的！"

"我老婆打你做什么？"尤二问，"你调戏我老婆了？"

尤德赖将尤二拉进屋，脸上摆出一副义愤填膺的表情："其实，牛红梅背着你在外面有男人！"

"啪！"尤德赖另一边的脸颊也高高肿了起来。尤二一把揪住尤德赖的领口，语气冷得像三九天的冰凌。尤二说："你再编派我老婆的闲话，老子阉了你！"

"尤二兄弟，你听我说……"尤德赖忙不迭将手机掏了出来，飞速按下几个键，嘴里如连珠炮般说，"之前在医院验血，你是O型，你老婆是AB型，你儿子也是AB型，对吧？"

尤二愣了两秒，点了点头："儿子随妈，要你管？"

尤德赖趁机将手机递到尤二的面前，将上面的《血型遗传表》放到最大，他说："你看！"

尤二迟疑了一两秒，伸手接过手机，只看了一眼，尤二的脸色就变了，红润的血色一下子无影无踪，唇角的肌肉微微颤抖。尤二将手机凑到眼前，恨不得将屏幕上的《血型遗传表》整个塞进眼皮里。尤二一连查了三个网站，结果一模一样。但尤二还不死心，他掏出手机，翻出尤济世的号码打了过去。

三百米外，尤济世看着铃声大作的电话，心里涌出一丝不祥的预感，他犹豫了一会儿，还是接通了。

"我儿子血型是不是有问题？"尤二开门见山地问。

尤济世脑中响起嗡的一声，电话差点摔到地上，他结结巴巴地说："你先别激动，说不定是医院搞错了！"

尤二听尤济世这么一说，心头先是一喜，就像是溺水者抓到了一块木板，但这块木板没过两秒就被波浪卷走了。尤二一甩手，赏了自己一个大耳刮子，暴跳如雷地说："不会错！我想起来了，护士报血型的时候，那个姓周的医生转头瞪了她一眼，那会儿我没多想。如今看来，他那个时候就发现问题了！"

"啪啪啪"，尤二接连甩了自己三个耳光，两下打在左边，一下打在右边，苍白的脸颊上瞬间多出了十二三道红印，就像雪地的胡萝卜。甩完耳光后，尤二还不罢休，又像薅羊毛一样揪自己脑后的头发，一根根油亮的头发从青筋暴露的指缝里飘落下来。尤二痛得龇牙咧嘴，但心头的苦楚丝毫没有减退。尤二大叫一声："如果让老子抓到那奸夫，一定将他的卵蛋割下来下酒！"

"没错，关键是先得找出来那奸夫是谁。"尤德赖跟了一句。

这话一出口，屋子里的温度仿佛一下子降了十度，尤二愤怒的目光变成了狐疑的目光，这目光首先扫向屋里唯一的外人尤德赖。尤德赖打了个哆嗦，赌咒发誓自己从没碰过牛红梅一根手指头，尤德赖还说，自己刚刚去医院找过牛红梅，动之以情、晓之以理地劝她向尤二主动坦白，没想到牛红梅非但不听，还反过来威胁自己，说只要他敢将这秘密告诉尤二，她就一口咬定奸夫是他。说到这里尤德赖流下了委屈的泪水，他说："如果奸夫真是我，我怎么会将这事告诉你！如果你不信，就去做亲子鉴定！"

尤德赖唾沫横飞地解释了半天，尤二没有瞧他一眼，脸上的表情依旧痴痴傻傻的。几分钟后，他再次打开手机，一张一张地翻看儿子的照片。看到第一张的时候，尤二觉得尤刚的眉眼有些像村里的大学生尤智，都是黑直眉，杏仁眼；看到第二张的时候，尤二觉得尤刚长了个跟新任村长尤红旗一模一样的鹰钩鼻；等看到第三张，尤二又觉得尤刚的嘴唇跟周诚医生一样又窄又薄。尤二的手机里总共存了十七张尤刚的照片，他看完后在心里列出了十三个奸夫的可能人选。如此变态的醋意与联想能力其实并不十分罕见，因为不具备这种嫉妒心的男性早已在百万年的进化繁衍过程里失去了基因传承的资格。

尤二用发抖的右手从墙上的台历上撕下一张纸，将这十三个名字一个个写在上面，然后拿到尤德赖的眼前，问："你觉得是谁？"

面对这个可能关系了好几条性命的问题，尤德赖胆怯了，他战战兢兢地将写满名字的纸推回去，说："我哪知道，你还是问你老婆吧！"

尤二沉默着走进厨房，不顾尤德赖的苦苦劝阻，拎出砧板上的剔骨刀揣在怀里，沉默着走出家门。当走到村口的时候，尤二叹了口气，趁尤德赖不注意，悄悄地将尖刀丢进了路边的草垛里。

第十三节　奸夫

尤二面色阴郁地走进尤刚的病房，尤德赖想跟着进去，却被尤二伸手挡住了。尤二对尤德赖说："你，先回去！"

尤德赖还想说话，却被尤二一个眼神给吓了回去，尤二的眼睛里好像有两条毒蛇，让他遍体发寒。尤德赖连滚带爬地跑出医院，心有余悸地说："他娘的，看来今晚要出人命啊！"

牛红梅睡得很浅，尤二推门而入的那一刻，她已从陪护床上坐了起来。当看到来人是自己的男人后，她重新躺了下去，全身的骨头里都洋溢着幸福的暖意。尤二抬起头，窗外的月光照在他又红又肿的脸上。尤二缓缓走到尤刚的床前，将冰冷的目光聚焦到尤刚安静的侧脸上，他想摸摸尤刚，但手伸到一半停住了，接着又缩了回去。尤二轻声喊妻子的名字："牛红梅！"

牛红梅"嗯"了一声，从床上支起身体，用洋溢着爱意的目光看着身边的尤二，她很快就发现了不对劲。她见过尤二吆五喝六、神气活现的样子，也见过尤二垂头丧气、哭爹喊娘的样子，但唯独没见过尤二如今这副样子。这一刻，这位尤村的头号混混、首席赌神好像冰山那般肃穆冷静，脸上还多了几道清晰的血痕——以牛红梅对自家男人的了解，并没有生命危险的尤刚是绝不可能让尤二变成这副模样的。她跳下床，披上睡衣，轻声问："尤二，你怎么啦？"

"你跟我来！"

尤二将牛红梅带到走廊的尽头——就是一个钟头前，尤德赖威胁牛红梅，让她陪自己睡觉的地方。尤二说："我都知道了！"

牛红梅心头的疑团并未解开，她百分之百地确定，就算尤二知道了尤德赖刚刚调戏自己的事情，也决不至于变成现在这个样子。

"你知道什么了？"牛红梅问。

"尤刚，到底是谁的孩子？"

清冷的月光透过走廊尽头的玻璃，悄无声息地洒落在牛红梅瘦弱的身体上。牛红梅似乎被寒冰封住了肢体，她用不可思议的目光看向眼前的尤二，惊恐地说："尤二，你胡说些什么啊？"

尤二向前进了一步，带着胡楂的下巴顶到牛红梅光洁的额头上，他又问："到底是谁的孩子？"

这位可怜的母亲终于明白自家男人怎么会变成这般模样了，她想呐喊、想尖叫，但走廊另一头的几道穿着白大褂的身影让她没有叫喊出来。牛红梅用力呼吸了一口满是消毒水味的空气，洁白的牙齿在唇上刻下两道深深的血印，她说："尤二，你怀疑我在外面有人！"

回应她的是尤二沉默冰冷的眼神。

牛红梅狠狠地将拳头砸在尤二的胸膛上，她说："你凭什么怀疑……"

"啪"，一记清脆的耳光将牛红梅尚未出口的"我"字生生扇回喉咙。尤二打得不重，力道甚至不到他之前打自己的五分之一。但牛红梅就像被闪电击中一样，整个人僵在了原地。她用茫然绝望的目光看着尤二，尤二也用熊熊燃烧的目光瞪着她，这对曾经无比恩爱的夫妻对视了整整五分钟。牛红梅说："你打我了。"

牛红梅的语气很平静，尤二的回答更平静，他说："我打你了。"

"你认为我在外面有人？"

"我认为你在外面有人。"

"你觉得尤刚是别的男人的孩子。"

"我知道尤刚是别的男人的孩子。"

牛红梅不再说话，大滴大滴的眼泪从眼眶里滚出。尤二的心软了零点几秒，但很快重新坚硬了，他说："那男人是谁？"

牛红梅也问："那男人是谁？"

尤二的手又一次举到半空，这次，他用了刚才两倍的力道，牛红梅没有避让，瘦弱的身子晃了晃，但没有倒下去。

"那男人是谁？"尤二的声音也大了两倍。这时候，这边的响动终于惊动了值班的护士。一个瓜子脸、十八九岁的实习护士挥着手冲了过来，勇敢地将牛红梅护在身后，她对尤二叫道："你怎么能打女人？"

尤二咧嘴笑了，他对瓜子脸护士说："我儿子今天出了车祸，当时需要输血！"

护士一脸茫然地看着尤二。

尤二接着说："我孩子是AB型血，我老婆也是AB型，而我，是O型！"

护士愣了两秒，嘴里发出夸张的"咿呀"声。她转过脸，用鄙夷的眼光看了满脸泪水的牛红梅一眼，纤细的身子略微往旁边让了点儿，脸上也没有了母鸡护崽的那种坚决表情，她对尤二说："不管怎么样，你不能在医院打人！"

牛红梅忽然从小护士的身后钻了出来，她抹去眼角的眼泪，用一种视死如归的语气对尤二说："我们出去说！"

在一群医生、护士、病人、保安惊讶的目光中，牛红梅跟着尤二走出了医院大楼。尤二的脸上布着阴霾，梗着脖子走在前面；牛红梅的脸上罩着寒霜，昂着脑袋走在后面。两人走到病房楼下一处没人的角落，尤二问："是大学生尤智的？"

牛红梅不说话。

"上次你给你弟弟写信，你就找尤智帮的忙。那封信我看了，整整写了四页纸，起码得有两三千个字，你说你要是跟尤智没啥瓜葛，他凭啥帮你写这么长的信？"

牛红梅的眼眶又湿润了，她咬着嘴唇摇了摇头，尤二打了她一耳光，继续问："是尤济世那个老王八的？要不然我们的孩子他咋么操心来着？"

牛红梅又一次摇头，尤二又打了她一个耳光，说："是那个周医生的？他帮你检查过几次身体，只怕把你的全身都摸遍了吧！"

牛红梅忽然笑了，这诡异的表情让尤二以为找到了答案，心中的愤怒如火山般爆发出来，他接连甩了牛红梅七八个耳光，然后揪起她的长发，将脑袋朝一旁的墙壁上狠狠撞去。牛红梅就像木偶一样，她没有反抗，甚至连呻吟声都没有发出一丝一毫，这一刻她的心已经死了，已经不在意肉体是否活下去了。尤二将牛红梅的脑袋在墙上撞了两下，鲜血顺着指缝流淌到地上，尤二像拖死狗一样拖着牛红梅，正准备将这个不忠的女人丢进医院门外那条三米深的小河，一个清脆的童声让尤二全身颤抖起来。

"爸爸，你为什么打妈妈?"头顶的窗户里冒出一个熟悉的影子，刚从昏迷中醒来的尤刚木愣愣地看着楼下的两道人影，用带着哭腔的声音喊。

尤二没有抬头，他不敢去看尤刚的脸，因为他不知道自己看到这张脸后，会想到什么，又会做出什么。尤二一松手，像扔垃圾一样将牛红梅丢到地上，齿缝里发出恐怖的咯咯声，一扭头，消失在浓重的夜色中。

第十四节　代价

　　这是一个闷热而烦躁的夜晚。尤二有生以来第一次失眠了，他躺在满是汗渍的旧草席上，响亮的蝉鸣混杂着老鸹的叫声，透过哗哗作响的窗户纸灌入脑海。尤二翻了个身，毫无光彩的眼睛呆呆地看着天花板上的蛛网。过了不知多久，尤二觉得困了，他闭上眼，脑中立刻浮现出牛红梅丰满柔软的躯体，他看见这具躯体正被一个陌生的男人压在身下，尤二顿时又清醒了。

　　五公里外的镇人民医院，牛红梅捂着红肿的面颊走回了病房，她没有对尤刚解释什么，反倒问尤刚的胸口还疼不疼。尤刚摇了摇头，他呆呆地看着母亲脸上的伤痕与泪痕，问牛红梅："妈妈，爸爸为什么打你？"

　　牛红梅低下头，一个字都没有说。她完全不知道到底发生了什么，更不知道该如何向儿子解释。她只知道，自己从未做过对不起尤二的事情，无论是精神还是肉体，她都只属于尤二一个人。她忽然想起了尤德赖，这个男人不久前在病房门口威胁她，信誓旦旦地说自己知道尤刚的事情，牛红梅断定，一定是这个肮脏猥琐的杂货店老板在搬弄是非。想到这一层，她对尤二的怨恨在不知不觉中转嫁到了尤德赖的头上。牛红梅望了望刚刚睡下的尤刚，心里盘算起从医院到尤德赖家来回一趟所需的时间。她正想出门，却发觉眼前一暗，病房里的光线忽然暗淡了两分，牛红梅下意识地往门外看去，发现走廊上的灯光被一道人影挡去了大半。

人影有些模糊，又看不清面目。牛红梅第一反应是尤二回来了，她用力咬了下嘴唇，正犹豫要不要去开门，但转念又想，门外站的会不会是贼心不死的尤德赖？想到这里，她蹑手蹑脚地站起身，将柜子里的不锈钢饭盆给取了出来，牛红梅将饭盆攥在手上，想着如果这人是尤德赖，就一定要把他砸个满头开花。她猛然把门一拉，手里的饭盆却没有砸下去。

门外站的不是尤德赖，也不是尤二。

尤济世畏畏缩缩地站在门口的走廊上，身上只穿了一件背心与短裤，看上去像是刚起床不久的样子。

"书记？"

"牛大妹子，能不能借一步说话？"尤济世说。

牛红梅觉得自己马上就要得到答案了，她迫不及待地点头。两个人并排朝走廊尽头走去，尤济世站在尤德赖、尤二之前站的位置上，问牛红梅："刚才尤二来找你了？"

牛红梅一惊，问尤济世："你怎么知道？"

"刚才尤二给我打电话了！"说完这句话之后，尤济世便住了嘴，他摸了摸鼻子，静静地看着眼前的女人，他说："会不会是尤刚出生的时候，医院抱错了？"

"医院抱错了？"牛红梅觉得自己更糊涂了，她问，"书记，这究竟是怎么一回事？"

尤济世叹了口气，对牛红梅说："如果医院没抱错的话，那么尤刚就不是尤二的儿子！"

尤济世花了大约五分钟，将 AB、O 血型遗传规律深入浅出地给牛红梅解释了一遍。牛红梅睁大眼睛，静静地听完了这节生物课，一句话都没有插嘴。等尤济世说完后，牛红梅说："尤刚出生的时候，我在病房里仔仔细细地看过了。我儿子脖子上有一块绿豆大的胎记，头顶两个旋，一个在中间，一个在右边。医院没抱错！"

尤济世张了张口，没有说话，两颗粗黄的门牙在下唇上刻下一道红印。牛红梅凝住目光，盯着尤济世看了整整两分钟。她不知道眼前的这个人会不会相信自己，是不是一个正确的倾诉对象，但她实在憋不住了，她觉得，如果继续将这么多委屈憋在肚子里，自己会发疯，会自杀，会爆炸。她用平静的语气对尤济世说："书记，你相信我，我没有别的男人，真的没有！"

尤济世面无表情，不摇头也不点头，心里却生出一股轻蔑与鄙夷，他觉得眼前的这个女人是个愚昧无知的女人，是个满口谎言的女人，是个不到黄河心不死的女人。他将这些念头埋在心底，平静地说："好的，没什么事的话，我先走了！"

牛红梅从尤济世的皱纹里读出了猜疑，她尖叫道："我真的没有！一定有什么地方搞错了！"

尤济世不置可否地笑了笑，准备结束这次毫无意义的对话。但牛红梅忽然拉住了他的袖口，她说："如果我说了一个字的谎话，那就让我今后生孩子都没屁眼，我儿子日后生孩子也没屁眼！"

尤济世浑身一颤，刚要抬起的脚步被牢牢地钉在了地上。他自然知道，对眼前的这位母亲来说，这是一句多么可怕的诅咒与噩梦。尤济世用力点了点头，他带着牛红梅走到护士站，询问周诚医生的电话跟住址。十分钟后，一脸惺忪的周诚看着门口的一对不速之客，露出如释重负的神情："我就知道，你们会来找我!"

这句开场白说得两人满头问号,牛红梅跟尤济世对视了一眼,同时露出愤愤不平的神情,他们以为是医院把血型给验错了,谁知周诚一屁股坐在沙发上,笑嘻嘻地说:"血型没错,你们也没错!牛红梅更没错!"

周诚绕弯子的交流方式让尤济世非常不满,他强烈要求,周诚得把话说明白了、说敞亮了。周诚却依然一副不紧不慢的模样,他给两位客人分别倒了一杯碧螺春,说:"尤村长,亏得你考过医师资格,这一点都想不明白?"

尤济世老脸有些挂不住了,他正待发作,却被牛红梅按住了,她静静地指着自己脸上已不太明显的指印,凄然说:"我老公刚打的!"

周诚轻松的表情顿时凝固了,他腾地一下从沙发上站起来,连续说了七八个"对不起"。当说到最后一遍时,周诚的鼻子开始抽了,眼泪快要流出来了,他将两只手放在身前不住地来回搓动,接着又用力揪头顶的头发。周诚说:"我当时也想不通,我觉得你不是那样的人,但血型结果明明白白地摆在面前,我也只好朝最坏的方面去想。不过就在刚才,我想清楚到底是怎么回事了!"

对面的两人一同抬起头来,牛红梅漂亮的凤目里有星光在闪耀。

周诚摇了摇头,笑容里现出一丝苦涩,他问:"还记得你们当初去省医院做的基因矫正吗?"

牛红梅与尤济世一齐点头。

"问题就出在这里:尤刚的第九对、第十三对染色体存在缺陷,具体表现症状就是先天性肛门闭锁、消化道发育异常、遗传性贫血。当初为了治尤刚的病,省医院采用了 H.D.E.N 疗法，对存在问题的染色体进行了替换，而决定 AB、O 血型的遗传信息，恰好处于第九对染色体上，所以，尤刚的血型会与你们夫妻不符……"

尤红梅用迷茫的眼色望向尤济世，尤济世思索了一阵，也没想出一个信达雅兼具的翻译，他只好说："就是上次省医院打的那一针，将尤刚的血型给打变了样……"

第十五节　亲子鉴定

　　不大的客厅里烟雾缭绕，尤二穿着背心裤衩，懒洋洋地靠在藤椅的椅背上，斜吊着双眼望向眼前的尤济世。尤济世被尤二的气势震慑了，早就想好的开场白支吾了半天也没说出口，最后他说："你误会你老婆了！"

　　"我上网又查了一遍，没误会！"尤二跷起二郎腿，将一团烟雾吐到尤济世的脸上。尤济世咳嗽了两声，接着说："你真的误会了！"

　　"我老婆究竟给了你什么好处？"尤二忽然直起身，一个箭步逼到尤济世跟前，握得紧紧的拳头在尤济世眼前扬了两下，骂道，"不要以为你做过书记，老子就不敢揍你！"

　　"牛红梅在外面没男人！"尤济世毫不畏惧，他伸出瘦骨伶仃的胳膊，将尤二伸到眼前的拳头给推开了半尺，尤济世说，"你儿子的血型对不上，不是因为你老婆有人，是因为当初在省医院打的那一针！"

　　尤二的两只眼睛顿时瞪得比核桃还大，他一蹦两尺高，脑袋差点儿撞在房梁上。尤二对尤济世吼道："你放屁，打针还能把血型给改了？"

　　"你想想，这一针能打出个屁眼来，还不能把血型给改了?"尤济世伸出两根手指，继续解释说，"再说了，这一针可不是二十块、二百块，那可是两万块！两万！泰国人妖你听过吧，从男的变成女的都用不了两万块，改个血型有啥大不了的?"

尤二满眼放光，他狠吸了两口香烟，然后将烟屁股扔到地上，踩了两脚。尤二搓了搓手，八颗黄黄的牙齿顺着笑容露了出来，但这笑容很快又凝固了，尤二对尤济世说："不行！不行！"

"咋不行了，你就算信不过我，还信不过你老婆吗?"

"我得带尤刚做个亲子鉴定！"

一听尤二要做亲子鉴定，尤济世脸色一苦，刚刚舒展开的眉毛重新皱成了一团。早在来尤二家之前，周诚就带着尤济世一起，托人查阅了牛红梅第三次怀孕的全部就诊记录——其中就包括她当初在省医院做的 H.D.E.N 基因矫正。

结果就是：从生物学的角度考虑，尤刚确实不算是尤二的"纯种"儿子。尤刚体内的四十六条染色体，有二十三条来自母亲牛红梅，二十一条来自父亲尤二，至于剩下的两条，有一大半属于尤二，有一小半则来自一个不知姓名、不知年龄甚至不知性别的神秘捐献者——这个捐献者可能是一个老实巴交的农村大学生，可能是一个衣冠楚楚的土豪老板，甚至可能是一个金发碧眼的外国人。这意味着：从纯粹的生物学角度上看，尤刚存在三个父母……

说得更直白一点：如果真做亲子鉴定，结果只会是尤二无法接受的那一种。

"尤二兄弟，你说这事情都这么明白了，还做啥鉴定呢?再说，亲子鉴定只有大城市能做，价钱也不便宜，你看是不是……"尤济世话只说出半截，就被尤二铁青的脸色生生噎回了喉咙里。尤二在屋子里转了二三十圈，地上的浮灰被他踩出一个歪扭的圆形。尤二对尤济世说："不是我不给书记你面子，这亲子鉴定，一定得做！"

尤二抱着胸口还缠着绷带的尤刚，踏上了前往 T 市的列车。第一次坐火车的尤刚显得格外兴奋，他看着车窗外呼啸而过的田野树木，嘴里发出"呀呀"的欢呼声，一只不知名的青色鸟儿忽然出现在一片苍翠中，它跟着列车一并向前飞翔，扑棱的翅膀偶尔挡住略显刺目的夕阳。尤刚看着窗外美丽的景色，开心地笑了。

列车抵达 T 市火车站时已是深夜，清冷的月台上见不到几个人影，一个头发花白的老头摇晃着一根插满糖葫芦的稻草棍，孤零零地站在微凉的晚风里。看见一粒粒红艳艳的糖葫芦，饿了一下午的尤刚咽了一口口水，他抱住尤二的腿，嚷着要买一串糖葫芦。向来大方的尤二这一刻忽然迟疑了，右手按在裤兜的钱包上，迟迟没有掏出来。牛红梅静静地等了三四秒，叹息了一声，掏出一把零钱递了上去。

"妈妈最好！爸爸不好！"尤刚咬了一口糖葫芦，撒开腿朝出站口跑去。牛红梅望了一眼依旧保持掏钱姿势的尤二，加快了脚步。她领着尤刚，在距离火车站五百米的小旅馆开了一个标间，她在前台登记的时候，尤二一言不发地坐在旅馆门口的长凳上。他似乎在看他们，又似乎没在看他们。牛红梅登记完身份证，就牵着尤刚上楼了，尤二跟在后面，楼板被三个人不协调的脚步踩得吱嘎作响。牛红梅打开门锁，对尤刚说："今晚我们住这儿！"

尤刚睁着好奇的眼睛打量着房间里的一切，他先在席梦思床上跳来跳去，跳累了之后又跑到窗户前，迎着夏风，居高临下地看着车站口稀稀落落的人群。这一刻尤刚完全忘记了父亲的种种不好，他问尤二："爸爸，我们明天去哪儿玩啊？"

尤二没有作声，尤刚还以为爸爸没有听见，于是又问了一遍："爸爸，明天去哪儿玩啊？"

"我们不出去玩，我们上医院！"

尤刚立刻换上一副沮丧的神情，他扁着嘴说："爸爸，我胸口不疼了，我不要去医院！"

尤二翻了个身，面朝墙壁闭上了眼。这时牛红梅也从厕所里出来了，她脱掉外套，爬上另一张床，对站在窗前的尤刚招了招手，尤刚顺从地躺到了她的身边，很快在母亲温暖的怀抱里睡熟了。尤刚做了个梦，梦中的他坐在医院冰冷的长凳上，一个板着扑克脸的护士奇怪地笑了笑，将闪着寒光的针头扎进了他细小的胳膊，尤刚鼻子一抽，喉咙里发出哇哇的哭声。

第二天的抽血过程跟尤刚梦中的相去甚远。在他抽血之前，爸爸妈妈也先后抽了血。尤二在抽血时面色苍白，放在台上的右手不断颤抖，导致护士连扎了三针才大功告成；反观牛红梅，却露出一副视死如归的表情。尤刚察觉到了父母的反常，当胳膊上传来针扎的刺痛时，他甚至忘了哭泣。

检验结果是在第三天中午交到尤二手上的。值班医生一见到尤二一家三口，立刻露出如临大敌的紧张神色。医生叫来八九个保安，将他们分成两队，第一队隔在尤二与牛红梅中间，另一队则站在尤二与自己之间。等一切部署完毕后，医生才从抽屉里拿出亲子鉴定书："尤先生，你儿子的情况比较特殊，我觉得有必要解释一下！请你千万不要激动！"

医生话音未落，尤二已像泥鳅一样从人墙的缝隙里钻到桌前，一伸手，把鉴定报告抢了过去。尤二一看到报告便哇哇大叫，两只眼睛比熟透的辣椒还红。尤二将鉴定书挥舞得哗哗作响，大声朝牛红梅喊："贱人！我就说有奸夫吧！"

牛红梅安静地坐在椅子上，一个字都没有说。尤二想冲过去揪她头发、打她耳光，却被反应过来的保安死死抱住了，于是尤二又冲着尤刚喊："小杂种，你爹到底是谁？"

尤刚目瞪口呆地看着尤二，愣愣地回答："我爹不是你吗？"

尤二挣不脱保安，飞起一脚踹翻了门诊室的椅子，他对医生大吼："你帮老子查出来，这小杂种的爹是谁！"

医生擦了擦头上的冷汗，说："尤先生，请你先冷静下来，我们仔细给你解释！"

"老子虽然没啥文化，但字还是认识的！这纸上明明白白写着，本结果暂不支持尤刚与尤二的亲生父子关系！还有啥好解释的？"

"是这样的，这检测结果虽然这么写，但也并非意味着你不是孩子的爸爸！"医生结结巴巴地解释道，"总之，这结果很少见，如果你是孩子的爸爸，亲权指数度略低，但如果不是孩子的爸爸的话，亲权指数又太高了！"

"啥意思？"尤二安静下来了，他问医生。

"根据孟德尔遗传定律，子女基因型中的等位基因有一半来自母亲，另一半来自父亲……"医生扫了一眼尤二脸上的表情，放弃了继续给他做科普的幼稚想法。医生指着鉴定书最底下的一行百分比数字，对尤二说，"如果这个数字在百分之九十九点九以上，就能证明孩子是亲生的！"

尤二顺着医生的手指看去，百分之九十七点二，前面是三个他看不懂的字母，RCP（亲权概率）。没等尤二反应过来，医生又接着说："如果孩子是你老婆跟其他男人生的，这个数字通常在百分之六十以下，最高不超过百分之九十！"

"那这个百分之九十七点二算什么鸟事?!"尤二重新激动起来，他揪着医生的领口，高声喊。

"是这样的，我听说，你爱人在怀孕时接受过H.D.E.N基因矫正治疗。所以，你儿子的基因中有一小部分并非来自你们夫妻双方，而是源于某位不知名的第三者！"

尤二听得云里雾里，他一会儿点头一会儿摇头，其中大半时间在摇头，尤二后悔为什么没把尤济世带来。对面的医生则渐渐失去了耐心，他不再浪费时间，直接问尤二："你有亲兄弟没?"

"没有！"这是尤二完全听懂的第一句话，回答得特别爽快。

"你爹还在不?"

尤二摇摇头，说："我爹死了好多年啦！"

"如果你没有父母兄弟的话，正常情况，这孩子就是你亲生的！"医生直截了当地对尤二说。（注）

谁知尤二忽然变得不好糊弄了，他将鉴定书凑到眼前，一字不漏、从上到下看了一遍，尤二说："不对，我老婆这一行全是√，但我这一顺边有两个×，你糊弄不了我！再说了，如果真能确定是我的娃娃，你们鉴定书上为什么还写：暂不支持尤刚与尤二的亲生父子关系！"

尤二的胡搅蛮缠让医生彻底失去了耐心，他扔下一句："你这种人，再怎么解释你也不懂！"便转身出了房门，保安也跟着出去了，空荡荡的办公室中只留下七窍生烟、张牙舞爪的尤二，沉默不言、面无表情的牛红梅以及一脸呆滞的尤刚。尤二用余光瞟了一眼旁边的老婆孩子，咳嗽了两声，朝光亮的地砖吐了一口充满怨恨的浓痰。

[注：根据遗传学规律，同父同母的亲兄弟之间的染色体平均有百分之五十的相似度，但这百分之五十是平均数，存在上下波动。仅从DNA结果看，叔侄、伯侄间的RCP（亲权概率）指数是有可能达到百分之九十以上的，当然其概率极小，仅为数百万乃至数百亿分之一。]

第十六节　医闹

　　一家三口登上了回家的火车，火车刚开动，尤二便打了个电话给尤济世，他在电话里什么都没有说，只是让尤济世八个钟头后到车站接他。这一路上尤二几乎没有说话，他坐在窗口的位置，一根接一根地抽着烟。火车速度慢的时候，青色的烟雾顺着尤二的鼻息吐出窗外，火车一旦加速，烟雾就被"呼呼"的横风吹得满车厢都是。周围的乘客纷纷皱起鼻子，其中有两三个人想教训尤二，但是一看他铁青的脸色与紧绷的肌肉，又打消了这个念头。牛红梅坐在尤二吐出的烟雾里岿然不动，就像整日被烟火供奉的泥塑木雕，尤刚不想闻这刺鼻的味道，远远地躲到车厢的另一头去了。

　　走下火车的尤二没有拿一件行李，牛红梅一手拎着两个大包，另一只手拽着尤刚，紧跟着尤二走出月台。月台外，尤济世苍老瘦削的身影在萧条的夜色下孑然而立。尤二快步走到尤济世跟前，脱下外套，从贴身的衬衣口袋里掏出叠得方方正正的亲子鉴定书，问尤济世："医生说的话我不懂，你解释给我听听！"

　　尤济世打开亲子鉴定书，眉头一皱，很快又舒展了。他瞥了一眼旁边的牛红梅，这个女人正面无表情地站在尤二身后，原本黑亮的眼睛毫无生气，看不出一丝失望或希望的光芒。尤济世对尤二说："你媳妇没有别的男人！"

尤二点点头，身子朝牛红梅身边靠了靠，伸手接过她手上最沉重的一包行李。这一来牛红梅整个人都变得轻快了，风尘仆仆的脸上一下子有了光彩。她扯了扯尤刚，将儿子往尤二身边推了推。

但尤济世又说："至于尤刚，有九成七是你的种！"

尤二脸色由晴转阴了，尤济世赶紧解释道："是这样的，你之前生的那两个孩子，都……都有点毛病对吧！你也知道，尤刚原本也……也有毛病。医生为了治病，就把他身上有问题的地方给换掉了！我之前不是说了吗，在省医院花两万块打的那一针，就起了这个用！"尤济世一面说，一面不动声色用手指了下尤刚的臀部。尤济世想提醒尤二，如果当初不做这个治疗，尤刚就会步尤龙尤凤的后尘，成为第三个没屁眼的孩子。这一来尤家就真绝了后，断了根。尤二暂时被说服了，但心里依然有些不甘，他问尤济世："这么说来，尤刚有两个爹？"

"这个……"尤济世想搪塞敷衍，但做赤脚医生时留下来的职业道德让他羞于在科学问题上扯谎，尤济世一跺脚，说：

"可以这么说！不过你是大爹，那个人是二爹。尤刚主要还是随你！"

尤二怀着喜忧参半的心情回到家里：喜的是牛红梅没有奸夫，自己是尤刚的亲爹；忧的是尤刚虽说是自己的儿子，但身上还流着其他人的血，尽管比例不足百分之三，但也足以让他耿耿于怀。尤二想不通，凭什么别人家的儿女百分之百是父母的种，但自家的孩子就只有九成七。尤二还联想到，尤刚身体的其他部分都继承了自己的血脉，唯独屁眼跟血不是，而是一个陌生男人的。尤二对肛门是否嫡传无所谓，但血就不一样了，俗话说十滴汗一滴血，十滴血一滴精，照这么推算，等尤刚成人后，射出来的精液也不是他尤二的种，以后尤刚的儿子也就不是尤二的孙子。想到这一层，尤二觉得自己头上戴了一顶拿不掉的绿帽子，背后长了一层脱不掉的乌龟壳。尤二觉得自己愧对尤家列祖列宗。尤二翻来覆去地想了两宿，决定成为尤庄历史上第一个医闹。

尤二不顾牛红梅的阻拦，带上尤刚，又一次踏上了前往T市的列车。这一回尤二带了整整六包行李，包括一个星期的换洗衣服，够吃半个月的方便面，外加一条五尺长、一尺宽的白色横幅，横幅上用墨绿色的油漆泼了两行大字：上联"黑心医院非法行医"，下联"无辜患者惨戴绿帽"！尤二举着这条横幅站在医院的大门口，瞬间便成了整条马路乃至整座城市的焦点。对医患纠纷一贯持谨慎态度的市电视台立马调了三路记者同时赶赴现场。尤二对着黑洞洞的摄像机，挥舞着手上的亲子鉴定书，他说："就因为做了个基因手术，俺儿子不是纯种的啦！"

记者弄清楚其中的原委后，全都一哄而散，本想挖掘个桃色新闻的他们乘兴而来、败兴而归。但围观群众并没有就此罢休，两个跳广场舞的老太太一脸兴奋地戴上老花镜，凑到跟前，将尤二跟尤刚仔仔细细地打量了半天，最后摇摇头，她们说父子俩根本不像，从头到脚没有一点相似的地方。群众的支持让尤二更理直气壮了，他找来两根竹竿，将横幅像旗帜般插在地上，尤二站在一旁，举拳对医院高喊："狗日的医院，你赔我的儿子！"

尤刚完全不知道发生了什么，他见爸爸生气，也跟着生气。尤刚认定，就是这家医院让他没法待在家里睡大床吃热饭，非得跑外地来住破旅馆、啃方便面；就是这家医院让自己跟妈妈分别了；就是这家医院惹得慈爱的爸爸整日吹胡子瞪眼睛。尤刚摇摇晃晃地从地上捡起一块石头，砸向医院的传达室玻璃，跟着爸爸喊："坏医院，坏医院！你赔我的爸爸妈妈！"

之前抱着看笑话心态的保安终于坐不住了，他打了个电话，将门口的情况一五一十地汇报给了医院的院长，保安刚汇报到一半，一口茶水就从院长嘴巴里喷到面前的办公桌上。院长哭笑不得，他叮嘱保安暂时稳住尤二，然后让遗传科丁主任赶紧把人带到医患沟通室。尤二一见有医生出来接待自己了，觉得一定是自己的合理诉求引起了对方的高度重视。他将门口的"旗杆"又往土里插了两厘米，叫上尤刚，昂首挺胸地走进了医院大门。

"尤先生，这是七年前，您爱人在我院接受基因矫正治疗前，主治医师徐见深跟您的术前谈话记录！"丁主任拿出一本厚厚的文件夹，翻到其中的某一页，缓缓推到尤二身前。接着又打开投影仪，屏幕上出现了尤二、牛红梅、尤济世三个人的正面，镜头的一角，当年的主治医师徐见深正背对镜头，和三人隔桌相望。丁主任按下播放键，一段七年前的术前谈话重新在尤二耳边响起："胎儿的基因缺陷主要集中在第九对、第十三对染色体上。具体症状对应为肛门闭锁、消化道发育异常、遗传性贫血，以及其他未知遗传疾病。若不及时进行干预治疗，胎儿的患病可能超过百分之九十。目前最适合的治疗方案是H.D.E.N基因疗法，该疗法通过一种无害的人造腺病毒，侵入尚未成形的受精卵，对细胞核内的问题染色体进行替换修正，能明白吗？"

画面中的尤二摇了摇脑袋，眼睛瞪得大大的，一旁的尤济世将嘴凑到尤二的耳边，说了一句悄悄话，尤二左右摇晃的脑袋立刻变成上下摇晃了。尤二依稀记得，尤济世说的应该是"洗牌"两个字。

丁主任按下暂停键，他对尤二说："基因治疗前，徐医生已经把手术的原理跟您解释清楚了，您当时也点头同意，并且现场签字了。所以在这件事情上，我们医院并没有明显过错，也不该承担责任！"

"可你们当时没告诉我，打了那一针，我的儿子的种就不纯，成了杂种了啊！"尤二脱口而出。

丁主任听到尤二嘴里蹦出的"杂种"二字，手里的茶杯"乓"的一声掉到地上，他瞠目结舌，想了半天，也不知该用什么言语来说服眼前这个愚昧又爱钻牛角尖的医闹，他只好说："尤先生，这是当时唯一的治疗方案，如果不这么做，您的孩子很可能活不到今天……"

"如果我早知道这一点，可以让俺老婆把孩子打了啊！"尤二说这话的时候，丝毫没意识到尤刚就站在离自己不足半米的地方，幸好尤刚没能听懂爸爸的意思，他将右手食指放在嘴里吮吸，一双眼睛却始终离不开屏幕上父母的面容。尤刚心想，原来年轻时的爸爸这么帅气，妈妈如此美丽，尤刚还想，等爸爸跟这个白大褂伯伯谈完了，自己就可以坐火车回家，吃妈妈亲手做的韭菜合子了。

尤刚幸福地笑了。

第十七节　尤二的蜕变

在尤刚的笑声中，尤二与院方的沟通毫无悬念地陷入了僵局，尤二步步紧逼，他义正词严地提出三点微小的要求，分别是"负担尤刚十八岁以前的全部生活费""尤刚将来的结婚彩礼由医院支付""尤刚以后得了什么病都要由省医院免费治疗"。坐在对面的丁主任不停地用纸巾擦汗，时而露出哭笑不得的神情。尤二说得洋洋洒洒，说得口干舌燥，丁主任只回了三个字："不可能。"

"你说什么？"尤二脸涨得通红，"你们不负责？"

丁主任又将前三个字重复了一遍。

尤二再也按不下心头的怒火，这个自认为被戴了绿帽的男人恼羞成怒地冲到丁主任跟前，揪住白大褂的衣领，丁主任也被激怒了，他鄙夷地看了一眼尤二，面无表情地说出一句话："你这种人真不配当爹。"

这句话就像一柄锥子，狠狠戳在尤二最痛的那块伤疤上，他彻底疯狂了，扬起手"啪啪"，狠狠甩了丁主任两个大耳刮子——就跟他曾经对崔瞎子、尤德赖做过的一样。丁医生被这两记耳光打蒙了，花白的头发与胡须一道微微颤抖，鼻子下面流出一道蚯蚓般的血迹。等回过神之后，丁医生大喊："保安，医闹打人了!"

尤刚傻傻地站在一旁，放在嘴里的手指还没来得及拿出，两名膀大腰圆的保安已经踹开门冲了进来，他们一左一右地将尤二按倒在地，就像两头狗熊按住了一只恶狼。尤二将吃奶的力气都使出来了，依旧挣不脱束缚，只好扯破嗓子高喊："医院打人了，警察打人了!"但没人应答，尤刚看见这一幕，挥舞着鸭蛋大小的白嫩纤细的拳头想上去帮忙，却被鼻子汩汩冒血的丁主任拉开了，丁主任对尤刚说："你爸那样对你，你还护着他?"

"胡说，爸爸是最好的爸爸!"尤刚朝丁主任怒吼。

尤二人生中唯一一次医闹经历就以如此悲壮可笑的方式画上了句号。此前横行乡里却逍遥法外的尤二在省中心医院吃到了这辈子最大的苦头。两名全副武装的民警将尤二押上警车，以袭击医护人员的罪名将他带到了拘留所。冰冷的手铐锁住了尤二的嚣张跋扈，浇灭了尤二的猖獗气焰。当铁门锁上的那一刻，尤二跪倒在地，指天画地地发誓今后做一个讲文明、懂礼貌的守法公民。尤二哀求民警放他出去，他还说自己六岁的儿子没人照顾。民警冷冷地看了摇尾乞怜的尤二一眼，说："这个不需要你担心，这个点你老婆应该已经接到你儿子了!"

六岁的尤刚在警车上不断哭闹，一位瓜子脸的年轻女警察拿出奶糖安慰尤刚，她让尤刚不要害怕，警察会把他送到妈妈身边。尤刚一甩手，将奶糖打在地上，反而哭得更伤心了，尤刚以为爸爸这次要被枪毙了，他一把鼻涕一把眼泪对警察说："你们不要枪毙我的爸爸，你们枪毙了我的爸爸，我以后就没有爸爸了!"

女警察"扑哧"一笑，接着又鼻子一酸，她将尤刚抱在怀里，对他说尤二只是被拘留而不是枪毙，最多一个月就能回家跟母子团聚。尤刚半信半疑，女警察就跟尤刚"拉钩上吊"，说谁要是说谎谁就是小狗。拉完钩的尤刚终于破涕为笑了，尤刚捡起地上的奶糖，津津有味地吃了起来，浓厚的奶香从嘴巴一直甜到心里。

警车将尤刚一直送到村口，牛红梅提着竹篮，站在写有"尤村"字样的路牌下翘首以盼。尤刚恋恋不舍地跳下警车，跑到妈妈面前，回头对警察叔叔警察阿姨说再见。牛红梅赶在警车发动前拉住了车门，将一个装满鸡蛋与螃蟹的竹篮塞进警车。她说这是为了感谢他们一路上对尤刚的照顾，牛红梅问警察："我男人啥时能回来？"

"一个月！"回答她的是站在一旁的尤刚，尤刚说，"警察阿姨跟我拉钩了！"

牛红梅黯淡的脸色恢复了几分神采，她抱起尤刚，雄赳赳气昂昂地朝村子里走了。在她身后，那位瓜子脸女警察从车上跳了下来，将牛红梅塞进警车的土特产放到地上，喊了牛红梅一声，钻进车离开了。牛红梅转过头，看着地上的竹篮，热泪盈眶地说："这世上还是好人多啊！"

当牛红梅为警察的高风亮节大发感慨时，尤二正和一群人渣败类谈笑风生。出于对医闹的深恶痛绝，拘留所特地给尤二安排了一个VIP房间，里面住着一群惯偷、嫖客与吸毒者。VIP房间的老大白哥是个以贩养吸的瘾君子，白哥只花了三分钟就让尤二坦白了自己进拘留所的缘由。尤二说完自己的悲惨经历后，整个牢房顿时比过年还热闹，有人愤慨，有人同情，有人欢笑。

"这医院也太不像话了，这事都不负责？"白哥义愤填膺地说，"打了一针儿子就不是自己的了，换成谁也要找医院算账啊！"

"白哥，其实，这事医院没多大责任……"角落里一个因嫖娼进来的眼镜男子插话道，"医院要是不这么治，他儿子就没屁眼！"

"就你有文化？"睡在白哥下铺的刀疤脸"哼"了一声，"我宁愿不要儿子，也不能要个杂种啊！"

眼镜男立马乖乖闭嘴了，他点头哈腰地对白哥赔礼道歉。在这样的舆论环境下，尤二成了整个VIP监舍最令人同情、最催人泪下的汉子。这些文盲人渣一致认为：尤二确实被医院戴了一顶明艳艳的绿帽子，牛红梅当初打的那一针，差不多就等于让别的男人隔空污辱了一回，让别人的种子钻进了她的身体。这些人提议，让尤二回去以后再生一个娃娃，或者直接换一个女人。尤二在这乌烟瘴气的环境中生活了整整半个月。在这半个月里，尤二对牛红梅的爱情、对尤刚的亲情渐渐磨灭了，并且再也没有生长出来。半个月后，当尤二走出拘留所大门时，天边恰好飘来一朵乌云，将头顶的阳光彻底遮住了。

第十八节　回家

尤二在拘留所的这段日子，尤刚和牛红梅度过了一段短暂而幸福的二人生活。尤刚发现，缺少了爸爸的生活似乎并不算太难熬。相反，这几天尤刚晚上睡觉，再不会听见烦人的洗牌声跟吆喝声了，清晨也不会被雷鸣般的鼾声吵醒了。大约从第十天开始，尤刚心中生出一种念头，如果爸爸能晚几天回来就好了。尤刚没敢将这话告诉妈妈。因为每天傍晚，牛红梅都会独自跑到村口，站在夜色中朝小石镇的方向远眺，牛红梅等待尤二的身影好像一尊沉默的雕像。

牛红梅经过多方打听，知道拘留所放人的时间一般在早晨八点，而省城开往县城的列车是在下午一点，抵达镇上的时间是傍晚五点三十。牛红梅认为自己一定能等到尤二。然而她错了，她没有想到的是，刑满释放的尤二在小石镇的洗头房耽搁了整整三个钟头。

从前的尤二是个不嫖的男人，他不嫖的主要原因是觉得这么做对不起美丽忠贞的老婆，次要原因则是担心被警察抓到，尤二不希望在自己光辉的人生中加上一笔嫖娼被抓的污点。然而这两点理由如今都不成立了。他蜕变的第三个原因是，拘留所那群人渣每晚便会高谈阔论往日的嫖娼经历。这些声情并茂的故事听得尤二口干舌燥，他决定，释放之后也要去洗头房玩一把，让自己的人生更完整一些。

尤二在下午五点四十七分走进了小石镇车站旁的红粉洗头房。而当他离开时已是晚上九点了，迎面而来的夜风将他吹进了"圣人模式"。尤二开始想念牛红梅柔软的身体与温柔的话语，想念尤刚用清脆的童声喊自己爸爸的样子。尤二拦下一辆计程车，对司机说："去尤村！"

夜色笼罩下的尤村安静而陌生，村民大多已经睡下了，路上见不到一个人影，只有偶尔的狗吠鸡鸣证明这是一处有人居住的村庄，尤二走到家门口，看见屋里一团漆黑，但院子门口的廊灯依旧亮着，尤二不知道的是，这盏灯已经为他亮了三百六十个小时。

尤二打开院门，轻手轻脚地走进院子，一墙之隔的房间里隐约传出尤刚轻微的鼾声。尤二走到窗前，借着皎洁的月光往床上看去，尤刚正安静地躺在母亲微微颤动的臂弯里，母子俩双目紧闭，脸上荡漾着甜蜜的笑容。窗外的尤二忽然生出一丝奇异的违和感，这场景让他觉得自己是多余的，是无关的，是格格不入的。尤二敲响了面前的木门，沙哑着说："我回来了！"

房间里传出一阵窸窸窣窣的响动，牛红梅从床上跳了下来，回头看了一眼还在熟睡的尤刚，犹豫了半秒钟，没有叫醒儿子。牛红梅"踢踢踏踏"地跑进客厅，拉开门，惺忪的睡眼在黑暗中闪闪发光。牛红梅对尤二说："回来就好！"

尤二看着一脸幸福的牛红梅，在污水缸里泡了半个月的心一下子被洗干净了。脱胎换骨的尤二做了一个让他无比后悔的决定，他张开怀抱，将眼前这具阔别已久的娇躯又一次拥抱进怀里。尤二把牛红梅抱得很紧，牛红梅被尤二强壮的臂弯勒得几乎喘不过气来，尤二松开手，想去脱牛红梅的衣服，牛红梅却嗅了嗅鼻子，她问尤二："你衣服上什么味道？"

尤二将领口拽到鼻孔下面，被脂粉熏得麻木的鼻子没有察觉到任何异常。牛红梅拉开灯，看见了尤二耳后半个鲜红的唇印。

"你去哪了？"牛红梅问。

"火，火车票买不到，我坐大巴回来的，八点多才到镇上……"

牛红梅一言不发，她将手伸进尤二的口袋，掏出一张皱巴巴的火车票。牛红梅看了一眼车票上的时间，身体抖似筛糠，她对尤二说："你在外面有女人了！"

尤二不再说谎，他说："没有，我去了一趟洗头房！"

牛红梅将车票丢给尤二，颤抖的身子渐渐平静下来，她直直地看着尤二的眼睛，低声说："你说过你不去种地方的！"

"这是我第一次去！"尤二实话实说。

"那你今天为什么要去？"

"老子为什么不能去？"尤二忽然抬高了嗓门，脸上五官纠成一团，他指着卧室的方向说，"为什么别人家的儿子只有一个爸爸，俺的儿子就有两个爸爸？为什么我平白无故就被戴了一顶绿帽子，连奸夫都找不出来？为什么你能让别的男人的种子钻进你的身体，我就不能去嫖别的女人？"

牛红梅愣住了，头顶的天空像陀螺一样旋转起来，耳边歇斯底里的怒骂声似乎一下子变得遥远了，眼前这张扭曲的面庞一下子变得陌生了。牛红梅怔怔地看着尤二，将这张脸上的每一个表情、每一丝细节都牢牢刻进心里。她没有哭，没有责骂，没有辩解，她机械地扭过头，动作僵硬得好像一个关节生了锈的木偶。牛红梅走回房间，发现尤刚正睁大眼睛坐在床头，她走到床边，直挺挺地躺了下去，她对尤刚说："爸爸心情不好，早些睡吧！"

尤刚并没有睡好，这一晚他做了人生的第一个、第二个、第三个噩梦。等醒来之后，尤刚已记不得这一夜都梦见了什么，唯一能确定的是这三个噩梦的主角全都是自己熟悉又陌生的爸爸。尤刚蹑手蹑脚地从床上爬了起来，走到门外，看到正蹲在院子角落里抽烟的尤二。清晨的阳光照在尤二的脸上、身上，尤刚觉得爸爸的形象又变得光辉了，他说："爸爸，你回来了！"

尤二抬起头，看了看眼前的尤刚，随口应了一声："嗯！"

"爸爸，你为什么要跟妈妈吵架？"

尤二缓缓抬起头，对着尤刚的脸吐了一个烟圈，他说："大人的事，小孩子别管！"

尤刚被烟雾熏得剧烈咳嗽起来，他气愤地将手伸向尤二手中的香烟，想要将它抢过来摔在地上。谁知尤二猛地从地上站起身，尤刚的右手捞了个空，脚下一绊，面门朝下，重重地栽倒在坑洼不平的泥地上。尤二面无表情地看着这一切发生，甚至没有拉在地上哇哇大哭的尤刚一把。听见哭声的牛红梅披着睡衣从房间里奔了出来，她跪倒在地，对着万里无云的蓝天喊："老天啊，我到底造了什么孽啊！"

第十九节　一堂失败的科普课

　　然而这还不是最糟的。在尤二被拘留的半个月里，尤刚血型跟父亲不符的消息已经被尤德赖那张长满黄牙的大嘴传遍了全村。那些目不识丁的群众自然不了解背后的原因。他们只相信，尤刚不是尤二的种，一时间整个尤村几乎乱了套，那些嫉妒牛红梅美貌的碎嘴村妇整日聚在一起，猜测哪个男人才是尤刚的亲生父亲。

　　跟牛红梅同一年出生的尤翠花说，牛红梅在怀尤刚之前，每个月都要去镇上的慧文美发店做头发，每次都跟那个黄头发、长得像港台明星的发型师托尼有说有笑，她还说托尼给别人烫头都收八十，但给牛红梅烫只要六十，这二十块钱折扣足以证明牛红梅一定跟托尼有奸情。但村头的李寡妇不同意尤翠花的观点，她说托尼是个懂得发现美、欣赏美、创造美的发型艺术家，他烫头的折扣是跟顾客的美丽程度成正比的。说到这里，李寡妇风情万种地摸了一下自己的脸，嗲嗲地说自己每次烫头只要五十，比牛红梅还便宜十块。李寡妇的指桑骂槐让长了一张柿饼脸的尤翠花又气又恼，却又无可奈何。李寡妇表示，牛红梅的奸夫、尤刚的生父多半是杂货店老板尤德赖，她说自己曾亲眼看见牛红梅有一次钻进尤德赖的杂货店，在里面待了十多分钟才出来。为了证明自己的推论，李寡妇还反复重提当年尤龙出生时，尤德赖带头捐款的往事，她说："你们说尤德赖平时那么抠门的一个人，居然主动捐一百给别人，这正常吗？"

听众们大多点头称是，也有个别人提出了不同意见。在这半个月里，尤村三分之二的壮年男子被家里的女人盘问、审问了一番或几番。这些没吃到鱼却沾上一身腥的无辜群众对尤二说："尤二兄弟，快把奸夫抓到吧，不然大家日子都没法过了！"

尤二听到这话，肺都快气炸了，他说："没有奸夫！"

"那你儿子咋不是你亲生的？"

尤二不知道该如何回答这个问题，事实上就算他有本事解释，这些人也没法理解，尤二只好说："我确实是尤刚的爹，不过尤刚有两个爹！"

尤二一说这话，群众的兴趣更浓，他们纷纷围到尤二的旁边，让他仔细讲讲两个男人一个女人是怎么生出一个娃娃的。这问题进一步激怒了尤二，尤二说："他奶奶的！还有完没完，再问老子揍人了！"

人们发出"哎呀"的惊叫，然后一哄而散。尤二越想越气，他觉得自个儿的脸面快要丢尽了。尤二跨上摩托车，一路开到上次的洗头房，一连点了三个钟才勉强平息下来。尤二在洗头房挥汗如雨的时候，牛红梅抹着眼泪敲开尤济世家的大门，跪在尤济世面前说："老村长，你救救我吧！"

尤济世焦黄的面皮皱成一团，他慌忙伸手，想把牛红梅从地上扶起来，可女人的膝盖就跟钉子一样戳在土里，尤济世没办法，只好自己也跪倒在地，这一来两人勉强一般高了，尤济世问牛红梅："红梅妹子，不是我不帮，我能有什么办法啊？"

"你别问什么办法，就说答应不答应！"

"我答应！"

"你做过八年书记，又做过几十年郎中，你去外头跟大伙儿说，俺家尤刚不是杂种，我在外头也没有奸夫。我甚至连手都没让别的男人拉过，说到底，我不过在省医院打了一针，这孩子就不是尤二的纯种了！"

"理是这个理，但就算我说了，别人也不会懂，更不会信啊！"

"我不管别人懂不懂信不信，我就想你给我做这个证！"

尤济世想了想，点头答应了。他一溜烟钻进房间，等到出来的时候，手上已经多了一本《遗传学入门》，尤济世将《遗传学入门》递到牛红梅手上，自己钻进厨房，拿了一口锃亮的铁锅和一根擀面杖出来。尤济世左手拿锅，右手拿擀面杖，领着手捧《遗传学入门》的牛红梅走出了大门。尤郎中将擀面杖一下下敲在锅上，发出响亮的咣当声，这一来在田里劳作的群众纷纷扭头围观，尤济世对群众说："大家好！我给大家宣布个事！"

村民们陆陆续续走到田垄上，他们将尤济世跟牛红梅围在正中，脸上露出好奇的神色。群众的兴趣点并非在尤济世，而是在牛红梅，以及牛红梅与尤济世的关系。牛红梅低着头，尤济世昂着头，尤济世咣当敲了一下铁锅，开口说："尤刚的事情，想必大家都知道啦！"

牛红梅的头垂得更低了，尤济世接着说："尤龙尤凤的事情，想必大家也知道！"

有两个年轻后生不耐烦了，指着尤济世说："有话快说，有屁快放！"

"事情是这样的，牛红梅怀上尤刚后，尤二就带着她去省医院瞧过了，省医院查出来，她肚子里的娃娃还是跟前两个一样，天生没屁眼，而且还有贫血病，生下来铁定活不长久！如果想活，就得做个手术，把这娃娃的身上有问题的地方给换了！所以，尤刚的血跟屁眼就让医院给换了！不过尤刚别的地方还是尤二的种，你们想，他的眉眼、他的鼻子，不都跟他爹一个模子出来的吗？"

尤济世在做村长时还是有一定威望的，多数人点头称是，但也有人提出质疑。尤村的知名光棍——尤光棍自言自语道："这手术该咋做？难道是找个没问题的男人，跟牛红梅做那种事情？"

尤光棍说这话时嗓门压得极低，除了周遭的一圈人，离得远些的都没听清，于是尤光棍周围的一圈人哈哈大笑，其他群众听见这些人笑，纷纷打听尤光棍到底说了什么，这一来欢笑在人群中飞快蔓延开来。这些议论飞进牛红梅跟尤济世的耳朵里，牛红梅俏脸通红，尤济世老脸发白，他将擀面杖跟铁锅摔到地上，从牛红梅手上拽过那本《遗传学入门》，翻到某一页，大声朗读："基因矫正疗法是指将外源正常基因导入靶细胞，包括体细胞或生殖细胞，从而纠正或补偿因遗传物质缺陷和异常引起的疾病……"

村民们面面相觑，哄笑了一声，然后各自散去了。尤济世追上一个村民，想要用通俗易懂的语句对他解释基因矫正的原理跟手法，然而没等他组织好语言，这人已不耐烦地推开了尤济世，他说家里还有三亩苞谷没打杀虫剂，没那个闲工夫听尤村长的公开课。尤济世跌了一跤，哼唧了半天都没爬起来。

在之后的四五天里，尤村所有的成年人以及部分未成年人同时加入了一场热火朝天的讨论。大家穷尽想象，揣摩牛红梅接受的基因治疗究竟是什么样的。村西的尤见深说，省医院的医生用一根细如牛毛的钢针，从牛红梅的产道伸进去，然后用螺蛳壳里做道场的手艺，给尤刚雕了一个屁眼。这荒诞不经的猜测很快就得到大多数人的一致否认，中专毕业的尤德深说，既然是基因手术，那就肯定跟男人的精子或者女人的卵子有关，如今尤二这么激动，想必出问题的肯定是尤二的精子。尤德深对基因治疗的猜测格外狂野奔放，他说："你们见过吸尘器吧？我听说，这种基因疗法，就是拿一个吸尘器一样的玩意儿塞进女人的那地方，然后把子宫里有问题的精子给吸出来，吸完了之后，再拿一根黄瓜粗的针筒，把没问题的精子给打进去！说实话，虽然不是直接跟男人做那种事，但也差不多啦！"

乌合之众的想象力永远是最丰富低俗的。他们对这个世界的多数认知都源自想象、吹牛与社交网络。

一时间谣言四起，大家除了围绕基因治疗的手法展开千奇百怪的联想，还猜测尤刚的另一个父亲究竟是个怎样的男人。大多数人相信，尤刚的另一个父亲铁定是个文质彬彬、举止斯文的知识分子，他们觉得只有这样的一个男人才能中和尤二的痞气跟流氓气，生出一个像尤刚这般乖巧伶俐的娃娃。有人私下议论说："尤刚能有个二爹，那是他的福气啊！"

唯一替牛红梅说话的是村里唯一的大学生尤智，尤智对自己的父母说，其实新一代基因疗法根本没有传说的这么玄乎，就跟打针吃药差不了多少；他还说基因治疗是摆在尤二全家面前的唯一出路，就像得阑尾炎就得开刀、得癌症就得化疗一样。尤智最后说，基因替换就跟人工授精一样，是严格遵守双盲原则的，换句话说尤二就算找十年八年，也铁定找不出尤刚的另一个生物学父亲。尤智对自己的父亲说："照我看，这帮信谣传谣的家伙都是愚昧、无知、别有用心的！"

尤智的父亲点了点头，然后用满是老茧的指节在尤智的头上敲了一下："儿啊，这种话在家说可以，千万别拿出去说！"

"为啥？本来就是这样啊！"

"你说这话，就等于得罪了全村人。咱家跟尤二非亲非故的，你这么替他说话，大家还以为尤刚是你的种呢！"

尤智空有一肚子智慧却没有勇气，在老父亲的再三警告下，他放弃了站出来帮牛红梅与尤刚辩解的念头。与此同时，并未完全死心的尤济世主动叫上牛红梅，两个人拎着两只母鸡跑到医生周诚的家里，希望周诚能以小石镇第一医学专家的身份，帮牛红梅说两句公道话，周诚爽快地答应了，然而周诚的老婆不答应，她从门缝里窥见了牛红梅的美貌，心里打翻了醋坛子。牛红梅离开后，她拽着自家男人的袖子大哭："你跟那个女人是什么关系，要这么帮她说话！"

周诚甩开老婆的手，气愤地说："我不是帮她说话！我是替科学说话！"

"尤济世又不是没给那些人解释，可是有人信吗？"周诚的老婆也是个大学生，她说，"你跟那些大字不识一个的文盲讲腺嘌呤、鸟嘌呤，讲显性遗传跟隐性遗传，他们听得懂吗？就算有人听得懂，你觉得他们愿意相信你们吗？你要知道，整个尤村一大半男人嫉恨尤二，一大半女人嫉妒牛红梅，这些人恨不得他俩连生八个没屁眼的孩子才开心！别说你是复旦的博士生，就算你是中科院下来的，说话也没人听！"

多数人只愿相信对自己有利的话，对自己不利的则是谣言或狗屁。

第二十节　苞谷地之变

尤二决定再生一个孩子，如果牛红梅不愿意生或是没法生，那就换一个女人生。然而以往对他百依百顺的牛红梅近日来有了自己的脾气，她连续三晚在床上推开了尤二，她这样对尤二说："你以后不嫖不赌，保证对尤刚好，我就跟你好！"

尤二死活不答应，他觉得这是丧权辱国的不平等条约。于是这件事就这么耽搁了下来。半个月后的一天，尤二回村的时候，在村东头的苞谷地里看见了正在除草的牛红梅，牛红梅瘦弱的背影在血红的夕阳下显得分外萧瑟。尤二发现，她的腰杆已不再像记忆中那般挺拔，长发也不再像记忆中那般黑亮了，他觉得牛红梅仿佛一瞬间苍老了十岁。

尤二的心软了，他将摩托车停在路边，慢慢朝苞谷地里走去。牛红梅听见身后沙沙的脚步声，先吃了一惊，当她看清来人是自己的老公时，整个人便僵在原地不动了。

尤二走到离牛红梅只有两步的地方，三五根即将成熟的玉米隔在两张脸的中间。尤二看见牛红梅鬓角里忽隐忽现的几根银丝，说："过去的事，就算了吧！"

牛红梅用力咬了下嘴唇，问尤二："怎么算？"

"不嫖可以，但戒赌不行。再说我以前赌了那么多年，你也没有意见，如今忽然要我戒赌，搞得这件事跟我理亏一样！"

牛红梅依旧板着脸，但脸上的寒霜融化了大半，她问："那你以后准备怎么对我跟尤刚？"

尤二抓了抓脑袋，嘴唇颤了两颤，却没说出什么话来。牛红梅见尤二不说话，知道他心里的芥蒂并没有完全消除，她鼻子一酸，对尤二说："难道你就希望尤刚像尤龙尤凤一样，生下来就没屁眼吗？"

尤二轻轻吸了一口气，这一刻他几乎被感动了。尤二拨开面前的玉米，缓缓朝牛红梅走去，但带有韧性的秸秆很快就将玉米重新弹回尤二的眼前，这根玉米已经熟透了，百十颗饱满的金色颗粒在阳光的照射下闪闪发光。尤二的眼皮忽然跳了一下，他看见，在这串金黄色的玉米上，夹杂着两颗深紫色的颗粒，就像是黄金中的紫宝石——这串无比寻常的玉米却引起了尤二不同寻常的联想，他觉得这根玉米就是尤刚，金黄色的颗粒是他尤二的种，而紫色的则是另一个男人的种。这一来刚刚平静的内心重新涌起波澜，尤二狠狠地将这根玉米掰下来，用力砸在松软的黑土地上，尤二指着玉米对牛红梅说："尤刚就像这根玉米！"

牛红梅惊呆了，她惊恐地看着地上的玉米，当她明白这句话的含义时，尤二已扑到她的身上，不由分说地剥她的上衣。牛红梅眼里流出泪来，她拼命想推开尤二，但尤二已经像一头发疯的公牛般在她身上抽动起来，她无力挣扎，低沉的呻吟中充满了屈辱与绝望。牛红梅不敢高声叫喊，但远处却有一个女人喊出了声："快来人啊，有人在田里偷汉子啦！"

喊话的是隔壁田里正在洒农药的徐玉凤。最近这段时间，关于她老公尤德赖跟牛红梅有一腿的传闻正在尤村传得沸沸扬扬，这把徐玉凤气得整夜睡不着觉。刚才她路过这片玉米地时，恰好听到里面传来男女做那种事的呻吟声，她陡然打起精神，踮起脚朝玉米地里张望，徐玉凤看见一个上身赤裸的男人正把牛红梅压在身下，男人瘦削的背影让她确定不是自家老公尤德赖，这让她觉得既高兴又心虚，高兴的是终于确认自家男人跟这个狐狸精没有一腿，心虚则是因为她之前为这事找尤德赖闹了三天三夜，如今真相大白，尤德赖很可能以此为把柄，在日后的夫妻战争中稳占先机。徐玉凤在叫与不叫间犹豫了片刻，最后决定让牛红梅丢一回丑，也让自家男人绝了对她的念想，于是她喊了出来。

正在附近干活的七八个村民一听见徐玉凤的叫唤，一个个脚下好似装了风火轮，跟赶集一样拥过来了。有两个人扛着锄头，一个人举着粪勺，这些人急吼吼地跑到徐玉凤旁边的田垄上，伸长脖子观赏田里上演的活春宫。密密麻麻的苞谷挡住了围观者的视线，他们没能认出这个背对他们的男人就是牛红梅的正牌老公尤二，他们更想不到一对合法夫妻居然会在苞谷地而非自家床上做这种事。群众看得津津有味，一时间甚至忘记了该做些什么。

此时的尤二正处于亢奋的状态，耳边的嘈杂全都被过滤了。牛红梅瞧见田垄上越聚越多的人头，又羞又急，狠狠一口咬在尤二的肩膀上，尤二"哎哟"叫了一声。这声音一发出来，围观村民顿时发出整齐的嘘声，他们悻悻地说："居然是尤二！"

"大白天在地里做这种事，伤风败俗！"

被打断的尤二终于听见了身后的声响，他惊恐地回过头，望向身后一大群评头论足的观众。观众一见尤二转过身来，想起他往日的恶名，立刻像一群受惊的兔子那样四散而逃。他们一边跑，一边喊："尤二，我们不是故意看你的！"

受了这场惊吓后，尤二当晚到家就发起了高烧。他躺在床上，全身无力，哼唧哼唧地等牛红梅将饭菜汤药递到嘴边。刚开始牛红梅不太愿意，她不想再服侍这个不复体贴、不复忠贞的男人了，她赌着气在客厅的沙发上睡了一晚。然而第二天大早，尤二通红的脸色与痛苦的呻吟让她心软了。牛红梅熬了一大锅白粥，却又在粥里掺了一把细沙子，她叫过正准备出门上学的尤刚，对他说："把这碗粥给你爸爸递过去！"

尤刚点点头，端起这碗掺着沙子的白粥走到尤二的床头，躺在床上的尤二看到尤刚手上的粥碗，眼皮动了动，算是表达感激。尤刚不计前嫌，他摸了摸爸爸的额头，滚烫的温度让他缩回了手。尤刚说："妈妈叫你吃粥！"

尤二撑起身子，端起碗喝了一口，粥里的细沙让他剧烈咳嗽起来。尤二恼羞成怒，他用力将碗摔到地上，黏稠的白粥洒得一地都是，里面夹杂着青色的瓷片与黄色的沙粒，尤二大声骂道："小兔崽子，你算计老子？"

尤刚不知所措，他全身发抖，一扭头冲出了房间。牛红梅将尤刚抱在怀里，轻声抚慰他："爸爸发烧发糊涂了，等病好了就没事了！"

尤刚心有余悸地点点头，牛红梅帮尤刚背上书包，打发他上学去了。尤刚走后，牛红梅面无表情地坐到尤二的床头，她对尤二说："粥里的沙子是我放的！"

尤二用力咳嗽了两声，他说："我就知道，你外面有人，你想谋杀亲夫！"

"你放屁！"牛红梅大声说，"我是在考验你！"

"考验我？"尤二擦了擦额头上的虚汗，他骂道，"你是不是狗屁电视剧看多了？"

牛红梅没有直接回答尤二的问题，她说："如果你刚才骂尤刚的话不是小兔崽子，而是杂种、贱种，我就要跟你离婚，如果你刚才不是把碗砸到地上，而是砸到尤刚的身上，我也要跟你离婚！但是你没有骂尤刚杂种，也没有拿碗砸他。你虽然发了点脾气，但对我们娘俩总算还有点良心，我决定再跟你过。"

尤二挥了挥手，意思是暂时不讨论这个话题，他舔了舔有些干裂的嘴唇，说："粥呢？"

牛红梅笑了笑，说："粥在锅里，沙子在粥里！"

"你不重煮一锅？"

"不煮！"牛红梅从床头站起身，她对尤二说，"掺了沙子的粥也是粥，不纯的种也是你的种！你要是嫌弃粥里有沙子，那就别喝！你要是嫌弃我跟尤刚，那就滚蛋！"

牛红梅忽略了一点：当人喝到一碗掺了沙子的粥时，只会感觉自己喝到的是沙子，而不是粥。

第二十一节　出走

　　尤二是在一个无星无月的午夜离家出走的。他离家出走主要有两点原因：第一，他发现自己成了众人眼里的王八与小丑。多数村民依旧害怕尤二，但这种畏惧已经和以前不太一样了，从前大家怕他，是觉得他混得开、赌得赢、下手狠，是一种良民对恶人的畏惧；如今大家怕他，是觉得他心理变态、行为失常，完全是一种人类对疯狗的恐惧。

　　尤二喜欢做恶人，但不喜欢做疯狗。

　　至于第二个原因，是因为尤二的性功能出现了障碍。说得更准确一些：尤二在家的时候，性功能产生了障碍。

　　自打苞谷地事件发生后，尤二便彻底失去了在妻子面前勃起的能力。他一看见牛红梅的裸体，就会想到田垄上黑压压的人影，想到那几十双好奇又渴望的眼睛。尤二去镇医院看男科，只得到一个"非器质性病变"的结论。尤二觉得如果继续待在家里，这病就永远不会好，他决定出去走走。

　　尤二不知道自己该去哪里，也不清楚什么时候回来，更不知道自己离开之后，牛红梅与尤刚将面对怎样的生活。尤二决定改变，于是他走了，尤二觉得自己无须对任何人负责，尤二觉得这个世界上只有自己一个人。

尤二给牛红梅写了一封信,带着两套换洗衣服走出了家门。临走,他隔着窗户看了一眼床上的牛红梅和尤刚,尤二轻声说:"我走了!"

这封信被牛红梅颤抖的双手拿起时,拂晓的晨光刚好射过半掩的窗户。纸上只写了一句话:"我去很远的地方!别等我!"这十个字让牛红梅失声痛哭。她以为是那锅掺了沙子的白粥把尤二气走了,其实并不是。粥里的沙子让尤二赌气饿了一天,但跟他的出走完全无关。牛红梅还猜测,是不是前一晚半途而废的夫妻生活将尤二气走了,这一点她只猜对了一半,她当时确实推开了尤二,但事实上即使她不推开尤二,尤二也什么都做不了。

牛红梅冲出屋门,她看见尤二的摩托车静悄悄地停在院子中间,看见尤二的大裤衩正挂在屋檐上晃荡,看见厨房里铁锅的锅底还留着一层黄白相间的细沙。牛红梅站在院子正中,她对着天空喊:"尤二,你在哪儿?"

天空自然不会回答她。

牛红梅又冲着田野喊:"尤二,是我错了,你回来吧!"

田野也不回答她。

"尤二,我求求你,快回来吧!"牛红梅跪倒在院子里,呜呜哭出声来。

还没起床的尤刚被母亲的哭声吵醒了,他爬下床,摇摇晃晃地跑到客厅。尤刚问妈妈为什么哭,牛红梅没有回答,她用最快的动作给尤刚穿好衣服,拽着他马不停蹄地跑到小石镇火车站。牛红梅用沙哑的声音问检票员,天亮前有没有一个短寸头、白衬衫的单身男人来坐火车。检票员摇摇头,说这样的男人每天没有一百也有五十,牛红梅大失所望。但检票员看了眼头顶的大钟,接着说:"如果你找人的话,今天最早的一班列车五分钟前刚进站，估计这会儿还停着，你现在进去，说不准能见到！"

牛红梅说了声谢谢，接着在检票员惊诧的目光里跳过拦道闸，笔直地冲向进站口。尤刚一猫腰，从道闸下钻了进去，尤刚跟不上牛红梅的步伐，他没想到平日里温柔安静的妈妈竟然有跑得这么快的时候。尤刚刚刚跑到进站口，牛红梅已经登上了月台，她奔跑的身影好像一只被猎豹追赶的羚羊。牛红梅朝着火车的方向奔跑，她跑到一半的时候，刺耳的汽笛声响了，火车轰隆轰隆地启动了，牛红梅跟着火车的后两节车厢跑了二十秒钟，这二十秒里她跟车窗的距离甚至不足一米。她高声呼喊："尤二！尤二！"

末节车厢的乘客睁大眼睛看着牛红梅，他们对她喊："离远点，离远点！"

牛红梅又喊："等等！等等！"

乘客们发出哄笑，他们说："既然来晚了，那就去退票吧！"

牛红梅跑得精疲力竭，直到火车消失在视野尽头都没有停下来。站台上的两个保安在短暂的目瞪口呆后，一左一右冲上去，将这个跑掉了一只鞋的疯女人按住了。

"在离火车那么近的地方跑，你找死吗？"保安大吼。

"我不找死，我找我男人！"

"你男人在火车上？"

牛红梅没有回答保安的问题，她没有看见尤二，但她确信尤二一定就在这列火车上。牛红梅知道尤二走了，她不知道尤二会不会再回来。牛红梅看着眼前空空荡荡的铁轨，耳边似乎还回响着汽笛呜呜的鸣叫声。火车驶离后，保安也暂时放开了牛红梅，她说了声谢谢，走到身后的月台上，弯腰捡起刚刚跑掉的布鞋。她搀着尤刚，一瘸一拐地挪出火车站，她走路的影子好像秋风中的落叶那般萧瑟孤独。

"我们回家吧!"牛红梅对尤刚说。

尤二离家出走的新闻又一次引爆了尤村,那些唯恐天下不乱的群众议论纷纷,提出了一种又一种满怀恶意的猜测与想象。有人说,牛红梅一定真做了什么对不起尤二的事情,这才让不堪其辱的尤二愤然离家出走;也有人说,尤二找到了尤刚的另一个父亲,这次出走,是打算找那个男人报不共戴天之仇;不过最广为传扬的消息还是出自知名玄学家、预言家崔瞎子之口,崔瞎子说尤二出走的原因是尤刚,是尤刚将尤二"克"走的。

崔瞎子理由相当充分,他说尤龙、尤凤的早早夭折都没能影响到尤二夫妻坚逾金铁的感情,然而自从尤刚出生后,这对夫妻的感情反倒一日不如一日了。崔瞎子只字不提尤刚的屁眼,也不提纯种还是杂种。因为这些都属于医学而非玄学的范围,崔瞎子只说尤刚命犯孤星、克父克母,尤二的出走不过是这场悲剧的开端而非结束,更悲惨的事情还在后头。这些流言蜚语很快就落到了牛红梅的耳中,她惨然一笑,没有做任何辩解,因为事实正朝着崔瞎子预言的方向发展。

牛红梅在家里等了三天三夜。第四天一大早,她洗了个澡,换上一套干干净净的新外套。跑到县里最大的一家加工厂,希望找一份可以养家糊口的工作。牛红梅朴素漂亮的外表与勤劳灵巧的双手打动了老板,老板点头同意录用她,然而好景不长,牛红梅上班还不到一个礼拜,就被妒火中烧的老板娘给辞退了。老板娘对老板说:"那个女人是村里有名的狐狸精,你跟她什么关系?为什么招她进来?"

牛红梅接连换了两份工作,都因为同样的原因被半道开除了。她认为这背后一定有人故意说闲话放坏水,但又找不出这个处处针对她的恶人。但她决定再挣扎一下，她拿出最后的存款，托人弄来一辆二手三轮车，以及一个三十五斤重的铁制煎饼炉。每天一大早，她都骑着三轮车，带上这个装满蜂窝煤的铁疙瘩，跑到小石镇的中心路口卖煎饼。牛红梅的煎饼摊离尤刚的学校不到四百米，摊上的煎饼个大味美，很快就成了小石镇远近闻名的美食。此时距离尤二离家出走还不到三十天。

尤刚逐渐习惯了没有父亲的日子，他发现爸爸在家与否并不如他想象的那么重要。尤刚像从前一样上学放学，像从前一样在妈妈的怀里睡觉，唯一的变化是每天放学后，尤刚要陪妈妈站两个小时的煎饼摊，尤刚对此毫无怨言。这或许和当时正值十月，天气不冷不热有关。尤刚喜欢听煎饼在滚油上发出的刺啦刺啦声，尤刚喜欢闻带着葱花的鸡蛋淌在滚热的铁板上发出的清香，尤刚更喜欢看妈妈每晚数钱时绽放的美丽笑容。更重要的是，随着煎饼摊的生意越来越红火，曾经将这对母子层层包裹的流言蜚语也逐渐销声匿迹了。尤刚此前的外号"尤屁眼""小杂种"渐渐被人们遗忘。尤刚认为，自己的幸福生活马上就要到来了。

第二十二节　幸福的尤刚

　　牛红梅的煎饼摊生意在两个月后达到了顶峰，她的外号也从"狐狸精""骚蹄子"变成了众所周知的"煎饼美女"。小石镇的四千群众至少有三千人吃过她摊的煎饼，另外一千人也或多或少听说过牛红梅的名声。牛红梅从日出忙到日落，又从日落忙到夜深，她为尤刚买了新衣服、新玩具，她和尤刚脸上的笑容越来越多，甚至超过了尤二在家的时候。

　　碰上刮风下雨的日子，牛红梅就会打着伞，一个人走进小石镇火车站，她登上月台的脚步平缓而沉重，她顺着铁轨朝远方看去，雨色中，雪亮的铁轨直直地伸向朦胧的远方，牛红梅的耳边似乎又响起了汽笛声。有一次，她真的等到了一辆从南方驶来的火车，火车带着刺耳的摩擦声在牛红梅面前缓缓停下，车门打开了，一道道高矮胖瘦的身影从门里鱼贯而出。牛红梅没有焦点的眼神在这些人的脸上依次扫过，她感觉尤二一定不在这些人里面，但她没有挪动脚步。牛红梅从怀里掏出手机，又一次拨通了那个熟悉的号码，空灵的提示声盖过了这世上的一切声响。火车缓缓启动了，牛红梅想起家里正在发酵的两大锅面粉，转身离开了。

　　尤刚并没有继承母亲的多愁善感，相反，他觉得这是自己人生中最快乐的一段时光。缺少了男主人的家中略有些冷清，但尤刚很快寻到了新的寄托，他在放学路上捡到了一只刚生下不久的小奶狗，尤刚把狗抱回家，正在锅灶旁忙得焦头烂额的牛红梅大声呵斥："从哪儿捡来的，就扔到哪里去！"

"不要！"

"你也不想想，如果是只好狗，人家为什么要扔掉？这肯定是条生了瘟病的狗，肯定养不长！"牛红梅一面说，一面伸手去抢尤刚怀里的小狗。尤刚张牙舞爪地将小狗护在身后，威胁妈妈说要是她敢把小狗扔掉，自己就像爸爸那样离家出走，牛红梅毫不妥协，她知道尤刚只是吓唬自己。尤刚哭闹了半天，也没能说服固执的牛红梅，只好说："妈妈，你就让我养吧！同学说这狗八成是种不纯，不值钱，才让主人扔掉的！"

牛红梅整个人僵住了，她看了一眼小狗半白半黄的毛色，又看了一眼尤刚，板起脸说："这话谁教你的？"

"没人教我！"

牛红梅叹息了一声，说："那就留下来吧！"

尤刚高兴得跳起三尺高，他给小奶狗起了个滥大街的名字：小白。多了小白之后，尤刚的生活更加美满充实了，脸上整日挂着笑容，尤刚的笑容逐渐传染到了牛红梅脸上。然而母子俩的幸福生活招致了一小部分人的不满与愤恨，这里面自然包括尤德赖与崔瞎子。

尤德赖对牛红梅的美色垂涎已久，只是慑于尤二的恶名一直不敢付诸行动，如今尤二忽然离家出走，尤德赖觉得属于自己的机会来了。牛红梅摆煎饼摊的这段时间，他三番五次地借帮忙之机揩油，然而都被牛红梅冷冰冰地拒绝了。尤德赖觉得自己没能得手的原因是牛红梅还不够落魄、不够贫困，他认为当一个女人走投无路的时候才是最容易搞到手的。

崔瞎子的动机更简单，他既然当着好几十号群众的面说出尤刚克父克母的预言，自然不愿意看到这对母子过上平静美满的日子。

这两个心怀鬼胎的男人急得上蹿下跳，他们想出种种阴损缺德的办法，想打破牛红梅母子的幸福生活。尤德赖在村里逢人便说，牛红梅做煎饼用的油是十块钱一桶的地沟油，面粉是掺了石膏与滑石粉的假面粉；崔瞎子的方法更恶毒，他隔三岔五地打电话给小石镇城管，匿名举报牛红梅占道经营影响交通。但这一趟他们的卑劣行径没能得逞，多数吃过牛红梅煎饼、眼睛雪亮的群众对尤德赖的谣言嗤之以鼻，他们对尤德赖说："我上周逛超市的时候，亲眼看到红梅妹子买的油跟面粉，怎么会假呢？"

崔瞎子的举报更是石沉大海，小石镇城管所总共有十一名城管队员，这十一个人全都对牛红梅印象深刻。这其中的原因并非牛红梅美貌惊人，而是因为牛红梅的煎饼摊是整个镇上唯一一个会在打烊前将地面扫得干干净净的摊点。在城管队员眼里，牛红梅简直就是小石镇一百多名小摊贩的榜样与楷模，自然不可能因为一个匿名电话去处罚她。

牛红梅并不知道尤德赖与崔瞎子在背后做的这些龌龊行径，她忽然发现，原来在离开尤二之后，自己的生活依旧可以过得如此充实而美丽。牛红梅此前有些佝偻的腰杆重新挺直了，枯槁的头发再一次变得又黑又亮，她去火车站的次数越来越少，时间也越来越短。终于有一天，牛红梅隔着细密的秋雨，远远望了月台一眼，然后就转身回家了。

尤刚的幸福则更加简单纯粹一些，毕竟，牛红梅的幸福是用夜以继日的操劳换来的，而尤刚的幸福则来得全不费功夫，就像是老鼠在地上随便打了个滚，结果滚进了蜜糖堆里。每天放学后，尤刚都会带着三五成群的同学到妈妈的摊上买煎饼，热情好客的牛红梅也总会给儿子的同学多加一个鸡蛋、半根火腿肠。这样的优惠让尤刚在学校里更受欢迎，他也因此得到了一个崭新的绰号——"尤煎饼"，这外号虽算不上响亮高雅，但跟从前相比已经算得上一股难得的清流了。

短暂的幸福生活在某个晴朗的秋日戛然而止，事实上，要不是牛红梅迟钝的神经，这一天还会来得更早一些。

这是一个晴天，尤刚跟往常一样，领着七八个同班同学，来到牛红梅的煎饼摊，他发现妈妈的脸色似乎有些不对，不再如往日般白里透红，而是像做煎饼的面粉一样苍白。尤刚以为妈妈生病了，于是悄悄摸了一把牛红梅的手，却发现这双手并不烫，而是一直凉到了骨髓里。牛红梅做煎饼的时候有些心不在焉，直到最后的时候才发现忘了放鸡蛋，她抬起头来，不好意思地冲尤刚的同学笑了笑，她的笑容僵硬且充满苦涩。

尤刚没敢问妈妈到底怎么了，他觉得即便问了妈妈也未必会回答他。

牛红梅破天荒地在天黑之前收了摊，尤刚发现，妈妈的动作似乎又变得迟缓了，脚步又开始蹒跚了，这一路上牛红梅一句话都没有说，空洞的眼神似乎停留在尤刚身上，又似乎什么都没有看。进门的时候，守在院子里的小白兴奋地叫了两声，摇着尾巴扒在牛红梅的裤腿上上蹿下跳，她轻轻抬了下腿，将小白踢开了。

牛红梅脱掉围裙，冰冷的右手下意识地在小腹摸了一下。她望了一眼墙上的台历，上面漆黑的日期让她不得不相信，自己已经一个半月没来月经了。

她怀孕了。

第二十三节　牛红梅的梦境

这一晚是牛红梅人生最漫长的一个夜晚。她不记得这一夜惊醒了多少次，也不记得这一夜做了多少梦。在第一个梦里，她见到了尤二，她看见尤二迎着和煦的阳光向她走来，脸上挂着跟尤刚出生时一模一样的笑容。牛红梅乐疯了，她不顾一切地朝尤二奔去，她决定把这个男人永永远远留在身边，然而她跑到一半便停住了，尤二的身边忽然冒出来一个穿连衣裙的少女，少女将脑袋靠在尤二的肩膀上，一男一女同时冲牛红梅露出灿烂的笑容，尤二说："我们去把离婚证办了吧！"

牛红梅猛然从床上坐了起来，清冷的月光静静地洒在她的脸上，身旁的尤刚还在熟睡，呼吸均匀而平静，牛红梅又躺了下来，她开始思念尤二，她不知道尤二是不是真的有了新欢，她在这忐忑的思念中又一次睡着了。

这一次牛红梅梦到了很多人，她梦见自己躺在小石镇医院的产房里，旁边围了一大群熟悉或陌生的面孔。她第一个认出的是医生周诚，周诚正握住她的左手，鼓励她不要紧张，周诚宽厚的手掌温暖而光滑。接着她看到了尤济世，这个半秃老头站在病床的另一边，握着她的右手，什么话都没有说，尤济世干瘪的手掌温暖而粗糙。牛红梅看见的第三个人是尤刚，尤刚抱着小白站在离她半米的地方，冲她说："妈妈，我想要一个妹妹！"

牛红梅笑了，她第一次觉得生孩子原来是如此幸福的一件事，梦中的分娩没有现实中的阵痛，她觉得全身一轻，紧接着就听到了婴儿响亮的啼哭声。她正沉浸在这份满足中无法自拔，忽然听到身边传出一阵恐惧的叫喊声，一张张熟悉或陌生的面庞忽然变得扭曲，周诚用颤抖的手将孩子抱到牛红梅的跟前，她发现，这婴儿竟长了一张与尤德赖一模一样的脸！

从第二个噩梦中惊醒的牛红梅全身都被冷汗浸湿了，她大口大口地喘着粗气，像是一尾刚从水里捞起的鱼儿。她感到了恐惧，她感到了羞耻。她知道等孩子真正降生的那天，身边的流言蜚语一定比这个噩梦还可怕十倍。她一度以为自己不会再睡着了，但接踵而至的噩梦却如黑洞那般将她吸了进去。她梦见了尤龙与尤凤，两个小小的人儿正站在村头的墓地向她招手；她梦见了始终心怀叵测的尤德赖，这个杂货店老板流着涎水将自己压在身下；牛红梅当晚最后一个梦是个好梦，她梦见停了一个半月的月经忽然来了，红宝石般的血液如久盼的甘露般从双腿间喷涌而出，牛红梅兴奋地在床上又喊又叫，直到清晨的第一缕阳光照在她的脸上才清醒了一些。她连忙掀起被子，朝身下看去，洁白的床单仿佛太平间的裹尸布一般令人窒息。

牛红梅摇摇晃晃地下了床，她觉得自己需要找一个人来倾诉这件事。她想到了两个人，两个男人。这两个男人在之前的梦里曾经分别握着她的一只手。她考虑了大约五分钟，最终选择了年过六旬、相貌平庸的老村长尤济世。她看了一眼尚在熟睡的尤刚，披了披被子，换上衣裳走出门。当她敲响尤济世家铁门的时候，至少三五个村民一脸惊讶地朝这边张望。她感到背后这些如芒刺般的眼神，心里已经麻木了。

看见门口站着的女人，尤济世脸上的褶子里写满了不可思议，他问："你怎么来了？"

牛红梅冲他笑笑，说："能进屋说话吗？"

"当然！当然！"锈迹斑斑的铁门发出"吱嘎"一声，便朝牛红梅敞开了。牛红梅一进屋就关上门，将寒冷的秋风和隐约的碎语一并锁在外面，她抬起头，开门见山地对尤济世说："我怀孕了！"

正在倒茶的尤济世一下子僵在了原地，滚烫的开水很快就漫过了杯口，顺着桌沿，滴到尤济世穿着塑料拖鞋的脚上。尤郎中被热水烫醒了，他慌忙放下热水瓶，用力弓下身子，不住朝通红的脚背上吹气。尤济世蛤蟆般的姿势让牛红梅忍不住扑哧一笑，她对尤济世说："老书记，你悠着点！"

尤济世呵呵笑了，房间里紧张的气氛也因为这个插曲变得轻松了一些。牛红梅低着头，目光不敢与眼前的尤济世相触，她用蚊蚋般的声音说道："应该就是苞谷地里那次！"

尤济世点点头，没有开口。他知道牛红梅一定还有更重要的事情对自己说，果然，屋里的沉寂只持续了不到半分钟，牛红梅忽然抬起头来，她问尤济世："这孩子能要吗？"

这问题将尤济世问得怔住了，他下意识地将目光投向牛红梅的小腹，那地方平平坦坦，完全看不出有一个生命正在其中孕育。尤济世仰起头，口中念念有词，他努力回忆尤二是哪一天去省城医闹，哪一天被释放回家，又在哪一天离家出走的。牛红梅听见了尤济世的自言自语，她说："尤二是8月20号去省城医院的，然后被拘留了半个月，回来的那天是9月6号。尤二在家只待了一个星期，9月13号就走了！"

"照这么算，再过三四个月，等到过年的时候你就显怀了，预产期应该是在明年7月份。我担心，如果你男人到那时还没回来，以村里人的性子，很可能会编派一些难听的闲话……"尤济世皱了皱眉头，接着说，"你放心，我会尽力帮你解释，毕竟，按预产期算的话，这娃娃就是在尤二回来的那段日子怀上的。"

尤济世的话犹如一股寒冬的暖流，缓缓流进牛红梅冰凉的心里，她点点头，又摇摇头，她对尤济世说："我问的不是这个意思!"

"那是什么意思?"尤济世有点迷糊。

"我无所谓别人说什么，我就担心，这孩子会不会像尤龙尤凤那样……"

尤济世恍然大悟，明白自己方才会错了意。尤济世抬起头，用充满敬意的目光仰视眼前这位美丽的年轻母亲。他觉得这一刻的牛红梅是世间最伟大的勇士，尤济世为自己的瞻前顾后而感到羞愧。他捻了捻花白的胡须，对牛红梅说："这孩子我说不准，不过既然你决定生，那还是去省医院检查一下!"

牛红梅眼中的火焰迅速黯淡了几分，她问："之前花两万块打的那一针，只管用一次吗?"

尤济世点点头，他看见牛红梅纤弱的身子微微摇晃了一下。尤济世回忆起牛红梅每天起早贪黑出摊的身影，猜到了她心中的忧虑，没有说话，而是迈着蹒跚的脚步走进里屋。尤济世在柜子里摸索了一会儿，最后在抽屉的深处摸出一张铮亮的银行卡，他对牛红梅说："要是钱不够的话，我可以先借你……"

尤济世忽然说不出话了，他看见，这个无比坚强、无比勇敢、无比倔强的女人竟"扑通"一声跪倒在自己的跟前。牛红梅哽咽着说："谢谢！谢谢！最多两年，不，最多一年我就把钱还你！"

　　尤济世慌忙伸手去拉牛红梅，但牛红梅却如钉子一样钉在地上，她"咚、咚、咚"地给尤济世磕了三个响头，等站起身的时候，额头正中的位置上已多了一块硬币大小的红印，就像是一轮即将落下的夕阳。

第二十四节 欢天喜地

命运最重要的规律便是没有规律。DNA检查结果显示，牛红梅怀的第四胎是个无比健康的宝宝，这个只有蚕豆瓣大的胚胎拥有二十三对完美无缺的染色体，结合了父母双方的全部精粹与优点。拿到检查报告的牛红梅几乎是一路傻笑着回了家，她在小石镇的车站跟尤济世道别，她说："书记，你先回去吧。我去镇上的超市买点面粉！"

尤济世眼睛瞪得比乒乓球还大，当明白过来是怎么回事后，尤济世开始苦口婆心地劝诫牛红梅多歇息一段日子。他说怀孕的前四个月是危险期，这个时期的孕妇应该减少体力劳动，多在家休息。尤济世说既然娃娃没毛病，那自己银行卡里的钱起码够牛红梅应急个一年半载。但牛红梅不肯，她对尤济世说："老书记，你放心，这都是俺第四次怀娃娃了，心里还能没有个数吗？你借我那三千块钱，我争取下个月就还上！"

尤济世还想再劝几句，但牛红梅却拽上尤刚，转头朝超市的方向奔去。她在夕阳下的背影显得高大而充满光辉。牛红梅买了平时两倍分量的面粉，走出超市大门的她深深吸了一口气，像抓举运动员那样把五十斤重的面粉袋甩上肩膀，巨大的动能让她纤弱的身子晃了晃。牛红梅一步一个脚印地朝公交站台走去，尤刚看见妈妈挺直的腰杆重新被压弯了。

小石镇最出名的煎饼摊在停业三天后又一次出现在熟悉的地方，这一天牛红梅的生意更胜往昔，两大锅雪白的面糊以不可思议的速度少了下去，一笸箩的鸡蛋变成了半铁桶的碎蛋壳。当尤刚带着三个同学来到煎饼摊前时，发现妈妈竟然已经在用扫帚清扫地下的香菜末与葱花屑了，尤刚埋怨地瞪了妈妈一眼，说："我们的煎饼呢?"

牛红梅抬起头，冲尤刚和他的伙伴笑了笑，她蹲下身子，从煎饼炉的下面变戏法似的拎出五六包冒着热气的煎饼，她说："早就给你们留着啦!"

孩子们丢下钱，接过煎饼欢天喜地地跑开了。煎饼摊前只剩下尤刚和一个眼睛大大的小姑娘，她抓着煎饼，怯生生地站在尤刚的身边，黑亮的眼珠好像两颗熟透的葡萄。牛红梅认识这个女孩，她是尤刚的同班同学周小丽，她的另一个身份是医生周诚的女儿。周小丽低着脑袋，两根羊角辫在风中一晃一晃，她对牛红梅说："阿姨，尤刚说你卖煎饼很辛苦，我们来帮你!"

周小丽说完这话便弯下腰，用白玉般的小手在地上捡起了两片鸡蛋壳，尤刚跟在她身后，和她做同样的事情。牛红梅愣住了，原本酸痛的腰杆与肩膀一下子变得无比舒坦，冰凉的双手瞬间有了温度，她丢下扫帚，跑到周小丽的跟前。牛红梅说："好孩子，阿姨不累，你赶快回家吧!"

周小丽摇摇头，她说没关系，说同学之间相互帮助是应该的。一个女人两个孩子站在马路边上谦让了二十分钟，最后才因周小丽的母亲出现而告一段落。周小丽的母亲是一个戴着眼镜的知识女性，外表与气质都与周诚无比般配，她微笑地向牛红梅打招呼，并邀请她去自己家吃晚饭。牛红梅礼貌地回绝了。

牛红梅麻利地收拾完煎饼摊，在天色彻底漆黑之前走进了家门。牛红梅开门时吓了一跳，她看见在门外的墙角蹲着一个黑乎乎的人影，接着，院子里的小白也汪汪地叫了起来，牛红梅以为来了小偷，正要大声叫唤，那人影却猛然站起身。这人对牛红梅说："别喊，是我！"

牛红梅一颗心重新落回肚子里，她听出眼前的不速之客居然是尤济世，尤济世说："我等你很久了！"

牛红梅点点头，她不带丝毫犹豫将尤济世请进门，一旁的尤刚也从尚未凉透的炉膛里掏出一块煎饼，将自己的晚饭递到尤济世的手上，笑嘻嘻地说："爷爷吃饼！"

尤济世接过饼却没有吃，跟在牛红梅身后低头进了屋。牛红梅拉开屋顶的白炽灯，垩白的灯光照在尤济世满是皱纹的脸上。灯光下的尤济世似乎比白天更苍老了，他用发抖的双手拉开了上衣的拉链，将一个文具盒大的油纸包端了出来。尤济世一层层地打开纸包，里面居然是一小沓红艳艳的百元大钞。

"红梅妹子，这儿是一万两千块钱，你省着点用，应该能撑到坐完月子。我知道煎饼摊最近的生意好，但正因为生意好我才劝你暂时别做了，你还年轻，这赚钱的日子以后还长着呢……"

尤济世雪中送炭的义举让牛红梅无比感激，但她拒绝的语言比窗外的秋风还要冰冷。牛红梅没有开口，就连"谢谢"二字都被省略了，她走到尤济世身边，沉默着将打开的油纸包一层层重新包裹好，她将纸包重新递到尤济世的手上，说："书记，我不要你的钱！"

"为什么?"

"自己挣的钱,花起来放心。如果有需要的时候,我会找您借钱的!"

牛红梅一番话说得客气但坚决,尤济世只好收回纸包,劝牛红梅说:"好吧,但你这段日子少干点,千万别累着了!"

牛红梅点点头,意思是自己知道了。尤济世知道她是在敷衍自己,却无可奈何。他俯下身子跟尤刚道别,忧心忡忡地出了门,花白的头发在月光下反射出惨淡的光芒。尤刚好奇地抬起头,他问牛红梅:"尤爷爷给你钱为什么不要?"

牛红梅摸了摸尤刚的脑袋,她对尤刚解释说,手脚健全的人应该靠自己的劳动而不是别人的接济过日子,如果习惯了别人的帮助,那健康的人也会变成废人。牛红梅一边说话一边打开零钱箱,将一张张新旧不齐的纸币整齐地叠在一起,接着将硬币按面额分成三个整齐的小堆。她对尤刚说,现在卖煎饼一天能赚三四百块钱,如果扣去刮风下雨、头疼脑热、领导检查,每个月也能有六七千块的收入,这在整个尤村乃至小石镇都算是不错了。牛红梅算了一笔账,只要再摆三个月的煎饼摊,等到过年的时候,自己挣的钱就足够生宝宝的开销了,到那时她的肚子也大了,所以她准备做到过年再考虑休息的事情。尤刚似懂非懂地点点头,他歪着脑袋问:"妈妈,你肚子里的是妹妹还是弟弟?"

牛红梅笑了,她掀起身上的毛衣,将平整光洁的腹部露在尤刚的眼前,对尤刚说:"你自己问他(她)好了!"

尤刚用小手拍拍牛红梅的肚子,大声喊:"你是弟弟还是妹妹?"

牛红梅偷偷转过脸,捏着嗓子回答:"不知道。"

尤刚识破了牛红梅的小伎俩,他一边嚷着妈妈骗人,一边将小拳头雨点般地捶打在牛红梅的臀部与腿上，母子的欢笑声填满了不大的房间。尤刚忽然住了手，他说："妈妈，我们给弟弟妹妹想个名字吧?"

牛红梅一把抱起尤刚，她说："我早就想好了，如果是男孩，那就叫尤欢；如果是女孩，那就叫尤喜!"

这一刻的牛红梅是快乐且幸福的，她认为这段日子没有得罪任何人，做错任何事。然而她不知道，在不少村民眼里，她已犯下了一个不可饶恕的错误，这错误叫"你过得比我好"。

第二十五节　耻辱

牛红梅的煎饼摊最终还是没能坚持到过年的那天，进入农历腊月之后，她的妊娠反应便越来越强烈，摊煎饼的香味让她头晕脑涨，每天都要干呕十几次。这也在某种程度上影响了她的生意，当别人问起她是不是怀了孩子的时候，牛红梅既不点头也不摇头。牛红梅开始在村人的口中听到关于自己的流言蜚语，听到关于自己肚子里胎儿父亲的种种猜测，她并不计较身边人怎么说，她也从来不分辩一句。她知道喜欢听这类流言的群众并不在意什么是真相。

但六岁的尤刚不一样，他的幸福生活迎来了一个尴尬的拐点。

成人中的热门话题终于传入了孩子们的世界，尤刚在学校里的地位一落千丈。由于牛红梅不再摆煎饼摊了，他的"尤煎饼"外号也就被顺理成章剥夺了，同时，在尤德赖儿子尤见财的带头鼓动下，不少同学重新将"小杂种"这个外号套到尤刚头上，他们除了喊尤刚"小杂种"，还说他的妈妈是狐狸精。尤刚不知道这些曾经一起玩耍的同学怎么会说出这么恶毒低俗的话语。尤刚只知道，谁这么骂他，他就打谁。尤刚短短三天时间跟身边的十一个同学掐了架，刚开始，他依靠愤怒跟狠劲占了些上风，但当这些孩子联起手来群殴他时，尤刚就双拳难敌四手了。尤刚被三五个同学按在地上打得哇哇叫，领头的尤见财说："你承认自己是小杂种，我们就放了你！"

尤刚并不屈服，他拧过脑袋，朝尤见财的脸上吐了一口唾沫，他对尤见财说："你才是杂种，你全家都是杂种！"

尤见财气得哇哇大叫，他在尤刚的面门捶了两拳，高喊要打死这个小杂种，另外两个压着尤刚胳膊的孩子则在一旁呐喊助威。忽然，在墙角放风的孩子高声喊："快跑，老师来了！"

几个孩子立刻一哄而散，尤见财跑得最快，临走的时候还用脚在尤刚的屁股上踩了一下。又过了两秒钟，班主任王老师急匆匆地从拐角处跑来了，拉起趴在地上的尤刚，掸了掸他身上的灰尘，问："谁欺负你的？"

"尤见财，还有张小深……李建业！"尤刚一口气报出六七个名字。他好奇王老师为什么会这么及时地出现在这里，但又没好意思问出口，不过答案很快就主动出现了，不远处的墙角，闪过一个扎朝天辫的纤弱身影，周小丽偷偷地瞟了尤刚一眼，接着一溜烟跑回教室了。下一节是语文课，尤刚对周小丽说："谢谢你帮我！"

周小丽脸蛋通红，她说："对不起，我爸爸不许我在学校打架，不然我就过去帮你了！"

在一众同学的指证下，臭名昭著的尤见财团伙受到了老师的严肃批评与严厉制裁。主犯尤见财被学校通报批评，勒令在第二天早操当着全校师生的面检查。尤见财垂头丧气地回到家，将检查书丢在桌上给父母签字，尤德赖将检查书扫了两眼，眼睛一亮，将检查书扔进了垃圾堆，接着从电话簿翻出一个号码打了过去。

于是，第二天尤见财在全校师生面前朗诵的检查书是这样的："作为一个有理想、有文化的小学生，我骂尤刚同学杂种的做法是十分错误的。虽然尤刚不算他爸爸尤二的纯种儿子，但这一切的原因是尤刚的妈妈在怀他时接受了基因治疗，他妈妈接受基因治疗的原因是因为尤刚的哥哥姐姐一生下来就没屁眼。所以，尤刚不是纯种的原因不在他自己，也不在于他的爸爸妈妈，这是科学进步的结果，是医学科技带给我们的幸福与改变。"

尤见财瞄了一眼脸色铁青的校长，又接着念："经过老师的批评教育，我深刻地认识了自己的错误，我明白了不是纯种不等于就是杂种，更不等于野种。我在这里向尤刚诚恳地道歉，我保证在今后的学习生活中，绝对不会再用不礼貌的外号称呼他……"

尤见财嘹亮清脆的嗓音让台下的尤刚全身发抖，八百多名师生听得目瞪口呆，校长的眉头紧紧拧成一团。他扭过头，将征询的目光投向身旁某位生物系毕业的老师，老师无奈地摇摇头，说："虽然难听了点，但他说的都是大实话！"

尤见财念完检查后便走下台，他走到尤刚的跟前，毕恭毕敬地朝尤刚鞠了一躬。尤见财说："尤刚，对不起啦！"

这份有理有据的检查让尤刚整整一个礼拜没在学校抬起头来，尤刚的整个天空都变得灰暗了，他觉得除周小丽以外的所有同学都瞧不起自己。尤刚一直想找个机会报复尤见财，但又想不出一个安全合法的方法。尤刚不知道的是，一个比尤德赖父子更阴险毒辣的男人已经将目光对准了他。

这个人自然是崔瞎子。崔瞎子曾断言尤刚克父克母，但尤刚的茁壮成长摧毁了他玄学家、预言家的声誉。崔瞎子认为这都是尤刚和尤二的错，而非自己的错。事实上，大多数恶人都不会在内心深处承认自己的卑劣与罪恶，即便做出再伤天害理的事，他们也会将这一切的原因归结为走投无路、劫富济贫甚至替天行道。

尤刚并不知道这个丑陋苍老的瞎子就是自己不幸的根源之一，他只知道崔瞎子是尤村人，而且恰好住在他从学校回家的路上，于是毫不犹豫地答应了崔瞎子的请求。尤刚收起手中的小白伞，猫着腰钻进崔瞎子的大黑伞下，搀扶着崔瞎子朝尤村的方向走去。黑伞很大，但还是不够在这阵瓢泼大雨中遮住两个人的全身，尤刚的半条裤腿被冰凉的雨水打湿了，但他没有说出来，第一次做这种好事的尤刚心里暖洋洋的。

崔瞎子对尤刚道谢，尤刚说这是自己应该做的。尤刚一开口，崔瞎子顿时满脸放光，他问道："你是尤刚？"

尤刚"嗯"了一声，崔瞎子立马来了精神，那张能把死人说活的金口也变得滔滔不绝，崔瞎子先说起尤刚的父亲尤二，他说尤二是个仗义疏财的真男人，是全村人都爱戴敬仰的英雄好汉。尤刚听崔瞎子这么夸自己的爸爸，心里有些欢喜，但也觉得有些言过其实。就在这时，崔瞎子话锋一转，谈起了尤刚的妈妈牛红梅，他说牛红梅是这个世上最美丽、最善良、最温柔的女人，简直是天上少有、地上无双。这一次崔瞎子的吹捧还是基本符合事实的，尤刚自然听得心花怒放。随着尤刚对身边的盲眼老人彻底失去了戒心，崔瞎子漫不经心地问道："最近村里都有谁去你家玩过？"

年仅六岁的尤刚自然感觉不到这句话里的凛冽杀机，他老老实实地说："尤村长爷爷经常来找妈妈。"

听到这儿，崔瞎子爬满皱纹的老脸几乎开出一朵花来，他接着问："尤济世跟你妈妈都聊些什么？"

"伯伯让妈妈小心肚子里的孩子，要妈妈注意休息！"尤刚毫无戒心地说。他看见崔瞎子身前出现了一个脸盆大小的水洼，立刻喊道："爷爷小心，前面有水！"

尤刚将崔瞎子用力往身边一拉，正沉浸在喜悦中的崔瞎子吃了一惊，瘦骨伶仃的身子歪歪扭扭地朝尤刚倒去。尤刚想要扶住他，却承受不住两个人的重量，一老一小重重摔在冰凉的烂泥地面上。尤刚忍着疼痛，从地上爬起来，伸手去扶一旁的崔瞎子，问："爷爷，你没事吧？"

崔瞎子满身泥水，他咧开满是黄牙的大嘴朝尤刚笑了笑，说自己没事。两人擦了擦身上的泥水，便接着往前走了。尤刚将崔瞎子一直送到门口，谢绝了崔瞎子邀他进屋喝杯热茶的请求，撑起小白伞，高高兴兴地往家跑去。尤刚只跑出两步就发觉了不对劲的地方，他感到背后的书包似乎轻了好多，于是将书包甩到身前，发现上面的拉链敞开着，里面的文具盒跟两本书不见了踪影。

"肯定是刚才摔跤的时候，把书包给摔散了。"尤刚转过头，顶着寒风奔向之前摔跤的地方，果然，路边的草丛里散落了两本花花绿绿的书本，文具盒被摔开了，里面的圆珠笔散了一地。尤刚忽然发现，除了文具外，脚下的泥土里还陷了一件手掌大小的圆形木盘，上面刻满歪歪扭扭的花纹，一根青铜质地的指针悬在上面来回晃荡。尤刚并不知道这玩意儿叫风水罗盘，但猜到这多半是崔瞎子刚才跌跤时，从衣服的口袋甩出来的。尤刚整理好书包，将罗盘揣进怀里，在风雨中辨出崔瞎子家的方向，撒开腿奔了出去。

第二十六节　尤刚的愤怒

尤刚跑到崔瞎子家门口的时候，全身上下已经没有一处干燥的地方了，下巴、袖口、裤脚到处都在滴水。崔瞎子家的铁门虚掩着，尤刚敲了两下，没人应答，便推开门钻了进去。堂屋里很乱，四个墙角到处能看见满是灰尘的蛛网，堂屋的正南面供着三清老祖的画像与一尊精致的观音菩萨，菩萨前插着两根烧了一半的檀香，尤刚又朝里屋叫了两声，依旧没人。尤刚不知道这样的大雨天，一个上了年纪的瞎子能去什么地方。他起初想把罗盘放到客厅正中的桌子上，但转念一想，崔瞎子是个瞎子，不要说罗盘，就算桌上多出个磨盘也未必能发现。

尤刚将罗盘拿在手中望了几眼，觉得这个做工精致的东西多半是相当值钱的，于是决定找崔瞎子的邻居问一问。谁知他刚拐进隔壁家院子，就听到里面传出一个熟悉的说话声，崔瞎子瓮声瓮气地说："你们晓得，牛红梅肚子里的孩子，究竟是谁的吗？"

屋子里立刻传出一男一女两声惊呼，女人问："瞎子，你晓得？"

男人接着问："难不成不是尤二的？"

"尤二都走了那么久，怎么会是他的？"崔瞎子嘿嘿一笑，墨镜里反射出耀眼的光芒，他故意压低了嗓门，说："你们肯定想不到，这孩子是尤济世的！"

"尤村长？"女人尖叫了一声，她觉得不可思议，可崔瞎子说，这件事可不是他信口开河，而是尤刚红口白牙告诉他的。他将尤刚送自己回家的事掐头去尾地说了一遍，他说据尤刚说，尤济世最近这半年里，隔三岔五就要上门找牛红梅一趟，每次尤济世一到，牛红梅就会把尤刚支到村口去买酱油。崔瞎子说到这一段时，邻居的两双眼睛像四个灯泡似的闪闪发光，四只耳朵像吃草的兔子那般竖得老高。男人吞了一口口水，问崔瞎子："然后呢？"

"然后尤刚就出去了啊，尤刚都没看见的事，我总不能乱讲吧！说话要实事求是！"

"对对对，实事求是！"男人忙不迭地应答。

崔瞎子接着说尤济世近来格外关心牛红梅肚子的情况，每次上门，都要问她肚子里的孩子怎么样，劝她多多休息。当说这段的时候，崔瞎子倒是极好地遵循了实事求是、有一说一的原则，他将尤刚的口气、语言完完整整地复述了一遍，末了还补充了一句评论："不是亲生的爹，谁会这么关心别人婆娘肚子里的娃娃的？"

两名邻居纷纷点头称是，他们夸崔瞎子说："瞎子，不是俺说，这尤村就没有你不知道的事！"

这段对白一字不漏地落在门外尤刚的耳朵里，他听懂了一大半，但丝毫没有生气，不满六岁的他并不明白这段谣言能给一个女人带来怎样的伤害，他也不太关心妈妈肚子里的孩子到底是谁的种。尤刚甚至觉得，如果尤济世真是妈妈肚子里孩子的父亲，反而是一件好事。但屋里的对话并没有就此结束，崔瞎子接着说："我再跟你说，这牛红梅从头到尾就是个狐狸精，咱镇上跟她有一腿的男人，只怕没一百也有八十了！"

只听见"呀"的一声，女人满面放光，似乎听到了这世上最有趣的事情，接着是"唉"的一声，男人一脸痛惜，表情明显有些愤愤不平，为什么这百八十个男人中不包括自己，男人问："这么多？我怎么没听说过？"

崔瞎子呵呵冷笑了两声，摆出一副正襟危坐的样子，却迟迟不开口。男人一见他这副架势，心领神会地递了一根香烟到瞎子的嘴边，接着用手遮风，"咔嚓"一声点燃了烟，崔瞎子心满意足地抽了两口，吐出一朵马粪形状的烟雾。崔瞎子一本正经地说，牛红梅的煎饼摊之所以红火，主要原因就在于她懂得利用自己的姿色。他说牛红梅做生意，明面上卖的是煎饼，实际上卖的是皮肉。崔瞎子说牛红梅每回找钱，都会装作不小心，用自己的手轻轻蹭一下男顾客的手，他还说牛红梅弯腰摊煎饼时，会故意抖抖自己的领口。崔瞎子说到这里，脸上的表情庄严得好像新闻播音员。

男人立刻发现了崔瞎子话里的漏洞，他说："你不是个瞎子吗？怎么知道的？"

崔瞎子微微一笑，他说："这些事，长了眼睛的人看不到，反倒是我这个瞎子能听到！"

"听？"

"是啊！"崔瞎子又抽了一口烟，这回他嘴里吐出的烟雾不再是马粪形状了，而是细而长的一束，好像一根没发育好的黄瓜。

"你们正常人听不到的声音，咱们瞎子都能听到！"崔瞎子说，"男人的手粗，女人的手细，男人摸男人的手，会发出树皮摩擦那样的沙沙声，女人摸女人的手，会发出织布那样的索索声，牛红梅找钱的时候，只摸男人的手，不摸女人的手，那声音可精彩了！"

"怎么精彩？"

"牛红梅煎饼摊上的人多，她自然不好明目张胆地摸人家的手，所以，她收钱的时候，会用拇指的指甲，在男人的手背上'刺啦'划一下；然后是找钱，找钱的时候顾客的手都是张着的对吧，她就食指的手指尖，乘机在男人的掌心'笃'地点一下；最后煎饼摊好了，她递给人家的时候，右手的中间三个手指，就会在男人的手上'唰'地蹭一下，有的男人的手粗，这声音就不是'唰'，而是'嗞'的一声。她就这一划、一抖、一蹭，就把男人的魂儿勾走啦！"

崔瞎子说得绘声绘色，脸上的皱纹好像一朵盛开的菊花，邻居的这对男女听得意犹未尽。男人从椅子上站起来，从烟盒里重新抽出两根烟，一根递到崔瞎子的嘴边，另一根递到崔瞎子的手上，崔瞎子得意洋洋地咳嗽了一声，将手里的香烟夹到耳朵后面。崔瞎子对女人说："牛红梅就是个天生的狐狸精，你可要把你男人看好了，别让牛红梅把他的魂给勾了去！"

男人立刻收敛起笑容，他对女人赌咒发誓，自己绝不会像其他男人那样被牛红梅的美色吸引。女人狐疑地望了男人几眼，要求他从此不许靠近牛红梅三米之内，以后接孩子放学都要绕道而行，免得被牛红梅的狐媚之气勾走。男人将头点得跟小鸡啄米一样。崔瞎子听见这两位听众的反应，心满意足地点了点头，他狠狠吸了一口香烟，将烟屁股丢到地上，说："我走了！"

崔瞎子起身时拍了下大腿，然而就是这一拍改变了无数人未来的命运，他说："咦，我口袋里的罗盘呢？"

崔瞎子想了想，接着说："刚才回来的时候，尤刚个小杂种没扶好我，害得我摔了一跤，我去找找!"

崔瞎子脱口而出的"杂种"二字彻底激怒了窗外的尤刚，他将摔跤的责任推到尤刚身上的行为更是火上浇油。尤刚站在暴雨中，全身如筛糠一样颤抖，牙齿发出"咯咯"的响声，不是因为寒冷，而是因为愤怒。尤刚不敢相信，这个刚受过自己帮助的老瞎子，竟然会将"杂种"这个称号加到自己身上，竟会说出如此恶毒诛心的话语。尤刚俯下身，从院子的墙角捡起一块棱角分明的青石。当崔瞎子佝偻的身影出现在门口时，尤刚用力踮起脚尖，将手上的青石朝崔瞎子的后脑狠狠砸了过去。

第二十七节 流产

崔瞎子的惨叫穿透重重暴雨，盖过轰轰雷鸣，传进了大半个尤村上百名群众的耳朵里。这其中就包括正在等尤刚回家的牛红梅，当时她正撑着伞站在路边，面朝村口的方向望眼欲穿。忽然，她听见了崔瞎子的惨呼，心地善良的牛红梅没有多想，拔腿朝崔瞎子家跑去，两分钟后，她发现崔瞎子邻居家门口已经围了四五层村民，围观群众一看见牛红梅，立马让出了一条整齐的过道。

牛红梅觉得奇怪，于是下意识地放慢了脚步，呼吸也因此变得沉重。首先进入眼帘的是崔瞎子，崔瞎子满头鲜血，身子弓得像一只河虾，侧躺在泥泞的烂泥里抽搐，口里不住发出哼哼的呻吟声。牛红梅以为崔瞎子是不小心跌倒了，正要上前扶他起来。却忽然瞧见，在崔瞎子身后两米的墙角，还站了一个瘦弱、熟悉的身影，那是她的儿子——尤刚。

尤刚笔直地站在院子的东南角，咬牙切齿地看着地上的崔瞎子，手里捏着一块沾着血迹的青石。

牛红梅双腿一软，跪倒在潮湿的泥地上，她问身边人："这是怎么了？"

没人说话，几十个看热闹的村民不约而同地朝后退了半步。牛红梅发疯一样地跑到尤刚跟前，捏住尤刚瘦弱的肩膀，吼叫道："你砸他了?!"

尤刚点点头，对牛红梅说："妈妈，这个瞎子说你是狐狸精，说我是杂种，我就砸他了!"

四周传来一阵窃窃私语，有人点头，有人摇头，有人叹息，有人窃喜。又过了大约半分钟，这间屋子的男主人从里面走出来，男人脸上露出一丝怜悯的表情，想对跪在地上的牛红梅说些什么，却被他的老婆一把拉了回去，女主人恶狠狠地对牛红梅说："别的我不知道，反正你儿子把人给砸伤了，待会儿派出所来，你给人家解释吧!"

小石镇派出所的警车在十分钟后开到了门外，两名年轻的民警跳下警车，推开拥挤的人群，进入了案发现场。他们看见满头鲜血的崔瞎子，立刻问围观群众有谁打了急救热线，群众纷纷摇头，他们说崔瞎子的受伤与自己毫无关系，如果主动打120说不准要引火烧身。民警无奈地耸了耸肩，只好自己拨了120，接下来是确认案件性质、固定证据了。女主人指着站在墙角的尤刚说："就是这个小子，把崔瞎子给砸的!"

警察将惊奇的目光投向尤刚，尤刚毫不畏惧，他将手上的石块高高扬起，再次做出要砸的样子。尤刚眼中的火焰让手持警棍的警察一时不敢靠近，只好高声问："这孩子的父母呢?"

牛红梅瑟瑟发抖地举起右手，她流着泪，一步一晃地走向尤刚。尤刚看着母亲的身影，倔强的眼神渐渐软化，高举石块的右手终于放了下来。牛红梅一个箭步，将尤刚紧紧抱进怀里，她哭着对尤刚说："傻孩子，你做错事了啊!"

两个警察跟着冲了上去，跑在前面的警察下意识从裤兜里掏出一副明晃晃的手铐，金属的亮光刺痛了旁观者的眼睛，这些群众同时发出一声欣喜而渴望的欢呼："呀!"警察冲到尤刚面前，又觉得这手铐无论给牛红梅还是尤刚戴上都不符合程序，于是警察又把手铐揣进怀里。这一刻，群众又一次发出了"哎呀"的失望叹息。

救护车也到了，三个医生冲过雨帘奔到崔瞎子身前，带头医生跪倒在地，左手拨开崔瞎子满是鲜血的乱发，右手的两根手指搭上崔瞎子颈动脉："脉搏每分钟九十次！血压120／85，枕骨外伤，颅骨未见明显变形，暂无生命危险！"医生的现场诊断让围观群众更加兴趣索然，他们觉得，站在瑟瑟寒风与瓢泼暴雨中看一场不会死人的热闹实在不太值当，于是有一大半人都带着失望往家走了，剩下的一小半看客也纷纷退到了屋檐后。三个医生手忙脚乱地将崔瞎子抬上担架，救护车带着嘀嘀的鸣叫声消失在村道尽头，不久前人头攒动的院子里转眼间只剩下四个人：牛红梅母子和一对警察。

"对不起，你们得跟我们去一趟派出所！"年长一些的警察对牛红梅说。

牛红梅木然点头，她用颤抖的手握住尤刚冰凉的手，让尤刚跟自己去派出所配合调查。然而尤刚的两只脚像生根一样死死钉在地上，在雨中哭喊哀号。尤刚说，之前爸爸就是去了一趟派出所，回家后就变成了另外一个人，从一个疼爱自己的爸爸变成了一个不要自己的爸爸。这话一出口，牛红梅的眼泪也如开了闸的洪水一般倾泻出来。尤刚对警察张牙舞爪，他说："我不跟你们走！你们都是坏人！"

两个警察对视了一眼，交错的目光中包含了怜悯与无奈的意味。年长一些的民警伸手去拉牛红梅，牛红梅甩开民警的手，她说再给她一点时间，她一定可以说服自己的儿子。她半蹲在尤刚的身前，雨水、汗水、泪水混在一起顺着脸颊滑落，她对尤刚说:"我们跟警察叔叔走一趟! 晚上回家妈妈包饺子给你吃!"

尤刚不理不睬,他梗着脖子、斜着眼睛站在雨里,紧紧抿着的嘴唇里一个字都没蹦出来。牛红梅继续劝说:"还记得上次送你回家的那个警察阿姨吗? 她不就是好人吗?"

尤刚依旧沉默,他的目光没有望向自己的母亲,反而直直地盯着地上的某处,那是崔瞎子刚才躺着的位置,在雨水的不断冲刷下,原本醒目的血迹已变淡了许多。尤刚一动不动地在雨里又站了三分钟,年轻一些的民警有些耐不住性子了,他走向尤刚,准备用强制性手段将这对母子带到派出所,没想到此前一直温顺服帖的牛红梅忽然如护崽的母狼一样跳起来,她将尤刚死死护在身后,对警察说:"你们不要抓他,你们不能抓他!"

警察面露难色,年长一些的警察叹了口气,朝前走了两步,准备再晓之以理、动之以情地劝两句,然而这个本无恶意的举动却引发了难以想象的后果。尤刚眼看警察逼近,喉咙里发出可怕的尖叫,跟发疯的牛犊一样从牛红梅身后蹿了出来,以迅雷不及掩耳之势一口咬在老警察手腕上,两颗犬齿瞬间刺破了手腕的表皮,鲜血一下子涌了出来。老警察"哎哟"叫了一声,下意识地抓住了尤刚。接下来发生的事情则超过所有人的预料,牛红梅眼见儿子与警察发生了冲突,心急如焚,连忙上前拉架,谁知第一步恰好踩在一片满是湿泥的水洼,一个踉跄摔倒在地,微微隆起的小腹正好磕在地上的一块青砖上——正是刚刚将崔瞎子砸得头破血流的那一块。

在腹部与石块接触的那一瞬,整个尤村都听到了牛红梅惨绝人寰的尖叫,这声音足以让最胆大的男人连做一个月的噩梦。剧痛让牛红梅瞬间晕厥过去,她倒在刚刚崔瞎子倒的地方，一行鲜血从她蜷缩的两腿之间缓缓淌出，将刚刚冲洗干净的泥地重新染红了。

尤刚愣愣地站在原地，嘴角上还留着一丝淡淡的血迹，已退到屋檐下的围观者全都看傻了，两名警察也呆立在原地。那个被尤刚咬了一口的老警察完全忘了手腕的疼痛，他问周围人，牛红梅平时身体状况怎么样，当他听村民说，眼前的这个年轻女人竟是一名怀胎四五个月的孕妇时，脸色一下子变得比地上的牛红梅还要苍白。老警察抖抖索索地摸出电话，又一次拨通了120急救热线。

"没用了，孩子没了！"去而复返的120医生当着上百名围观村民的面摇了摇头，人群里响起一阵此起彼伏的嘈杂声，有人开始叹息，同情的神色浮现在一张张脸上："可惜了！""何必呢？"既然几声叹息、几句话就能减轻心中的负罪感，让自己变得高尚纯洁起来，那大家自然都乐在其中。

第二十八节　恩情

　　牛红梅重新睁开双眼时，发现自己正置身于一片纯净的白色中：白色的墙壁，白色的床单，白色的灯光，还有门外穿着白大褂走来走去的医生护士。她觉得胸口以下的身体似乎不再属于自己了，没有疼痛，没有触觉，甚至连动上一动都无法做到。牛红梅费力地扭过头，床卡上"意外流产"四个字像四把锥子一般刺穿了她千疮百孔的心脏。牛红梅天旋地转，唯一支撑她没有晕厥过去的是这一刻不知身在何处的尤刚。牛红梅朝窗外看了一眼，外面漆黑一片，她以为尤刚被带去了派出所，她不知道尤刚这一刻有没有吃晚饭，也不知道睡觉时会不会有人帮他掖好被子。牛红梅用力伸直胳膊，按下病床前的呼叫铃，一个年轻的小护士很快跑进了病房。

　　"我儿子呢？"牛红梅问。

　　刚刚换班的小护士误会了眼前病人的意思，她以为牛红梅问的是腹中的胎儿而非六岁的尤刚，她黯然摇摇头，对牛红梅说："您不要太难过！"

　　"什么？"牛红梅尖锐的嗓音将小护士差点吓哭了鼻子。幸好，隔壁的值班医生听到声响后立刻奔进病房，在搞明白误会的根源后，医生宽慰牛红梅，大约一个小时前，自己看见两个警察带着一个六七岁的孩子站在病房门外，但后来又离开了。刚从麻醉中清醒的牛红梅一听到这个消息，两只干瘦的手在床边一撑，整个人忽然从病床上坐了起来，她对医生说："我要出院，我要找我儿子！"

两名医护人员差点被吓掉了眼珠，护士手忙脚乱把牛红梅扶回原位。医生掏出手机，拨打了派出所的号码，在电话里简单问了几句，对牛红梅说："你儿子好得很，刚才被尤济世接回家了，你放心，警察已经通知尤济世跟你儿子过来了！"

当听到尤济世的名字后，牛红梅的身体瞬间放松了，这一刻，尤济世，这个跟她非亲非故的江湖郎中、退休村长就是牛红梅唯一信赖的人了。她重新躺直了身子，问身前的医生："我肚子里的，是男孩还是女孩？"

医生被这个问题问成了哑巴，他并不清楚牛红梅是否已经知道自己流产的事实，他也不知道眼前的这个女人是多么坚强，医生挤出一丝尴尬的笑容，宽慰牛红梅先将身体养好再考虑这个问题。牛红梅看穿了医生犹豫的根源，她说："我知道孩子没了，我就想知道他（她）是男孩还是女孩！"

"女孩！"医生发出沉重的叹息，他垂下眼帘，避开牛红梅的目光。牛红梅点点头，挥手让医生护士出去，当病房里只剩下她一个人之后，牛红梅开始用奇怪的语气自言自语："尤龙、尤凤、尤刚、尤喜。"

牛红梅将这四个名字连续念了十多遍，声音无喜无悲、无痛无欲，仿佛出自一只会说话的鹦鹉之口。

尤刚终于来了。

尤刚走进病房的时候，身上穿着一套干燥的棉袄，头发上甚至看不见一丝水珠，一旁的尤济世全身湿了大半，手里提着一把不断滴水的油布伞，站在风口的位置瑟瑟发抖。牛红梅静静地看着眼前的一老一少，她对尤刚说："尤刚，去把窗户关起来！"

尤刚照做了，尤济世颤抖的身子慢慢不抖了。牛红梅将尤刚唤到身边，伸手抚摸了两下尤刚的脑袋，她问尤济世："怎么样？"

牛红梅的问题只有三个字，但其中的意味却格外深长，尤济世没有直接回答牛红梅，他先说："今天下午我去镇上买书了，当时没到现场，要不然说不定不会出这档子事！"

牛红梅缓缓摇头，她说："生死有命，随他去吧。"

尤济世低下头，将脸上的皱纹藏在灯光的阴影中，他略微顺了顺思路，对牛红梅说："崔瞎子死不了，身体也没啥大问题！现在人住在三楼的脑外科，照我看，最多半个月就能出院！"尤济世咳嗽了一声，干瘪的胸膛起伏不定，他接着说，"派出所我去过了，民警都认识我，他们挺通情达理的，说尤刚咬他们的事，就不计较了。但崔瞎子的医药费还是要赔，不过你暂时别管这些，两头的钱我都先垫上了！"

牛红梅心里最大的包袱总算落了地，她咬了咬嘴唇，用力握住尤济世树皮般的右手，她对尤济世说："书记，谢谢你了！"

牛红梅说完谢谢后，便开口让尤刚去医院门口的超市买些餐巾纸、一次性水杯过来。尤济世刚想说这事自己去就行，却被牛红梅的一个眼神给制止了，尤济世从口袋里掏出两张皱巴巴的十块钱递给尤刚，叮嘱他一路小心。尤刚的脚步声很快消失在走廊的尽头。牛红梅抬起头，没有光芒的眼睛死死地盯着床头的尤济世，她说："书记，我们两家没亲没故，你现在也退休了，为啥子还要这么帮我？"

问出这个问题的一刻，牛红梅已做好了迎接某个答案的准备。作为整个尤村最漂亮的女人，她明白男人对自己好大多是为了什么，她也从尤济世闪烁的眼神里猜到了一些。然而结果却出乎她的意料，尤济世说："我虽然退休了，但我毕竟做了八年书记，有些事，不管心里过不去啊！"

牛红梅眼里流出泪来，尤济世低下头，又说："尤二虽然平日里有点儿浑，但他对我好，我也是知道的，这是在报答他哩！"

这个答案让牛红梅十分错愕，她用不太清醒的脑袋回忆了半天，也想不起来尤二曾对尤济世做过什么需要感恩戴德的事情，她问："尤二？他做什么了？"

尤济世深深地吸了一口气，他抹了一把脸上的雨水，侧着身子，半边屁股坐在牛红梅身边的椅子上，他这么坐是害怕自己湿透的半边身子将这张椅子弄脏，却没有考虑到除了自己与尤刚以外，很可能再不会有人过来探望这个可怜的女人。尤济世说："这事还要从我做村长那几年说起，要说尤二这小子，平时不是啥安生的主儿，但村里有好几件让俺头疼的事，是尤二兄弟帮办妥的呢！"

"此话怎讲？"

"比如说发大水那年，县里号召群众轮流上堤值班，任务下到村里，大多数被排上名单的人，明里暗地偷懒，真正去的没几个。最后，还是尤二喊了两个喝酒的兄弟，连续三个晚上住在堤上，因为这事，我们村支部还受了县里表扬呢！"

牛红梅有些发愣，她旋即想起，那正是她跟尤二结婚的那年，她知道尤二之所以做出如此反常的举动，并非良心发现忽然转性，而是他听小道消息说，上游小窑村被水淹后，开煤矿的王老板家中三十多件红木家具都被大水冲出了院门，顺着滚滚江水奔流而下。只可惜一直到守到大水退去，尤二都没瞧见一件红木家具的影子，于是尤二又自动自发地做了另一桩事：考勤。村里安排上堤的人，谁偷懒旷工、迟到早退，都被他记在了一本巴掌大的小本上。回村之后，他就找到这些人威逼利诱："尤见深，你还是个党员，上堤值守都迟到，这是置人民群众的生命财产于不顾啊。""尤德秀，你给你婆娘说去上堤守夜，结果一宿没见人，你给我交个底，到底跟哪个小寡妇鬼混去了？"尤二值了三晚夜班，回头从村人那儿勒索了一千八百人民币。牛红梅看着尤济世，脸羞得跟红布似的，也不知如何接话。尤济世却继续说道："我感激尤二兄弟还有一桩事。你知道，我退休后在家闲得慌，就跟尤二、尤德赖、尤光棍几个一起打牌。刚开始个把月，我的牌技实在蹩脚，玩什么都是十把九输，其他几个人晓得我水平烂，都拿我当冤大头，诈金花逮住我死跟，打麻将专等我点炮。我玩牌一个月，就输掉将近四千块。这时候你老公尤二看不下去了，他骂尤德赖是个孬种，说尤光棍是个浑球，只敢逮着我一老实人欺负。尤二在牌桌上处处护着我，有时候见我输惨了，还故意放几把给我。尤二兄弟这么对我，如今你们母子落了难，我怎么能不管？"

　　牛红梅听完这番肺腑之言，握着尤济世的手不知何时松开了，眼中的感激变成了愧疚。她知道尤二在牌桌上"照顾"尤济世的往事，但尤二在后面还说了一句话："尤村长这个憨憨，要是你宰得太快，说不定他十天半个月就不玩了。要想把尤济世家里那十几万存款全部榨出来，就得放长线钓大鱼，让先他尝到点赌钱的刺激，起码七输三赢，最好六输四赢。等瘾钓上来了，收不住手了，再下手痛宰。像尤德赖这些傻瓜蛋就是目光短浅，这点道理都不懂，还玩牌，这辈子也别想赢老子！"

牛红梅没有想到，就是这么一段"恩情"，成了自己与尤刚在绝境中的最后一根救命稻草，她想将这个可笑的、残酷的真相告诉眼前的老人，但理智阻止了她这么做。同时，这段往事还让牛红梅忽然思念起不知身在何方的尤二来，她不知道尤二如今在什么城市，不知道尤二身边有没有新的女人，不知道尤二这一刻有没有想起她和尤刚。牛红梅觉得自己什么都不知道，她唯一知道的是自己多么盼望尤二那可恨又可爱的身影。

远方的苟且

第二十九节　尤二的离家之旅

　　牛红梅躺在小石镇医院病床上思念尤二的时候，尤二的目光正在一个窈窕美女深深的乳沟里流连忘返。跟四个月前的那个落魄混混相比，如今的尤二整个人都脱胎换骨了，西装革履，仪态端正，鸟窝般的乱发比电影明星还要整齐锃亮。假如把这一刻的尤二直接扔到牛红梅的眼前，她至少要花半分钟才能认出这个体面男人竟会是她日思夜想的老公。

　　尤二这趟离家之旅比童话还要曲折有趣。列车启动后，尤二望着窗外缓缓退去的月台，发觉自己离家出走的念头并不如想象中的那般强烈，他开始想念家中温柔贤惠的妻子，想念舒适温暖的大床，想念那个并非纯种却整日绕在膝边的男孩。这份犹豫随着时间的推移而越发强烈，当火车在尤村南方一百七十公里的H市停靠时，尤二的屁股离开了焐得发烫的硬座。他站起身，正要打道回府，但迎面走来的三名乘客让尤二抬到一半的屁股重新坐了下去。来人是一家三口，年轻的夫妻牵着个刚会走路的男孩坐在了尤二对面的座位上，男孩的眉眼与身旁的父亲几乎一模一样。尤二的眼皮跳了跳，他想起了尤刚，他觉得尤刚跟自己的相似程度远远比不上眼前这对父子。一家三口坐定后，男人礼貌地冲尤二笑了笑，说："你好！"

"你好！"尤二的目光在男人与孩子中来回游移，尤二说，"你儿子跟你长得真像！"

男人满脸幸福地看了眼儿子，将妻子搂进怀里，他说："没错，别人也都这么说呢！"

尤二一时没接话，男人又从口袋里掏出手机，将一张黑白照片展现在尤二眼前，男人对尤二说："这是我小时候的照片，你看，是不是一个模子刻出来的！"

一家三口跟尤二同行了十个小时，尤二的铁石心肠也整整维持了十个小时，一直维持到他在离尤村一千五百公里的X市下了火车，吃到当天的第一顿饭时才有所改变。尤二点了一份六块钱的鸡蛋面，他狼吞虎咽地吃完了这碗面，望着门外陌生的城市与匆匆走过的人群，开始怀念家里熟悉的饭菜与牛红梅美丽的背影。

"如果现在回家去，还不让牛红梅给笑话死！"尤二对自己说。

尤二的多愁善感来得快去得更快。填饱肚子的尤二将杂念甩到脑后，他昂首挺胸地走上街头，成为X市十万盲流中无比平凡的一员。过了大约十分钟，尤二决定去找一个洗头房小妹解解闷，体验一把X市的特色风情。依靠混混的本能，他很快就找到了这座陌生城市的藏污纳垢之地。然而命运就在这一刻发生了美妙的偏差，尤二踏上红灯街后，路过的第一间门店竟是一家赌场而非鸡窝。这让尤二大喜过望，他吹着口哨，像回家一样走向赌场大门，他身上那股与生俱来的赌徒气质让保安没有出手阻拦。尤二钻入赌场，耳边的骰子声、洗牌声宛若天籁一般悦耳，赌徒们吆五喝六的叫嚷比帕瓦罗蒂的歌唱还要令人陶醉，混杂了烟味、汗味、熏香味的乌烟瘴气比九月的桂花还要芬芳扑鼻。尤二找到了自己飘荡灵魂的最终归宿，来到了让人生走上巅峰的终极圣地。

尤二找到人最多的一张桌子，轻车熟路地坐了下来。这一桌玩的是诈金花——尤二最擅长的赌法，庄家是个四十来岁的黑脸汉子，发牌的荷官是个十八九岁、领口开到肚脐眼的黄发妹子。尤二对荷官说："给我发一份！"

女荷官冲尤二一笑，白晃晃的四两胸脯一阵上下乱颤。然而此时尤二的身份已从嫖客变成了赌徒，他对美色视而不见，将全部心思集中在手里的三张纸牌上。尤二玩了大约两个钟头，总共赢了八十碗鸡蛋面的钱。不过随着赌局的深入，尤二渐渐嗅到了一丝不太寻常的气息。他发觉桌上的赌客换了一茬又一茬，唯独坐在对面的一个马脸老头始终没挪过窝。马脸老头这一晚手风极顺，在两个小时里赢了六七万块钱，从赌客到庄家通杀不误。虽说赌局如人生，大起大落都是稀松平常，但庄家的反应却不寻常，这个矮墩墩的黑脸汉子依旧谈笑若定，仿佛输出去的不是一沓沓人民币而是一张张草纸。更诡异的是，在如此逆风的局面下，庄家还刻意加快了发牌、叫牌的节奏，给老头送钱的急切几乎能赶上投胎的小鬼。尤二心头一凛，觉得赌场里不该有如此业余的庄家，他断定马脸老头八成是赌场的托儿。尤二不敢久留，干脆晃到角落的桌子去玩底注五块的牌九了，谁知这一挪之后，尤二的手气急转直下，短短十分钟就把刚赢的八十碗鸡蛋面输回去一大半。尤二站起身，决定去厕所洗把手去去晦气。刚打开水龙头，就听到厕所里传来一个熟悉的声音："夏总，今天那老头确实有些能耐，手气又横，我一晚上都被吃得死死的，这人越急着回本，手气就越不顺，最后场面确实难看了点。夏总你放心，只要这老小子下次再来，我一定让他连本带利地吐出来！"

尤二愣了几秒，他听出这声音居然是刚才坐庄的黑脸汉子，大脑一阵迷糊，随后立刻明白，马脸老头不是赌场的托儿，而是庄家的托儿，这两个家伙暗里勾结吃里爬外。被唤作"夏总"的男人用沉闷的男中音"嗯"了一声，不以为然地说："也就四万多，输就输了吧！这事你跟王经理汇报就行了，没必要跟我说！"

"是，是！只不过您刚才朝我这一桌看了几眼，我怕您有啥想法！"

"有赢就有输，你别瞎想了！"

这两人说话的声音不算小，显然不太顾忌被人听到。尤二拧开水龙头，"哗哗"的流水声打断了厕所里的对话，黑脸庄家第一个走了出来，他瞅了一眼门口的尤二，眼神似乎有些发飘，接着故作镇定地咳了两声，慢悠悠地走回赌桌准备回本大业了，又过了半分钟，夏总也出来了。

这是尤二跟夏天成的第一次相遇。第一眼看见夏天成，尤二以为他是个刚过四十的中年人。这个男人腰杆笔直，容光焕发，脸上看不出一丝皱纹。夏天成走到尤二身边，漫不经心地瞥了他一眼，嘴角挂出一道礼节性的微笑——作为一个精明的生意人，夏总在面对每一位客人时都会露出同样的笑容。但谁都不会想到，就是这一眼、这一笑，改变了尤二、尤刚、牛红梅、尤德赖、崔瞎子，乃至尤村一百多号人的命运与人生。

尤二看见一个西装革履的大老板对自己微笑，全身的骨头都有些发酥。尤二很快意识到，这兴许是自己人生中最重要的一个机会与路口。尤二扯了扯乱糟糟的衣领，压低了嗓门说："夏总，有件事，我想跟你说下。"

夏天成抬起头，惊讶地扫了尤二一眼，他问："这位兄弟，我们认识？"

"不认识！"尤二的嗓门更低了，他对夏天成说，"您是这个赌场的老板？"

夏天成点点头，问："我叫夏天成，这位朋友怎么称呼？"

"尤二。"尤二往身后扫了一眼，发现四下无人，他重新拧开水龙头，却没有洗手，尤二借着哗哗的水声说，"夏总，那个黑皮庄家有问题，他是跟老头串通好了，把钱输出去的！"

夏天成目光微闪，脸上的微笑凝固了大约一秒，很快重新恢复正常了，夏天成对尤二说："你以为我没看出来？"

"您看出来了？"

"这都看不出来，还能做这一行？"

"那你不管这事？"

"水至清则无鱼，随他去吧！"夏天成也拧开水龙头，开始往手上涂洗手液。

这一来尤二不知该接什么话了，其实依他的性格，原本并不会管这桩闲事。尤二这么做的唯一动机是自己想取庄家而代之。然而夏天成的反应让尤二觉得自己的如意算盘落了空，尤二甩了甩手，准备掉头离开，却被夏天成给叫住了。

"你怎么知道的？"夏天成问。

"刚才我也在那一桌，看出来的！"

夏天成脸上露出捉摸不定的笑容，他拍拍尤二的肩膀，说："年纪不大，有点眼力见识啊！"

夏天成在流水声中将尤二夸了两分钟，他夸赞尤二是个有天赋、有眼力的优秀赌徒，还是个讲原则、有正气的杰出青年。尤二这辈子还没被这么赞美过，整个人仿佛堕到了云里雾里，刚才还难以启齿的要求也脱口而出，尤二对夏天成说：

"你们这边还招不招人，我很能吃苦的！"

夏天成微微一笑，他领着尤二穿过昏暗嘈杂的赌场大厅，走进一间只有十多个平方米的简陋办公室，然后打了个电话，叫来了一位端庄又狐媚的女秘书，夏天成对秘书说："这个年轻人不错，你跟王经理说一下，安排一下面试。"

第三十节　尤二的人生巅峰

尤二直到正式上班的三天后才知道那一晚的自己是多么幸运，夏天成的身份比他想象中还高出两个层次——这间开在红灯街的中型赌场不过是他名下十四家门面里最小最寒碜的一处。夏天成年轻时曾是个有理想有抱负的大学生，但造化弄人，就在毕业前一个月，夏天成用啤酒瓶把隔壁班的一个男生开了瓢儿，原因是他听见那个男生正用下流的言语侮辱自己班上一个如花似玉的女生。夏天成因为故意伤人进了拘留所，丢掉了学位，然而这段经历并没有让他就此沉沦，相反打开了一道崭新的大门。利用在拘留所掌握的人脉资源，夏天成在刑满释放后走上自主创业的道路——创业的第一站，就是尤二光顾的那家地下赌场。夏天成以赌起家，以黄致富，奋斗了三十多年后，实际年龄已经六十二岁的夏天成逐步洗白，开始投资房地产等正当行业。要不是上了年纪的人比较怀旧，尤二压根儿就不可能遇到这个改变他一生命运的贵人。

听王经理讲完老板的传奇人生后，尤二的嘴巴张成 O 形，他一路小跑到厕所的洗手池，对着镜子照了照自己的模样。这时候的尤二还没有能洗掉从前的流氓瘪三气质，身上的西装是一天前发的，半边领子翻在外面，半边领子折在里面，看起来格外别扭与滑稽。如果有文化的人看见，一定会想到"沐猴而冠"这个成语，尤二没有文化，对镜子说："你这个鸟样，怎么被人家夏老板看上的？"

尤二始终没有找到这个问题的答案，但这并没有影响到他日后飞黄腾达。因为业绩突出、爱岗敬业，尤二在赌场只干了一个星期就从勤杂工荣升为区域经理（负责某张赌桌的庄家），底薪从一千五升到了三千八，也正是这一天，牛红梅被第一家打工的加工厂辞退了，理由是老板娘怀疑她勾引老板；一个月后，当牛红梅的煎饼摊在小石镇街头开张时，尤二身上的西装品牌已经从正牌七匹狼升级为冒牌阿玛尼，职位成了总经理助理；当牛红梅的煎饼摊生意最红火的时候，尤二拿到了人生的第一笔提成，一万四千块。看着眼前厚厚的一沓人民币，尤二傻笑了半天，请赌场的总经理、副总经理每人搞了一次大保健；当尤刚在学校被尤德赖的儿子按在地上暴打的一刻，尤二正在赌场最年轻的女荷官——曹小纯身上挥汗如雨。

"冤家，我要被你弄死啦！"曹小纯抱紧尤二，双颊浮现出令人目眩的红晕。尤二看着这张美丽的被脂粉覆盖的俊俏脸蛋，忽然想念起在老家的牛红梅来。

尤二暗自决定，等过年拿完年终奖，他就回一趟尤村。他听经理说，以他的岗位跟业绩，年终奖最少能上三万块，如此七拼八凑算下来，尤二未来小半年赚的钱已经足够买一辆最低配的桑塔纳新车，又或者一辆看上去跟新的一样的二手帕萨特。一想到自己开着二手帕萨特、穿着冒牌阿玛尼、一路摁着喇叭衣锦还乡的样子，尤二都觉得说不出来的兴奋。如此美好的愿景激励他又一次蹿到曹小纯的身上，开始新一轮的翻云覆雨。

美好的憧憬在半个月后受到了沉重一击。这一天X市万里无云，但一千多公里外的尤村正笼罩在一片瓢泼大雨中。当尤刚将沉甸甸的青石砸向崔瞎子的后脑的一刻，曹小纯将尤二拉进洗手间，她对尤二说："尤二，我怀孕了！"

尤二裹在西装里的身体猛烈地颤抖了一下，他的牙齿咯咯作响，问："我的？"

"咚咚"，尤二干瘪的胸膛被曹小纯的拳头敲得陷下去一大块。曹小纯杏目圆睁，她敲完尤二还不解气，右手握成鸡爪，狠狠掐在尤二的命根子上，她说："我这段时间就跟你好过，不是你的，还能是谁的？"

尤二痛得弯下腰，厕所的隔板被他耸起的臀部撞得一开一合。尤二除了下身疼痛，心中更成了一团乱麻，他原本是将曹小纯当成朋友来待的，除了发生点纯洁的肉体关系之外，尤二并不打算跟她有进一步发展，然而这个突如其来的孩子打乱了尤二的一切计划。尤二想起了自己的桑塔纳与帕萨特，想起自己开着车荣归故里的胜景。他试图说服曹小纯把孩子打掉，但曹小纯死活不肯，她威胁尤二说他敢不给自己一个交代，她就把这事告诉赌场里的所有人，她还要从四楼出租屋的阳台顶上跳下来。尤二对曹小纯的威胁无动于衷，他歪了歪嘴，请她自便。曹小纯"哇"的一声哭了，她抱着尤二的大腿说："尤二，这可是你的种啊，你怎么舍得把它打掉呢！"

这句话就像一颗灼热的子弹，瞬间穿透尤二的躯壳，击中被层层包裹的灵魂。"这可是你的种啊""是你的种啊""你的种"，这几个音节在混沌的大脑里反复回荡。尤二又一次想起千里之外的并不纯种的儿子尤刚，想起了那根金黄中夹杂了紫色颗粒的玉米，想起那碗掺着沙子的白粥，想起火车上的那对父子。尤二对故人与故乡的思念猛然坍塌了，他看着曹小纯挂着脐环的小腹，上面一对蝴蝶刺青正翩翩起舞。尤二搂着曹小纯说："你把孩子生下来，我们在一起!"

尤二在这份纠结的幸福中多了一个孩子，他并不知道就在同一天，在一千多公里之外，一个名叫尤喜的孩子在牛红梅的肚子里夭折了。总之，尤二衣锦还乡的计划被这个意外彻底打乱了。他决定，等曹小纯将肚子里的孩子生下来，他就抱着孩子，回去找牛红梅办离婚。尤二甚至想好了跟牛红梅重逢时的说辞："看看，这娃娃才是我尤家的种，纯种!"

这个尚未成形的纯种孩子成了尤二继续奋斗的动力，尤二工作得更加卖命了，每晚不知疲倦地穿梭于一桌又一桌的赌客中间，用谄笑与谎言鼓动客人将口袋中的现金换成一堆堆的筹码，最终转化为赌场账目上的一排排数字。尤二的杰出业绩甚至惊动了当天将他招进赌场的贵人：夏天成。四个多月后，这位年过花甲的亿万富翁又一次走进了当初发迹的这家赌场，他是来找尤二的。

尤二怀着六分忐忑与四分兴奋走进了夏天成的办公室，此刻的他已是衣冠楚楚而非沐猴而冠。夏天成饶有兴趣地将脱胎换骨的尤二打量了一番，目光里充满赞赏的意味。夏天成对尤二说："坐!"

尤二道了声谢谢，恭恭敬敬地在对面的沙发上坐了下来。坐姿比电视里会见外宾的外交官员还要端正两分。

"自从你上班后，赌场每个月的流水涨了将近三成!" 夏天成从口袋里掏出一包香烟，顺手抛了一根给尤二，他夸赞尤二道："人才啊!"

"哪里哪里，都是老板领导有方!"尤二走到夏天成的身边，俯下身子，熟练地帮夏天成点燃香烟。尤二退回座位，接着说："要是当初没有老板提携，这一刻我说不定还在 X 市的街头要饭呢!"

夏天成笑了笑，他问尤二："你当初为什么来 X 市？"

自从听说了夏天成的传奇人生后，尤二对这位贵人的敬畏还要大于尊重，他没有丝毫隐瞒，将自己三十多年的人生经历一五一十地说了出来。从出生说到上学，从上学说到结婚，尤二说这两段历史的时候，脸上始终挂着自豪的微笑。但接下来，尤二的笑容消失了，他告诉夏天成，自己的前两个孩子都因为生下来没屁眼而夭折了，第三个孩子因为做了基因手术而成了杂种，尤二咬牙切齿地将给牛红梅做基因矫正的医院骂了一顿。正当尤二准备继续往下说的时候，夏天成忽然打断了他："你这看法不太对头啊！"

尤二挠了挠头皮，原本低垂的脑袋几乎垂到胸口，他心悦诚服地说："哪里不对，还请老板指教！"

夏天成从椅子上站了起来，他缓缓走到尤二跟前，将手按在他的肩膀上："说实话，做了基因矫正之后，尤刚确实不算是你们夫妻俩纯种的儿子。但就我所知，决定血型跟肛门的基因都是常染色体，不是性染色体。这么说那两小段外来基因的主人，未必就一定是男人，也可能是个女的啊！"

"什么？"尤二瞪大眼睛，迷茫地问。

夏天成笑了笑，他原本就是个文化人，最近这几年还投资了两家药店，对基因疗法的了解远远胜过江湖游医尤济世。与此同时，他对尤二这种人的了解也入木三分，绝非省医院的主任医生能够相比。正因为这两点，夏天成只用了一句话，就完美解决了尤济世、周诚、丁主任费尽心思磨尽口舌都没能解决的问题："换句话说，当初的基因矫正，未必就来自别的男人，也可能来自别的女人！如果是这样，那你的儿子尤刚，就是你跟两个女人生下来的！"

"啥……啥子？"尤二有些不明就里，"可是，做手术换掉的明明是我的基因啊！"

"换你基因就非得是男的？器官移植你总知道吧，男人的肾换到女人身上，那不是照样能用？"

夏天成的理论将尤二震晕了足足三分钟，等他清醒之后，便开始遐想这个可能存在的。尤刚的"第二生母"究竟有怎样的长相和身段。在他脑海里浮现的是个丁香花般的女大学生，高挑美丽、聪慧纯洁，一双眼睛比晨星还明亮清澈。尤二认为，只有这样的人间极品才值得两万的费用。如果事实真是如此，如果尤刚真是他与两个女人共同创造，那他身上并非纯种的血脉就成了一个无关紧要的插曲："那么，我要怎么确定这孩子是两个老子一个娘，还是一个老子两个娘生的？"

"没法确定！"夏天成一摊手，"这玩意儿就跟器官移植一样，都是双盲的，花钱也查不到！"

尤二全盘接受了夏天成的理论，他忽然有些想家。他决定劝曹小纯打掉孩子，如果她不愿意，自己就算冒着重婚罪的风险也要回家团圆。尤二将心中的思乡情绪毫无保留地表达了出来，尤二说："下个礼拜四，我儿子过七岁生日，我想回家一趟！"

夏天成通情达理地点点头，他对尤二跟女荷官的苟且之事早有耳闻，同时也对中国奉行数千年的一夫一妻多妾制完全认同。他倚靠在柔软的真皮椅背上，嘴唇中吐出一个螺旋形状的烟圈。他看了眼兴奋得全身发抖的尤二，正要把谈话的主题引回赌场的工作上。忽然，夏天成心里某根看不见的弦被触动了，他像触电一样打了个激灵。夏天成问尤二："你儿子今年六周岁？"

"是！"

"那你还记得不记得，你老婆去做基因矫正是哪年哪月的事？"

尤二呆了半晌，他不知道老板为什么忽然问他这个无关紧要的问题。尤二仔细回忆了片刻，回答说："我儿子属蛇，生日是阳历一月三号。做基因手术的时候，我老婆怀孕还不满一个月，照这么算，差不多是龙年四月份的事情！"

"再想想，到底四月多少号，上旬还是下旬？"夏天成的呼吸忽然沉重起来，冷静的双眼放出异样的光彩，如此不同寻常的态度让尤二有些摸不着头脑。尤二又想了想，然后说："四月下旬，应该不是二十七就是二十八号，我记得从省医院回头的那天，正赶上黄金周放假，没买到火车票，最后还是坐大巴回家的！"

夏天成深深吸了一口气，平整的脸庞上多出了几道隐约的皱纹。这样强烈的反应让尤二更摸不着头脑，他想问又不敢问，脸涨得通红。夏天成笑了笑，他搓了搓手，对尤二说："过年前赌场比较忙，要不你克服一下，过些日子再回去吧！"

尤二心头的疑虑更重了，他想不通一言九鼎的老板为什么会出尔反尔，但这些情绪只能烂在肚子里而不能表露在脸上。尤二点头允诺："没问题！没问题！"

夏天成看透了尤二的内心，他说："公司不会亏待你，我准备升你做这家赌场的副总经理！等明年淡季，我给你一个月的假期！"

这个诱人的承诺如同一道汹涌的激流，瞬间将尤二内心深处的不满与疑惑冲刷得干干净净。尤二想笑，又怕这样显得自己过于功利肤浅，只好将狂喜憋在心里，在脸上装出一副宠辱不惊的模样。尤二说："老板放心，只要赌场开一天，我尤二就在一天！只要赌场有生意，我就算十年不回家也没问题！"

夏天成微微一笑，没有继续这个话题。他面容一正，跟尤二探讨起赌场的发展方向。作为尤村史上最出名、最成功的赌徒，尤二在赌博方面的天赋就像口袋里的锥子，只要稍给点空间就会锋芒毕露。他提出的赌场发展五年计划让夏天成赞赏有加，善于察言观色的尤二从夏天成的目光中看出，自己已升格为老板心中不可多得的人才。与此同时，尤二也嗅到了一丝不寻常的味道，他发觉面前的夏天成似乎心有旁骛，常常答非所问神游物外。尤二觉得老板肯定有心事，但又不方便问到底是什么心事，好在夏天成很快结束了这次对话，他挥了挥手，对尤二说："今天就谈到这里，你继续加油吧！"

尤二低着头，摆出无比谦卑的姿态退出办公室。尤二关上门后，一双眼睛立刻长到了头顶上，他昂首挺胸地在还没到营业时间的赌场里转了三圈，逢人便嘘寒问暖几句，诸如"吃饭了吗？""这几天风气咋样？""今晚财源广进！"尤二的这份热情让赌场的一众同事不知所措，两个女荷官娇笑着问尤二："今天怎么这么高的兴致？有空找我们聊天了？"

"尤总监，不怕小纯吃醋了？"

尤二嘿嘿一笑，眼睛在两个女荷官高耸的胸部依次扫过，又在她们嗔怪风骚的眼神中说："我不是尤总监啦，刚才夏总找我聊天，委任我做副总经理啦！"

女荷官的眼睛里几乎冒出火来，她们凑到尤二的身边，一个帮他捶背，一个给他捏肩，嘴里一口一个"尤经理"地叫着。尤二板起面孔，打断了她们的阿谀奉承，他说："不能叫尤经理，要叫尤副经理！"

尤二就这样迎来了人生的伟大巅峰，他的思乡之情被荣升副总经理的巨大喜悦彻底淹没了，尤二决定在赌场拼搏一年再回家，他相信等一年之后，载自己回家的将是一辆崭新的宝马、奔驰。尤二相信牛红梅一定会等自己，他知道这个女人是那么深爱自己。然而尤二万万没想到的是，就在自己荣升副总的这个夜晚，千里之外的牛红梅正面临人生最艰难的一次抉择。

　　她打算出卖自己仅剩的东西。

　　她的肉体。

第三十一节　穷途末路

　　小产之后的牛红梅身体彻底比不上往昔了，只要稍微走快一点，腰眼里就像有千万根钢针在搅动。出院的那天，她刚走到医院门口便坚持不住了，她弓下腰，扶着医院的铁门喘粗气。尤刚焦急地问妈妈怎么了，牛红梅摆摆手，说自己要休息一会儿，然而在门卫的椅子上坐了十分钟后，她的下一段步行也只坚持了三四百米。看见牛红梅额头上细密的汗珠，同行的尤济世叹了口气，他从街边的居民家借来一张破板凳，递给牛红梅坐下，然后吩咐尤刚陪好妈妈，然后自己一个人屁颠屁颠地回村借三轮车了。牛红梅坐在板凳上，恨恨地捶了两下疼痛难忍的腰，她对尤刚说："哎，这煎饼摊也不知道哪天才能再摆啦！"

　　牛红梅的煎饼摊终究没有迎来重新开业的那一天，她的身体已经不足以支撑她将沉重的煎饼炉从家里拖到镇上，然后在寒风或烈日下站一整天了。眼看着村里其他人家都在张灯结彩置办年货，牛红梅目光中的忧虑越来越浓。她住院前前后后花了九千块钱，仅这个就把她卖煎饼三个月的收入完全掏空了，然而在另一边，被尤刚砸伤的崔瞎子还躺在医院没出来，其实崔瞎子的伤势早在一个礼拜前就痊愈了，一日三顿吃得比二十岁的壮小伙还多，晚上的呼噜声吵得整个医院的病人都睡不安稳。但崔瞎子死活不同意出院，他要求住最宽敞的病房，睡最舒适的病床，每顿吃四菜一汤。更过分的是，他还嫌自己的管床护士说话嗓门太粗、长相太丑，他要求医院把最年轻漂亮的护士安排给自己。住院处其他病人都奇怪，他一个瞎子看不见，安排漂亮的护士又有什么用处？崔瞎子摇头晃脑地解释道："爱美之心人皆有之，我一个瞎子就不能爱美吗？你们这是歧视残疾人呢！"

牛红梅每天都会收到医院脑外科寄来的催款账单，她出院这天，崔瞎子的治疗费已经达到了一万三千二百六十一块，这笔钱掏空了尤济世银行卡上的大半积蓄。然而这还不是全部，崔瞎子托人捎来口信，提出了两千块营养费、三千块误工费的要求。牛红梅拒绝了崔瞎子的无理要求，她对带话的人说："你去厨房里看看，我家连吃饭的米都没了！再说崔瞎子又不上班，这误工费爱找谁算找谁算！"

打发走来人后，牛红梅觉得这个年还是要过的。她从衣柜的最下面翻出自己结婚时的嫁妆，一条闪闪发光的金项链。这项链是她年轻时在工厂打工，用存了三年的积蓄买的，其实她的积蓄本来还能多买一只金手镯或是一颗钻戒，但她的父母以弟弟买房子讨媳妇的理由，将手镯钻戒的钱给"借"过去了。牛红痴痴地看着眼项链，回忆起结婚的那天，自己戴着项链容光焕发的模样，脸上泛出甜蜜的笑容。她笑着走向公交站台，走进了小石镇唯一的一家金店。从金店出来时，牛红梅干瘪的口袋不那么干瘪了，她一路上始终用手捂着口袋，生怕里面的三千一百块钱让小偷扒了去。当路过尤德赖的杂货店门口时，牛红梅匆匆的脚步顿了顿，她拐进杂货店，为尤刚买了一副十五块钱的毛线手套、两袋六块一毛钱的小熊饼干，以及一个二十八块钱的变形金刚。尤德赖笑嘻嘻地将东西递给牛红梅，大方地说两毛钱的零钱就不要了。

牛红梅从兜里掏钱，她很自然地将一沓百元大钞全部掏了出来。尤德赖看见了，眼睛立刻如灯笼一样闪闪发光。尤德赖说："牛家大妹子，发财了？崔瞎子那边的钱还清了？"

牛红梅避开尤德赖的目光，她实话实说道："这钱是我把结婚的项链给卖了才换来的！要不然开春后尤刚的学费都交不上！"

尤德赖感叹了两声，咒骂崔瞎子就是个无耻下流的缺德鬼，明明伤好了还硬躺在医院装病号，他说崔瞎子在医院吃的每顿饭都铺张浪费，早中晚饭都要四菜一汤，吃不完就倒在垃圾桶喂流浪狗，他还说崔瞎子坚持用进口药不用国产药，就连包脑袋的纱布都指定了德国进口的品牌。尤德赖的这番言语让牛红梅深受感动，对这个人的厌恶也因此消散了几分，她在店里又买了一盒牛奶和一份挂历。牛红梅转身离开后，尤德赖立刻找出手机，给医院里的崔瞎子打了过去："牛红梅刚才来我店里买东西了，身上好像带了两三千块钱！"

走在路上的牛红梅自然不知道尤德赖背后搞的小动作，满手的年货与充实的口袋让她的精神焕发，就连腰眼处的疼痛都比平时减轻了两分。她远远看见正在家门口逗狗的尤刚，她冲尤刚喊："尤刚，我回来了！"

尤刚仰起头，看见从夕阳中朝自己走来的母亲，咯咯笑了起来。他像欢快的兔子一样朝妈妈奔跑，小白汪汪叫着，跟在尤刚的后面冲锋，四条腿的小白很快超过了两条腿的尤刚。小白蹿到牛红梅的跟前，轻轻咬住了她随风飘荡的裤腿。尤刚紧随其后，当他看清妈妈手上的玩具与饼干后，眼睛一下子直了，跟猴子一样抱住牛红梅的腰肢，像钢管舞演员一样转了两圈。尤刚欢天喜地地说："妈妈是世界上最好的妈妈！"

尤刚的幸福只持续了半个小时，在这半个小时里，他将手上的变形金刚拆装了整整七遍，装到最后一次时，变形金刚的脖子发出清脆的咔嚓声，接着身首异处了。尤刚的喜悦心情一瞬间降到了冰点，他想将这件事告诉正在炉灶边忙碌的妈妈，但想到妈妈日渐忧愁的神情与临睡前的长吁短叹，尤刚的脚步还没迈出去就刹住了。他跑进自己的房间，拉开最下面的一个抽屉，将断成两截的玩具悄悄放了进去。

做完这一切后的尤刚回到客厅，打开了桌上的小熊饼干，从里面挑出形状最可爱的两块捏在手上，跑进厨房，他踮着脚将饼干递到母亲嘴边。牛红梅顺从地张开嘴，将饼干含在嘴里，却舍不得咀嚼，她觉得这块饼干是自己这辈子吃过的最香甜美味的珍馐。牛红梅笑了，她笑着笑着笑出了眼泪。

外面忽然传来刺耳的推门声，接着是拐棍戳在水泥地面上的嗒嗒声，崔瞎子领着三个面容陌生的男人出现在一脸幸福的母子面前。崔瞎子脸上的笑容像是一条阴冷的毒蛇，他说："听说你有钱了？"

牛红梅拼命摇头，她很清楚，自己上衣口袋里的这三千多块钱，将是整个家庭未来很长一段时间的全部根基。如果没有这笔钱，他们就得饿着肚子过这个新年，尤刚下学期就交不起学费。牛红梅惊恐地看着眼前的几个男人，身子下意识地往回缩了几寸，将装钱的口袋躲在一堆柴火后面。然而这个动作没能逃过催债者的眼睛，一个个头很高、魁梧得像头熊的男人两步跨到她的面前，像老鹰抓小鸡一样将牛红梅提在手里。她四肢像溺水者般拼命挥舞，却无法挣脱这只铁钳般的巨掌。男人挤出一个丑陋的笑容，从牛红梅贴身的口袋里将一沓带着体温的钞票捏了出来，数了数，对崔瞎子说："三千零十八块！"

崔瞎子喉管里发出夜枭般难听的笑声，他说："看他们也不容易，就留十八块吧！"

男人将十八块钱塞进牛红梅的衣领，顺手在她胸脯上摸了一把，将她丢在墙角的地上。他从钞票里抽出三张，揣进自己的口袋，将剩下的两千七递到崔瞎子的手上，一行人转身要走。牛红梅像一只发疯的野兽那样冲了过去，洁白的牙齿在灯光下泛出令人生寒的光泽。男人笑了笑，伸手一推，将牛红梅推倒在两米之外的柴火堆里。看到这一幕，一直躲在墙角瑟瑟发抖的尤刚也从地上蹦了起来，白嫩的小手里抓着一根漆黑的火钳，像手持长矛的堂吉诃德那般朝崔瞎子冲去。这一次，像熊一样的男人并没有出手，另一个瘦得跟猴子似的男人抬起脚，一脚将尤刚踢得滚倒在地。

牛红梅拽过尤刚，将他抱在怀里，不再反抗，她咬牙切齿地问："这事是不是尤德赖告诉你的？"

"不是他！是别人看见你在尤德赖的杂货店里买年货，就问俺牛红梅有没有把欠你的账还清，我说没有啊，这钱还欠三千多呢，牛红梅家困难，俺不能催！你知道人家咋说，人家骂我不但是个瞎子，还是个傻子，他说你都有钱办年货了，怎么会没钱还债？你说我能不过来瞧瞧不？"崔瞎子耸了耸肩膀，用嘶哑而中气十足的嗓音说，"欠债还钱，天经地义！"

崔瞎子踏着浓厚的暮色走出了牛红梅的家门，他的头颅高昂着，脚步轻快得完全不像是一个刚刚出院的病人，他哼着欢快的曲调走向那间残破的屋子。崔瞎子的高兴不仅仅来自口袋里的两千七百块钱，更重要的是，他当初的预言完全实现了，牛红梅一家正沿着他六年前预测的轨迹，朝着黑暗的深渊缓缓滑落。崔瞎子觉得自己就是这个时代的李淳风与鬼谷子，甚至比李淳风与鬼谷子还要聪慧伟大，一个伟大的玄学家绝不满足于单纯的预言，更该成为命运的拨弦者与未来的缔造者。

第三十二节　抉择

炉膛里的柴火在熊熊燃烧，同样燃烧的是牛红梅胸中的怒火。如果没有一旁的尤刚，她或许会抓起案板上的菜刀，狠狠朝刚才几个男人的头上砍去。但尤刚还在，孩子是母亲的盔甲，也是母亲的软肋。母子二人在冰冷的地面上坐了十分钟，闻讯跑来的小白绕着两位主人走了好几圈，发出三五声软弱无力的吠叫。

牛红梅从地上站起身，她用颤抖的右手将领口的十八块零钱取了出来，包括一张皱巴巴的十块纸币、一张写着两个电话号码的五块纸币以及三个被汗渍模糊了花纹的一元硬币。她将两张纸币放在一起，将硬币叠在纸币里，放回上衣的口袋。牛红梅对尤刚说："起来吃饭吧！"

尤刚不肯起来，他对妈妈说："晚上我去崔瞎子家，把钱要回来！"

牛红梅凄然摇头，她一言不发地走到门口，把门上的铁锁锁死了，最后将钥匙放到尤刚够不到的碗柜顶上，她第二次对尤刚说："起来吃饭吧！"

尤刚依旧没动，他双手抱膝，被炉火映得通红的脸蛋上挂着两行泪珠。牛红梅弯下腰，把尤刚从冰凉潮湿的地面上拉起来，叮嘱他什么都不要想，什么都不要做。她说就算天塌下来也有妈妈顶着。尤刚似懂非懂地点了点头。母子俩在沉默中吃完了这顿晚饭，牛红梅一反常态地没有收拾碗筷，她对尤刚说："我们走！"

牛红梅牵着尤刚，在漆黑的夜色里走了七八里的泥路，走到后半段时，牛红梅的额角已经布满了豆大的汗珠，她一手撑着腰，一手挽着尤刚，牙齿因疼痛而发出剧烈的咯咯声，但她没有停下。牛红梅强撑着腰上的痛楚走回了自己的娘家，院子的铁门虚掩着，里面亮着灯光，电视的声音透过窗缝飘了出来。牛红梅没有直接进门，她将铁门敲得咚咚响，对里面喊："爸，妈，你们在吗？"

屋里传出椅子挪动的声响，一个人影出现在卧室的窗边。牛红梅六十一岁的母亲陈翠花隔着满是灰尘的窗纱，看见了门外一高一矮的两道身影，脸上露出惊讶的神情。她扭头对牛红梅的父亲说了一声，接着慢条斯理地套上一件厚厚的棉衣，走出开着暖气的卧室。陈翠花走到门口，却没有招呼牛红梅与尤刚进屋。母子俩隔着一道虚掩的铁门对视了大约半分钟，陈翠花问："回来做什么？"

牛红梅嘴唇嚅动了一下，原本平视的目光一下子低垂下来，她看着脚下破了两个大洞的布鞋，用蚊蚋般的声音说："最近家里遇到点事，能……能不能借点钱？"

陈翠花一听"钱"这个字，整个人就像一只被踩了尾巴的猫那样蹦了起来，她左手拽住铁门，右手连连摆动，说："你弟弟再过几个月就娶媳妇了，家里哪有余钱！"

牛红梅眼中的期望变成了绝望，她"扑通"一声，跪在这个养了自己十七年的女人面前，她哀求道："妈，之前尤二离家出走，我没有找你；尤刚闯祸把人砸了，我也没来找你。尤二婆我进门的时候，你收了五万彩礼，然后说嫁出去的女儿就是泼出去的水，我也一句话都没有说。但这个年我实在是熬不过去了！你就借我五百块应应急！三百块也行！"

牛红梅用力拉了一把尤刚，将尤刚扯到身边，让他叫外婆。尤刚清脆的嗓音夹在母亲隐约的抽泣声中，惊动了左邻右舍，不少原本漆黑一片的房间重新亮起了灯光。牛红梅妈妈的脸上有些挂不住了，她恨恨地说："之前你煎饼卖得好的时候，也没见你寄一分钱回来！现在落难了，就想到家里了？"陈翠花毫不嘴软，但附近窗口探出的十多颗脑袋还是让她退了一步，粗糙的右手在牛红梅希冀的目光中伸进上衣口袋，从里面掏出一小沓花花绿绿的零钱，她放开揣着铁门的左手，但臃肿的身躯依旧牢牢顶在门上，她将左手伸进嘴里，蘸了些口水，从零钱里抽出几张塞回口袋，将剩下的一小沓递出门缝，她对女儿说："这里是一百，要就要，不要就走！"

牛红梅用力点头，屈辱的泪水顺着脸颊滚落到膝盖上，她没有从地上站起来，而是就这么跪着从母亲手上接过一百块钱，等她道谢时，陈翠花的身影已经变成了远去的背影。牛红梅将手上的零钱仔仔细细地清点了一遍，发现这所谓的一百其实是四舍五入的一百，实际金额只有九十六块八角。她缓缓站起身，迎着寒风，扶着腰杆，一瘸一拐地踏上了回家的路途。

牛红梅踏进家门时，房间里的挂钟刚好敲响了第十下。她帮尤刚洗了把脸，便哄他上床睡觉了，漆黑一片的卧室里很快便响起了均匀的鼾声。牛红梅没有睡着，她在心里盘算，该怎样用身上这一百一十四块八角钱过完无比漫长的新年。不知为什么，她居然又想起了远方的尤二，她担心尤二在这个新年有没有一个温暖的容身之所，担心他会不会像一条野狗一样流落街头。牛红梅并不知道，此刻的尤二正喜滋滋地清点着五万年终奖，思考该将这笔钱的百分之一用在哪个发廊小妹身上。

一阵隐约的窸窣声打断了牛红梅的沉思，睡在狗窝里的小白竖起了耳朵，朝门外吠了两声。牛红梅警觉地坐起身，还以为崔瞎子又过来讨债了，心想自己就算拼了这条一文不值的性命，也不能让他将刚刚这九十六块八角再抢走了。她摸黑走下床，透过门缝朝外面看去，她看见铁门外站着一条幽灵般鬼鬼祟祟的人影，漆黑的夜色遮蔽了来人的面容，牛红梅将目光投向影子的右手，看到来人的手上并没有拄着拐棍，终于长长地出了一口气，外面的不是崔瞎子。牛红梅想到了尤济世，她以为这个两袖清风、善良热忱的老人又来雪中送炭了，心里涌出一股暖流。牛红梅暗暗决定，不管尤济世愿意借多少，自己最多只能拿八百块钱，毕竟这已经足够自己过完春节，交清尤刚下学期的学费了。她轻手轻脚地走到门口，借着月光将钥匙插进锁孔，刚转了小半圈，一声清晰的咳嗽声让她猛不丁打了个寒噤。牛红梅抬起头，看清了来人，门外站着的竟不是尤济世，而是尤德赖！

"你来干什么？"牛红梅立刻将钥匙拔出锁眼，警觉地问。

尤德赖跺了跺脚，脸上的褶子仿佛都被腊月的寒风给吹平整了，他一面搓手，一面说："牛大妹子，就不能进屋说话吗？"

"有啥话先说清楚，这黑灯瞎火的，要是让邻居看见了，还不知道会传出啥闲话来！"牛红梅缩在铁门的一角，压低了嗓门对尤德赖说，"还有，下午是不是你告诉瞎子我有钱的！"

"牛大妹子，你这就冤枉我了！白天你来我店里买年货的时候，起码有三五个人看见了。你说我跟尤二兄弟相交这么多年，能在背后害你吗？"尤德赖指天画地，说如果是自己告的密，日后生儿子就没屁眼。牛红梅冷冷地瞅了尤德赖一眼，将第一个问题重复了一遍："你来干什么？"

尤德赖忽然不说话了，巧舌如簧的嘴巴里好像被人塞了一只死老鼠，他的喉结上下翻滚，发出两声"呵呵"的干笑，他直勾勾地看着一门之隔的妇人。牛红梅身上套了一件单薄的睡衣，睡衣下的腰肢如水蛇般纤细，胸部匀称而恰到好处。牛红梅的肤色很白，乌黑的眼睛闪闪发光。尤德赖咽了口唾沫，吞吞吐吐地说："我……我知道你现在缺钱，你跟我困觉，我给你钱！"尤德赖牙一咬，终于把这句想了十多年却又始终没敢说的话说了出来。话说敞亮后，尤德赖就不再避讳，冒着欲火的眼神在牛红梅的身上扫来扫去，从胸部看到腰肢，从腰肢看到屁股，他的下身迅速发生了变化，一下下撞在身前的铁门上，发出不规则的咚咚声。尤德赖将牛红梅的身体观摩了三遍，黄牙一咬，从上衣里掏出两张皱巴巴的红票子，想了想，又悄悄塞回去一张，尤德赖说："你跟我困一觉，我给你一百，怎么样？"

牛红梅看着从铁门里递进来的一百块钱，瘦弱的身躯如羊癫疯病人那般剧烈颤抖，满头的长发伴着这阵颤抖轻轻飞舞。牛红梅没有说话，脚下的拖鞋在泥地上发出"刮刮"的摩擦声，她转过身，笔直朝堂屋的方向走去。尤德赖一下子急了，他压低了嗓门说："等等，等等！"

牛红梅没有回头，但脚步缓了缓，好像走入了一片并不存在的泥沼，尤德赖赶紧掏出另一张钞票，轻声呼喊道："两百！两百！"尤德赖说，"我身上带套了，很安全的。"

牛红梅的脚步顿住了，瘦弱的肩膀抖得更激烈了，她的脑袋微微昂起，整齐的黑发一直披散到臀部的位置，浑圆饱满的臀部在黑发后若隐若现。尤德赖见牛红梅不往前走了，原本准备继续加价的计划也暂停了，他说："我知道你刚从你爸妈那儿回来，他们不会管你啦！"

牛红梅蓦然转过身，美丽的眼睛里看不到一丝活人的气息。尤德赖哆嗦了一下，后背上的鸡皮疙瘩起了一层，尽管如此，尤德赖还是愿意花两百块钱，跟眼前的牛红梅睡一次的。他甩了甩手上的钞票，想等牛红梅表态，但等了半天也没等到她开口。尤德赖心知自己的思想工作还没做到位，没能触动对方的灵魂深处，尤德赖说："尤济世那头也没钱了，就算想帮你也有心无力啦！你说下礼拜就要过年了，年后尤刚还要上学，没钱这日子该怎么过啊？"尤德赖又趁热打铁，"你知道不，尤二起码去过十趟小石镇的洗头房。再说，在尤二眼里，你都跟别的男人生下尤刚了，跟我困一觉也没什么啦！"

牛红梅听到尤二的名字，整个人如触电般痉挛了一下，空洞的眼神里多出一丝难以形容的东西。她如木偶一般到铁门前，隔着铁门对尤德赖说："尤刚在屋里睡觉，你要跟我困觉，只能在厨房里！"

第三十三节　牛红梅的第一次

　　尤德赖跟牛红梅隔着铁门讨价还价了五分钟，尤德赖提出，能不能把地点从四处透风的厨房转移到暖和一些的客厅，他保证会像哑巴一样不发出丁点儿响动，牛红梅立刻摇头，说这个没商量；尤德赖只好退而求其次，说厨房太冷，希望牛红梅能在之前的价格上打个八折，算是扣除他的防寒保暖费，牛红梅依旧摇头，她咬了咬牙说要是嫌冷可以不脱衣服，尤德赖表示无法接受，他说如果不脱衣服的话，那还不如回自家炕找自己的老婆，既免费又暖和，还能顺带促进夫妻感情。说到这个话题时，牛红梅问尤德赖，他这么晚一个人跑出来，家里婆娘怎么会不闻不问。尤德赖立马露出得意的神情，他说："我跟她说，现在年关岁尾，不少做贼的也打算干一票回家过年，所以得稍微提防点，最好一个人睡店里。我老婆听了二话不说，穿上睡衣就往外奔，我赶紧拉回她，说这苦差事当然得我们男人来啊。实话告诉你，我出门的时候，她还眼泪汪汪地让我多带一床被卧呢！"

　　牛红梅点了点头，她并不关心尤德赖是如何忽悠他老婆的，只需要确认那个碎嘴又凶恶的胖婆娘不会半途杀出就行。她抖抖索索地拧开锁，将铁门放开一道一尺宽的缝隙，尤德赖的身子立马像泥鳅一样从缝隙里滑了进来，他迫不及待地捞过牛红梅的身体，牛红梅扭了两下，终究放弃了抵抗，她说："进厨房！"

尤德赖"哼哧哼哧"地喘着粗气，推着牛红梅的身体进了厨房，厨房里很黑，两个人都看不清彼此的面目，尤德赖对此相当不满，他粗鲁地将牛红梅推到窗边的位置，好借着迷离的月色看清这张朝思暮想的漂亮脸蛋。腊月的寒风透过窗缝，呼呼地吹在牛红梅的脸上，她面无表情，整具身体仿佛一个带着体温的充气娃娃。尤德赖忽然有点意兴索然，甚至开始心疼那还没付的两百块钱了，但箭在弦上不得不发，他将冰块般的右手伸入牛红梅的睡衣里，却被她无比坚决地推开了，她用力摇头，柔软的头发顺着这个动作飘扬起来，仿佛在婚礼上飞扬的喜幔。

五分钟后，"你乱动，老子只爽了一半！钱也只给一半！"完事后，尤德赖扔下一张钞票，准备提裤子走人，牛红梅猛地扑上来，像野兽般抓住尤德赖正在系皮带的手，她说："你不给钱，我就叫人，说你强奸我！"

"叫人?！"尤德赖有些不可思议地看着眼前的牛红梅，"你敢叫?"

"我早就是村里人眼中的破鞋了，有什么不敢的?"牛红梅转过身，直直地站在尤德赖的面前，单薄的胴体好像一阵风就能吹倒。但牛红梅没被吹倒，她甚至没有提起褪到膝盖的裤子。这个尤村最美丽、最纯洁的女人赤裸地、冷漠地、毫无羞耻地站在尤村最无耻、最卑劣的男人面前，冷冷地说："把钱给我！"

尤德赖不敢再狡赖，他又掏出一百块钱，脸上的表情就像刚死了爹妈一般心痛，他对牛红梅说："过几天我再来找你！"

尤德赖在寒风中打了个哆嗦，咳嗽了两声，整了整身上的棉袄，推开铁门，趾高气扬地走向远方。牛红梅透过窗玻璃，看着尤德赖渐渐远去的背影，弯下腰，将脱了一半的衣裤重新穿戴整齐了。

牛红梅锁上了大门，踩着结霜的泥土走进客厅，将带着体温的两张百元钞票仔仔细细地收进外套口袋里。她知道自己现在有三百一十四块八角钱了，如果省着点花，这个春节她跟尤刚都不会饿肚子。但要想凑齐尤刚下学期的书本费和学杂费，尤德赖至少还得再来两次。想到这儿，牛红梅冲进厕所，从架子上拽下一条冰冷潮湿的毛巾，狠狠地擦拭自己的身体，她擦得十分用力，直到皮肤感觉到火辣辣的疼痛都没有住手。做完清洗工作后，她踮着脚步轻轻地走进房间，将被卧掀开小小的一角，蜷缩着躺了进去。一旁，尤刚沉睡的脸庞显得分外安静幸福，牛红梅咬了咬嘴唇，将身子朝床边挪了一些，她觉得自己肮脏的身体已不配再靠近身旁的尤刚了。

尤德赖在接下来的半个月里又找了牛红梅三次，最后一次甚至特意吃了伟哥，然而牛红梅僵硬的躯体与冷淡的反应让他一次比一次失望。经历了这四次并不愉快的经历后，尤德赖终于学乖了，宁愿将钱花在洗头房那些涂脂抹粉但服务热情的小妹身上，也不愿光顾牛红梅这个冰美人了。

牛红梅并不在意，事实上这段日子里，她似乎对什么都不在意——除了儿子。尤刚因为砸伤了崔瞎子，缺了大约一个礼拜的课，尤刚起早贪黑地自学了七八个晚上与凌晨，总算将落下的课程补上了，最后期末考试考了全班第三名。尤刚将成绩单拿回家给妈妈签字，牛红梅扫了一眼上面的分数，木讷的脸上露出久违的笑容，她说："儿子，只要你有出息，妈妈再苦也值得!"

尤刚并不知道妈妈吃了什么苦,他也不知道妈妈兜里的八百多块钱究竟是用什么换来的。他看见妈妈脸上的笑容,心里荡漾着幸福。尤刚说刚刚放学时,自己看上了尤德赖杂货店里的一把玩具手枪,尤刚说这把枪只要十二块钱,但可以发出呜哇呜哇的警笛声,射出五颜六色的光彩,他咬着嘴唇问牛红梅能不能给他买这样的一把枪。牛红梅点点头,仔细地数出一张十元和两个钢镚儿,她沉思了一会儿,又额外将一张皱巴巴的五块递到尤刚的手上,她说:"多给你五块钱,你买点吃的吧!"

尤刚看见妈妈掏出来的一大把钞票,好奇地问这么多钱是怎么来的。牛红梅摸了摸他的脑袋,想要编谎又不知该从何说起,只好低下头,避开了尤刚清澈的眼神,忽然她灵光乍现,在面颊上堆出灿烂的笑容,牛红梅对尤刚说:"这钱是你爸爸在外面打工,特地寄回来的!"

牛红梅刚说完这句谎话就后悔了,她意识到这句话等于是将尤德赖说成了尤刚的爸爸、自己的丈夫,她像吃了苍蝇一样恶心,却又没法当着儿子的面表露出来。尤刚听说爸爸竟然给家里寄钱了,喉咙里发出的欢呼几乎要震破满是灰尘的屋顶,他说:"爸爸给我们寄钱啦!爸爸给我们寄钱啦!"

尤刚唤上蹲在院子里晒太阳的小白,一人一狗撒开步子冲出大门。尤刚蹦跳着、雀跃着跑到尤德赖的杂货店,对正在晒太阳的尤德赖说:"我爸爸给我寄钱啦,我来买玩具啦!"

正坐在柜台后闭目养神的尤德赖听见尤刚的呼喊,整个人打了个激灵。他睁开眼,皮笑肉不笑地问尤刚有没有看见爸爸的汇款单或转账记录,尤刚将脑袋摇得跟拨浪鼓似的,他说:"我没看见爸爸的汇款单,但是我看见妈妈兜里的钱啦,花花绿绿的一大把呢!"

尤德赖脸上的肥肉抖了抖,开始热情地给尤刚介绍店里刚到的几款玩具。但尤刚丝毫没有理睬他的奸商嘴脸,他指着货架说:"就那个十二块钱的玩具手枪!再买一个五块钱的溜溜球就行了!"

尤刚将上衣口袋整个翻了过来,将里面的两张纸币与两个钢镚儿放到杂货店的柜台上。尤德赖扫了一眼桌上的零钱,"嘿嘿"干笑了两声,他认出这两张纸币正是自己一个礼拜前塞进牛红梅领口的。尤德赖像狗一样嗅了两下柜台上的纸币,感觉上面还留着牛红梅特有的体香,说:"太好啦,你爹能寄钱给你真是太好啦!"

第三十四节　除夕

牛红梅母子在震耳欲聋的爆竹声中迎来了没有尤二的春节。除夕那天中午，牛红梅最后一次牵着尤刚走进了小石镇火车站，两个人手挽着手，在月台上站了整整三个小时。在这三个小时里先后有四辆列车在小石镇站台停靠，总共二百七十六位游客从尤刚与牛红梅的眼前走过，其中不包括尤二。

此刻的尤二，正跟在曹小纯一扭一扭的屁股后面，在X市最繁华的步行街闲逛。尤二的上衣口袋里揣着一张金光闪闪的储蓄卡，里面存着夏天成两天前亲手发给他的年终奖——五万元。每当想到这个数字，尤二觉得自己的腰杆都比从前粗了八寸，然而当他看见曹小纯试穿的貂皮大衣后面的标价时，原本感觉比电线杆还粗的腰杆顿时变得比筷子还细，他龇牙咧嘴地说："不好看，一点儿都不好看！"

曹小纯立刻读懂了尤二脸上的表情，她气呼呼地将貂皮大衣往试衣间一扔，说："什么不好看？你就是嫌贵，就是舍不得在我身上花钱！"

尤二也恼了，他将鼻孔对着曹小纯，哼了一声："要买你自己买！"

"混账！"曹小纯的拳头如雨点般捶到尤二的身上，用令人发酥的嗓音说，"人家肚子里怀着你的孩子，你怎么能这么对我？"

曹小纯这么一咋呼，服装店里七八个顾客的脸顿时如向日葵般转向尤二这边，当他们看见一脸无辜之色、打扮得像个清纯高中生的曹小纯正一脸凄苦地偎依在西装革履的尤二身边时，纷纷在心里骂尤二衣冠禽兽猪狗不如。尤二早就习惯了这一类的脸色与表情，他咧开嘴朝围观群众笑了笑，脸上一副不以为耻反以为荣的神色，他对曹小纯说："去你奶奶的，要不是你主动贴上来，老子会看上你？"

七八个旁观者发出"咦"的惊呼，他们掉过脸去，摇头晃脑地发出窃窃私语。曹小纯一张俏脸涨得通红，血色透过半寸厚的脂粉渗透出来，她用食指戳着自己的肚子，对里面的孩子说："你前世造了什么孽，修来一个这样缺德的爹啊！"

尤二吹了声口哨，丢下句"你自己看，自己买"，头也不回地出了皮装店。他望着商场里川流不息的人群，想起了千里之外的妻子和儿子，他猜到牛红梅很可能会在除夕这一天去火车站等他，想到这一点，尤二忽然变得懦弱了，他差点儿跑向最近的地铁站台，登上一列前往火车站的地铁。

这是每个异乡人都时常生出的冲动，却极少成为现实。

尤二终究没有这么做。

或许是停在商场正中的那辆豪华跑车吸引了他，那是一辆泛着银光的宝马Z4。当尤二走过时，一个大腹便便的男人正好钻进跑车，在试车员的指引下挂上空挡，踩下油门，巨大的轰鸣声随即在尤二耳边响起，尤二的灵魂在这一刻出窍了，脑中开始幻想自己开着一辆这样的跑车，从尤村坑洼不平的烂泥地上驶过的胜景。他相信如果真有那么一天，整个村子的男人女人都会为他尤二疯狂。

一旁光鲜靓丽的车模注意到了尤二，这是一个嫩得能滴出水来的年轻少女。她的腰肢比牛红梅的还要纤细，胸脯比曹小纯的更加挺拔，她用顾盼生姿的眼神扫过人群，立刻从二三十个凡夫俗子里勾中一身阿玛尼西服的尤二。她款款走到这位金主身边，用甜得发腻的声音说："先生，要试车吗？"

尤二用力咽了一口唾沫，扫了一眼车窗上的标价，心里也不知是沮丧还是兴奋，沮丧是因为以他目前的身家只能对着车望洋兴叹，兴奋是如果用发展的眼光看这个问题，最多三年，说不准两年就可以买下这车，开回尤村了。尤二不知道如果自己买下这辆车，眼前的车模会不会跟自己发生些什么，但他知道只要她愿意，自己是绝不会拒绝发生点什么的。尤二在心中将曹小纯跟这个不知姓名的模特比较了一番，觉得曹小纯不管哪个方面都落了下风。

尤二并没有拿牛红梅跟女模特比较，他的心里甚至完全没生出一丝将这两人拿来比较的念头。他刚开始并不知道为什么，但很快就知道了。曹小纯不知何时出现在一旁，满怀醋意地将尤二从车边拉开了，她向尤二承认错误，说不该强迫他替自己买那么昂贵的貂皮大衣。尤二没有吭声，任由她拖着向前走了。两个人又走了七八十步，曹小纯指着右边的一间店说："这家店便宜，打完折也就三四千，你带我进去看看吧！"

尤二再次挣脱曹小纯的胳膊，冷冷地"哼"了一声。尤二认为自己并不是个抠门的人，对一个怀着自己骨肉的漂亮女人，他绝不至于在兜里揣着五万的时候连三四千块都舍不得花。尤二搞不懂的是曹小纯为什么从来不花她自己的薪水，就连吃一碗五块钱的麻辣烫都要等男人买单。他不知道曹小纯的钱都买了些什么，也不理解她为什么会觉得女人花男人的钱是天经地义的，更想不通这样的一个女人怎么会在料理家务、洗衣做饭时大谈"男女平等"四个字。尤二喜欢曹小纯年轻的肉体，但仅此而已。

尤二又一次想起了牛红梅，他想起了两人结婚后的第一个春节。那一年，尤二用自己在赌桌上奋战三晚的收入，为牛红梅买了一件七百块钱的羽绒服。牛红梅穿上羽绒服时，美丽的凤目如黑宝石般闪闪发光，她问尤二这衣服花了多少钱，尤二随口扯了个谎，说三千。牛红梅发光的眼睛一下子湿润了，她低下头，埋怨尤二买得太贵了。她说自己打工存的钱不够三千，买不起同样档次的衣服送给尤二，她将羽绒服从身上脱下来，不舍却坚决地说："把衣服退了吧！"

当这段记忆在尤二灵魂深处闪现时，当日的最后一班列车正缓缓离开千里之外的小石镇车站。牛红梅没有等到尤二，她并未感到失望，这或许因为她从未抱过希望。

等待就像一座堤坝，将时间的河流阻慢了许多。因此，堤坝一旦崩塌，时间便如洪水般汹涌。最后一班列车离开后，天一眨眼便黑了，风忽然起来了。牛红梅伸出冰凉的右手，将蹲在地上的尤刚轻轻拉到身边，面无表情地走向空空荡荡的候车大厅。迎面的寒风带着低沉的呜咽吹到脸上身上，牛红梅翻了翻被风吹皱的衣领，她忽然忆起，身上的这件羽绒服似乎正是结婚那年尤二买给她的。

尤刚的心情变得不那么幸福了，他从妈妈手心的温度知道，这个春节爸爸应该不会回来了。不知是不是除夕的缘故，尤刚忽然怀念起爸爸在家时的气息与声音了——包括那些曾经吵得他无法入眠的麻将声、那些跟五讲四美完全背道而驰的吆喝声、那些呛鼻辣眼的烟味与脚臭。尤刚问妈妈："爸爸在外面忙什么呢？"

牛红梅眼角发涩，她编了一个故事，说他的爸爸正在南方的一座大城市帮别人盖楼房，这楼房总共有两百层，住在楼顶的人只要一伸手，就能从窗外掰下一朵云彩，她说云朵抓在手上的感觉就像棉花糖一样，放到嘴里还有一丝甜味。尤刚的郁闷一下子烟消云散了，他问妈妈，爸爸回来的那天会不会带一朵棉花糖味道的云朵给自己，牛红梅认真地点了点头，说如果尤二敢不带的话，那母子俩就把这个不称职的爸爸给赶出去。

"不!"尤刚忽然插话，他拽了拽牛红梅的衣角，气愤地说，"就算爸爸空手回来，也不要把爸爸赶出去!"

牛红梅鼻子一酸，原本有点虚浮的脚步几乎撑不住孱弱的身体，在月台上站了三个小时后，她觉得腰眼里似乎多出了两百根尖锐的银针，稍微动一动就会感到钻心的疼痛。她想叫一辆计程车，但口袋里薄薄的钞票打消了这份痴心妄想。牛红梅一共走了三千七百二十一步，她之所以记得这么清楚是因为每走一步都好像死了一回。到家后的牛红梅瘫坐在客厅柔软的沙发上，全身从里到外都被冷汗浸得湿透。尤刚注意到妈妈无比惨白的脸色，关切地问:"妈妈，你怎么了?"

牛红梅摆摆手，说自己有些疲惫，歇一歇就不碍事了。为了让尤刚放心，她撑着沙发的扶手站直了身子，拖着脚步从客厅走进房间，从床头柜底下翻出一辆没拆封的玩具汽车，她将汽车递到儿子手上，告诉他这是特意准备的新年礼物。尤刚接过汽车，欢悦得一蹦半尺高。牛红梅冲尤刚笑了笑，本想躺到沙发上再休息一会儿，但看见夕阳下升起的几道炊烟，她轻叹一声，朝着灶台的方向挪了过去。

牛红梅与尤刚的年夜饭是六菜一汤，这跟远在 X 市的尤二的年夜饭正好不谋而合，唯一的区别在于菜肴的种类跟价格。当牛红梅将桌上唯一的荤菜——两个乒乓球大小的肉圆依次夹进尤刚的饭碗时，尤二正把一块虎皮海参嚼得吱吱作响；当尤刚兴高采烈地拉开面前那罐可乐时，尤二抓起桌上的半杯小拉菲一饮而尽；牛红梅满眼怜爱地爱抚尤刚粉嫩的脸颊，尤二满脸醉态地爱抚曹小纯柔软的胸膛。这两顿相隔千里的年夜饭终于在午夜十二点迎来了第一次同步共鸣，尤二、曹小纯、牛红梅几乎在同一时间抬起头，望向窗外绽放的美丽烟花。

尤刚睡熟了，脸上挂着甜蜜安详的微笑。

第三十五节　辞旧迎新

　　过完新年的尤二迎来了人生一个又一个的巅峰，在他光辉正确的领导下，赌场的生意在大年初五那天迎来了历史新高，接着又在正月十五那天打破了刚诞生十天的纪录。屡创奇迹的尤二春风得意，出入赌场时都有荷官庄家前呼后拥。当这些人满脸阿谀地喊他"尤经理"时，尤二偶尔也会忘了提醒他们在前面加上"副"字。尤二觊觎着赌场总经理那间三十个平方米、墙上挂着一只振翅欲飞的老鹰根雕的豪华办公室，觉得那个坐北朝南的檀木座椅早晚有一天会是自己的。

　　这一天很快就到了，比尤二想象中还要来得早一些。

　　夏天成在正月十八那天踏进了赌场，将尤二单独叫进办公室，开门见山地说："你的成绩很出色，我准备提拔你做总经理！"

　　尤二嘴巴张得能塞下三个鸡蛋，紧接着，尤二说了一大堆言不由衷、虚情假意的推辞话语。他嘴上说"受之有愧"，心里想"却之不恭"；嘴上说"何德何能"，心里想"唯有德者居之"。尤二反复强调赌场的王总经理劳苦功高，内心里觉得他老朽无用。夏天成一眼便看穿了尤二肚子里的小九九，也不点破，只是微笑着说："王总经理我会有更好的安排，至于你，下星期就上任吧。"

尤二一张嘴几乎咧到耳根的位置，他考虑要不要学清宫剧中那些身穿蟒服头戴花翎的大臣那样，跪伏在地，高喊两句"谢主隆恩"！但转念一想，这样又似乎缺了一些气节与尊严，尤二认定自己是靠天赋与勤奋才混到今天的位置的，于是他没有跪，而是学《三国演义》中桃园结义的关张二人那样，对夏天成一拱手，说出了诸葛孔明的台词："承蒙老板赏识，尤二一定鞠躬尽瘁死而后已！"

尤二的效忠誓词让夏天成十分满意，他甩给尤二一根烟，像刘备三顾茅庐那般跟尤二探讨起 X 市大势，尤二对答如流，谈笑间大有将这片不足六百个平方米、刚刚焕发出一点生机的赌场打造成世界顶级博彩公司的架势。当聊起赌场的历史时，夏天成饱含深情地跟尤二回顾了自己从一个流落街头的落拓毕业生，依靠黄赌起家，谱写出人生壮丽篇章的往事。这是尤二第一次从夏天成的口中了解他的传奇人生，他听得如痴如醉，时不时插上几句恰到好处的提问。夏天成说了整整一个小时，从这间赌场开业一直说到五个月前慧眼识尤二的一幕。忽然，夏天成慷慨激昂的语气变得沉重了，他长叹一声，整个人似乎一下子老了十岁。夏天成说："如果我儿子还在的话，应该跟你差不多大了！"

尤二神色一滞，事先准备的八套溢美之词全都哽在喉咙里，他不敢搭话，也无从搭话。夏天成接着说："我儿子一家七年前出了车祸，走了！"

尤二脑筋飞转，他想不通夏天成为什么忽然对自己说这些，他虽然自恋，但也不认为夏天成会将认识不足半年、只见过三次的自己列为他十几家公司的接班人。然而夏天成说这话时分明在盯着尤二，沧桑的眼神中充满期盼与希冀，就像是电视剧中的刘玄德在白帝城的病榻上看着诸葛亮。尤二感动不已，又不敢将这感动说出口，舌头在嘴里打了三个卷，终于蹦出一句石破天惊的话语："夏总老当益壮，再生几个儿子就是了！"

夏天成仰起头，眼角处的皱纹又加深了两分，他说："要是能生，我早就生啦！"

尤二哑口无言，他把嘴巴闭得紧紧的，就连鼻腔里的呼吸声都减弱了。夏天成摆摆手，示意尤二无须紧张。夏天成饶有兴趣地向尤二打听起了他家人的近况，这一来尤二的头垂得更低了，他说自从出门之后就再没跟家里联系过，他解释说这样是希望衣锦还乡的那天能给他们一个惊喜。夏天成听完尤二的解释，脸上看不出任何表情，他问："你老婆叫牛红梅，你儿子叫尤刚，是吧？"

尤二立刻点头，夏天成疲惫的眼睛里掠过一丝精光，接着问："你儿子因为在他妈肚子里时做过基因手术，最后血型是AB型，跟你对不上，对吧？"

"没错！"尤二记得，类似的问题自己两个月前就回答过一次，当时夏天成问的是牛红梅去省医院做基因矫正的日期。尤二死活都想不通，老板为什么会这般关心自己远在千里之外的妻子跟儿子。他越想不明白就越想弄明白，越想弄明白就越弄不明白。夏天成看出了尤二的纠结，他咳嗽了一声，接口道："你莫担心，我就想劝你，对老婆孩子好一点，等过几个月，赌场生意清闲了，我给你批个假，你回去看看！这人老了，都希望别人家能团团圆圆的呢！"

尤二悬着的心落回了肚子里，他感恩戴德地对老板道谢，心里盘算起按照目前的挣钱速度，几个月后能买一辆什么样的车开回去，尤二的第一反应依旧是二手帕萨特，但他很快意识到自己"副总经理"前面的"副"字刚被拿掉了，二手帕萨特立马升级成了二手宝马。尤二道谢时头始终低着，以至于没注意到夏天成从桌肚里拿出钢笔，在一张名片的空白处写下几个汉字和字母。等尤二抬起头时，夏天成已恢复了往日的镇定与威严，他对尤二说："好好干吧！"

尤二连忙立正，挺胸收腹喊出一个"是"字，然后屁颠屁颠地跑回赌场忙活了。他巡视到一半的时候忽然想起了什么，于是急吼吼地跑回自己的办公间，从抽屉里翻出一张创口贴，用它将胸牌上"副总经理"的"副"字给遮住了。又过了两个小时，整个赌场的三十七个工作人员，包括两个清洗厕所的大妈，都听说了尤二荣升总经理的大好消息。

尤二并不知道，也正是在这一天，尤村超过一半的男性听说了他老婆出卖身体的大好消息。

这喜讯是从牛红梅第一个恩客——尤德赖口中透露出去的。这一晚他喝了八两白酒跟三瓶啤酒，接着在赌桌上连输了十七八把，将口袋里的最后一个钢镚儿都输了出去。尤德赖钱输光了，又不愿意下桌，于是就问一旁的赌客借钱。桌上人都知道尤德赖平日里的品行，纷纷摇头拒绝，尤德赖一拍桌子，吆喝道："谁借我一百，我就告诉他一个惊天大秘密！"

赌徒们还是摇头，他们觉得尤德赖这张狗嘴里能说出的秘密，最多是村头的李寡妇跟哪个后生滚过玉米地，要不然就是村主任的儿媳妇曾在哪家夜总会做过小姐，赌客说这些陈芝麻烂谷子的八卦消息连十块都不值。尤德赖觉得受了侮辱，他一拍桌子，瞪着血红的眼睛说："你们想不想睡牛红梅？"

这些赌徒一听"牛红梅"三个字,脸上的不屑瞬间变成了惊讶与质疑,其中最年轻的一个后生一把将牌摔在桌上,不屑地说:"扯犊子呢,骗我们借你钱?"

"我要是骗你,你们把我店搬空了都成。"

这一来几个人同时坐不住了,尤德赖虽然平日满嘴谎言屡次赖账,但从来不敢说出像今天这样很容易被兑现的誓言,这一来七八个人眼睛同时放光,他们将七八张百元大钞在尤德赖面前挥得哗哗响,争先恐后地说:"想睡,有啥法子?"

尤德赖一看这番架势,反倒不着急了,他眯上眼,指甲在下巴的胡楂上刮了两下,摆出左右为难的样子。赌徒们一看尤德赖这副德行,反倒更加认定他肚子里有货,纷纷表示愿意加钱。尤德赖喝了口水,慢条斯理地说:"你们这么热情,我单独跟哪个说都不好啊!"

赌徒们对视了几眼,并在短短十秒钟内达成了默契。他们表示只要尤德赖说出靠谱的法子,之后大家就各凭本事各显神通,随便有哪个人用尤德赖说的法子睡到了牛红梅,这七百块钱就算是大家众筹给尤德赖的信息费。为了表示诚意,这些赌徒还集体对着关老爷的画像发誓,说无论是谁,一旦事成,第二天就一定昭告在场的所有人,谁若是隐瞒不说,就让他跟尤二一样生儿子没屁眼。尤德赖将七百块钱捏在手里,像扇子一样扇了两下,说:"法子很简单,你们只要半夜没人的时候,偷偷去敲牛红梅家铁门,然后隔着门给她两百块钱,她就陪你们睡觉了!"

赌徒们发出惊讶的哇呜声,他们面面相觑,表现出既兴奋又失望的神情,两个年轻后生比较失望,他们不肯相信自己的梦中情人居然会为了两百块人民币出卖她圣洁美丽的身体。尤德赖冷冷地回了一句"幼稚",他告诉这两个捶胸顿足的后生，牛红梅如果再守身如玉的话，她七岁的儿子尤刚就要没饭吃没衣穿没学上，说到这儿，尤德赖悲天悯人地叹息了一声："谁都不容易啊！"

后生仔立刻不说话了，村里有名的老光棍——尤光棍一把抓起桌上的赌资，火急火燎地朝门外跑去。

"尤光棍，你跑什么？"有人问他。

"我去找牛红梅睡觉！"尤光棍说。

"傻子，这个点周围邻居都还没熄灯，牛红梅的宝贝儿子也没睡觉，你去了也白去！"尤德赖将老光棍重新叫回来，说再玩个七八把再走也不迟。一干赌徒心猿意马地开始了新一轮的赌博，他们下注时吆喝的话语不再是"一百""两百"，而是"半次"或"一次"。尤德赖在接下来的赌局里大杀四方，短短一个小时里就赢了"三次半"。

当晚的最后一把牌更是别开生面，大家抛弃了金钱这种无比庸俗的赌注，决定用简单的比大小决定今晚去找牛红梅的顺序。尤光棍如愿以偿地先拔头筹，当看见手心那张红艳艳的方片 A 时，他全身的血液都涌向同一个地方。尤光棍哇哇怪叫："我先走一步啦！"

尤德赖又一次将尤光棍叫住了，他说："慌啥子，有些事还没交代呢！"

在一票人喷火的目光中，尤德赖言简意赅地交代了花钱找牛红梅睡觉的注意事项，他说首先敲门时声音要轻，说话得客客气气，要让牛红梅感觉到尊重与关怀；其次要注意防寒保暖，搞完后及时穿好衣服，不要学他当年那样快活五分钟发烧一礼拜；最后，尤德赖郑重其事地说："记得带一盒安全套，牛红梅不是专门做这个的，家里没准备这些！"

尤光棍顿时抓耳挠腮，裤裆里的帐篷快要撑破了，他问都这个点了去哪儿找安全套这样玩意儿，尤德赖脸上顿时堆出灿烂的笑容，他说："我的杂货店就有卖啊！"

尤光棍以百米冲刺的速度，连拉带拽地拖着尤德赖跑出一里多路，又求爷爷拜奶奶地催促尤德赖赶紧打开店门。尤德赖倒是不紧不慢，刚拆下一块门板，就蹲在地上抽烟了，尤光棍急得就像蒸笼里的螃蟹，恨不得削尖了脑袋钻进不到半尺宽的缝隙里，他横着身子钻，肩膀被卡住了，侧着身子钻，屁股又被卡住了，他尽力把屁股缩紧，但高高翘起的家伙"咚"的一声撞在门板上。尤光棍哀叫了一声，对尤德赖说："哥哥，快开门啊，等啥呢？"

"没啥，跑累了，歇歇呗！"

"哥哥，你这安全套咋卖，我多给你些钱得了，你快些开门！"

两个男人在尤德赖的杂货店门口讨价还价了半分钟，最后以二十块钱的价格成交，尤得赖将刚吸到一半的烟放在地上，继续拆起了门板，这一趟他的动作麻利多了，只花了十秒不到就拆下了三块门板。尤德赖猫着腰钻进柜台，摸索了两下，将一盒火柴盒大小的国产安全套扔到柜台上，站起身说："好了，快去吧！"

尤光棍一把抢过安全套，像兔子一样蹿了出去，他借着朦胧的月光看清了安全套外面的标价，牙缝里挤出两句怒骂："尤德赖你个短命鬼，三块钱的安全套卖我二十！"

凛冽的寒风将尤光棍的骂声传回尤德赖的耳朵里，尤德赖不以为忤，却引以为戒，他从柜台下面又取出了四五盒安全套，撕掉上面的标价，然后锁好店门，脚步欢快地朝刚才赌博的人家跑了过去。他知道那里还有四五个饥渴的男人在等着自己手上的计生用品。

第三十六节　讨生活

尤光棍左手捏着安全套，右手抓钱，像一道鬼影般蹿到牛红梅家门外。还没伸出手敲门，铁门却"咚"地响了一声，尤光棍低头看了看，露出得意的微笑。

牛红梅刚哄尤刚睡着，听到门外的声响，以为是尤德赖又过来光顾了。她咬了咬干裂的嘴唇，有心不理，但想到尤刚学杂费的数字与口袋里所剩无几的钞票，不得不强忍屈辱下了床。她惊讶地发现，站在门外的男人竟不是尤德赖，而是往日向来没有交集的尤光棍。

"你来做什么？"牛红梅身子往后缩了缩。

尤光棍将钱跟安全套同时亮到牛红梅眼前，开门见山地说："两百，厨房，一次！"

牛红梅两眼一黑，知道这个秘密已经传出去了，她问尤光棍："尤德赖告诉你的？还有谁知道？"

"不是他还能有谁？不过你放心，我保证不跟别人讲！"

"我问还有谁知道？"牛红梅没有丝毫开门的意思。

尤光棍心急如焚，却又不得不回答牛红梅的问题，只好结结巴巴地将牌桌上另外几个人的名字一一报了出来，当报到第三个的时候，牛红梅轻轻叹息了一声，她知道最多再过三天，整个村子的人都会知道自己出卖身体的事了。铁门发出"哐当"一声，打开一道半尺多宽的缝隙，尤光棍立刻挤了进去……

牛红梅在这个刻骨铭心的夜晚挣到了足够过到清明节的生活费，下一夜则挣全了尤刚的学杂费与书本费。一个星期后，整个村子里的男人都知道她陪人睡觉的价码与服务。这些男人有不少是妻管严，没有勇气也没有机会在午夜敲响牛红梅家铁门，这部分吃不到葡萄的男人咒骂牛红梅是婊子、是贱货，那些吃过葡萄或有机会吃葡萄的男人则跟这些人争得面红耳赤，坚称自己在嫖娼的同时献出了难能可贵的爱心。这些天最活跃、最兴奋的人自然是崔瞎子了。每天清早，他都将客厅正中的藤椅搬到门外的村道边，每当有人经过，他都用干枯的手指着牛红梅的家门，发出夜枭般嘶哑的叫声："我七年前就说过，尤刚克父克母，如今他爸离家出走死活未知，他妈丧尽廉耻出卖肉体，我的话全都应验了吧！"

愚夫昧妇们纷纷点头称是，这一来崔瞎子的声望达到了顶峰。一些久病难愈的、穷困潦倒的、求子不得的人更是将崔瞎子奉若神明。崔瞎子这段日子心情好，经常不收钱就义务为他人指点迷津，这消息传出去后，整个小石镇的善男信女都闻风而来，人们不再叫他崔瞎子，而是尊称他为崔菩萨、崔活佛。菩萨的信徒们指着尤刚上学放学的背影窃窃私语，说他是杂种、野种、扫把星、丧门星。当尤刚走过身边时，村民们像躲避麻风病人那般逃得远远的。尤刚自然觉察到了这些变化，他也猜到这一切的根源是那个曾被他砸得脑袋开花的瞎子，幼小的心灵被仇恨填满了，他很想找一块更大的石头砸到崔瞎子那凹下去一块的脑勺上，但想到妈妈很久没能直起来的腰肢，尤刚放弃了。

整日在家的牛红梅也听说了这些风言风语，她对此置若罔闻。其实，自从她放尤德赖进门的那一刻起，她就将自己的底线降到了裤腰带以下的高度，她觉得只要能让尤刚吃饱饭、上好学，就算让她跟一头驴睡觉也无所谓。她觉得那些肮脏、酸臭的男人有时候还不如一头驴。

村人的非议带给牛红梅唯一的变化是，她不再像从前那样翘首以盼地希望尤二回家了，又或许她依旧期盼尤二回家，但她更害怕尤二回家。她知道尤二只要没聋没瞎，回来后铁定会听说这事，毕竟，就连那些足不出户的、老年痴呆的、孤僻鳏寡的人都知道牛红梅陪人睡觉两百一次，她不敢想象尤二听说这个消息时会是什么样的反应。当初尤二整日发飙，最后离家出走，原因不过是尤刚身上有着稀薄的、少量的他人血脉，如今牛红梅真成了百人睡千人骑的婊子，谁知道脾气暴躁的尤二又会做出些什么。

牛红梅提心吊胆地活了大半个月，等到村头桃花盛开的时候，她藏在衣柜底层的钱已经将半尺高的糖果盒塞得满满当当。在这十七个夜晚里，总计收入两万一千六百元，扣除其中的五百块假币，净利润两万一千一百元。这笔钱已足够母子俩以三菜一汤的标准生活到来年开春了。其中有一个插曲是，在这段日子里，尤德赖又来找过她两趟，不过不是来找她睡觉的，而是找她要钱的，尤德赖说："这段日子我免费帮你打了这么多广告，帮你拉来这么多生意，你给我点提成，也是天经地义啊！"

牛红梅冷冷吐出一个"滚"字，尤德赖并不甘心，而是接着邀功："你想想看，如果我不帮你宣传，你现在哪能挣到这么多钱？你要是挣不到钱，尤刚怎么能有肉吃？我就是你们的衣食父母哩！你要是实在不想给钱，以后免费跟我睡觉也行!"

这次牛红梅给出的回复很简单,一个无比响亮的耳光。

尤德赖捂着火辣辣的脸颊在门口站了半天,他恼羞成怒,恶狠狠地威胁牛红梅说:"如果你这么小气的话,别怪我把你的事告诉你儿子!我会跟尤刚说,你妈妈是靠陪别的男人睡觉,才给你买肉、供你上学的,你觉得他会怎么想?"

牛红梅气得几乎咬碎了银牙,她揪过尤德赖油腻的衣领,来来回回又甩了他七八个耳光,最后狠狠地骂了一声,转身从屋里拿出十张百元大钞丢在地上:"你之前总共给过我八百,我不要啦!我再倒贴你两百!你要是敢将这事跟我儿子说,我就算做鬼都不会放过你的!"

尤德赖如饿狗扑屎一样捡起钞票,心里就像吃了二斤蜜糖一样开心。他不敢相信,自己没花钱就睡了村里最漂亮的女人,而且不仅没花钱,反倒挣了二百,等同于牛红梅花二百睡了自己,这要是传出去简直是光宗耀祖的事情了。尤德赖带着满脸的疼痛跟满心的自豪离开了。

牛红梅朝他的背影吐了一口唾沫,重重地关上房门。她觉得自己不能这样下去了,如果再做下去,尤刚早晚会知道自己都做了些什么。她借着来月经的名义宣布关门打烊,对那些摸黑登门的男人说来年再说。这个消息很快就传了出去,不少还没来得及光顾或是光顾了还想做回头客的男人捶胸顿足,有些人在牛红梅的家门口软磨硬泡,甚至直接甩出双倍、三倍的价格请她破例,牛红梅毫不犹豫地拒绝了,她决定将之前脱掉的衣服与尊严重新穿起来。

平静的生活大约持续了两个礼拜,牛红梅感觉自己胴体中的污秽散去了大半,晚上睡觉的时候,她不再蜷缩在床角,而是重新将尤刚紧紧地抱在怀里,用下巴摩挲他的额头了。尤刚上学放学时，耳边的闲言碎语也变少了，多数人依旧躲着他，但已经懒得议论他了，毕竟该说的闲话已经说完，能泼的脏水也已经泼完了。更美妙的是，这段日子里，尤刚跟同桌周小丽，也就是周诚女儿的关系也进一步升温了，每当有同学骂尤刚杂种、灾星时，周小丽都会毫不客气地骂回去，她天生一副伶牙俐齿，两片薄薄的小嘴唇说起话来就像机关枪一样。周小丽骂人的方法文明且刻薄——带头欺负尤刚的张小深因为嘴角有些歪斜，被她起了个外号叫"三体人"，不明就里的张小深觉得"三体人"的外号既神秘又拉风，据说还和某部著名科幻小说的外星人同名，于是欣然接受。等这个外号叫开后，周小丽在下课时掏出手机，将七八张三体综合征（又名唐氏综合征）患儿的照片展示给全班同学看，她说张小深的歪嘴就是三体综合征的症状，孩子们立刻哄堂大笑。张小深急得捶胸跺脚，他辩解说自己的嘴角是小时候冷风吹多了才歪的，但众口铄金已成定局，周小丽说："你再喊一次尤刚的外号，我就喊你十次外号！"

被周小丽捉弄得更惨的是三年级三班的尤见财，身为尤德赖的独子，尤见财子承父业，常年战斗在欺负尤刚的第一线。周小丽将尤见财视作眼中钉肉中刺，也想给他起个外号，然而这个浑小子五官端正四肢健全，两只眼睛的视力都是一点五，周小丽苦思冥想了三个晚上才找到了突破口：因为娇生惯养，尤见财一到春天就容易感冒。周小丽就跟尤见财说，他免疫功能这么低下，八成是患了一种"获得性免疫功能缺乏综合征"，尤见财觉得这个病的名字不但高大上，还带有几分西施捧心黛玉呕血的文艺范儿，于是将这个拗口的名字背了十七八遍。第二天，尤见财就让老爹带自己上医院去治"获得性免疫功能缺乏综合征"，接诊的儿科大夫听清尤见财口中的病名时，手上的钢笔"啪"的一下掉在了地上。

"这……这孩子是怎么传上的？"大夫说话的声音都在发抖，"母婴传播还是血液传播？"

"母婴？血液？"尤德赖虽然听不太明白，但是看见大夫一脸紧张，也慌了神，他问医生说，"孩子他妈也有病？"

"不然还能怎么得的？"

"这……这病不要紧吧？"

"你们不要太紧张，如今这病已经不是绝症了，只要按时服药，完全可以在相当长的时间里将体内的病毒控制在一定数量范围。还有，这病你得去市医院挂传染科……"被吓得蒙掉的儿科大夫这时有点回过神了，他将手上的病历仔细翻了几遍，并没有找出"应该存在"的HIV病毒检验单，他问尤德赖，"检查报告呢？"

"啥报告？"

"验血报告啊！"医生看了一眼病房外的队伍，没有把话给说周全了。

"要啥验血报告？"尤德赖抓了抓后脑，他说，"我孩子老感冒，他们学校有个小丫头片子说他抵抗力低，很可能是得了啥综合征，就是我儿子刚才说的那个病。对了，那丫头片子就是你们这儿周医生的儿子，她爹是复旦博士，这龙生龙凤生凤，这小丫头片子居然也会瞧病。她这么说，我就带上伢子过来瞧瞧了！"

医生一口茶叶水喷在桌上的病历上，他不敢说"获得性免疫功能缺乏综合征"其实是"艾滋病"的学名，他知道要真说漏了嘴，很可能给自己的顶头上司、外科主任周诚带来难以解决的麻烦。他抓出一把干棉球，将病历上的茶水擦了擦，结结巴巴地敷衍道："孩子们闹着玩儿，你儿子就是免疫力低了点，没她说的那病！"

尤德赖不乐意了，他将病历从桌上抢了回来，在空中甩得哗啦作响，他说："我交了十块钱挂号费，你跟我说是闹着玩？"

医生尴尬地笑了笑，脸上的表情就像是刚吃下去一块发霉的饼干，他让尤德赖稍等，接着走进一旁的更衣室，从外衣口袋里掏出十块钱，说既然没病那诊疗费全数退还。尤德赖接钱的时候眼珠一转，随后露出为难的神色，他说自己为了带孩子上医院，不得不关门打烊耽搁了半天生意，造成的直接经济损失至少一百二十块。这一回医生不理他了，尤德赖立刻喊冤道："你们医生的孩子误诊，就不要负责吗？"

儿科医生哭笑不得，他甩下五十块，对尤德赖说爱要不要，不要就去打官司。尤德赖心知方才的要求不过是泼皮耍赖，眼看医生态度硬了，自己也服软了，他接过五十块赔款，撂下一句"老子不跟你们计较"便屁颠颠地出门了。尤德赖将儿子送到学校，接着一路小跑到杂货店接替老婆徐玉凤看店，他得意洋洋地对徐玉凤炫耀："医生说伢子没病！俺又逼问了两句，那医生乖乖地把挂号费退给我了！还给了我五十呢！"

对无耻者来说，用廉耻换来钞票无疑是件值得骄傲的事情。这就相当于用一种本不存在的物件换回实实在在的利益，可以叫空手套白狼，也可以简称为无中生有。

第三十七节　病

尤德赖的得意心情只维持了不到二十分钟，他听着京剧，躺在柜台后的摇椅上闭目养神，忽然，他觉得裤裆里似乎被虫子咬了一下，痒痒酥酥的，还带了一些不太明显的疼痛，这已经是最近两天第三次出现这样的情况了。尤德赖不免有些发慌，他想起最近一次去洗头房消费似乎没有戴套，完事后还闻到了一股腥臭的海鲜味。他夹紧裤裆钻进茅房，弯下腰，将那话儿拿到眼面前瞧了又瞧，确定自己中招了。

尤德赖不敢去镇医院，那儿的泌尿科主任跟徐玉凤是远房表亲；他也找不出理由去市医院省医院，只好像没头苍蝇一样在小石镇街头乱转，最后在一根电线杆上找到了自己想要的广告。在一条七弯八绕的小巷深处，尤德赖见到了满头银发、号称温病学派第十一代传人的马神医。马神医给尤德赖开了三剂中药，主药分别是虎骨、鹿茸、熊胆，马神医说这药不仅能治好他的花柳病，还能固本扶阳，保证他金枪不倒夜夜笙歌。神医对尤德赖承诺："七天保证能好，如果没效果，你把我这副老骨头给拆了！"马神医说话时下巴的银须随着温暖的春风飘拂起来，完全是一副神仙的模样。

不幸的是，由于马神医年老眼花，在调制这三味中药时看岔了两个字，错把阿司匹林当作阿莫西林掺在了里面，导致没能消炎却止了疼痛。等发觉不对劲的时候，尤德赖的那话儿已经肿得跟泡了三天的老黄瓜一样了。尤德赖睡觉时套了三件内裤，撒了二两痱子粉，依然没能阻止媳妇儿闻到他身上的臭味。尤德赖的老婆徐玉凤一脱下尤德赖的裤子，发出杀猪般的号叫："尤德赖，你这个天杀的畜生，去哪儿玩带了一身病回来？"

尤德赖早就预料到这一刻的到来了，事到如今，他不得不说出了早已编造好的理由，尤德赖说自己的花柳病是牛红梅传染给自己的，他说自己这段时间睡了牛红梅四次，然后就染上了花柳病。尤德赖污蔑牛红梅的一部分原因是出于报复，牛红梅的那些耳光扇得他晕了三天，就连走路时都觉得眼前有金星乱冒，这样的奇耻大辱自然让心胸狭窄的尤德赖怀恨在心。不过这不过是次要原因，主要原因是尤德赖不敢供出真正染上花柳病的红粉洗头房，身为那边的常客贵客，红粉洗头房的六名小姐有五个曾经跟尤德赖睡过，万一徐玉凤去对质，很可能将他这半年内去嫖过十二三次的恶行全扒出来，这一来只怕他的屁股会被打成蜂窝煤。这倒不是嫖一个跟嫖五个的分别，而是挣了两百块钱跟花了两千块钱的分别。尤德赖心知肚明，在徐玉凤眼里，自家男人玩女人是小事，花钱玩女人是大事，花几千块钱玩女人是十恶不赦的事。

尤德赖清楚地记得，自己三年前跟一个站街女偷情，被闻讯而来的徐玉凤捉奸在床，回家后被她用擀面杖在屁股上狠狠打了十三下，前面三下是惩治他在外面胡搞乱搞，后十下则是惩罚他给站街女的一百块嫖资；尤德赖还记得，两年前他偷偷进城做了一次"指压"，结账时为了刮奖而要了一张发票，结果洗衣服时被徐玉凤翻出来了，那一晚他被打了三十三下，前三下因为乱搞，后三十下因为花了三百块钱。尤德赖思前想后，决定还是把黑锅丢给牛红梅比较合适，毕竟他睡牛红梅不仅没花钱，到头来反倒挣了二百，尤德赖认为自己是功过相抵，甚至功大于过了！

"我……我交代！这花柳病是牛红梅传给我的！"尤德赖话音未落，脑门上已挨了重重的一下，"笃"，擀面杖敲在脑瓢上的声音就跟老和尚敲木鱼一般清脆悦耳，徐玉凤双手叉腰，怒骂道："你睡了牛红梅几次？"

"四次！"尤德赖实话实说。

"笃笃笃"……擀面杖如雨点般落到尤德赖的头上身上，徐玉凤上蹿下跳，活像一只被抢走香蕉的大马猴，她一边打一边骂："我让你嫖，让你搞，老娘早就听说了，搞牛红梅那破鞋一次要两百，你整天喊口袋里没钱，老娘买一瓶六十的雪花膏你都嫌贵！居然背着我花八百块钱去跟那个贱人睡觉！"

尤德赖老老实实挨了前三下，然后左右躲闪，后面的三五十下只有不到十分之一落到他的身上，尤德赖大叫道："我没花钱，没花钱！"

"没花钱？"徐玉凤手上的擀面杖在半空停住了，脸上的肥肉一阵颤抖，她叫道，"那婊子看上你了？不问你要钱？"

尤德赖慌忙闪到一旁，他用最快的速度，言简意赅地将自己前后几次找牛红梅的经过陈述了一遍，他说这几段故事时将其中美妙的部分给略去了，着重强调自己每次冻得瑟瑟发抖以及最后为了找牛红梅索要一千块广告费，硬挨了十几下耳光的情节。说到这儿，尤德赖声泪俱下，他声嘶力竭地说："我跟她睡觉不是嫖她，是投资，投资！为了给家里挣点钱，我容易吗？"

徐玉凤听完后感动了大约十秒，满腔怒火一下子从自家男人转嫁到牛红梅身上，她大嚷道："这病既然是牛红梅传给你的，那你就该让她出钱给你瞧病！"

尤德赖听完恍惚了片刻，不得不硬着头皮表示赞同。徐玉凤随即冲出屋门，将尤德赖被牛红梅乱搞传上了花柳病的丑闻告诉了自家的三个兄弟跟两个姐姐，五人中的四人当即同仇敌忾，抄起手边的锅铲、镰刀、鸡毛掸子，高喊着"赔钱"的口号，跟在徐玉凤身后朝牛红梅的家里奔去。唯一不吱声的是徐玉凤的二哥徐玉海，他没有附和因为他自己也是牛红梅的顾客之一。

包括尤德赖夫妻在内的三男三女挥舞着生锈的农具厨具，气势汹汹地冲进牛红梅家院门。这时牛红梅正在房间里织一件米黄色的毛衣，尤刚则追着满地打滚的小白在院子里乱跑。徐玉凤恶声恶气地问尤刚："你妈妈呢？"

尤刚不知所措地看着这几位不速之客，怯生生地指了指房间，没等这些人进门，牛红梅已经披头散发地冲了出来，手上抓着一把织毛衣用的木针，她将尤刚护在身后，用木针的尖头对准尤德赖一伙，毫不退让地问："你们来做什么？"

尤德赖望见牛红梅一副鱼死网破的样子，心头先怯了两分，额头的冷汗顺着鼻梁直往下流，脚下下意识地退了半步，然而徐玉凤却不依不饶，脚下的高跟鞋发出"噔噔"两声，她逼到牛红梅的近前，指尖几乎戳到鼻尖，她说："我男人跟你睡觉被传上了花柳病，你说吧，准备赔多少钱？"

牛红梅一听"花柳病"这三个字，神色一变，紧接着反应过来自己身体似乎并没有什么异样，又过了两三秒，她意识到最严重的问题并非自己有没有得花柳病，而是这么多人都认定自己得了花柳病，以及徐玉凤竟然当着尤刚的面说出自己跟尤德赖睡觉的事。她颤抖着转过脸，将绝望的目光投向一旁的尤刚。尤刚的脸上泛出难以置信的神色，他伸手拉着妈妈的衣角，摇晃了两下，嘴巴里什么声音都没有发出来。

牛红梅脸色灰白，一肚子的辩词一个字都说不出口。徐玉凤以为她是心虚了，三尺二的水桶腰挺得像旗杆一样直，她说："我也不找你多要，你就马马虎虎赔我一万好了！"

牛红梅发出一阵惊天动地的号叫，她用单薄的身体死死堵住房门，眼中的凶光几乎能将这六个人杀死七八十次。若不是尤刚在场，她几乎要脱下裤子，用自己光洁的身体证明自己并没得花柳病。她开口辩解，但徐玉凤并不理睬，徐玉凤用比牛红梅还高两度的嗓门跟她对吵，她的两个姐妹则在不知不觉中站到牛红梅和尤刚中间的位置。与此同时，徐玉凤的大哥徐玉柱偷偷摸到牛红梅的身后，一把夺过她手上的毛线针，将这个可怜的女人用力勒在怀里。

尤刚狂叫了一声，像狮子般冲向母亲，却被中间两个肥胖粗壮的中年女人抱住了，徐玉凤和尤德赖两人扭头钻进牛红梅家房间，翻箱倒柜地开始抄家，得了花柳病的尤德赖没法蹲坐，只好半跪在地上，撅着屁股在床下与抽屉里翻找。他很快就找到了牛红梅藏在衣柜最下层的糖果盒，盖子一开，一大沓花花绿绿的钞票让夫妻俩脸上的皱纹全部舒展开来，宛若两朵盛开的野菊花。

牛红梅听见了屋里的声响，她拼命挣扎，同时对闻风而来的观众高喊："报警！报警！"这一刻旁观者似乎都成了哑巴聋子，他们兴高采烈看着院子里扭成两团的大人孩子，迟迟没人附和。牛红梅全身的骨节几乎挣散了架，牙齿在唇上留下深深的血印。她的喊叫声越来越嘶哑，越来越微弱。终于，她在数十颗攒动的人头后面找到一个无比熟悉的身影，尤济世套了一件满是药斑的棉外套，扣子只扣了一半，气喘吁吁地跑了进来。

"尤村长,别过来!帮我打110!"

尤济世穿着解放鞋的双脚停住了,他迟疑了两秒,便按照牛红梅的吩咐做了。尤德赖的两个舅爷见状焦急万分,想过来制住尤济世,却始终无法穿过密不透风的人墙。这一刻,屋里的尤德赖也捧着装满钞票的糖果盒,志得意满地从屋里走了出来,他的老婆则跟保镖一样护在身边。尤德赖对牛红梅说:"我尤德赖是守信用的,说一万,就一万,绝不多拿你一分!"

尤德赖将右手伸到嘴边,伸出舌头在食指上舔了舔,慢条斯理地数起了钞票,围观的男女老幼一看到几百张花花绿绿的钞票,眼睛都直了,有几个光棍汉下意识地摸了摸自己的裤裆,只恨自己没有尤德赖那么幸运,没能从牛红梅身上传染到花柳病。围观者里一小半光顾过牛红梅,他们知道尤德赖清点的钞票中也有自己的一份,但看到身边的婆娘,只好敢怒不敢言。牛红梅早已哭哑了喉咙,尤刚两根芦柴棒般的胳膊上满是青一块紫一块的淤伤。牛红梅对尤刚说:"别跟他们斗了,警察马上就来了!"

门外传来一阵哇呜哇呜的声响,正在数钱的尤德赖猛然抬起头来,满是红光的脸上仿佛被泼了一层白漆。走进来的两名警察都是熟脸,他们一见到院子里的尤刚与牛红梅,同时露出惊讶的神色,问:"怎么又是你?"

牛红梅默不作声,一旁的尤德赖抓起一把钞票,想趁民警不注意塞进衣服口袋里,这个细微的动作没能躲过围观群众雪亮的眼睛,二三十根手指如指南针一样同时指向尤德赖。尤德赖只好重新将钞票掏了出来,点头哈腰地向民警解释:"这……这个,她欠我钱,我是上门要债来了!"

民警瞅了瞅院子里的七八个男女老幼，一张张嘴巴闭得像针缝一样紧。双方当事人都明白，这桩事原原本本就是丢人现眼、谁都不占理的，自然都不愿意开口，唯独尤德赖的老婆徐玉凤是个法盲兼文盲，她对警察说："我家男人嫖了这个小婊子几趟，到头来染上了花柳病！我是来问她要医药费啦！"

徐玉凤这话一出口，尤德赖一张脸立刻由白转青，牛红梅低垂的脑袋恨不得缩到裤裆里，徐玉凤的几个兄弟姐妹则大摇其头，想不通自家怎么会出这样一个愚笨的女人。徐玉凤瞧见大家的脸色，迟钝的脑袋总算明白过来，然而为时已晚。警察大手一挥，要求所有当事人去派出所接受调查，同时希望知情的现场群众能踊跃举证。大约两个小时后，这件事的始末经过便被一点不漏地挖掘了出来。民警看着耷拉着脑袋的矛盾双方，义正词严地说："尤德赖，牛红梅家里的钱你一分也不能拿！"

尤德赖垂头丧气，他的老婆则从椅子上跳了起来，口里大呼冤枉，民警没有理她，而是将目光投向一旁的牛红梅。牛红梅一听尤德赖无权找她赔钱，黯淡的眼睛里重新闪起一点隐约的光芒，谁知民警又说："牛红梅，经过多方调查，你的这一万九千四百七十元存款全部属于卖淫的非法所得，根据治安管理条例规定，警方要予以没收。"

牛红梅眼中的光芒消失了，美丽的面目瞬间变得无比扭曲，她身体前探，指甲在派出所办公桌上划出一道血痕。她问："这是什么道理？"

民警摇了摇头，说出"法不容情"四个字。在牛红梅流泪之前，派出所所长带着四名值班警察、两个协警和一名驾驶员走到她跟前，他们从口袋里取出钱包，将里面所有的钱都翻了出来。所长将一大堆花花绿绿的人民币递到牛红梅手上，表示这钱代表他们个人的一点心意。牛红梅沉默了很久，最终还是用颤抖的右手推了回去。这是因为她认识其中的一个协警，知道这个五十八岁的男人为了攒儿子的彩礼，每天下班后都要跑顺风车到凌晨两点。她摇摇晃晃地走到一旁的隔离室，搀起满脸倦容的尤刚，母子俩的身影渐渐消失在浓重的暮霭中。民警们用尊敬且怜悯的目光目送这位伟大的母亲离去，隔壁的审讯室里响起尤德赖夜枭般的狂笑。

亲

人

第三十八节　自杀

牛红梅捧着空空如也的糖果盒，步履蹒跚地朝家走去，一路上，她恍惚听见盒子里传出钢镚儿撞击内壁的叮当声。她幻想是不是有哪个年轻的民警法外开恩，将本应收缴的一万九千多块钱重新塞了回去，她无力的双手甚至无法从糖果盒的重量里感觉出答案。她颤抖着将合得紧紧的盖子打开一条小缝，一枚带着锈迹的五毛硬币静静地躺在盒底的阴影中，这条漏网之鱼此前粘在盒顶的边角，随着一路颠簸才滚落到盒底。牛红梅将硬币倒出来，放在手里掂了两下，她知道这就是母子俩目前剩下的全部财产了。

她忽然有些后悔，为什么没有接受警察的捐助，她发现尊严在贫穷面前一文不值。

尤刚每走一段路就会停下来打几个哈欠，他的手凉得像一块冰似的。牛红梅麻木地摸了摸儿子的脑袋，尤刚却倔强地将头偏到一旁。他问妈妈："妈妈，你跟尤德赖睡觉了？"

牛红梅沉重的脚步被两根看不见的钉子钉在了地上，她不知该如何回答儿子的问题，只好用沉默来代替。尤刚拽了拽牛红梅的手，接着说："尤德赖很恶心！"

尤刚说话时翻出大大的眼白，露出一副嫌恶鄙夷的神情。

牛红梅整个呆立在原地，她不知道儿子厌恶的究竟是尤德赖还是自己，但尤刚很快又抱住牛红梅的腰，大声说："妈妈以后不要再跟他睡觉好不好？"

牛红梅"扑通"一声跪倒在地，眼泪扑簌簌地落在尤刚的额头肩头，她抬头平视尤刚，一字一顿说出了"不会"二字，尤刚又说："妈妈以后也不要跟别人睡觉了！"

尤刚说完这话后顿了顿，补充道："除了我跟爸爸以外！"

牛红梅想点头，但这一次她的脖子僵硬得跟石膏一样，完全不听使唤。她知道在找到新的能养活全家的营生前，她无法做这样的承诺。她也可以说谎敷衍尤刚，但谎言临到嘴边被哽住了，她开不了口。牛红梅扶着如针扎般刺痛的腰眼，沉默着直起身子，用沙哑且毫无波动的声音对尤刚说："妈妈如果不跟别人睡觉，那你就没钱上学了！"

"那我就不上学！"

"不只是没钱上学，也没钱吃饭了！"

"那我就不吃饭！"

说"不吃饭"三字时，尤刚的肚子发出"咕"的一声，他舔了舔有些干涸的嘴唇，把刚才的话语重复了一遍："不吃饭就不吃饭。"

牛红梅悲戚地低下头，她俯视尤刚，慢慢地说："不吃饭就活不成了！"

尤刚昂起脑袋，用力说："活不成就不活吧！"

牛红梅浑身一震，灰白的脸色上陡然泛出一丝红晕。她定定地凝望尤刚，两双眼睛眨也不眨地对视了将近半分钟。牛红梅忽然一甩手，将原本捧在胸前的糖果盒甩了出去，半尺见方的铁盒在空中划过一道标准的弧线，发出"乒"的一声，在地上翻滚了三五圈，最终躺在田垄的一丛狗尾巴草下。牛红梅伸

222

手拉起尤刚，迟缓的脚步一下子加快了，她似乎挣脱了一双沉重的枷锁。

牛红梅一到家就开始做饭，她将米缸里所有的大米都倒进了锅里，又将厨房里所有的蔬菜都翻了出来，粗略地挑拣了一下，也一股脑儿扔进锅里，她用力盖上锅盖，从柴火堆里搬出最粗壮的几根柴火填入炉膛，点着了火，温暖的火苗发出清脆的噼啪声，饭菜的香气洋溢在厨房的每一个角落。她对尤刚说："多吃点，吃饱了我们就去死吧！"

听见"死"这个字，本来毫无畏惧的尤刚猛然打了个寒噤，年幼的他忽然意识到，自己并不能像语文课本上的革命烈士一样视死如归，他并不清楚死亡到底意味着什么，只是下意识地认为死亡很黑、很冷。如今，牛红梅的举动又让尤刚认定死亡一定很饿，因为若非如此，妈妈就不该用饭菜填满铁锅。尤刚越想越害怕，却不愿将这种害怕表露在脸上。等牛红梅将热腾腾的米饭端上桌时，尤刚已吓得拿不稳筷子了，他将饭碗端到嘴边，一面用力吹气，一面用手指将吹凉了的饭菜一点一点地拨到嘴里。牛红梅不清楚尤刚为什么要这么吃饭，但这时的她已经没有心情关心这些了。她端起一碗饭走进卧室，从尤刚的书包里翻出一支钢笔，撕下一张作业纸，她用笔在纸上写下一个又一个的名字：尤光棍、尤得飞、尤见文……

这些都是村里曾经"光顾"过她的男人，牛红梅一面扒饭，一面回忆，遇到不会写或是无法确定的名字，她就用拼音或那个人的外号代替，例如尤光棍、尤屠户、尤跛子。作业纸的正面很快就写满了。她将作业纸仔细地对折，然后在反面写下几行字：

尤村长：

你看到这封信的时候，我和尤刚一定已经死了。

你是个好人，你的恩情，下辈子再报。

我没有钱了，没有钱就没法活了。

信纸背面写的这些人都找我睡过觉，等我死后，你就拿着这纸条去找他们要钱，每人要三百，总共一万零一千七百块钱。如果谁不给，就把这事告诉他老婆，没有老婆的，就告诉村里所有人，谁给了钱，就用墨水把他的名字涂掉。

对不起，这笔钱并不能全部还你，请你在里面拿两千块钱，给我跟尤刚买两个骨灰盒，另外火化需要一千二，墓穴就不需要了，你直接把我们和尤龙、尤凤葬一起就可以了。剩下的钱才是还你的，对不起，借你的钱我是没法完全还清了。

有七八个人的名字我没写上去，这七八个人大多是流氓无赖，你去了恐怕要不到钱，说不定还会吃苦头，所以就算了吧。

如果尤二回来，请告诉他，我和别的男人睡觉，都是为了让尤刚吃饱饭、上好学。我也想靠别的办法挣钱，但是我的腰实在撑不住了。

最后，请你告诉尤二，尤刚是他的儿子！不管是纯种还是杂种的，尤刚都是他的儿子！

牛红梅

牛红梅又仔细校对了一遍正面那些名字，犹豫了片刻，提笔划去了其中的两个，这两个名字一个是正在上大专的尤晨，牛红梅担心这张纸万一流传出去，会坏了这个年轻孩子的人生前景；第二个则是住在村南的五保户尤跛子，她知道尤跛子家境贫困，偏偏又特别看重脸面，为了拿这三百块钱，尤跛子很可能两个月吃不上荤腥。牛红梅划去这两个名字后，立刻想到反面写的钱数就对不上了，只好又绞尽脑汁，想出另外两个名字填补了上去。她将这张纸小心翼翼地压在尤刚的文具盒下，只露出写有"尤村长"三个字的一角，牛红梅走进厨房，轻声问尤刚："你吃完饭了吗？"

尤刚抹了一把嘴角的米粒，点了点头。他说这话的时候，手上抱着正闭目养神的小狗，尤刚问："小白怎么办？"

牛红梅没有回答他，她直接走到近前，摸了摸尤刚的肚子，感觉就像在摸一面光滑的小鼓，她对尤刚说："我会让尤村长照顾小白的，走吧！"

这一回牛红梅没有说出"死"这个字。她和尤刚换上了过年时穿的衣裳，迎着漆黑的夜色走出大门。她先走到尤济世家，看着尤济世提着油灯出来给自己开门，牛红梅鼻子里泛出一丝酸楚，她知道尤济世一定是窘迫到一定程度才舍不得开灯的。她为遗书上买骨灰盒的那两千块钱而感到愧疚，她觉得自己完全可以买更低档一些的，但这时候已来不及了。牛红梅没有进门，只是将一串钥匙交到尤济世手上，说出早已准备好的谎言："书记，我带尤刚去南方找尤二！"

"那你给我钥匙做啥？"

"家里不是有条狗吗，如果一个礼拜后我们还没回来的话，你就进门帮我喂一趟！"

尤济世接过带着体温的钥匙，脑子里一瞬间多出无数大大的问号。他记得路过小石镇的最后一班列车应该在两个钟头前就离开了，他知道在毫无头绪的情况下去南方找一个人无异于大海捞针。尤济世想问却没有问，因为牛红梅脸上的神情让他明白就算问出来也不会得到任何答案。尤济世接过钥匙，说出一个"好"字。他目送母子两人的背影渐渐消失在浓黑的夜色中，长叹了一声，缓缓朝房间走去。尤济世的这声叹息并非仅仅因为今天发生的事情，同时也出自对他们今后生活的担忧。他知道牛红梅在尤村混不下去了，这倒不是因为她卖淫的事情被揭露了出来，事实上早在半个月之前，这消息就全村皆知了。牛红梅混不下去的原因是如今全村人都确信她得了性病。

尤济世并不知道——事实上牛红梅是清白的。他只知道尤德赖得了花柳病是真事，这消息是得到尤德赖的老婆、澡堂搓澡工老李的一致证实的。牛红梅跟尤德赖睡过觉也是真事，这是得到村里五六十个跟牛红梅睡过的男人一致证实的。这两个事实加在一起，群众自然相信：牛红梅一定有花柳病。如果她再不走，尤村一大半的女人说不定要找她拼命。

尤济世怎么都不会想到，牛红梅要去的不是远方，而是天堂。

第三十九节 另一个父亲

　　牛红梅的下一站是三公里外的小石镇人民公墓，她的前两个儿女尤龙、尤凤已分别在这里长眠了九年与八年。她牵着尤刚，穿过黑影幢幢的墓碑，走到一座低矮的坟墓前，墓碑上并排刻着两行朱红色的小篆，分别是"爱子尤龙""爱女尤凤"，牛红梅这一刻才意识到，等自己死后，尤济世还得额外再花一百块钱，请石匠在墓碑上刻上自己跟尤刚的名字。

　　牛红梅让尤刚跪在墓碑前，给两个从未谋面的哥哥姐姐磕头。尤刚听话地照做了，他跪倒时，膝盖刚好磕在一个干瘪的供果上，供果滴溜溜地滚出去好远。尤刚问妈妈，是不是等死了之后，就可以跟另一个世界的哥哥姐姐见面了？牛红梅说是的，这让尤刚感到死亡并没有之前想象中那么可怕。尤刚弓下腰，脑袋一下下撞在坚硬的水泥地面上，他轻声对坟冢说："哥哥姐姐，我们马上就见面了！"

　　清脆的磕头声顺着呜咽的晚风传到很远的地方，牛红梅俯身拍了拍尤刚，对他说是时候离开了。尤刚困惑地抬起脑袋，他问妈妈为什么不能就死在公墓里。尤刚说自己已经一步都走不动了。牛红梅拉起尤刚，问："在公墓里怎么死？"

　　尤刚也问："人要怎么才能死？"

牛红梅被这个问题问住了，她这才意识到这次自杀甚至没有一个囫囵的计划，然而自杀的成功与否并非取决于计划而是决心。她问尤刚："你想怎么死？"

　　尤刚蹲在地上说："怎么死不疼就怎么死！"

　　牛红梅全身一颤，她说如果怕痛的话那就去跳河。尤刚随即指了指前面，一条两三米宽的小河正横在他们来时的路上。牛红梅牵着尤刚往河边走去，他们在看见河面的同时向后退了半步，数十只苍蝇正盘旋在河面花花绿绿的垃圾上，发出令人生厌的嗡嗡声，尤刚说："这河太脏啦！"

　　牛红梅表示赞同，母子俩商量了半天，最终将自杀地点选在了尤村村口那条玉带般的无名小河，那条河很清澈，天晴的时候能看见水底的小鱼小虾，同时是村里人进城的必经之路。能保证自杀者不至于等尸体发臭才被人发现，实在是投河寻死的绝佳圣地。确定了方式地点后，母子俩便不再回头，他们越走越快。他们走到河边时月亮正悬在头顶正中的位置，河里的月影随着粼粼的波光来回荡漾。牛红梅脱掉鞋袜，将脚探到河水里搅了两下，玉盘般的月亮立刻碎成了一片一片的鱼鳞，牛红梅转头说："水有些冷，一会儿你忍着些！"

　　尤刚咬了咬牙，蹲在地上脱去了鞋袜，他赤着脚走到牛红梅身边，挽起妈妈颤抖的右手。说来也怪，两只手在相触的一瞬间同时稳了下来，就连掌心的温度仿佛都升高了几度。尤刚的下一脚踏进了冰冷湿滑的淤泥里，一块蚕豆大小的石子正好硌在他细嫩的脚后跟上，尤刚皱了皱眉头，正要继续往河心走，却让牛红梅拽住了。牛红梅脸色煞白，指着远处的两点光亮对尤刚说："等等，那头有车来了！"

　　牛红梅的想法很简单，如果对面驶来的车上坐着个热心人，很可能将一心寻死的自己与尤刚从水里救上来，如果仅仅这样她还能接受，但万一对方只救起一个救不起一双，那才是母子俩完全无法接受的结局。牛红梅拖着尤刚跑到岸边，将沾满淤泥的脚丫塞回刚刚脱掉的鞋里，像守夜哨兵一样矗在路边，汽车渐渐驶近，这是辆黑色的豪华轿车，发动机的轰鸣声完全盖过了田间的蛙鸣虫叫。忽然，这辆豪车在牛红梅面前不到两米的地方停住了，纯黑色的车窗带着嗞嗞声缓缓摇下，车里人问："请问到尤村怎么走？"

牛红梅努了努嘴唇，伸手指向右边的村道："从这边一直往前开，五百米就到了！"

"请问尤二家是哪家？"来人接着问。牛红梅愣住了，她抬起头，却发现问话者的面容恰好隐藏在车窗后的阴影中，她只能脑海里回忆对方的声音，这无疑是个充满磁性的男性声音，乍一听分不出是苍老还是年轻。这嗓音与她印象中的所有熟人都对不上号，唯一能确定的是来自一个自信的成年男性。牛红梅心头一紧，还以为是尤二在外地欠了钱，惹了祸，现在被人找上门了，她捏了捏尤刚的手，示意他不要出声，然后怯生生地回答："尤二有小半年没回来了，你找不到他的！"

"我不找他！你告诉我他家在哪儿就行！"男人语气平淡，似乎一早就知道尤二不在家的消息。牛红梅并不回应，反倒将脸转了过去，又过了十来秒，车里人的呼吸忽然变得沉重了，他推开车门，不算高大的身影从阴影里缓缓走出，他两步走到牛红梅跟前，没有看她，而是目不转睛地盯着冻得发抖的尤刚。男人问："你是牛红梅？你是尤刚？"

尤刚朝妈妈身边靠了靠，冻得发紫的嘴唇像粘了胶水一样紧紧闭着，没有承认也没有否认。男人看出母子俩的迟疑与畏惧，他笑着说："我叫夏天成，是尤二的老板！我还是……"夏天成用饱含深意的目光看了尤刚一眼，说出了那句改变他一生的话语，"我还是尤刚的爷爷！"

牛红梅的五感似乎消失了，脚底的寒冷、腰上的疼痛、两腿的疲倦，一瞬间全都飞得无影无踪，她拼命摇头，说："怎么会？尤二他爹早就死了！"

"我不是尤二的爹，但我是尤刚的爷爷！"夏天成弯下腰，用力将尤刚抱了起来，不知为什么，一向排斥陌生人的尤刚这一次没有抗拒。他觉得眼前男人的胸膛宽厚而温暖，他听见夏天成说："你带我去尤济世家！"

夏天成抱着尤刚，让他坐在副驾驶座豪华的真皮沙发上。牛红梅慌忙阻拦，她脱下尤刚的鞋子，紧接着又脱下身上的外套，她用外套的袖口擦拭尤刚脚上鞋上的污泥。夏天成目光中出现一丝讶色，他问："这是怎么回事？"

"没……没怎么，孩子白天来玩时，鞋子掉河边了！"牛红梅结结巴巴地解释，夏天成脸色一凝，目光从尤刚的脚移向窗外的河边，一大一小两双袜子还整整齐齐地叠在河边。夏天成瞳孔微缩，他问："你们想跳河？"

车里陷入死一般的沉寂。夏天成忽然笑了，他一面笑一面骂："尤二这个狗日的王八蛋！"

夏天成将空调温度打到最高，带着牛红梅母子来到尤济世家门口，他敲门的声音响若洪钟，似乎压根儿不在乎会影响邻居的休息。尤济世穿着裤衩、提着油灯跑到门口，诚惶诚恐地开了门。夏天成好奇地看了这个白发苍苍的老人一眼，大踏步走进房间，直接坐到上首的座位，夏天成看着尤刚说："我说话，你们有什么听不懂的就问尤济世！"

一老一女一少呆若木鸡地看着正襟危坐的夏天成，被他强大的气场震得完全不敢吭声。夏天成拉过尤刚，满脸含笑地将他抱到自己的膝盖上，尤刚的两条腿因紧张而有些哆嗦，裤脚上的泥水滴滴答答地淌到夏天成亮得能照出人影的皮鞋上。夏天成毫不在意，他用力压了一下手，示意牛红梅与尤济世也坐下，他说："尤二离家出走，是因为你怀孕的时候接受了基因矫正，让另一个男人的血脉进了你儿子的身体。尤二觉得尤刚的种不纯，是吧？"

牛红梅立刻点头，动作标准得好像一个上了发条的木偶。

"另外的一个男人，就是我儿子！"夏天成没有说一句废话，他说，"尤刚的妈妈是你，爸爸有两个，尤二以及我的儿子！我儿子死了，我就这么一个独子，家里兄弟也都断交了，尤刚就是我在世上唯一的血脉！"

在场的其他三人听得目瞪口呆。夏天成随手点起根香烟，刚吸了一口，坐在膝头的尤刚发出一声轻微的咳嗽，夏天成毫不犹豫地将吐出一半的烟雾吞回喉咙，将半截还在燃烧的香烟摔到地上，踏踏两声踩灭了。他用轻柔而悲伤的语调说出了自己的故事。

夏天成中年得子老年丧子，名下十多家公司面临无人继承的窘境。为了摆脱无后的局面，他曾开出三千一晚、五十万一个女儿、两百万一个儿子的价码，跟十八个女大学生滚了床单。然而这十八具活力蓬勃的肉体有十七具没怀上孩子，唯一一个自称怀孕的，在夏天成提出亲子鉴定的要求后失去了踪影。这位亿万富翁只得去医院检查，却得知自己的精子早已活力尽失，就连做试管婴儿的条件都不具备。正当夏天成准备跟慈善组织签订遗产捐赠协议时，他听说了一个石破天惊的消息：他去世的独子夏小言，居然在大学时为买苹果手机捐过精。

这消息意味着在中国某个不知名的角落，还有一到两个夏天成生物学意义的孙子或孙女正茁壮成长。夏天成听闻这个消息后大喜过望，当即甩给秘书两百万，希望能查清那五毫升精子的去向。然而结果让他大失所望，夏小言的遗种在捐献半年后就出库使用了，可档案上写明的去向是基因矫正而非人工受精，这意味着夏小言最多只有一小半的基因传承了下去，这点血脉关系甚至还比不上一个三代外的远房表侄。然而夏天成在发家之初，因为开赌场淫窝而跟所有的亲戚都闹翻了，所以，这个在基因矫正过程中，接受了夏小言少量基因的婴儿就是他在世上唯一的骨血。

夏天成决定找到这个孩子。但精子捐献严格的双盲制度让他一筹莫展，他先后花了五百万人民币，也只能确认用到他儿子精子的基因手术发生在七年前的四月中上旬，地点则是Ｘ省，然而这段时间里在Ｘ省接受基因矫正的孕妇多达四百三十七例，夏天成自问财力跟魄力都做不到让这四百多个孩子都来做亲子鉴定，只得百般无奈地放弃了。正当他准备接受夏家绝后的事实时，尤二忽然出现了，尤二陈述的人生经历恰好拨动了夏天成心中那根沉寂已久的琴弦，夏天成怀疑尤刚就是他最后的那丝血脉。他没把这个消息告诉尤二，而是在一个星期前专程派人来到尤村，翻墙爬进尤刚家，拿到了枕头上的十根头发，当白纸黑字的鉴定结果传到夏天成耳里时，欣喜若狂的他当即抄起客厅乾位的泰山石，将坤位的求子观音砸了个稀巴烂。

尤刚就是那四百三十七分之一！

夏天成轻轻地将尤刚放到地上，他站起身，将一直夹在腋下的公文包放到桌上，他拉开公文包的拉链，神态自若地将一刀刀红艳艳的钞票从包里捧到桌上，他一共拿了三十刀。

"这里是三十万，算是我的见面礼！"

第四十节　崔瞎子的受难日

　　第一个从震惊中清醒过来的是尤济世，他不敢看桌上那堆泛着迷人光彩的钱山，只好歪着脖子，结结巴巴地告诉夏天成：尤刚体内只有两条染色体中的一小部分是来自胚胎期的那次基因矫正，而人体内总共有二十三对染色体，这意味着尤刚最多只有二十三分之二，也就是大约百分之八点六的血脉是传承自他的儿子夏小言，剩下的超过百分之四十一点四则属于尤二，百分之五十属于牛红梅。夏天成眉头一挑，目光中闪过两分钦佩之色，他没想到尤济世这么一个无证游医居然能懂得这么多道理，他对尤济世说："我当然知道！如果尤刚是我的纯种孙子的话，我丢在桌上的钱就不是三十万，而是三百万、三千万啦！"

　　夏天成脱口而出的"纯种"二字如锥子般深深扎入牛红梅的心脏，她弓下身，用右手轻抚胸腔的位置，待到稍微好受一些后，她将征询的目光投向一旁的尤济世。尤济世的秃脑门点得好似鸡啄米一样勤快，他指了指桌上的钱，比画出装进口袋的手势。

　　尤济世一点都不担心夏天成会有什么图谋，以他对尤二全家的了解，他觉得只有傻子才会拿三十万出来骗人。尤济世草草估算了一下，觉得就算把尤二那条贱命、牛红梅这条薄命、尤刚一条小命全都捆绑在一起，总共也不值三十万，就算再加上自己这条老命也是如此。牛红梅见尤济世点了头，眼睛立刻如刚修好的灯泡一样放出光来，不久前寻死的决心一下子飞到九霄云外。她正了正坐姿，用谦恭的口吻向夏天成打听尤二的近况。夏天成也不隐瞒，他告诉牛红梅尤二目前在自己手底下打工，收入不菲且前途无量。他还说自己这次来尤村找他们，尤二并不知情，不过他会找个合适的时机跟尤二解释清楚，到那天一家三代大团圆，也算其乐融融了。四个人从九点聊到十一点，窗外的月亮从树梢沉到窗底，最后带着清冷的月光堕入黑黢黢的远山。夏天成从椅子上站起身，问出了当晚最石破天惊的一个问题："你刚刚为什么要寻死？"

此言一出，尤济世打了个哆嗦，手里的茶杯乓的一声摔到地上，滚滚热气从一片茶叶末中缓缓浮起，牛红梅与尤刚的面目顿时变得有些模糊。"你要去寻死？"尤济世叫了出来，"你为什么要寻死？"

牛红梅没有回答，她咬着牙弯下身子，将地上的茶叶与碎瓷片一片一片捡到手里。夏天成仍然不依不饶，他将尤刚从膝盖上抱了下来，双手按在他稚嫩的肩膀上，一字一顿地问："有人欺负你跟妈妈了？"

尤刚脑筋飞转，虽说年幼的他尚不完全清楚男人跟女人睡觉意味着什么，但从身边人的目光与议论里猜到，这桩事一定是极其丢脸且屈辱的，自然不能随便透露给外人。他将从爸爸走后的这段记忆前前后后捋了一遍，下意识地感觉自己倒霉的根源并非尤德赖，而是崔瞎子。如果崔瞎子不编派妈妈的坏话，不骂自己杂种，自己就不会将他砸得脑袋开花；如果自己没把崔瞎子砸得脑袋开花，妈妈就不会因为保护自己而摔跤流产；如果妈妈没有跌那一跤，这一刻说不定自己与妹妹正幸福地吃着妈妈摊的煎饼。想到这儿，尤刚光洁的腮帮如蛤蟆一样高高鼓起，他对这个自称是自己爷爷的男人说："这都是崔瞎子害的！"

夏天成沉默了十秒，又问了一个问题："崔瞎子是谁?"

夏天成推开崔瞎子家院门时，火红的朝阳刚好挂在树梢的位置，尤刚脚下穿着一双崭新的耐克球鞋，如兔子一般蹦蹦跳跳地跟在身后。夏天成吩咐司机留在门外，他用和煦的目光看了尤刚一眼，比画出擦亮眼睛的手势，他希望尤刚能看见他的"爷爷"天神下凡般的威武形象。夏天成一步跨过崔瞎子家三寸高的门槛，大声问："崔瞎子在吗?"

崔瞎子笑嘻嘻地从里屋走了出来，他从夏天成的脚步声里听出，这个男人脚下穿了一双由上等熟牛皮制成的高档皮鞋，走路的步伐稳定而充满信心，崔瞎子还听出停在二十米开外的汽车发动机排量绝不小于2.4T。在他看来，今天的来客完全是一沓行走的钞票。崔瞎子满面春风地迎上前，又满脸惊恐地跌倒在地，因为他听见来人说："我叫夏天成，是尤刚的爷爷！"

崔瞎子在坚硬的水泥地上抖了十秒钟，接着摸索着从身子的右侧抓起跌落的墨镜，颤颤悠悠地架回鼻梁上。这一刻的崔瞎子惊恐且困惑，他清楚地记得尤二的父亲早在十年前的冬天患癌去世了，当时崔瞎子也在场，他甚至记得葬礼上的唢呐手将哀乐故意吹高了两度，只因为尤二的父亲也是臭名昭著的流氓恶霸。作为远近闻名的玄学家，崔瞎子自然不相信借尸还魂这种无比扯淡的传说，他也听出了眼前这男人绝非当年尤二的父亲。崔瞎子没敢站起来，他把身子蜷缩成一团，活像一只黄鼠狼面前的刺猬，战战兢兢问："贵客远道而来，有何贵干?"

夏天成并不答话，他打了个响指，守在门口的司机心领神会，一路小跑到车旁，用力按响了奥迪车的喇叭："嘟、嘟、嘟"，一个个村民瞪着惺忪的睡眼打开了窗户，刚准备开骂，却被光头司机凶神恶煞的眼神给瞪了回去。光头司机对村民喊："我们老板下乡献爱心了，每个人发五十块钱！"

　　整个尤村立刻响起一阵此起彼伏的吸气声，三五十个群众就像被捅了老窝的马蜂，争先恐后地拥了出来，一些人身上还披着单薄的睡衣、提溜着拖鞋跑到司机跟前，光头司机也不含糊，从挎包里掏出一沓钞票，按人头给所有到场者发了钱。司机说："咱家老板正在找崔瞎子算命，你们有工夫就去参观下！到时候我们老板一高兴，回头再发一百！"

　　这一来整个尤村都炸了锅，只过了一支烟的工夫，崔瞎子家二十个平方米的院子里已挤了六七十个村民，一百多只圆溜溜的眼睛同时望向里屋的夏天成跟崔瞎子，他们想不通的是为什么尤刚也会在屋里。围观观众里也包括气喘吁吁的尤德赖以及几十个曾欺负过尤刚、嫖过牛红梅的人在内，这些人望着夏天成挺拔的背影，不知为什么涌出一丝不安的预感。

　　夏天成在崔瞎子面前站了差不多三分钟，崔瞎子额头上的冷汗流了一波又一波，衣服的前襟上多出了三五团牛粪形状的水迹。崔瞎子听见门外鼎沸的人声，虽说看不见，却从这些人的呼吸中听出了他们的窃喜与兴奋，他不知道夏天成葫芦里究竟卖的什么药，但忐忑的心脏却因为围观者的到来变得安定了一些。他认定在这么多群众的围观下，来人就算是天王老子也不敢做什么出格的事。他暗暗决定，就算硬着头皮挨一顿暴打，也绝不将牛红梅当初赔自己的医药费吐出来。

　　夏天成向前跨了一大步，对崔瞎子说："算命！"

　　崔瞎子抽风般抖了一下，刚刚架稳的墨镜再一次摔到地上，他问：“算命？”

“对，算命！”夏天成冷笑了一声，接着说，“不是算我的命，算你的命！”

“算我的命？”崔瞎子又在地上摸墨镜了，他的右手刚伸出去，便被一只皮鞋死死地踩住了。

“算你自己的命！现在就算！”

崔瞎子眼泪鼻涕一同流了出来，他说：“我不过是个算命的瞎子，此前有什么得罪的地方，还请您见谅！”

“我说了，算命！”夏天成的嗓音里隐约透出一些不耐烦的味道，崔瞎子全身一震，明白今天的这场劫难肯定是躲不掉了，现在该考虑的是如何将损失最小化。崔瞎子想起不久前听说的一个段子，说是一个黑帮老大找到当初结仇的算命先生，让算命先生算自己的命。算命先生装模作样掐了半天，乌七八糟说了一堆，最后被老大一记王八拳捣在脸上，老大说：“你连自己有血光之灾都算不出来，也好意思算命？”

崔瞎子想起这段典故，再听听屋外窃窃私语的议论声，不由得牙关一咬，身子一缩，忍着痛将手从夏天成皮鞋底下抽了出来。崔瞎子站起身，用留着鞋印的右手捋了捋乱糟糟的头发，昂首挺胸地说：“我算出来了，我今天有血光之灾！“

崔瞎子说完这句话，就如老和尚入定般盘腿坐在水泥地上，满是皱纹的脸上露出慷慨就义的神情。他打定主意，既然来者不善善者不来，倒不如硬着头皮做一次好汉，在众目睽睽之下再未卜先知一回，进一步树立起自己神算子的光辉形象。崔瞎子想到这一层，下垂的嘴角重新扬了起来，他喝问夏天成：“你说我算得对不对？”

夏天成被崔瞎子反将了一军，愣了片刻，原本捏得紧紧的拳头松了下来，他笑了笑，说：“你算错了！”

"错了?"崔瞎子使劲晃了下脑袋，很快醒悟过来，对方八成是被他戳破了心思，临时改变主意了。这般变故让他既兴奋又担忧，兴奋的是说不定真能躲过这一劫，担忧的是自己刚才都算出今日当有血光之灾，如果到头来完完整整活蹦乱跳地出了门，群众会不会觉得他崔瞎子算得不准。崔瞎子用力一拍脑门，想出个完美的托词。假若夏天成当真就此罢休，他就扬言自己为了保全性命才故意这么说的，这正是瞎子妙计安天下，一语消弭皮肉灾。崔瞎子甩了甩脖子，觉得自己简直就是智慧与勇气的化身。

"是的，你算错了！"夏天成冷漠的语调听不出一丝波澜，他扭过头，对一旁傻站着的尤刚说，"你去他家厨房，打一盆水，再拿三条毛巾过来！"

尤刚答应了一声，迈着欢快的八字步朝院子里跑去，厨房跟客厅中间隔了七八米，这七八米的距离里挤着二十七八个围观村民，尤刚正在犯愁，眼前的这些人却如潮水般纷纷朝两边退开，像接驾的士兵般给尤刚空出了一条一米多宽的星光大道。尤刚走过这些人身边时，能清楚地看到他们眼中的惊讶与畏惧。尤刚跑进厨房，很快便找出一个木脸盆与一条土黄色的毛巾，但第二、三条毛巾却怎么都找不到了，只好自作主张地用两条看不出颜色的抹布代替了。尤刚拧开水龙头，一股拇指粗细的清水立刻流了出来，撞在盆底发出"哗啦哗啦"的声响，尤刚觉得水有些冷，他也不清楚夏天成想要用这水做什么，于是在接了半盆冰水后，又提起热水瓶，加了小半瓶热水进去。尤刚将大半盆洗手洗脸皆宜的温水捧在怀中，摇摇晃晃地跑到夏天成旁边。夏天成一看水上的热气，"扑哧"笑了，对崔瞎子说："俺孙子真贴心，你有福气啦！"

崔瞎子正一头雾水，一只粗糙的手掌忽然如铁钳般揪住了他的衣领，隔着两层内衣，崔瞎子都能感觉到这只手的指节里蕴含的力量与愤怒，崔瞎子没有挣扎，因为他相信在这么多双眼睛的共同关注下，自己的这条小命想必是无虞的。崔瞎子像死狗一样，顺从地被夏天成拖到院子中间。就连对方用几根熟牛皮捆绑他的手脚时，也只是象征性地蹬了蹬腿，就算反抗过了。

大约两根烟工夫后，崔瞎子以一个别扭的姿势仰面朝天地躺在一块木板上，手脚被捆得死死的，木板的两头被两块重物给压住了。他可以勉强弓腰扭动，但无法做出更大的动作。很快，他又听到了毛巾浸入水里，然后提上来的滴滴答答声，夏天成轻轻摊开冒着热气的湿毛巾，将毛巾一丝不苟蒙在崔瞎子的口鼻上。

崔瞎子原本放松的身躯瞬间绷紧了，他不再像一条死狗，而是像一条疯狗，被束缚住的四肢拼命划动。夏天成冷笑了一声，将剩下的两块抹布一条一条地叠了上去。

这是崔瞎子五十多年人生中第一次品味溺水的滋味，他试着闭气，但一分钟后，不受控的中枢神经让他的嘴巴张得能塞一个灯泡进去，无处不在的温水顺着食道、气管、支气管钻进肺泡，崔瞎子几乎将整片肺叶都咳了出来，但咳嗽声在毛巾与抹布的遮蔽下变得弱不可闻。围观群众瞧见崔瞎子这副德行，并不十分同情，反倒讥笑他是个受不得一点折磨的软蛋尿包，大家说这种人如果放到革命时代一定是汉奸走狗。

水刑大约持续了十分钟，每当崔瞎子痉挛的身体略微平静一些，夏天成就会面带笑意地掬起一捧水，均匀地洒在崔瞎子被毛巾捂住的口鼻上，最后两次他还邀请一旁的尤刚代劳。尤刚起初不敢，他用双手捂着眼睛，从指缝里欣赏崔瞎子死命挣扎的模样，他觉得这个人扭动的身体好像一条被切断的蚯蚓。"但他明明没有受伤啊！"想到这一点之后的尤刚胆气壮了两圈，他猫着腰走到水盆边，用白嫩的小手掬起一捧有些发凉的水，尤刚第一次将水浇到崔瞎子脸上时全身都在发抖，程度跟地上的受刑者相比有过之而无不及，但第二次就好多了，尤刚在紧张中体会到一丝残酷的快感。

"尿了，尿了！"伴着一股忽然出现的臊气，一团葫芦形状的水渍在崔瞎子裤裆正中蓦然绽放，围观群众在掩鼻的同时发出整齐的惊呼。夏天成皱了皱鼻子，他依次揭开崔瞎子脸上的两层抹布和一层毛巾，笑吟吟地问："你不是算到自己有血光之灾吗？血在哪儿呢？"

崔瞎子如离水的鱼儿般喘着粗气，喉管里发出粗重的呼哧声。夏天成也不着急，而是慢条斯理地将问题重复了四五遍。等问到最后一遍时，崔瞎子惨白的脸上终于浮出一缕生气，很明显，他想磕头告饶，然而整个人被捆得死死的，只能保持仰面朝天的姿势。无奈之下，他用自己半秃的后脑勺代替额头，反着给夏天成磕头，崔瞎子的后脑勺一下下凿在湿润的木板上，说："这位爷，牛红梅之前赔了我一万五千多块钱！我房间的鞋柜里放了两万，您想拿多少就拿多少！您大人不计小人过，把我当个屁给放了吧！"

崔瞎子看似惊慌失措，实则心里比明镜还清楚，他敏锐的招风耳已听到远处的警笛声。崔瞎子心想，只要夏天成敢拿他的赔款，他就会在警察面前告他动用暴力手段敲诈勒索，这罪名足够一个外地人喝一壶了。谁知夏天成眼皮都没抬，耸了耸肩膀，随后意识到崔瞎子是看不见自己的表情动作的。夏天成轻轻甩了崔瞎子一个耳光，他说："那钱我一分不要，你留着做日后的棺材本吧！"

视金钱如粪土的夏天成解开崔瞎子手脚上的绳子，一弯腰，居然将崔瞎子给扶了起来，接着，夏天成不避臊臭，将尿了一裤裆的崔瞎子搂进怀里，两个人看起来宛若一对上慈下孝的父子又或者情同手足的兄弟。夏天成挽着崔瞎子朝门口走去，他先让崔瞎子在奥迪车的车牌号码上摸了一下，侧身对他耳语了几句，最后迎上了尚未停稳的警车，夏天成对警察说："我是X市的夏老板，今天下乡送温暖，这位残疾老人几年没好好洗澡了，我刚帮他洗了把脸！"

崔瞎子张口附和，他说："是是是！这世上还是好心人多啊！"

民警眉头一皱，这情况跟电话里报警人说的大相径庭，于是找了两名旁观者，这两名围观群众立刻赌咒发誓，表示崔瞎子说的就是铁板钉钉的事实，而那个报警电话，一定是哪个不长眼睛的人造谣污蔑。警察心有狐疑，但既然当事人没有受伤，围观者又口供一致，他们也不愿再生枝节。送走警察后，崔瞎子战战兢兢地问夏天成："老板，你刚才说的话，还算数吗？"

"当然算数，日后我要是再搞你，或者安排我手下人搞你，我就不得好死！"

崔瞎子一听夏天成居然当着这么多人的面答应就此作罢，全身的骨头似乎一下子轻了两分。他连连作揖，夸赞夏天成的雅量与大度，夏天成微微一笑，拉开车门钻了进去。崔瞎子迈着筛糠般的步子，夹紧湿透的裤裆往家走，当走到门口时，崔瞎子一个趔趄，瘦削的身体如木桩一样栽倒在地，前额磕在三寸高的门槛边缘，一道筷子粗细的鲜血顺着他满是皱纹的面皮缓缓流了下来。

"我就说吧，今天会遇血光之灾！"崔瞎子扭过头，对围观群众哀号，"可怜我一个孤苦伶仃的瞎子，苦啊！"

当恶人被更恶者欺凌时，便会下意识地将自己想象成善良且软弱的人。只有善人才会被欺负，不是吗？

第四十一节　兔死狐悲

让我们将时间拨回到半个钟头前，当崔瞎子遭受生不如死的水刑时，尤德赖正瞪着鸟蛋般的双眼，躲在人群的角落里瑟瑟发抖，他从主角的对白与观众的议论中猜到了夏天成的身份与来意，他知道下一个就轮到自己了。

尤德赖对危机的预感是极其灵验的，又过了六个小时，随行的夏天成秘书就将这些天尤村的新闻旧闻——无论真的假的、夸张的写实的、证据确凿的或道听途说的全都汇报给了夏天成。而尤德赖首嫖牛红梅，后来借花柳病之名敲诈走一万多现金的事无疑属于铁证如山的那类。

尤德赖赶在闹剧结束前悄悄溜回家，他对老婆徐玉凤说，现如今尤村要变天了，当初的小杂种尤刚不知从哪儿冒出一个财大气粗、心狠手辣的便宜爷爷。从前欺凌过、嘲讽过、暗算过尤刚的人都面临反攻倒算的风险。尤德赖感觉无论怎么算，自己在夏天成的仇人榜上都是坐二望一。想到这儿他特地冲进厕所扯了三条毛巾，然后浸满温水捂在自己的口鼻上，尤德赖只忍了一分半钟就哇哇呕吐，眼泪鼻涕喷得满墙都是。徐玉凤看得两眼发直，正想问尤德赖是什么情况，脸上却被一条黏糊糊的毛巾猛地盖住了，徐玉凤只坚持了二十秒就涕泪横流。

"你疯啦？搞什么幺蛾子？"徐玉凤将毛巾甩回尤德赖脸上，大声叫骂。

"刚才那个老板就是这么整崔瞎子的！"尤德赖喘着气说。

"崔瞎子又不是死人，就不反抗？"

"反抗？你是没看见人家的气势，告诉你，那人开的是奥迪Q7！车牌号是四个8。那保镖往门口一站就跟铁塔似的，人家要整我们，就像捏死一只蚂蚱那么容易！"

徐玉凤大惊失色，脸上的肥肉一阵翻滚，她说："糟了，俺家伢子在学校里经常欺负尤刚。还有，上次找牛红梅要钱，俺几个兄弟也参加了，到时候我们一大家岂不是要被灭门了？"

尤德赖悲痛地点了点头，他不甘坐以待毙，说："婆娘，你现在就去学校接孩子，我把家里的东西收拾收拾，我们今晚就走，去亲眷家避一段日子再回来！"

徐玉凤连连称是，像一颗肉丸子那样滴溜溜地滚向房门，尤德赖又把她叫住了，他眯着三角眼，对徐玉凤说："等等，你那几个兄弟姐妹，你最好别告诉他们！"

徐玉凤扭过头，肥肉的褶皱里挤出愤怒之色，她问："凭啥？"

"不是我狠心，一来，你那几个兄弟嘴巴都不严，谁要是说漏了嘴，我们就走不了了；二来，我们当初找牛红梅赔钱，我们是主犯，他们是从犯。如果他们不走，那个大老板找他们泄愤一番，说不准这事就算揭过了，如果主犯从犯一道跑了，那他说不定能追我们到天涯海角！"尤德赖捻了捻下巴上稀稀拉拉的胡须，义正词严地说，"我也是为咱这个家着想啊！"

徐玉凤眼珠一转，咬着牙答应了。她风风火火朝门外跑去，臃肿的背影很快消失在远处的田垄上。尤德赖叹了口气，开始翻箱倒柜地收拾出逃的行李。他先将家里的金银首饰打包进一个黑色的布兜，接着着手整理一家三口的换洗衣物，尤德赖刚把十多条内衣内裤塞进旅行包，就听见院子里传来推门的吱嘎声。尤德赖心头一惊，还以为是夏天成上门算账了，整个人差点吓瘫在地。尤德赖抖抖索索地站到窗口，透过窗缝朝外面看去。谁知来人并非夏天成，而是徐玉凤的大哥徐玉柱。徐玉柱面如土色，绿豆大的眼睛左顾右盼，尤德赖连忙迎了出去。

"大舅哥，啥事？"

"妹夫，崔瞎子的事，你都知道了？"

"下午的时候我就站在你旁边，怎么会不知道？"尤德赖用身子挡在徐玉柱跟客厅中间，防止他看见屋子里收拾到一半的行李。尤德赖说，"家里蟑螂多，刚打了点杀虫剂，有啥事就在院子里说吧！"

惊魂未定的徐玉柱没能察觉出尤德赖的异样，他点点头，一屁股坐在院子正中的井盖上，大口大口地喘着粗气。尤德赖走到他身边，将嘴巴凑近徐玉柱的耳朵，不紧不慢地说："你是怕那个大老板来找我们麻烦？"

徐玉柱肥硕的脑袋点得跟小鸡啄米一样，锅盖粗的脖子有一大半缩在衣领里，看上去就像临上法场的死囚。尤德赖眼看徐玉柱这副乌龟般的德行，伸手按了按他的肩膀，他发现徐玉柱身上的疙瘩肉此刻变得比嫩豆腐还软。尤德赖说："伸头是一刀，缩头也是一刀，怕啥怕？"

"你不怕？"

"怕了有啥用？"

"我是想，要不要你带我们几个上门给人家道个歉、认个错，说不定大老板大人有大量，能放我们一马！"徐玉柱的脖子又朝里缩了两分。谁知尤德赖闻言大怒，他恨铁不成钢地在徐玉柱背后拍了一下："人家还没找上门，你就怕成这个尿样！

还是不是个男人?!"

徐玉柱被尤德赖猛然一拍，整个身子往后仰倒，差点一个倒栽葱滚进井里。好在尤德赖反应快，一把揪住大舅哥的衣领，将他提了上来。尤德赖将徐玉柱拖到院子口，两个人蹲在地上对视了一根烟的工夫，王八眼瞪着绿豆眼，越瞪越心虚，越看越忐忑。忽然，尤德赖站直了身子，脸上现出大义凛然的神情："这件事怎么说也是我起的头，大不了我一人做事一人当!"

"什么?"徐玉柱抬头仰视尤德赖，一时有些不敢相信自己的耳朵。毕竟，在所有亲戚的印象里，尤德赖都不是那种舍己为人、舍生取义的英雄，他这次找尤德赖，也不过指望他能带头认错服软，争取宽大处理而已。没想到这个奸商妹夫居然像换了一个人似的，整个儿脱胎换骨了。徐玉柱怀疑自己在做梦，尤德赖也知道徐玉柱会觉得自己在做梦。尤德赖解释道："唉，反正这事我是首犯，想躲也躲不掉。既然躲不掉，倒不如爽快点，把罪名整个揽下来。反正那个大老板整崔瞎子的手段我也见识了，就是吃点皮肉之苦，没啥大不了的!"

尤德赖低下头，看了看屋檐的影子，估算着徐玉凤应该快到家了。尤德赖用力将蹲在地上的徐玉柱拉了起来，他说："你先回去，等会儿我自个儿找那老板负荆请罪。毕竟你们当初也是为了帮我们夫妻俩，说啥也不能连累你们!"

徐玉柱哽咽了，他用带着哭腔的声音说："妹夫，你真是条好汉!"

如果让好汉尤德赖此时许一个愿望，那一定是徐玉柱赶紧滚蛋，如果还能许第二个，那就是徐玉柱在滚蛋的路上千万不要撞见带孩子回家的徐玉凤。这两个愿望最终都实现了。大约二十分钟后，徐玉凤拽着尤见财钻进了家门，此刻尤德赖正靠在大开四敞的柜门上，打电话给平时给杂货店送货的面包车司机刘三。尤德赖反复叮嘱刘三，一定要在八点之后、天黑透了再进村，同时不要开大灯，尤德赖承诺只要刘三帮这个忙，他就包一个五百块的红包给他。徐玉凤望了望头顶的挂钟，发现离八点还有将近三个小时，她责问尤德赖："东西都收拾好了，孩子也带回来了，为啥不早些走？"

"你大哥刚才来找过我了！"尤德赖一句话让徐玉凤脸上肥肉抖了三抖，他赶紧补充道，"我说这件事我来扛，把他打发回去了！"

徐玉凤原本白皙的脸色涨得通红，她捏了捏自己厚达三层的下巴，担忧地说："这样不太好吧！"

"我也没办法啊！要不是那个大老板下手那么黑，谁愿意诬自家人！"

"我不是说你骗他不好，我是怕俺家那两个兄弟发觉上了当，最后砸了俺家的杂货店，或者拆了俺家的屋子！"徐玉凤在屋里走了一圈，肥腻的肉手依次在彩电、冰箱、家具、吊灯上摸了一遍，她越想越担心，越想越生气。她将食指戳到尤德赖的脑壳上，骂道，"你这个榆木脑袋，骗哪个不好，偏偏要骗我大哥，你不知道他性子最躁吗？"

尤德赖意识到这一茬，刚刚浮出水面的心情顿时像石头一样沉底了，他哭丧着脸说："他说来就来了，我哪来得及编谎。再说，我话都说出去了，现在该咋办？"

徐玉凤也犯了难，冒火的双眼瞪着地上的行李箱，恨不得将所有家当全塞进去。她走到电视前，一沉身子，嘴里发出"嗨"的一声，将三十二吋的液晶电视拦腰抱入怀里，然后像蹒跚的鸭子一样朝门口走去，她跨过门槛时额头上渗出了细密的汗珠。徐玉凤将电视机放在院子中间，转身埋怨尤德赖："你还不来帮忙？"

尤德赖环视了一圈房子里的摆设，脸色越来越苦，他说："别搬了，刘三的面包车你又不是没坐过，放不下多少东西的！"

"能带走一样是一样！总比留在这强！"

"我有办法了！"尤德赖一屁股坐在装满换洗衣服的行李箱上，对院子里气喘吁吁的徐玉凤招手，"你别搬了，我想出办法了！"

尤德赖从抽屉里找出纸笔，写了一封信。

玉山，玉柱，玉凤，玉华：
　　你们看到这信的时候，我们一家人已经背井离乡了。
　　我本来是要去负荆请罪的，但路上有人告诉我，虽说夏老板愿意放我一马，可是牛红梅跟尤刚那个小杂种非要弄死我……

尤德赖写到这儿，整个人一激灵，赶紧将"小杂种"三个字涂掉了。尤德赖看看纸上的三团黑圈，觉得只要稍微有点头脑的人都能猜到本来写的是啥，只好撕掉重写：

玉山，玉柱，玉凤，玉华：
　　你们看到这信的时候，我们一家人已经背井离乡了。
　　我本来是要去负荆请罪的，但路上有人告诉我，虽说夏老板愿意放我一马，可是牛红梅跟尤刚说什么都不肯原谅我，人家说牛红梅已经在家磨刀，说要阉了我。

所以我们夫妻俩商量决定，出去一段日子避避风头，等夏老板的气消了再回来。如果夏老板找到你们，你们只管把事往我们身上推就成。

我们这趟出门时间不会太短，我在屋子里装了三个摄像头，店里装了四个。如果有小偷毛贼过来浑水摸鱼，应该是不怕的，但还是烦请几位兄弟姐妹稍微照应些。

尤德赖　徐玉凤夫妻

徐玉凤狐疑地看着尤德赖写下这封歪歪扭扭的告别信，抬头朝客厅的墙角扫了一眼，问道："你这是啥意思?！俺家啥时装摄像头了?"

"这你都不懂？俺这招叫空城计，是跟《三国演义》里诸葛丞相学来的！"尤德赖说这话时手掌虚握，就好像掌心有一把看不见的羽扇，俨然一副飘飘欲仙的感觉，他说，"你跟见财在家等我会儿，我去店里拆两个摄像头回来！"

"两个？你信上不是写三个吗？"

尤德赖立刻换上一副恨铁不成钢的神情，他伸出食指，用力在徐玉凤油腻的额头上戳了一下，他说："我信上写的是三个，家里头只放两个。你的几个兄弟姐妹一日找不到第三个摄像头，就不敢拆咱家的屋子，砸咱们的家具！"

第四十二节　尤刚月下追德赖

　　尤德赖找来一张梯子，小心翼翼地将两个刚拆下来的摄像头安到两个隐蔽角落，最后还装模作样地扯了两根并未通电的电缆。做完这一切后，尤德赖得意地拍拍手上的灰尘，原本微微发福的肚子挺得好像怀胎六月的孕妇。尤德赖看了眼墙上的挂钟，对徐玉凤说："还有一刻钟就八点了，准备出门吧！"

　　"我们去哪儿？"徐玉凤问。

　　"先去省城我兄弟家避两天，然后再看吧！"尤德赖此刻也没想好具体的去处，只是觉得越快离开尤村越好。他将三大箱行李拎到院门口靠墙的位置，整个人斜靠在门上，翘首以盼那辆接自己脱离苦海的面包车的到来。八点刚过七八分钟，远方的村道上出现了两道刺目的车灯，尤德赖顿时觉得心中的石头落了地，他不敢叫唤，只好拼命朝车灯的方向招手，示意刘三开快一点。当车灯开到距离他只有二三十米的拐角时，尤德赖发觉不对劲了，他记得那辆长安面包车的前灯本不该这么亮才对。又过了两三秒，尤德赖夫妻像两堆烂泥般软倒在墙角的行李包上，迎面而来的并非他期盼已久的面包车，而是夏天成的座驾——纯黑色的豪华奥迪。

　　"咔哒"，奥迪的车门打开了。一高一矮两道身影缓缓走进门，高的是夏天成，矮的是尤刚。夏天成的步子很大，每一步迈出都带着风声，尤刚一路小跑跟在后面，嘴里还喊着："就是这儿。"尤德赖明白今天是凶多吉少了，他忽然抬起头，将徐玉凤的肥手与尤见财的小手同时握在自己的大手里，夫妻俩对视了一眼，又看了一眼孩子，同时点了点头，看上去就像一对有福同享有难同当的苦命鸳鸯。

"我听人说你准备搬家了？"夏天成在距离尤德赖不到半米的地方停了下来，伸出穿着高档皮鞋的右脚，在行李上轻轻踢了一下。尤德赖脸色顿时变得煞白，就好像这一脚踢的不是行李包，而是他裤裆里的老二一样，他低着头，连大气都不敢出一口。夏天成拉着尤刚，慢条斯理地朝屋里走去，看上去就像上老朋友家串门，他说："家里收拾得这么干净，看来一时半会儿不准备回来了啊！？"

院子里静悄悄的，夫妻俩一个都不敢搭话，九岁的尤见财不知天高地厚，他瞪了眼尤刚，"杂种"两字就要脱口而出，一旁的徐玉凤赶紧将他拉了回去，死死捂住了嘴。夏天成似乎早就料到了这样的场面，他没有进屋，转身在院子里踱了两圈，最后在徐玉凤尤德赖两个人中间停了下来，身子正好挡住这对夫妻对视的目光。夏天成问："去找牛红梅要赔偿，是谁的主意？"

原本就紧张的空气一下子凝固了，院子里总共有五个人，三个大人如同泥塑木雕般一动不动。尤见财想叫唤、想挣扎，却被徐玉凤死死抱在怀里，整个院子里唯一的活物就剩七岁的尤刚了。尤刚先跑到尤德赖跟前，朝他橘子皮般的脸上吐了一口唾沫，这口唾沫恰好吐在尤德赖眼角的皱纹里。尤德赖不敢动手擦，脸上反倒堆出灿烂的笑容，就好像是久旱的禾苗迎来了一场甘露。尤刚见尤德赖不敢反抗，更开心了，于是又跑到徐玉凤的旁边，用力拉扯她枯草般的头发。尤见财看见妈妈受了欺负，瘦弱的身子剧烈挣扎了起来，但依旧挣不脱徐玉凤的怀抱。正当尤刚考虑该如何报复尤见财时，尤德赖忽然扯破喉咙叫了起来："夏老板，是我婆娘让我找牛红梅要钱的！跟我不相干，是她啊！"

尤德赖的声音穿透了宁静的夜空，几乎将半个村子的人都叫醒了，两行浑浊的泪水从尤德赖深陷的眼窝里流淌出来，跟刚才尤刚吐在脸上的唾沫融为一体，顺着面颊滴在冰冷的地面上。与此同时，尤德赖佝偻的腰背忽然挺直了，脸上一半冤屈一半义愤，他用膝盖在地上横着"走"了两步，指着对面的徐玉凤说："真的是她！当时我说牛红梅家里困难，这事要不就这么算了，但是她不肯，她非要我去找牛红梅要钱！要钱的时候，她还揪牛红梅头发了！"

尤德赖说的倒不完全是谎话，毕竟，夏天成追究的问题并不是谁嫖了牛红梅，要知道法不责众，如果真计较这个的话恐怕半个尤村的人都要遭殃。尤德赖虽说是牛红梅的第一个嫖客，但第一个嫖客跟第八十个嫖客之间似乎也没有太大分别。同时，夏天成也没法验证牛红梅是不是真有花柳病，事实上他也完全不关心这个。夏天成所在乎的只是最后的一步：到底是谁找牛红梅赔钱，从而将尤刚母子逼到自杀那一步的。既然如此，这个问题的答案就很明显了，是徐玉凤而非尤德赖。

尤德赖用他聪明的脑瓜猜到了夏天成的用意，在一瞬间做出了最正确的决定。他当场表示，要跟身边的这个恶婆娘一刀两断，他甚至提出扇她两个耳光来戴罪立功。徐玉凤一看自己男人竟然如此恩断义绝，全身的肥肉如波浪般颤抖起来，她大声说："姓尤的，你怎么能这样对我！"

尤德赖闻言一颤，缩了缩脑袋，重新将身子躲到夏天成的身后，心头浮出一丝兔死狐悲的感觉，尤德赖对徐玉凤说，夏老板目光如炬明察秋毫，这种事情肯定瞒不住他。尤德赖这一说等于是坐实了徐玉凤的罪名。徐玉凤有心分辩，却又无从说起。果然，夏天成点了点头，表示尤德赖可以带孩子先走，而徐玉凤必须留下来把话说清楚。尤德赖一听这话，整个人如弹簧般从地上蹦起三尺高，他跑到徐玉凤身边，用力推了她一把，然后一把拉过尤见财想往门口奔。尤德赖一面跑一面承诺：自己一定会好好照顾儿子，然后去省城租一间房子，将一切安排妥当后等她。尤德赖刚跑出去十多米，却被光头司机铁塔般的身子给拦住了。他听见背后尤刚高喊："尤德赖也是坏蛋，不能放他走了！"

尤德赖双腿一软，整个人如同一根在滚水里煮了半小时的面条般软倒在地，他将僵硬的脖子扭过一百二十度，看见尤刚瘦小的身影正站在院子门口，食指像指路牌一样笔直指向自己。皎洁的月光洒在尤刚扭曲的小脸上，在稚嫩的面皮染上一层淡淡的胭脂。尤德赖连忙乞求道："小祖宗，我知道错了！你放了我吧！"

不得不说，这一声"小祖宗"喊得尤刚心头舒畅。尤刚觉得身体几乎飘了起来，心头甚至闪过一丝放过尤德赖的念头，可惜这份宽宏并没能持续太久，尤刚清楚地记得，就在三天前，这个喊他"小祖宗"的杂货店老板还一口一个"小杂种"。尤刚的腮帮子像河豚般重新鼓了起来，他对尤德赖喊："尤德赖，你别走，你给我回来！"

尤刚每喊一声"回来"，尤德赖的膝盖就在地上挪动大约半寸，尤刚一共叫了十七八声"回来"，一直叫到喉咙冒烟，尤德赖往回挪的距离还不足一尺。光头司机有些不耐烦了，冷冷地哼了一声，铁塔般的身子向前跨了两步，然后抬起腿，将自己四十六码皮鞋底横在距离尤德赖眼睛只有十厘米的地方，在这个距离下，就连鞋底螺旋状的花纹都看得清清楚楚。尤德赖打了个哆嗦，用膝盖"走路"顿时加快了几十倍，尤德赖爬到离尤刚只有半米的地方，正要磕头求饶，忽然，一只印着芍药图案的红色布鞋带着呼呼的风声，狠狠地踢在尤德赖心窝。尤德赖"哎哟"叫唤了一声，上半截身子向后栽倒，随着尤德赖的脊背与地面接触，一片尘土被扬到足足三寸的高度。尤刚讶异地转过头，发觉这一脚居然出自阶级敌人——尤德赖的老婆——徐玉凤。

"姓尤的，你居然敢丢下我？"徐玉凤双手叉在三尺肥腰上，唾沫星如暴风骤雨般喷出。这个肥胖的妇人如同一只发了疯的母狗，对地上的尤德赖拳打脚踢："咚咚"，她的拳头如鼓槌般敲在尤德赖的头上背上；"啪啪"，她满是老茧的肉掌扇在尤德赖的脸上脖上；这还没完，歇斯底里的徐玉凤用力锁住尤德赖的胳膊，张开嘴巴，露出两排白森森的牙齿，一口咬在尤德赖的肩膀上。"哎哟，痛死我啦！"尤德赖的惨呼惊起了树上的两只飞鸟，它们扑簌簌地从树梢头飞起，很快便消失在浓黑的夜色中。

看到徐玉凤骑在自家男人的身上，如疯子般殴打、撕咬尤德赖，尤刚吓了一跳，下意识地往后跳了一步，将瘦小的身躯躲到夏天成的身后，然后从夏天成的腰间探出脑袋，怯生生地朝这对反目成仇的夫妻看去。尤德赖双手抱头，整个人蜷成一团，任凭徐玉凤打骂都不敢还手。在旁边大约半米的地方，九岁的尤见财发出嘹亮的哭声。尤见财撅着屁股趴倒在地，哀求妈妈不要再打爸爸了，但他的哭泣依旧无法平息徐玉凤的怒火。怒骂声、哀号声、啼哭声、碰撞声，这几种声音在空气里交织成一曲美妙的交响乐。尤刚看着眼前的一家三口，心里浮出一丝难以用语言形容的快乐。

尤刚忽然笑了，这笑容比他考班级第一名时还要灿烂，比他过年吃妈妈包的饺子时还要纯真。尤刚一边笑一边鼓掌，仿佛自己看的不是一对平凡的夫妇在毫无章法地扭打，而是两个世界拳王正在擂台上争夺金腰带一样。尤刚一边笑一边鼓掌一边加油，他用清脆的童声为徐玉凤呐喊助威："打他，打他，打他！"

夏天成听见尤刚的鼓掌助威，两道浓黑的剑眉不自觉地跳了一下，他问尤刚："你喜欢看他们打架？"

"喜欢！"尤刚的右手不知什么时候拽住了夏天成的衣角，他兴奋地点头，眼睛里有耀眼的光芒正在闪烁。

"那想不想他们打得再热闹点儿？"

"想！"尤刚不假思索地说。

夏天成用力咳嗽了一声，他对抱头满地打滚的尤德赖宣布："尤德赖，现在，你可以反抗了！"

夏天成这句话说得字正腔圆，用的还是标准的播音腔，听上去就像婚礼上的司仪宣布新郎此刻可以亲吻新娘一般神圣肃穆。尤德赖一听夏天成发话，整个人如紧绷的弓弦一样从地上弹了起来，"啪啪"两个耳光甩在徐玉凤狰狞的脸上，几乎将皮肤下的肥油都打得冒出来。

"你这个恶婆娘，老子不还手你还骑到我头上来了？"尤德赖大声叫骂。徐玉凤被这两个耳光打得眼冒金星，然而斗志丝毫不减，她一低头，两百斤的身子如石碾般朝尤德赖撞去。尤德赖猝不及防，四脚朝天地被撞倒在地，徐玉凤如山岳般的身躯立刻压了上去，就像非洲草原上的大象在强奸犀牛。

徐玉凤胜在体型，她用自身重量为武器，先后三次将尤德赖撞翻、扭翻、摔翻在地，但尤德赖好歹是男性，速度、力量都是强项，一旦摆脱徐玉凤的控制，就能发挥出自己长胳膊长腿的优势，抽冷子在徐玉凤的脸上身上弄几下，而且一击即退，绝不陷入不擅长的近身战。随着双方的体力消耗，尤德赖在这场民间搏斗大赛中渐渐占据了上风，他就像求偶的公鸡一样，绕着试图反抗的母鸡不断兜圈子。他瞅准徐玉凤的空门不断出击，每次都能赢得一个或几个有效击打点数。这场搏斗整整持续了十五分钟。尤刚小手快拍肿了，嗓子快叫哑了。裁判夏天成一见这种情况，大吼了一声"住手"，直接终止了比赛。尤德赖凭借点数优势惨胜徐玉凤，赢得了这场世纪大战的金腰带。

至于他们的儿子尤见财，这一刻早已停止了啼哭，他像一具木偶般站在墙角的位置，空洞的眼睛里看不出一丝光彩。

夏天成缓缓走到尤刚的跟前，蹲下身子，用复杂的眼神看了一眼尤刚嘴边的笑容，他问尤刚："你觉得开心吗？"

"开心！"

"幸福吗？"

"幸福！"

"那你记好了，善良可以带来幸福，但如果要保护幸福，你既要力量！"

尤刚似懂非懂地点了点头。

第四十三节　尤村一景

　　夏天成不但替孙子出了气，还连带着欣赏了一出跌宕起伏的闹剧，最后还教会了尤刚追求幸福的真理，可谓是一举三得。看着衣衫褴褛、满身伤痕的尤德赖夫妻，夏天成不由得老怀大慰。他从屋子里拿出一张椅子，在院子正中坐了下来，不咸不淡地说：“你们以后打算怎么办？”

　　“以后？”徐玉凤脑子一时没能转过弯，但尤德赖就灵光多了，他赶紧将手放到心口，身体微微前鞠，摆出一副毕恭毕敬的样子。尤德赖说：“以后我们绝对不欺负尤刚一家啦！”

　　“对对对，村里有谁敢欺负尤刚，我们一定第一个帮尤刚出头！”徐玉凤迟钝的大脑终于反应了过来，赶紧补充道。尤德赖一看婆娘居然比自己还会表忠心，急得直跺脚，他跑到墙角，一把拉过尤见财，用指节在他脑壳上“笃”地敲了一下。尤德赖对尤见财说：“以后不许在学校欺负尤刚了，谁要是欺负尤刚，说他坏话，你就揍谁！”

　　尤见财没有开口，依旧一副痴痴傻傻的样子，对父亲的嘱咐毫无反应，尤德赖摁住儿子的脑袋，硬是点了三下头。夏天成眼见他这副汉奸走狗的尿样，牙缝里挤出一声轻蔑的嗤笑。他对尤德赖说：“放过你们一家也行，但你得答应我一件事！"

"啥事？"尤德赖的腰杆稍微直了些，他指天画地地发誓，只要夏天成真的宽恕自己，哪怕赴汤蹈火也在所不辞。尤德赖在发誓的同时走到徐玉凤身边，朝她使了个眼色。这对刚刚还打得头破血流、恨不得将对方食肉寝皮的冤家顿时又站到同一条战线上了。徐玉凤夫唱妇随地说："没错，没错，只要老板吩咐，我们夫妻俩一定照做！"

"白天我怎么对付崔瞎子的，你们看见了吧？"

"看见了，看见了！夏老板锄奸惩恶，大快人心！"尤德赖忙不迭地附和。徐玉凤不甘落后，她唉声叹气地说，只可惜自己当时不在现场，未能瞻仰到夏老板天神下凡般的英姿，以至于无法用发自肺腑的语言谱写一曲英雄的赞歌。徐玉凤还说崔瞎子是整个尤村最无耻恶毒的败类，不仅相貌丑陋身体残疾，而且内心扭曲品行败坏。她将肚子里所有的脏话全泼到了崔瞎子头上，语言之刻薄、语气之尖酸足够让死人掀开棺材板跳出来。这些话听在夏天成耳里自然没太大反应，但尤刚不一样，他听见尤德赖夫妻居然如此痛骂、诅咒崔瞎子，原本愉悦的心情几乎飞到天上。尤刚满脸笑容地说："骂得好，骂得妙，骂得呱呱叫！"

在尤刚的鼓励下，这场针对崔瞎子的批判大会足足持续了十五分钟。直到夏天成不耐烦地冷哼一声，尤德赖夫妻才反应过来，真正的主角是爷爷而不是孙子。两人立刻噤若寒蝉，低头立正，双手贴近裤缝，俨然等待首长检阅的卫兵。夏天成领略了尤德赖夫妇的真实嘴脸，他不再啰唆，单刀直入地说："尤德赖，既然你知道我白天是怎么整崔瞎子的，那么从明天开始，你每天也像我这样搞他一回！"

"我……我搞他？"尤德赖一时有些迷糊，等弄明白对方的用意后，整个人激灵灵地打了个寒噤。夏天成这一招驱虎吞狼之计实在妙至毫巅，竟然要挟尤德赖每天对崔瞎子动一次水刑。要知道崔瞎子虽然目不视物，但依旧四肢灵便，夏天成惩治崔瞎子，崔瞎子自然不敢反抗，然而如果行刑者变成了尤德赖，时间一长，十有八九会出现疯狗咬饿狼、两败俱伤的局面。尤德赖不想答应，但又不敢不答应。夏天成又说，他已经安排秘书把尤德赖杂货店对面的一块空地租下来了，如果尤德赖敢偷工减料耍什么滑头，自己就会在这块地上开一家大型百货超市，尤德赖杂货店卖什么，超市也就跟着卖什么，价格一律比杂货店便宜一毛。夏天成还仁慈地表示，考虑到双休日与节假日，一个月三十天，尤德赖至少要对崔瞎子用二十次水刑，如果少了一次，那么下个月底之前，尤德赖一定会听见大型超市开业的爆竹声。

尤德赖闻言大惊失色，他百分之百相信，这位一言九鼎的老板说得出就做得到。为了让全家人免于喝西北风的命运，他将胸脯拍得砰砰作响，表示一定保质保量完成任务。尤德赖邀请夏天成第二天下午三点，准时赶赴崔瞎子家，检验自己对崔瞎子的肉体惩罚暨灵魂改造工程。然而尤刚提出了不同意见，尤刚表示下午三点自己尚未放学，必须得推迟到四点才行，夏天成点头赞同，三方就此达成了共识。尤德赖夫妻当即抱头痛哭，宛若一对受尽苦难的不离不弃的忠贞伉俪，感人程度足以让见者伤心闻者落泪。

夏天成在第二天下午四点十分踏进了崔瞎子的家门，跟在他身后的除了背着书包的尤刚，还有牛红梅以及十多个闻讯而来的村民。看见站在院子正中，手持木棍、毛巾的尤德赖夫妻，尤刚满脸兴奋，村民们也笑逐颜开，大家都知道又有一出好戏即将上演了。人群中唯有牛红梅秀眉微蹙，她从尤刚的嘴里得知前一天发生了什么，按理说大仇得报，她本该满心欢喜才对，然而在欢喜的背后，牛红梅隐隐感到一丝担忧。她担忧的不是尤德赖与崔瞎子的悲惨人生，而是尤刚在说到这些事时，脸上那股掩饰不住的期待与兴奋。她觉得自己的儿子变了，变得陌生了，变得不再像自己的儿子了。牛红梅将担忧藏在心里，决定过来看看再说。

夏天成刚进门，尤德赖便一路小跑迎了上来，他一面跑一面招呼徐玉凤，让她将早就准备好的两张椅子拖过来，徐玉凤立刻照办了，她拖的这两张椅子一大一小，椅背上全都垫着厚厚的棉垫。尤德赖表示，这两张椅子是特地为夏天成与尤刚准备的雅座，为的是让他们能以最舒服的姿态监督自己的工作。正因如此，当尤德赖看见在队伍最后的牛红梅时，微微愣了片刻，然后大喊道："玉凤，回去再多搬张椅子来！"

跑得满头大汗的徐玉凤并没看见牛红梅，她愣愣地站在原地，抱在怀里的椅子一时忘了放到地上。尤德赖气得大骂："你这个瓜婆娘，没看见红梅妹子也来了吗？"

听到"红梅妹子"这四个字，徐玉凤满是汗珠的脸颊跳了一下，眼睛里露出一丝不甘的神色，毕竟，在她的认知中，牛红梅是勾引自家老公上床的狐狸精，是将花柳病传给自家老公的祸害精。徐玉凤一咬牙，气鼓鼓地跑回家，从堂屋里的三张椅子里挑出一张最硬最冷的，椅面上还裂了一道缝，徐玉凤看着这条小指宽的木缝，想象牛红梅坐在上面，白皙粉嫩的屁股被夹出一道红印、汩汩流血的样子，心情立马由阴转晴了。徐玉凤扛着这张带缝的椅子，风风火火地跑回崔瞎子家，发现夏天成与尤刚已经坐下了。牛红梅像一根旗杆那样笔直地戳在尤刚的身后。徐玉凤将肩膀上的椅子重重地朝地上一摔,冲牛红梅说:"坐!"

牛红梅看都没看徐玉凤一眼,微微摇了摇头:"不坐!"

瞧见自家婆娘这副不识好歹的样子,尤德赖一把把椅子夺了过来,然后像摆放唐三彩元青花那样小心翼翼地摆到牛红梅的屁股后面,椅脚与地面接触时连一丝尘土都没有扬起。尤德赖用袖子在椅面上擦了又擦,毕恭毕敬地说:"请坐!"

牛红梅依旧没有坐,院子里热火朝天的气氛一时有些冷场,二十多个围观群众的四十多只眼睛纷纷瞪成乒乓球的形状,这些人或多或少地知道牛红梅与徐玉凤之间的龃龉,纷纷在背后议论牛红梅会如何惩治不识好歹的徐玉凤,谁知牛红梅压根儿没有计较的意思,她说:"我真的不坐!"

牛红梅说这话时,一张冷冰冰的脸正对着崔瞎子家黑洞洞的门口,目光里看不出焦点。谁也听不出她这话究竟是对尤德赖、徐玉凤,还是尤刚说的,或许她原本就没打算跟任何人说话。尤德赖有些尴尬,只好压低嗓门问夏天成咋办。夏天成大手一挥,示意他不要在意这些无关紧要的细节。尤德赖立马如释重负,他一甩头,走进崔瞎子的房门,对堂屋高嚷:"崔瞎子,给我滚出来!"

崔瞎子一早就听到了屋外的声响,也隐约猜到了即将面临的厄运,枯瘦的四肢如八爪鱼般死死缠在客厅的窗格上,任凭尤德赖如何劝说如何拖拽都不肯松手,窗格上的木刺将崔瞎子粗糙的双手磨得鲜血淋漓。崔瞎子大叫:"夏天成,你上次答应我,以后不搞我的!你怎么不守信用?"

夏天成望了一眼崔瞎子,对着院子里黑压压的群众一摊手,他说:"我是答应过你今后不找你麻烦,也不让我手底下的人再找你麻烦,但尤德赖不是我的人啊!大家说是不是这个理?"

夏天成环顾四周，村民们自然帮理不帮亲，纷纷表示夏老板一言九鼎，绝无食言而肥的行径。崔瞎子一听大家这么说，原本濒临绝望的心态顿时垮塌了，他松开满是鲜血的双手，毫不反抗地任凭尤德赖将自己像死狗般拖到院子中央。瞎子这样的反应让尤德赖放松了警惕，尤德赖双手抱拳，朝坐着的两位贵宾施了个礼，接着把一条油腻腻的毛巾扔进冰凉彻骨的井水里。谁知毛巾刚一入水，原本躺在地上装死的崔瞎子陡然蹦起两尺高，像扑食的恶狗一样恶狠狠地扑向了尤德赖。尤德赖猝不及防，被崔瞎子扑了个正着。崔瞎子一个翻身，骑在尤德赖的肚皮上，一顿王八拳将这位昔日的战友打得鼻青脸肿。崔瞎子咬牙切齿地说："尤德赖，亏我以前把你当兄弟，你居然这么对我!"

尤德赖脑壳上被打出两个核桃大的包，整个人都有些不太清醒了。幸好他的老婆徐玉凤始终在一旁掠阵，眼见自家男人吃了大亏，心急如焚的徐玉凤也顾不上征询夏天成的意见，急吼吼地冲上前，张开大嘴，一口咬在崔瞎子的肩膀上。"哎哟"，崔瞎子一下子被咬泄了气。此刻尤德赖也恢复了几分神志，手脚并用从崔瞎子身下滑了出来，夫妻两人退到离崔瞎子两米多远的地方，一左一右地朝崔瞎子进逼。崔瞎子虽然目不能视物，但两只耳朵跟雷达一般能听声辨位，只要哪个方向传来脚步声，他就张牙舞爪地往那边乱挠一通。崔瞎子的指甲很长，指甲缝里满是黑漆漆的污泥，如果被他划一下，说不准就会得上破伤风、败血症。尤德赖夫妻一时间像狗咬刺猬没法得手。眼看这出狗咬狗的闹剧陷入了僵局，别说见血了，连毛都没掉几根。一直在座位上摩拳擦掌的尤刚脸拉了下来，鼻孔里发出"哼"的一声，显然不满意了。

这声细微的哼声传进尤德赖的耳朵，他为之一颤，心里清楚，如果再这样瞻前顾后下去，只怕全家人的饭碗就要被砸烂了。他硬起头皮，准备抱着流血牺牲的大无畏精神勇往直前，谁知向来愚钝的徐玉凤忽然开窍了，她一把将尤德赖拉回身边，指着满脸警戒的崔瞎子说："我有法子啦！"

"什么法子？"

"这家伙说到底还是个瞎子，只要听不见我们的脚步声，他还不任我们摆布？"

"你说得倒轻巧，这瞎子的耳朵比兔子耳朵还灵，别说我们两个大活人了，就连猫走路他都听得清清楚楚！"

徐玉凤见尤德赖不相信自己，冷笑了一声，一头冲进崔瞎子家厨房，等她出来的时候，手上已经多出一个不锈钢的脸盆和一把明晃晃的锅铲——"噔、噔、噔"，徐玉凤像村里的鼓号队一样，将锅铲跟脸盆敲得震天响。到后来甚至敲出了节奏，一开始是《最炫民族风》与《山里红》，这两首歌都是徐玉凤跳广场舞时耳濡目染的，然而她觉得这两首曲子欢快有余激昂不足，于是自作主张地变了调，敲出了《大刀进行曲》，徐玉凤一边敲一边唱，俨然一位德艺双馨的民间艺术家。尤德赖在音乐的激励下，斗志像打了鸡血一般越发高昂。反观崔瞎子那头，由于敲锅声盖住了脚步声，他再也无法料敌先机进行有效防御，当这曲脸盆锅铲伴奏、女高音独唱的《大刀进行曲》唱到"前面有东北的义勇军"一句时，崔瞎子被尤德赖一记冷拳抽在脸上，整个人晃了晃，两条干枯的手臂徒劳地在空气里挥了两下；等到"看准那敌人，把他消灭"一句时，崔瞎子已经仰面朝天躺倒在地，整个人的斗志被消灭得干干净净。尤德赖朝围观群众比画胜利的手势，从身旁的水盆里捞出冰凉透湿的毛巾，就像法医遮盖遗体面容那样，平平整整地盖在了崔瞎子的脸上。

随着水刑顺利地实施完毕，尤德赖将胸脯拍得砰砰响，对夏天成保证："夏老板尽管放心，以后绝对保质保量完成任务！"

夏天成不置可否地笑了笑，反倒是一旁的尤刚将小手拍得啪啪响。尤刚眼见两位欺凌自己、侮辱自己的恶人如今斗得两败俱伤，郁积已久的恶气如火山喷发般全部释放了出来，这感觉简直比三伏天吃一支雪糕或者憋了半天的尿一下子释放还要酣畅痛快。尤刚对尤德赖说："明天继续，我明天还要来看！"

尤德赖忙不迭地点头答应，与此同时，此前一直憋气强忍的崔瞎子终究憋不住了，仰卧在地的上半身如诈尸般挺坐起来，他大口大口地喘着粗气，蒙在脸上的三条湿毛巾一下子被甩到大腿上，在秋裤上洇出一片巨大的水斑。尤刚咧开的嘴顿时闭上了，他虽说不明白水刑究竟是怎么回事，但觉得崔瞎子这一趟遭的罪明显比前一天轻了许多，起码上次受刑后的崔瞎子脸色比死鱼的肚皮还要灰白，但今天依旧能看出几分血色。明眼人不止尤刚一个，看热闹的观众也通过整齐的嘘声表达出内心的不满。尤刚噘起嘴，对尤德赖说："明天你不准这么马虎了！"

尤德赖弯下腰，将崔瞎子挺直的身体重新按回地面，当即表示当晚一定回去认真学习，第二天再接再厉，绝对不辜负人民群众的殷切期望。尤德赖的保证一字不漏地传到崔瞎子的耳朵里，他两腿一弓，膝盖重重地撞在尤德赖的后心，将唾沫横飞的尤德赖撞得鼻血直流。这一来现场气氛总算迎来了小高潮，院子里也响起了经久不息的掌声。

自打这一天开始，尤德赖夫妇火拼崔瞎子的精彩大戏就会在每天十六点准时开演，时间久了，这台戏也就有了一个约定俗成的名字：尤村一景。

第四十四节　夏天成的公开课

"尤村一景"最忠实的观众是刚满七岁的尤刚。每天下午放学，他都会以百米冲刺的速度跑到崔瞎子家，一屁股坐到尤德赖事先擦好、光亮得能照出人影的椅子上，兴高采烈地欣赏这场为自己上演的大戏。夏天成通常坐在尤刚的右边，牛红梅出勤率较低，多半站在尤刚的左边，再后面是三五十个伸长脑袋张望的人民群众。在这三五十号人里，大约有二分之一是每天下午准时到场的忠实观众，三分之一是隔三岔五过来看一次的非忠实观众，剩下的六分之一则是受亲朋好友之邀，特地来看稀奇的新鲜血液。尤德赖为了讨一老一少两位主顾的欢心，这些天可谓创新不断，先后使用了辣椒水、隔夜尿等手段将崔瞎子折磨得死去活来，有压迫的地方就有反抗，崔瞎子的回击也越发激烈了，这几天他不屈不挠，用自己满是污垢的指甲与熏得焦黄的牙齿在尤德赖的脸上身上留下了累累伤痕。两位曾并肩作战的搭档终究成了不共戴天的仇人。

第六天下午，陷入癫狂的尤德赖当着十一名农村妇女的面，两只脚跨在精疲力竭的崔瞎子身上，朝他脸上的湿毛巾上撒尿。在场的妇女连忙以手掩面，但指缝后的眼睛睁得比铜铃还大，男人们纷纷起哄、尖叫，"尤村一景"的收视率也因为这个插曲而迎来新高，整个大院洋溢在一片躁动的狂欢气氛中。尤刚也不例外，他跳到了椅子上，挥舞双手为尤德赖喝彩。牛红梅眼看尤刚满脸幸福的样子，再一次露出忧愁的神色，眼角不太明显的鱼尾纹一下子加深了许多，就像是一把无形的刻刀刚刚刻上去一样。她拉了拉站在椅子上欢呼的尤刚，轻声说道："尤刚，我们回家吧!"

"不，我不回家!"尤刚从椅子上跳了下来，一溜烟跑到崔瞎子的身边，也学着尤德赖的样子，朝崔瞎子的脸上尿尿了。尤刚尿得不多，几滴淡黄色的尿液如吝啬的春雨，稀稀疏疏地滴在崔瞎子脸上的毛巾上。尤德赖心领神会，他张开双臂，如护崽的母鸡般将尤刚保护得严严实实，防止地上的崔瞎子暴起伤人。出人意料的是，崔瞎子并没有反抗，尿液的骚臭渗过毛巾，顺着鼻孔、口腔钻进体内，却激不起他哪怕一丁点儿的斗志。这一刻，曾经与天斗、与地斗、与科学斗、与尤二斗的玄学勇士崔瞎子彻底认命了。他闭上七窍，屏住气息，任凭尤德赖一伙人尽情践踏自己的肉体与尊严，直到实在喘不过气来的时候才拼命甩开毛巾，让自己免于憋死。崔瞎子将嘴巴张开一条缝，面朝夏天成方向告饶："夏老板，尤小祖宗，红梅妹子，你们行行好，放过我这个瞎子吧!"

尤刚哈哈大笑，原本断流的尿液重新喷涌而出，崔瞎子这一刻才知道骑在自己身上的是尤刚。他将脑袋在地上磕得砰砰响，对尤刚说："尤小祖宗，我真的知错啦!"

尤刚笑声不绝，清脆的童声在不大的院落里反复回荡，尤刚笑，围观的群众也跟着笑，笑声连成一片，顺着和煦的春风飘遍了尤村的每个角落。等大家笑够了，此前一直沉默不言的夏天成从椅子上站了起来，左手食指竖直，右手下压，做出了嘘声的手势，院子里刹那间安静了下来，三五十名群众就像打嗝一般，将笑声的尾音活生生地咽回肚子。唯一还在笑的是尤刚，又过了大约三秒，尤刚也不笑了。夏天成用威严的目光在院子里扫了一圈，沉声说："我打听过了，你们这些人，以前都叫过尤刚杂种，是不是？"

院子里顿时鸦雀无声，在场的本村人的脑袋齐刷刷地埋了下来，个别胆小的恨不得将头缩进裤裆里，外村人相对好一些，但也全都低眉顺眼，就连呼吸都变得小心翼翼的。尤刚脑袋一昂，以为夏天成是想给自己出气，他兴奋地蹦到人群跟前，伸出白生生的指头，一个接一个地指认曾经骂过自己杂种的尤村群众。尤刚总共指了十三个人，这十三个人面如土色，纷纷表示自己当年是猪油蒙了心，受了崔瞎子、尤德赖的蒙蔽怂恿才铸下大错的。夏天成"嘿嘿"笑了两声，忽然转过身对牛红梅说："红梅，你先带尤刚回家去！"

牛红梅怔了怔，紧接着拽着尤刚离开了。夏天成看着院子里的一大圈人，忽然问："你们说，尤刚是不是杂种？"

"不，不是！"几十道声音异口同声地响了起来。那些没被指认的村民悄悄挪动脚步，主动跟被指认者拉开了两三米距离，然后义愤填膺地指责这些人信口雌黄。谁知夏天成脸色忽然变了，他将手上的烟头摔到地上，气愤地说："尤刚如果不是杂种的话，那不就是尤二的儿子了吗？跟我有什么关系？"

起码有三分之二的群众没能听懂这句话，这些人一头雾水、面面相觑，想不通夏老板的这通无名业火究竟从何而来。尤德赖与崔瞎子倒是听明白了，尤刚确实不是纯种，但尤刚体内那丝"不纯"的血脉，正是源自夏天成这个有钱有权的大老板。说得更难听些，如果尤刚不是"杂种"的话，夏天成就是断根绝后的孤家寡人。但如果就此承认尤刚是杂种，似乎也不太妥当。这两人脑筋飞转，寻思该用什么话来回应这个杀机四伏的答案。大约想了两分钟，崔瞎子一抹脸上骚臭的尿水，大声说："尤刚不是纯种，他身体里既有尤二的血脉，也有夏老板您的贵种、龙种。也幸亏他遗传了夏老板您的贵气，才能有今天的出息!"

夏天成有些讶异，他没有想到，这个身形佝偻、任他蹂躏的瞎子居然能说出这般漂亮、在理的一番话来。夏天成脸上的表情被在场的明眼人牢牢地看在眼里，大家纷纷高呼"贵种""龙种"。不少群众甚至长吁短叹，表示只恨自家的婆娘或女儿没能修到牛红梅的福气，沾上夏天成老板的贵气。夏天成面带微笑，欣赏这些连DNA、RNA都不知道为何物的愚夫村妇脸上的精彩神情，忽然有些后悔刚刚将尤刚支走的决定了。

科学没法战胜迷信与愚昧，但强权可以。物理定律与数学公式无法击败愚昧的迷信与信仰，但TNT可以碾压大刀长矛。这一刻夏天成忽然想起两个人：尤济世和周诚。他忽然觉得这两个曾让自己佩服的卫道者其实是两条百无一用的可怜虫。

在"贵种""龙种"的呼声彻底停歇之前，尤德赖低着脑袋走到夏天成跟前，谄媚地说："不是我说，尤刚的鼻子嘴巴，全跟夏老板您生得一模一样。都是龙鼻牛口，主大富大贵啊!"

夏天成愣了半晌，脑子里下意识地浮现起尤刚的相貌嗓音。他很快就想到，尤刚体内有且仅有第九和第十三对染色体和他的儿子有关系，而这两条染色体跟五官相貌基本扯不上任何联系。他并未戳穿尤德赖的阿谀之词，而是一拍椅子把手，冲着尤德赖说："我明天就要回X市了，你好自为之!"

"哎!"尤德赖欢快地应了一声，整个人宛若一只将被放出樊笼的囚鸟。刚刚调顺呼吸的崔瞎子重新咳嗽起来，或许是觉得这样还不够可怜，崔瞎子在咳了两声后开始干呕，他将食指深深探进喉咙，痛苦地吐出一些带着骚味的液体。然而两人的演技都没能骗过夏天成，夏天成说："我回去之后，尤刚会每天过来，如果你俩不能把我孙子给瞧满意了，我会回来的！"

第四十五节　尤刚的蜕变

　　夏天成离开尤村的当晚，尤德赖偷偷摸进崔瞎子家里。两个人在黑灯瞎火中聊了半个小时，讨论的主题并非如何反抗而是如何敷衍，双方经过友好协商，终于制定出一整套糊弄尤刚的办法。两人约定，日后在外人面前，继续保持苦大仇深不共戴天的敌对姿态，但私底下结为攻守同盟。每天下午，尤德赖依旧准时准点对崔瞎子实施水刑，崔瞎子也依旧百折不挠地反抗，然而，这过程中每一拳、每一脚、每一声惨叫、每一处伤痕都会事先排演好，在取悦观众的同时不至于伤筋动骨。为了确保万无一失，尤德赖搀着崔瞎子走到院子里，搞了一次实地的攻防演习。

　　"明天你就站这儿！"尤德赖将崔瞎子推到院子中间，用鞋尖在泥地上刨出两个浅浅的土坑。崔瞎子双脚站在坑里，尤德赖说："到时候，我老婆会敲锣打鼓干扰你，从我老婆敲锣的那一刻起，你在心里数五下，数到五的时候，我会从你右边冲过来抱你的腰，把你推倒在地上！"

　　尤德赖拍了下巴掌，示意演习开始。崔瞎子在心里默数了五声，果然，数到五的刹那，尤德赖如约从右边蹿过来，由于有所准备，崔瞎子这一跤跌得虽说不轻，但实质承受的痛楚比真正相搏时轻了许多。崔瞎子满意地笑了，表示此计大妙。尤德赖摸了摸前两天刚被撕豁口的耳朵，接着讲解道："到时候我人会在这个位置，你用手在我肩膀上抓一下，能抓出血来最好！"

尤德赖握住崔瞎子鹰爪般的右手，移到自己肩头的位置。崔瞎子心领神会，用手指虚捏了一把。然后又反复练习了七八趟，说了声"好"，两人就开始下一个回合的排演了。这对冤家对头在皎洁的月光下排练了足足两个小时，确保每一回合的套路都彻底纯熟。尤德赖说："好的，我走了，明天就按这个套路来！"

这份短暂的喜悦只持续了十六个钟头便荡然无存。第二天夏天成不在，牛红梅也缺席，然而作为现场唯一的监督员，接班人尤刚的苛刻程度远远超出了两位当事人乃至现场观众的想象。尤刚并没有发觉两人的套路，但直觉让他感到这一趟搏斗不够惨烈和刺激。尤刚用力拍打椅子的边缘，威胁他们如果继续敷衍下去就打电话找爷爷告上一状。尤德赖瞬间被吓破了苦胆，他凑在崔瞎子的耳边说："看来咱俩排得还不熟练，今天还是真打吧！"接着便一拳狠狠捣在崔瞎子瞬间呆滞的面庞上。尤德赖跟崔瞎子真打了差不多十分钟，结局自然是满脸伤痕周身疼痛，但心里总算还是欢乐的。两个人都相信，随着时间的推移，双方配合总会越发默契纯熟。谁知道等水刑正式实施时，尤刚忽然一拍双手，从椅子上跳了起来。

"等等，我有个法子！"

此言一出，围观群众顿时发出一阵欢呼，十几张麻木的脸上写满了期待的神色。说实话，在接连观赏了一个礼拜的水刑后，观众们急需一次伟大的创新来重拾对"尤村一景"的兴趣。这一次尤刚没有让他们失望，只有七岁的他尽情地张开想象力的翅膀，摒弃了辣椒水、撒尿这类毫无新意的点子，而是吩咐尤德赖，跑到门口的水田里抓十只癞蛤蟆过来。尤德赖在点头的同时打了一个深深的寒噤。接下来的故事就顺理成章了，尤刚让尤德赖把癞蛤蟆放进水盆，用这样"加料"的法子里来增加刑罚的残酷度。尤德赖犹豫了片刻，选择了照做。

说实话，尤刚的这番创新并没有立马产生效果，当日的水刑过程看上去与从前并无太大分别，唯一的区别是崔瞎子呕出的秽物比往日略多了一些。然而等天黑之后，一切都不一样了。尤德赖的右手奇痒难忍，用指甲抓、风油精涂都无济于事，最难受的时候恨不得用菜刀将手齐腕砍去才痛快；崔瞎子受的折磨更甚十倍，之后整整三天，崔瞎子都觉得七窍中有几百只虫子在爬进爬出，时不时地咬上几口。这感觉让他生不如死，甚至采取以额撞墙、用烫水浇头的办法来缓解可怕的痛楚。在这三天里，大半个尤村的人被崔瞎子凄厉的哀号折磨得睡不着觉，尤刚也是听众之一。每当崔瞎子哀号时，尤刚都蜷缩在被窝里瑟瑟发抖，说不清到底是因为兴奋还是恐惧。

牛红梅也被窗外的惨叫声吵醒了，她不知道究竟发生了什么，但猜到可能与自己的儿子有关。她将尤刚从被窝里拉出来，郑重其事地问："崔瞎子怎么了，你怎么对他了？"

尤刚看着母亲冰冷的眼神，牙关一颤，一五一十地说出了实话，他说自己想出这个法子不过因为当天的自然课刚好讲到这一节，他想学以致用知行合一。牛红梅听后全身发抖，她训斥尤刚说："你怎么能想出这么残忍的主意！"

"谁让他们从前欺负我们！"尤刚理直气壮地说。

"以后不许这么做了！"牛红梅说，"你以后放学就给我回家，不许再上崔瞎子家了！"

"不行！我还没玩够呢！"

"玩够"，这两个字让牛红梅感到一丝莫名的恐惧，她忽然发觉，尤刚不再是那个需要呵护的纯良孩童了，如今的尤刚就像一个残忍、顽劣的小恶魔，比尤二更横行霸道，比夏天成更冷血无情，甚至比崔瞎子、尤德赖更卑劣阴险。其实这也很正常，即便是一个心智健全的成年人，在受尽了屈辱与欺凌后忽然翻身做主，也难以保持纯真的本心，更何况一个七岁的孩童呢？牛红梅呆呆地看着尤刚唇角的微笑，冰冷的瞳孔渐渐收缩，她举起手，重重地扇了尤刚一个耳光。

　　"啪"。

　　这是牛红梅第一次打尤刚。

　　尤刚捂着脸颊的红印，不可思议地看着眼前的牛红梅。在他的记忆里，自己的妈妈是这个世界上最宽厚、最仁慈、最和蔼的妈妈。尤刚清楚地记得，三年前自己跟爸爸玩捉迷藏，因为关门太快，夹伤了妈妈的食指，当时牛红梅疼得眼泪都连成串了，但依旧没有碰自己一根手指头；尤刚也记得，前年自己放学时追一只蝴蝶迷了路，最后天色全黑了才被妈妈找到，那次牛红梅的嗓子都喊哑了，但依旧没有打他；尤刚还记得，自己曾经违抗父母的禁令，在夏日中午跑到河边玩水，即便是那一次，牛红梅的巴掌也在距离他屁股两厘米的地方停住了。尤刚始终认为妈妈永远不会打自己，正如牛红梅一度相信儿子永远会是善良的一样。

　　卧室里陷入了短暂的死寂，又过了大约半分钟，尤刚嘴巴一扁，发出清脆而响亮的啼哭。尤刚从温暖的被窝里爬了出来，连拖鞋都没穿，赤着脚、冒着寒风跑向客厅，拨通了夏天成的电话。

　　"爷爷！"尤刚在电话里哭诉，"妈妈打我！"

　　电话里的夏天成愣了愣，他在尤村只待了短短十天，虽说与牛红梅交流不多，但他能清楚地感到这位母亲对儿子无私而伟大的爱，他知道这其中一定有相当重要的隐情。夏天成没有开口哄尤刚，而是直接说："你妈妈在哪儿？让她接电话！"

尤刚并没能听出夏天成话中的冷意，还以为这位将自己人生扭转了一百八十度的爷爷要为自己出头教训妈妈了，事实上不只是尤刚，就连牛红梅也是这么想的。她一拿起话筒就开始咆哮："你知道尤刚现在成什么样子了吗？"

牛红梅用力推开面前的窗户，将电话听筒伸到窗外，崔瞎子的惨呼伴着冰凉的夜风一并灌入听筒。夏天成听见电话里的响动，皱了皱眉，看了一眼手表上的时间，他问牛红梅："是崔瞎子在叫？"

"是！"

"都这个点了，这家伙出啥事儿了？"

牛红梅一不夸张、二不隐瞒，将尤刚的壮举原原本本地转述了一遍。夏天成听后沉默了良久，然后接连说了三个"对不起"。他当初的本意是当着全村人的面惩戒崔瞎子与尤德赖这两个首恶，至于尤刚的蜕变，他原以为是狼性的觉醒，如今看来却成了恶念的萌芽。夏天成忽然想到了尤二，他从不希望尤刚成为像他父亲那样的人，但现在看来，尤刚能够成长为尤二那个样子就该让他谢天谢地了。

夏天成没有再让尤刚接电话，他对牛红梅说："我过两天就回来！对了，你去找尤德赖说一声，这两天他也不要去找崔瞎子了！"

第四十六节　牛红梅的弱点

　　熟悉的黑色奥迪时隔七十二小时后又一次开进了尤村，这时外面的天色已经全黑了，车开得不快，夏天成阴沉的脸色随着乡道两边的路灯忽明忽暗。当轿车经过尤德赖的杂货店门口时，夏天成让司机关掉了车灯，同时按响了喇叭，刺耳的嘟嘟声在尤德赖听来犹如催命的魔咒，正在清点零钱的他惊恐地抬起双眼，望着不远处的奥迪瑟瑟发抖。然而奥迪并没有离开的意思，尤德赖只好拖着脚步走到轿车近前，小心翼翼地问："是夏老板吗？"

　　车窗缓缓下降，露出那张曾无数次在噩梦中出现的脸。尤德赖抖抖索索地掏出一包中华烟——这是他杂货店里最上档次的香烟，然后用鸡爪般的手指抽出一根递到夏天成的嘴边，出乎意料的是，夏天成竟将烟接了过去，衔进嘴里，抬起头直勾勾地盯着他。尤德赖这时才意识到自己居然忘了带打火机，他连滚带爬地跑回杂货店，从货架上抓起一个一次性打火机，奔回奥迪车旁。尤德赖猫下腰，满脸堆笑地帮夏天成点烟。"嚓"，第一下只有火花没有火苗；"嚓"，第二下连火花都没能见到。尤德赖讪讪地缩回手，赔笑地说自己去店里换个打火机再来。夏天成摇摇手，说不用麻烦了。

夏天成用点烟器点燃香烟，面无表情地对尤德赖说："我想了想，你还是搬家吧！"

"搬家？"尤德赖下意识地问。他眼见夏天成烟雾后的眉头紧紧锁起，一颗心也从心口提到了嗓子眼。夏天成懒得跟尤德赖过多解释，只是轻描淡写地说："没错，搬得越远越好！"

尤德赖脑筋飞转，说实话，两天前牛红梅让他暂停跟崔瞎子的斗争时，他已从这个善良的女人嘴里撬出了一些关键信息。那会儿他以为自己的苦难生涯终于到头了，谁想到最终的结果是要接受背井离乡的命运。尤德赖问夏天成："那我啥时能回来？"

夏天成冷哼了一声，尤德赖立刻唯唯诺诺地保证，从此远走他乡绝不回头。夏天成把手伸出窗外，将半截烟灰弹到地上，然后招呼尤德赖走近一些，夏天成贴着尤德赖的耳朵说，从今往后，如果他的左脚踏上尤村的土地，就打折他的左腿，如果右腿踏上就打折右腿，如果两条腿同时踏上尤村土地的话，就打折他中间那条腿。尤德赖听完夹紧裤裆，脸色好像刚吃完二斤苦瓜："我跟我老婆的兄弟姐妹都住这个村，以后走亲访友咋办？"

"随你！"

"那我父母的坟还在村里呢！"

"迁坟！"

"偶尔回来扫个墓也不成？老板，你这么通情达理，就稍微宽容些吧！"

夏天成一口烟圈吐到尤德赖的脸上，网开一面地说："那好，每年清明节你能回来，别的时候敢踏进尤村一步，我就让你过清明节！"

尤德赖的老脸顿时涨成熏肉的颜色，面对这些"丧权辱国"的不平等条约，他生不出一丝反抗的勇气。尤德赖一咬牙，开出最后一个条件："这些都依你，不过你得给我两个月，我得把家里房子跟店铺给转手了！"

"半个月！"

夏天成不等尤德赖讨价还价，伸手按下车门上的按钮，漆黑的车窗缓缓升起，并在彻底闭拢前飞出一个带着火星的烟头，烟头不偏不倚地砸在尤德赖稀疏的头发上，烫得他龇牙咧嘴却又不敢发作。等到将头顶的火星扑灭时，奥迪车已经亮起大灯，绝尘而去了。尤德赖站在夜色里纹丝不动，身上好像被冷水泼了一般冰凉。

夏天成的第二站是崔瞎子家。车还没停稳，听力无比敏锐的崔瞎子已经恭恭敬敬地立在门口了。等夏天成的皮鞋与地面相触时，崔瞎子拄着拐杖，一步一晃地小跑到奥迪车旁。崔瞎子说："不知夏总大驾光临，瞎子有失远迎！"

崔瞎子说这话时不自觉地挠了一下红肿的耳根，这一刻距离上次酷刑已经过去了八十个小时，他七窍中的奇痒也减轻到了可以忍受的范围内。所以，当夏天成勒令崔瞎子搬家时，崔瞎子想都没想，"扑通"一声跪倒在夏天成的面前，眼泪鼻涕同时流了出来。崔瞎子求夏天成："夏老板，我一个孤苦伶仃的瞎子，你让我搬去哪儿啊?!"

"随你！"

崔瞎子抱住夏天成的裤腿，脑袋几乎埋进土里，他哀求道："夏老板，我求求你，就让我留下来吧！我对天发誓，再也不欺负你家孙子了，从今往后，我要是再说尤刚一句坏话，就让我崔瞎子遭天打雷劈！"

夏天成抽回被崔瞎子的鼻涕弄脏的右脚，鞋尖在他脑门上戳了一下。"不可能！"夏天成说。这样的誓言他之前听过不知道有多少，他比谁都清楚，如果发誓真能应验，那这世界上早就不存在恶人了，他们要么被天打雷劈，要么已断子绝孙。然而，修桥补路瞎眼，杀人放火儿多，恶人们依旧好端端地活着。这足以证明，一切誓言都是狗屁。

夏天成不愿尤刚继续沉迷于报复的毒瘾，但也决不能让崔瞎子与尤德赖继续留在尤村，他清楚这两人是两条阴冷的毒蛇，只要稍有喘息之机便会伺机反噬。和他们相比，如今的尤刚不过是一头刚刚长出尖牙的小狼，至于牛红梅，更不过是一只人见人欺、人见人骑的绵羊。万一哪天形势逆转，尤刚面临的报复只怕比他如今做的还可怕十倍。

"给你半个月时间，滚出尤村！"夏天成没有理会崔瞎子的苦苦哀求，转身拂袖而去。崔瞎子在地上趴了足足三分钟，直到轮胎碾过泥地的吱嘎声彻底从耳边消失才抬起头来，脸上现出凄苦绝望的神情。这副表情倒不完全是假装，他毕竟是个瞎子，苦苦拼搏了二十多年，哄骗了无数人、讨好了无数人，又得罪了无数人才换来微薄的算卦名声。近来虽然因为"尤村一景"的缘故，生意少掉了一多半，但假以时日应该还能勉强糊口。但如果就此离开，那便真成了无枝可依的雀儿，下半辈子只能靠乞讨或低保填饱肚皮了。弄明白这一点后，崔瞎子宁愿每天忍受一次不掺蟾蜍毒液的水刑，也决心要留在尤村。

崔瞎子明确了目标，便开始为这个目标努力奋斗了。他深知夏天成的铁石心肠绝不会有任何动摇，决定将突破口放在牛红梅身上，毕竟这个女人的良善与慈悲是远近皆知的。崔瞎子摸索着走出半里多路，在距离牛红梅家大约一百五十米的地方停了下来。他将身影缩在一间猪舍后，直到村道上响起布鞋的声音才走出来。崔瞎子对这个路过的妇女说："等等，问个路！"

妇女被吓了一跳，差一点叫出声来，幸好她很快便认出了崔瞎子，她问："崔瞎子，什么事？"

崔瞎子听出了声音主人的身份，知道她的丈夫也是牛红梅嫖客大军中的一员，也知道这个女人一定嫉妒并仇恨牛红梅。这一来崔瞎子放下心来，轻声问道："你帮我看看牛红梅家门口，有没有汽车停着！"

妇女恍然大悟，她说："有呢，黑色的，就是前几天那个大老板的！"

崔瞎子发出"唉"的一声，将拐杖戳到地上准备打道回府，谁知就在这时，妇女忽然又说："咦，好像屋里有人出来了！"崔瞎子慌忙"嘘"了一声，重新将身形缩回低矮的猪圈后头，远处的奥迪车发出低沉的轰鸣，接着绝尘而去了。崔瞎子拍了拍身上的尘土，朝妇女说了声谢谢，他用拐杖在地上敲出笃笃的声响，继续朝牛红梅家前进了。

崔瞎子敲响了牛红梅家的铁门，里面传来轻微的询问："谁啊？"崔瞎子没有应答，只是一动不动地站在门口。堂屋的木门"吱嘎"一声打开了，牛红梅隔着五六米的距离认出了门外的崔瞎子，很快便猜到了这个人的来意，于是"砰"的一声将木门关上了。牛红梅隔着窗户说："你来做什么，快回去吧！"

"牛大妹子，你就行行好，可怜可怜我吧！"崔瞎子扑通一声跪倒在地，额头一下下地撞在锁好的铁门上，发出"嗵嗵"的声响。崔瞎子大声哭喊，"我一个孤苦伶仃的瞎子，你说我能去什么地方？你这是把我往死路上逼啊！"

"你不记得从前是怎么对我们的了吗？"牛红梅说，"你当初骂尤刚杂种的时候，怎么没可怜我？你让我赔营养费误工费的时候，不就是把我们往死路上逼吗？"

崔瞎子听见牛红梅的斥责，心里却越发高兴，他知道，女人的话越多，往往说明她的心肠就越软。他不再辩解，而是继续用额头"砰砰"地撞着铁门，一下、两下、三下；十下、二十下、五十下，当撞到第六十七下时，崔瞎子的眼角流出一缕鲜血，但他并不罢休，而是换另一侧额头继续孜孜不倦地撞着。终于，当撞到八十一下的时候，里屋的门又一次发出吱嘎的声响，接着是脚步声。牛红梅走到门口，跟崔瞎子隔门相望，崔瞎子立刻摘下自己的墨镜，露出两个黑洞洞的没有眸子的眼窝，一行鲜血正顺着皱纹缓缓流下。牛红梅打了个寒噤，她偏过头说："瞎子，你究竟想干什么？"

"不干什么，就想求牛大妹子在夏老板面前说个情，别把我赶走！"

"夏老板跟我非亲非故，怎么可能听我的？"

"没错，夏老板跟你非亲非故，但他的孙子是你的儿子啊！"崔瞎子又开始用头撞门了，殷红的鲜血顺着铁门中的缝隙缓缓流下，一滴滴地落在牛红梅脚下的地面上。牛红梅闭上眼，想不看这一切，但耳边的咚咚声却如锤子般一下下凿在她柔软的心房上。她咬着牙说："你先回去，这事过几天再说！"

"不，你不答应我，我就不回去！"崔瞎子两个膝盖就像钉在地上一样丝毫不动。他说，"你一个小时不答应我，我就在你家门口跪一个小时；一天不答应我，我就在门口跪一天。牛大妹子，咱们好歹是一个村子的邻居，你的妈妈算起来还是我的远房老表，你可不能这样对我啊……"

"造孽啊，造孽啊！"牛红梅猛地拉开铁门，靠在门上的崔瞎子立刻如滚葫芦般滚倒在她的脚下。牛红梅甩下一句，"我打电话给夏天成，你自己跟他说吧！"接着便头也不回地回了屋子，崔瞎子一路磕头，用膝盖跟随牛红梅进了里屋。在进门的一霎，他清楚地听见尤刚阴恻恻的冷笑声。

第四十七节　分歧

　　汽车发动机的轰鸣声在牛红梅家门外响起。原本跪着的崔瞎子赶忙匍匐在地，双手遮住后脑，准备迎接即将到来的暴风骤雨。"砰"，夏天成关车门的声音比炸雷还要响亮，崔瞎子吓得如筛糠般发抖。夏天成进门后，看都没看在地上蜷缩成一团的崔瞎子，而是用力一拍桌子，冲着牛红梅怒吼："妇人之仁，妇人之仁！"

　　夏天成说完这两句"妇人之仁"，余光才瞄见脚下的崔瞎子。他走过去，用皮鞋的尖头在崔瞎子肥厚的屁股上狠狠端了两下，崔瞎子被这两下踹出去有两尺远，整个身子跟拖把似的在地上擦出几道白印，然而他没有叫痛，只是磕头如捣蒜地说："夏老板，牛大妹子，我实在没有法子啦！你说我这把年纪，除了在尤村帮人算命起卦之外，还能上哪儿讨活路呢？你们与其赶我走，不如现在就杀了我算啦！"

　　崔瞎子知道求夏天成很难有效果，于是循着说话声爬到牛红梅的脚下，他抬起头，泪水顺着皱纹，在没戴墨镜的脸上纵横流淌。崔瞎子刚要开口，耳边却传来了夏天成冷冰冰的声音："你不用求她，求她也没用！"

　　虽然早有预料，但这句话真真切切地从夏天成的口中说出的一瞬，牛红梅的眼皮还是跳了一下。她柔弱的身躯里忽然涌出一丝火焰，她不愿再做任人摆布的泥塑木雕，即便这个人是尤刚的爷爷也不例外。牛红梅忽然从椅子上站了起来，对夏天成说："你赶他走，就等于让他去死！"

"我知道！"

"他如果死在外面，我们就等于成了杀人犯！"

"是的！"

"就算他留在这儿，也害不到我们！"

"未必！"

牛红梅步步追问，夏天成惜字如金，两个人针锋相对地辩了七八个回合。在辩论过程中，尤刚始终坐在一旁，睁大好奇的眼睛观看母亲与爷爷的争吵。说实话，时隔三天后，那一巴掌的仇恨早已淡化得七七八八了。此刻尤刚是偏向妈妈的，这倒不是他同情崔瞎子，而是他下意识地认为，如果崔瞎子就此滚蛋的话，那日后就再也看不到美不胜收的"尤村一景"了。所以，等争吵双方陷入短暂的沉寂时，尤刚忽然说："爷爷，你就别赶瞎子走了！"

尤刚此言一出，原本大气都不敢出一口的崔瞎子立马以乌龟的姿态爬到他脚下，抱着尤刚的脚亲吻。崔瞎子说尤刚是世上最善良的孩子，拥有一颗金子般的美丽内心。尤刚看着脚下的崔瞎子，忽然有些想笑，他想知道如果崔瞎子知道自己内心的真实想法，脸上会绽放出什么样的表情。

夏天成双手一拍，忽然放声大笑："崔瞎子，你害过的人居然现在都在帮你求情，倒是我这个外人一心赶你走。你说好笑不好笑？"

这问题自然没人回答，夏天成站起身，他绕着地上的崔瞎子走了三圈，接着在他面前缓缓蹲了下来。"抬头！"崔瞎子立刻照办了。夏天成饶有兴趣地看着崔瞎子恶鬼般的脸庞，一道道褶皱里刻满了隐忍与仇恨。夏天成心知肚明，这瞎子只要活在尤村一天，对牛红梅与尤刚来说都是一个巨大威胁，但嘴上却说："既然我孙子都给你求情，那你就留下来吧！"

夏天成大发慈悲的理由绝非少数服从多数，事实上只要他认准的事情，即便有一百、一千、一万个人竭力反对，只要这一万个人里没有比他更有权有势的，他都会选择一意孤行。夏天成之所以答应崔瞎子留下来，最重要的原因是牛红梅，他觉得这个女人就像一只愚蠢可悲的绵羊，与其让她继续可悲地善良下去，倒不如让她吃些苦头，让这只绵羊变成山羊。夏天成相信只要自己这头老虎还在，一条瞎了眼的毒蛇就掀不起太大的风浪。然而夏天成还是过于自信了，这份过头的自信即将铸就一个无法挽回的悲剧，在场的所有人都要为他这个错误的决定付出难以想象的代价。

没有人可以未卜先知，即便以伟大玄学家自居的崔瞎子也不行。一听夏天成松了口，这个有经天纬地之才的算命先生放声大哭，发誓日后绝不会做出半点报复的举动，绝不说尤刚一家半句闲话，假若有丝毫违逆，那便乱刀穿身不得好死。牛红梅认真地听完了崔瞎子的誓言，并且一字不落地记在心里；尤刚则两眼放光，脑子里开始盘算第二天该用什么新花样折磨留下不走的崔瞎子。夏天成将屋里的众生百态统统看在眼里，似笑非笑地点了点头，起身走向门外的黑暗。

尤刚的如意算盘还是落了空。第二天下午四点十分，他背着书包，一路气喘吁吁地奔到崔瞎子家，发现本该热闹非凡的院落居然空空如也。院子正中，那张原本为他准备的专用雅座如今也不知去向。尤刚气鼓鼓地冲进院子，将书包往地上一丢，大声喊道："人呢，人去哪儿了？"

里屋传来清脆的笃笃声，崔瞎子拄着拐杖，施施然从门里踱了出来。他面对尤刚的方向，客客气气地说："尤刚，找我有事吗？"

"我不找你，尤德赖呢？他不找你打架了吗？"尤刚并不知道"水刑"这个词，干脆用"打架"来代替了。

"你不知道吗？"崔瞎子故作震惊地说，"尤德赖要搬家了，他以后不会来啦！我俩也不会打架啦！"

"搬家？"尤刚终于明白了过来，"你不是不走了吗？为什么他还要走？"

"我跟他可不一样，我是个孤苦伶仃的瞎子，出去就是死路一条！但尤德赖是个明眼人，又有生意头脑，到哪儿活不下去？"崔瞎子朝后退了两步，用空着的左手抓起堂屋中的一张椅子，又用胳膊把椅子夹到肋下。崔瞎子右手拄拐，左臂抱椅，用脑袋顶开虚掩的房门，慢慢挪到尤刚旁边，将椅子放了下来。

"坐吧，小祖宗！"

尤刚一屁股坐在椅子上，不满地说："那以后见不到你们打架了？"

"应该是吧！"崔瞎子心里窃喜，但脸上却装出一副无奈的表情。他一咬牙，说，"当然，如果小祖宗当真想看的话，现在可以去找一趟尤德赖，他这几天应该还在村里的！"

尤刚说了一声"好呀"，随后便跳下椅子往门口奔去，崔瞎子听着渐渐远去的脚步声，心里暗自祈祷，他祈祷菩萨保佑尤德赖这一刻千万不要在家，就算在家也别答应尤刚的无理要求。谁知诸天神佛完全没有护佑他的意思，只过了一根烟的时间，门外就响起细碎的脚步声，听声音来的人至少有七八个。尤德赖的老婆徐玉凤一进门就高喊："瞎子，我们来啦！"

就这样，大家翘首以盼的"尤村一景"时隔三日后又一次与观众见面了，由于是谢幕前的最终演出，主演尤德赖也分外卖力。尤刚依然是在场唯一的贵宾，他看着像离水的鲫鱼一般喘气的崔瞎子，心里涌现出一丝依依不舍的感觉。他知道这样的好戏最多只能再看半个月了，半个月后，随着尤德赖的远走高飞，一切都将归于无聊的平静。他对尤德赖说："你能不能多留几天？"

尤德赖头摇得跟拨浪鼓似的，他说："如果我到时候不走，你爷爷会把我的腿打折的！"

"崔瞎子求我的爷爷，结果就不用走了！你为什么不求我的爷爷？"

尤德赖脸上堆笑，心里却把尤刚骂了个狗血淋头。心想与其每天受这么一遭罪，倒不如就此远走高飞来得痛快。尤德赖耐心地给尤刚解释，自己跟崔瞎子情况不太一样，就算去求夏天成也不会收到效果。接着他认真地说，如果尤刚真的喜欢看崔瞎子受折磨，完全可以自己动手丰衣足食，反正这个瞎子是不会生出胆量反抗的。尤刚受了尤德赖的提点，嘻嘻笑了起来，心中的不舍一下子散得无影无踪。与此同时，躺在地上的崔瞎子恨不得一把捏碎尤德赖的睾丸。崔瞎子狠狠地挠了尤德赖的大腿一把，恨声说："你他奶奶的玩我？"

尤德赖"哎哟"叫唤了一声，却不反抗，而是悄悄伸出食指，隔着衣服，在崔瞎子湿透的背脊上写出一个"忍"字。崔瞎子感觉出了这个字，知道这个诡计多端的杂货店老板一定想到了什么高明的法子，于是便像鼻涕虫一样躺在地上，忍气吞声不再反抗了。夕阳西下戏终人散，十多个围观群众跟在尤刚后面走出大门,各回各家各找各妈。崔瞎子从地上爬起来,他问尤德赖:"你有什么法子?"

"我托人问过了,那个夏老板不是啥善茬儿,在大城市开赌场、夜总会,可以说是黑道白道通吃!"

"这话啥意思?长他人志气灭自己威风?"

"不是,我就想告诉你,这家伙做的违法事其实不少,屁股也不太干净。要知道,当今可是法治社会,只要找一个由头,再弄到确凿的证据。说不准咱就能把他扳倒!"

"扳倒他?"崔瞎子连连摆手,别的不说,夏天成身上的那股气场就震慑得他生不出半点反抗的念头。崔瞎子脑筋飞转,寻思如果今晚将尤德赖卖掉的话,夏天成能给自己多少好处。但尤德赖显然也想到了这一点,他说:"就在半个月前,我还是尤村最滋润、最有钱的老板,可如今呢,就是一条无家可归的流浪狗;就在半个月前,你崔瞎子还是这十里八乡最出名的算命大师,可如今呢,就是一条任人欺辱的野狗!你就不想报仇吗?"

"报仇?怎么报?"

"别忘了,姓夏的当初怎么折磨你,可是大半个尤村人都看见的!"尤德赖话锋一转,他说,"这些天,我仔细翻了一遍《刑法》,尤刚属于未成年人,我则是被夏天成胁迫的,我们在你身上做的这一切,夏天成都要负责!"

"那又怎样?派出所又不是没来过!"

"那是因为事情没闹大,你也没受伤,那帮尿人不敢作证!"尤德赖清了清嗓子,跟学生背课文一样,将《刑法》的第二百三十四条一字不漏地背了出来,"故意伤害他人身体的,处三年以下有期徒刑、拘役或者管制。犯前款罪,致人重伤的,处三年以上十年以下有期徒刑;致人死亡或者以特别残忍手段致人重伤造成严重残疾的，处十年以上有期徒刑、无期徒刑或者死刑。"

"你说啥？"崔瞎子晃了晃昏昏沉沉的脑袋，接着叫了起来，"你想我受重伤，还是被尤刚那小杂种给整死?!"

眼见崔瞎子动了怒，尤德赖赶紧解释，《刑法》定义中的"重伤"其实并不像字面上听起来那么严重，未必一定要缺胳膊断腿。按照法律条文：受害者聋了一只耳朵，或是断了七颗以上牙齿都属于"重伤"的范畴，而且不存在"酌情"情况。尤德赖循循善诱，说到时候他会安排至少两个现场群众用手机摄像，以确保证据确凿无从抵赖。他还说只要苦肉计实施成功，夏天成最少要赔给崔瞎子十几万的损失——如果按七颗牙算，每颗牙价值两万，这个钱都够镶一嘴24K的金牙了。崔瞎子听到这儿，伸出舌头舔了舔一口发黄的板牙，盘算起这一招的利害得失。尤德赖眼见崔瞎子心动了，赶紧补充说："瞎子，你今年都六十六了，这嘴牙最多也就能撑三五年啦！"

崔瞎子张大嘴巴，用右手的两根手指摇了摇自己的门牙，门牙就像扎了根一样纹丝不动，他又朝口腔深处摸索，犬齿也很结实，但再往里的臼齿就没那么牢固了，手指一用力便发出沙沙的声音。崔瞎子想起这些天受的屈辱与折磨，想起蟾蜍毒液给自己带来的炼狱般的痛苦，问出了当天的最后一个问题："你确定我受了重伤，夏天成就能进班房？你知道，动手的可是尤刚，还有，他可是开奥迪的大老板！警察能办他？"

"瞎子，你啥时这么不明理了？"尤德赖揽过崔瞎子的肩膀，语重心长地说，"上次他整你警察没管，一是你没受伤；二是你跟围观的那些人都怕了他，不敢站出来作证。但这次不一样！这桩案子，犯罪的是个七岁的未成年人，受害的是个快七十岁的残疾人，作案手法是逼供用的酷刑，结果是重伤！这事只要宣传出去，百分之百能上新闻！别说一个老板了，就算是省委书记来了都兜不住!"

崔瞎子彻底被说服了，他用力一拍大腿，说："好，就这么干!"

第四十八节　陷阱

《人体重伤鉴定标准》

第十五条：上、下颌骨和颞颌关节毁损是指下列情形之一：

（一）上、下颌骨骨折致使面容显著变形；

（二）牙齿脱落或者折断共七个以上；

……

第十七条：损伤后，一耳语音听力减退在91分贝以上。

为了确保自己没有上当受骗，崔瞎子费尽周折，托人找到一本盲文版《人体重伤鉴定标准》，将上面的第十五条、第十七条摸了十多遍，然后在一只耳朵跟七颗牙齿之间进行痛苦的抉择。崔瞎子一开始倾向于牺牲牙齿，毕竟对一个瞎子来说，一边耳朵的听力几乎意味着他对这个世界的一半认知，然而一下子弄断七颗牙齿的痛楚显然比弄破一边鼓膜要大一些。崔瞎子又拐弯抹角地问了好几个学医的朋友，制定出十七八种不同的方案，最后还是决定自断七颗牙齿。

崔瞎子又花了七天时间摸清尤刚的规律，最终得出了只要天不下雨，尤刚一定会在放学后准时到来的结论。在接下来的三天，尤德赖不断以"下礼拜我就要走了，你多练练手"为由，诱导尤刚更深入地参与到折磨崔瞎子的过程中。从一开始的撒尿倒水，到后来的毛巾蒙面，崔瞎子偶尔故做一些反抗，诱使尤刚对他拳打脚踢。这一切自然都是在瞒着牛红梅的情况下进行的，她认定尤德赖再过三五天就要滚蛋，"尤村一景"即将曲终人散，所以这几天也就听之任之了。

半个月的时间转瞬即逝，终于，在尤德赖走的前一天，崔瞎子一口气吞下十颗止痛药，用一把锈迹斑斑的老虎钳将八颗牙齿扳到摇摇欲坠的程度。下午两点，崔瞎子强忍钻心的疼痛，跟尤德赖上演了一出拳拳见肉的打戏。尤刚看得津津有味连声叫好，接下来到了正戏时段，尤德赖将两条毛巾扔进装满水的脸盆，笑眯眯地对尤刚说："我明天就要走了，今天你就自己来吧！"

尤刚瘦弱的身子开始颤抖，这是他第一次亲自加独自执行水刑，这感觉就像初上法场的刽子手般兴奋与恐惧。他把毛巾丢到崔瞎子脸上时两条腿都站不稳了，幸好有尤德赖的搀扶才没有倒下来。尤德赖压低喉咙，用只有尤刚能听见的音量耳语："要撒尿吗？"尤刚点了点头，他解开裤链往崔瞎子脸上撒尿。血腥味与尿骚味同时灌进崔瞎子的喉咙，崔瞎子猛烈咳嗽起来，手脚像溺水者一样乱划。他很自然地踢到了尤刚，尤刚也不出所料地回踢了他，崔瞎子像垂死的野兽一样在地上挣扎。在双方扭打的过程中，崔瞎子的下巴重重地撞在半米外的井沿上，他呻吟了一声，吐出一口满是泡沫的血水。

"嗒、嗒"，这是断牙撞击在花岗岩井沿上发出的声音，周围的群众有不少皱起眉，觉得这一趟似乎玩得有些过火了。崔瞎子一连吐出六颗带血的臼齿，整个口腔都疼痛得麻木了，然而第七、第八颗牙齿依旧倔强地连在千疮百孔的牙床上。崔瞎子一狠心，右手的两根手指探进嘴巴，硬生生将一颗藕断丝连的牙齿给拽了下来。尤德赖看在眼里喜在心中，给人群里的妻弟使了个眼色。徐玉柱放下正在拍照的手机，悄悄溜到屋外报警："警察同志，尤村有人打架斗殴，崔瞎子受了重伤！"

崔瞎子双手抱头蜷缩在地，身躯恰好围成个不太规则的圆圈，将七颗牙齿围在中间。

尤刚看着死狗一样的崔瞎子，完全没有意识到这几颗断牙会引发怎样的后果，他坐回椅子，从口袋里掏出两块巧克力塞进嘴里，笑嘻嘻地朝围观群众招手示意。直到刺耳的警笛在门外响起，尤刚才生出一丝恐惧，不过依然坚信他无所不能的爷爷足以搞定这一切。尤刚此刻所想到的最坏的结果，也就是像上次那样，赔上万把块钱的医药费，要知道万把块钱对如今的尤刚来说不过是九牛一毛了。进门的两位民警都是熟面孔，他们进屋后瞅了地上的崔瞎子一眼，大声喊："谁报的警？"

徐玉柱的右手如旗帜一样高高升起，尤刚瞪了这家伙一眼，决定回家后一定要告他一状。徐玉柱被尤刚的这一眼瞪退了半步，临到嘴边的话迟迟没说出口。与此同时，另一位民警躬下身，开始查看崔瞎子的伤势，崔瞎子干瘪的眼睑紧闭着，嘴角汩汩地朝外冒着血沫。尤德赖眼见徐玉柱忽然尿了，灵机一动忽然抱头痛哭，表示自己愿意做污点证人，揭发尤刚与夏天成之前所做的一切。尤刚呆呆地看着眼前走马灯般的闹剧，"哇"的一声哭了出来。

《询问笔录》（节选）：

被询问人：崔秋年（崔瞎子）

问：今天下午发生了什么？

答：下午四点十分左右，尤刚跟尤德赖忽然跑到我家，尤德赖夫妻对我拳打脚踢，尤刚从我家厨房拿了两条毛巾，弄湿了以后盖到我脸上。我憋得难受，就拼命反抗，在这个过程里尤刚踢了我几脚，我被踢翻了，下巴磕在旁边的井沿，一嘴牙全断了。

……

被询问人：尤德赖

问：你跟崔瞎子之间有什么矛盾吗？

答：我俩没矛盾。半个月前，村里来了个姓夏的老板，自称尤刚的爷爷，他非得逼我每天去搞一把崔瞎子，我要不照做，他就变着花样搞我。不过我做人有良心做事有分寸，每次都留着手，但尤刚这瓜娃子看了不满意，非得亲自动手，你看，他这一动手就出事了！对了，民警同志，我这种情况应该算被胁迫犯罪吧？能宽大处理吧？

……

被询问人：尤刚

问：你往崔瞎子脸上盖毛巾，还踢他了？

答：是啊，我还撒尿了，臭死他这个王八蛋。

问：你为什么要这么做？

答：崔瞎子是坏人，以前整天说我跟妈妈的坏话。我爷爷教我，对这种坏蛋就要用这种方法。

问：你爷爷？你这么做都是你爷爷教的吗？

答：是啊，我爷爷可厉害了，再坏的坏蛋他都能对付。警察叔叔，我什么时候可以回家啊？我妈妈还在家等我吃饭呢！

……

被询问人：尤××（现场群众）

问：这事不是第一次了？

答：怎么会是第一次呢？光我看见的就不下七八次了。

问：第一次什么情况，你看见了吗？

答：看见了啊，第一次是个坐奥迪的老头子干的，动手的除了他以外，还有他的司机。第二天我再来看，动手的就是尤德赖了，老头子虽然不动手，但每天都会过来现场指挥。我听说这个人可有背景了，你们千万别把我作证的事说出去啊！

……

铁证如山，舆论似海。

半小时后，四名全副武装的公安干警冲进X市一家五星级酒店，将正在四处托关系洗脱罪名的夏天成押上警车。扣在夏天成头上的罪名一共有三项：故意伤害罪、唆使未成年人进行违法犯罪活动、胁迫他人进行违法犯罪活动。这个曾无比风光的老板在庄严的法律面前低下了不可一世的头颅。

这一晚，尤刚没能吃上热气腾腾的晚饭，因为牛红梅又一次被叫到了派出所。在得知尤刚打断了崔瞎子七颗牙齿后，牛红梅眼眶红了。她发疯般冲到尤刚跟前，高高扬起巴掌，却被一旁的女警死死抱住了。女警对牛红梅说了三遍"冷静"，她说管教不是临时做样子，而要靠平日里的以身作则。牛红梅觉得她话里带着刺，却偏偏没法子反驳。女警又问她："那个叫夏天成的外地老板，前几天是不是带了一笔钱给你？"

牛红梅以为民警要自己赔医药费，她忙不迭地点头。她说只要让尤刚早点回家，自己愿意先垫付一万块钱押金。民警摇了摇头，牛红梅立马将赔偿金提高到了两万。女警用嘲弄的眼光看了牛红梅一眼，她说："对不起，夏天成的财产来路有问题，我们得暂时冻结这笔钱！"

牛红梅呆住了，她问警察"冻结"是什么意思，还会不会有拿回来的一天。警察笑了笑，说在案件水落石出前谁都说不清楚。牛红梅从长椅上跳起来，她将尤刚死死护在身后，就好像尤刚身上揣着那三十万一样。牛红梅朝民警高喊："夏天成是孩子的爷爷，他留给尤刚的钱，你们凭什么拿？"

民警摊了摊手，将几张刚打印出来的财物清单递到牛红梅手上，说："别说爷爷了，就算他是你儿子的爹也没用。夏天成的钱来路不正！这些钱都是他开赌场、容留卖淫人员赚来的，我们是依法办事！"

牛红梅痴痴地看着手上的清单，她说："我要打个电话问问他！"

"打电话？"民警嗤笑了一声，"他现在人都进看守所了，你想联系他，那就先找个律师吧！"

夏天成彻底完蛋了，他之前留下来的一切，包括二十九万八的现金、一部智能手机以及几套名牌童装全部充了公。牛红梅哀求民警，能不能留几千元现金暂时维系一家两口的生计，然而法不容情，牛红梅的身家从三十万一夜间变成了负一万。这一万自然是崔瞎子的医药费，后续赔偿费用日后再议。牛红梅望着家徒四壁的屋子，望着肚子饿得咕咕叫的尤刚，觉得这半个月里发生的事情好似一场虚幻的梦。

然而噩梦并未结束，牛红梅回家还不到一个小时，徐玉凤便带着她的三个兄弟姐妹找上了门。"牛红梅，你给滚我出来！"徐玉凤在门外怒骂，她一口咬定，自家老公就是受夏天成与牛红梅的牵连，才成了从犯被刑事拘留了。事到如今她也不要牛红梅赔钱，只要母子俩跪在自己面前，连磕十八个响头赔罪就算揭过了。牛红梅自然没理会这个无理要求，她关上所有的灯，躲在漆黑的屋里不敢出来。谁知徐家人并不肯善罢甘休，他们从家里搬来梯子，毫无顾忌地翻墙而入。徐玉凤一进屋就抄起板凳，咋咋呼呼地说要打死尤刚这个小兔崽子。牛红梅抱着尤刚躲在墙角不敢吭声，然而尤刚的字典里没有"害怕"二字，他猛地挣脱母亲的怀抱，挥舞着拳头，像发疯的牛犊那样冲向徐玉凤等人。出乎所有人的意料，徐玉凤竟然退缩了。

　　"你，你别过来！"徐玉凤尖叫，将椅子高举过头顶，却始终不敢砸下去，这个色厉内荏的女人在狭窄的屋子里东躲西藏，在短短一分钟内挨了两拳三脚。徐玉凤痛得龇牙咧嘴，却完全不敢还手。她两个人高马大的兄弟不断大喊"住手""住手"，却也没有助拳或拉架的意思。徐家人虽然蠢笨，但也明白在这个节骨眼儿上，谁再主动滋事等于是把自己往拘留所送。尤刚追着徐玉凤打了一会儿，直到跑不动了才停下脚步。尤刚气喘吁吁地说："你们都是坏蛋！我要让爷爷把你们全部打死！"

　　听见尤刚嘴里蹦出的"爷爷"二字，在场的徐家人同时打了个寒战。他们对夏天成的畏惧早已渗入了骨髓，即便知道这个人已垮了台、进了大牢依然如此。徐玉凤眼看吓不到尤刚，还暴露了自己外强中干的虚弱本质，只好悻悻然摔门而去。尤刚眼见徐家人夹着尾巴逃跑的背影，开心地说："妈妈你瞧，我把坏人打跑啦！"

第四十九节　绝地

尤刚短暂的幸福随着第二天的朝阳升起戛然而止。他发现，已经持续了半个月的营养早餐忽然就降了标准：鸡蛋从两个减成了一个，牛奶从整杯变成了半杯，原本加了红豆、桂圆、薏米的八宝稀饭如今稀得能照出人影，尤刚狼吞虎咽地吃了个半饱，然后向妈妈表示抗议。牛红梅将自己碗里的稀饭又倒了一半给尤刚，她说："我们没钱啦!"

"爷爷不是给我们钱了吗?"

"那钱被警察收走啦!"

"那再跟爷爷要就是了!"

"你爷爷坐牢了!"牛红梅的心中涌出一丝恨意，她不知道自己恨的究竟是夏天成还是收走钱的公安机关，后来她又觉得其实最可恨的是自己。她恨自己的懦弱、恨自己的慈悲、恨自己容留了两条恶狼，从而将原本美好的生活重新推入走投无路的境地——要不是她愚蠢的坚持，尤刚面前的早餐应该还是两个鸡蛋和一杯牛奶才对。想到这儿，牛红梅连半口饭都吃不下去了，她将自己的碗推到尤刚面前，对他说："妈妈不吃了，你多吃点!"

两个人的早餐勉强撑抱了一个人的肚皮，尤刚打了个嗝，弯腰抱了抱小狗，背起书包走出大门。他的脚步不再像往常那样蹦蹦跳跳，而是有些沉重，就像绑上了铅块。牛红梅阴沉的脸色让尤刚没敢追问爷爷为什么坐牢，他觉得爷爷一定是被冤枉的，就像语文课本上那些跟反动派作斗争的革命先烈一样。想到这儿，尤刚的腰杆挺得笔直，他感到自己的个头儿似乎又长高了。

牛红梅收拾好碗筷，开始准备午饭，她揭开米缸的盖子，用手将雪白的大米一捧捧地掬进淘米篓里，刚刚掬了四下，食指的指甲便触到了坚硬的缸底。她大约算了算，就算自己忍住些饥饿，家里的余粮最多也只能再支撑七八天。她不知道这些粮食吃完后，自己和尤刚该怎么活下去。想到这儿，牛红梅又开始恨自己了，之前有三十万的时候，尤济世不止一次劝她早点上医院把腰病治好，然而她却拒绝了，或许是穷怕了的缘故，这半个月里她只花了两千块钱，这其中有一千八用在给尤刚买新衣服上，另外两百则是改善伙食。牛红梅拿出二十八万存银行，她想靠利息维持生活，可到头来什么都没有剩下。

如果我花笔钱把腰看好的话，那公安局该怎么办，把我的腰给收回去？牛红梅脑子里忽然冒出一个无比滑稽的念头。她恨自己的吝啬与优柔，如果当初能抓紧把腰看好的话，那现在起码还能靠煎饼摊养活自己。可如今……

牛红梅决定再试一试，她扭了扭腰肢，学电视上瑜伽运动员的样子做了两个动作，之前受伤的腰眼处酸溜溜的，里面仿佛有一只小虫子在爬。感觉还行，说不定咬咬牙就过去了，牛红梅慢慢挪到煎饼炉旁，这块黝黑的铁疙瘩上已经积了一层薄薄的浮灰。她找来一块抹布，轻轻地拭去了灰尘，双手用力，试着将冰冷的煎饼炉抱到一旁的三轮车上。就在她发力的一瞬间，腰里的那条小虫忽然变成了一只蝎子，狠狠地蜇了她一下。牛红梅"哎哟"呻吟了一声，刚离地两厘米的煎饼炉重重砸在地上，发出"当"的一声，就像葬礼上敲响的丧钟。

牛红梅坐在地上喘了半天，决定还是去陪人睡觉。她忽然意识到距离上一次出卖肉体仅过去大半个月，然而感觉中这大半个月宛若大半个世纪一样漫长。

牛红梅不知该如何通知新老顾客自己重操旧业的讯息，她绞尽脑汁，最终想出一个不是办法的办法，她决定找一件红色的衣服，等到晚上将衣服蒙在院门口的灯上，营造出红灯区的效果。她知道这法子很蠢，但总比主动问别人"你要不要跟我睡觉"容易接受一些。牛红梅翻箱倒柜，试着从衣柜里找出一件合适的红衣。棉袄不行，如果将棉袄裹在灯上，那就成了黑灯瞎火而非红灯高照；背心也不行，背心单薄的质地只够将乳白色的灯光变成淡黄色。她最后相中了一件火红色的旗袍，这是她结婚时穿的嫁衣，牛红梅剪下旗袍的一角，用两块胶布将它粘在天花板上，拉开顶灯，朦胧的红光让她满意地笑了出来。

牛红梅撕下天花板上的红布，动手准备当天的晚饭。她分外慷慨地敲了三个鸡蛋，舀了四勺米，炒了一大碗蛋炒饭。吃完饭后，她早早将尤刚哄上了床。等尤刚睡着之后，她便悄悄摸下床，走到大门门口，将红布重新贴了回去。

尤村历史上第一个红灯区就在这样一个平凡的夜晚正式开张了，牛红梅没有关门，而是从屋里搬来一张凳子，模仿电影《夜上海》中天涯歌女的姿势斜倚在门口。她右手托腮，做出深思的姿势，淡淡的红光将牛红梅憔悴的面颊照得分外迷离。她如雕塑般在门口站了五十分钟，这期间总共有五个单身男人经过，这五个人无一例外地注意到了这盏红灯与红灯下的牛红梅，却没有一个驻足上前。这些人都以为牛红梅疯了。牛红梅这才意识到，自己身上正裹着一件臃肿的棉袄，她决定换一件诱人些的衣服，只可惜最适合的那件已经被她剪掉了。牛红梅蹑手蹑脚地走回房间，从衣柜里找出一件秋天时的紧身毛衣换了上去。这一来过路的男性终于可以欣赏她胸脯与臀部的曲线了，然而这一招依然没有卵用，后面的四名过客确实停下了脚步，有两个年轻人甚至品头论足了一番，到头来依旧离开了。

牛红梅一直等到村里的最后一盏灯熄灭，也没有等来重新开张的第一个客人。

她一连等了三天。

在第四天深夜，牛红梅看着已经见底的米缸，终于忍不住了，她主动从红灯下冲到从门口路过的尤光棍旁边，劈头盖脸地问："你怎么不过来？"

"过来干什么？"

饥饿让牛红梅忘却了羞耻。她咬咬牙，说："过来跟我睡觉！"

"多少钱？"

"老规矩！"牛红梅比画出两根手指头，眼见尤光棍一脸无动于衷，她又将两根手指头扳下去一根，说，"开门生意，算你半价！"

尤光棍把头摇得跟拨浪鼓似的，连声说："贵啦！我不干！"

尤光棍不干是有理由的。说实话，牛红梅的红灯区重新开张，这几乎已经是全村人都知道的秘密了。然而现在和以往不一样了，徐玉凤之前那一闹，绝大部分男人认定牛红梅有"那个"病，说实话，多数男人在精虫上脑时，可以不在乎女人的长相、不在乎女人的年龄、不在乎女人的身材，但花柳病总归是在乎的，光这一点就让牛红梅的身价贬低了十倍。然而还有第二点，现在村里人都在说，牛红梅克夫克子克一切，男人只要跟她扯上一点关系，就会倒八辈子的穷霉——她的老公离家出走、儿子成了少年犯、儿子的爷爷锒铛入狱，就连当初第一个嫖她的尤德赖都被关进了拘留所。牛红梅不再是男人们梦寐以求的香饽饽，而是男女老幼避之唯恐不及的瘟神煞星。尤光棍盯着牛红梅的胸脯看了半天，下身的帐篷立了片刻又塌了回去。

"要……要不还是算了吧！"尤光棍摸了摸口袋里的钞票，有色心没色胆，决定还是去镇上找个洗头房小妹败败火。

"为什么？"牛红梅不甘地问。

"大……大妹子……要不你还是找别人吧！"

尤光棍落荒而逃。牛红梅看着尤光棍飞奔的背影，垂下头朝家里走去。她走得很慢，不足三十米的路走了足足五分钟，她终于接受了一个无比悲凉的现实：此时的她就算愿意出卖肉体，也没什么人愿意要了。她觉得摆在面前的只剩下死路一条了。

牛红梅在床头呆坐了半个钟头，她叫醒尤刚，问他愿不愿意再陪自己去跳河。然而这一次尤刚拒绝了，他揉了揉睡眼，不耐烦地说："要去你去，我不去！"

尤刚说不去是有原因的：一来刚享受过半个月的富贵日子，知道生活原来可以如此安逸美好；二来母子早已离心离德，不再像从前那样同生共死了。尤刚说完不去后，翻个身继续睡了，均匀的鼾声如利刃般刺在牛红梅的心脏上，她摇摇晃晃地走出房间，准备一个人慷慨赴死。谁知道推开大门就跟一个人撞了个满怀。

门口站着气喘吁吁的尤光棍，他嘿嘿笑了两声，说："八十，八十俺就干！"

牛红梅能够获得第三次生命，必须要感谢红粉洗头房一位张姓小妹。尤光棍十分钟前光顾了她，完事后，这位温柔贴心的张小妹跟尤光棍天南海北地扯了一会儿。她说自己有个开杂货店的老客，近来在马路对面的红楼洗头房染上了花柳病，她讲这个故事的初衷是为了诋毁自己的竞争对手，从而实现本店GDP的进一步飞跃。谁想到却歪打正着，无意中揭露了尤德赖染病的真实源头。尤光棍听后一蹦三尺高，他跟张小妹反复确认了那位嫖客的年龄与长相，脑中立马浮现起牛红梅毛衣下凹凸有致的身材。尤光棍瞬间从床上跳了起来，火急火燎地朝牛红梅家奔去……这一路上他甚至琢磨好了价格：起价六十，然后十块十块往上加。然而当牛红梅真正站在他跟前时，俏脸上凄楚的神情让尤光棍生出一份恻隐之心，主动将六十提高到了八十。牛红梅沉默了几秒，用力点了点头。

过了大约十五分钟，完事后的尤光棍久久抱着牛红梅的身体，他把一百元钞票塞进她的口袋，意思是不用找了。牛红梅摇摇头，说既然谈好了价格就不能多收一分。牛红梅一手扶腰，一手扶墙，回屋去凑零钱。尤光棍光着屁股坐在地上等她的时候，月亮恰好从云层后面钻出了脑袋，皎洁的银光驱散了伸手不见五指的黑暗。尤光棍好奇地四处张望，他发现牛红梅家的米缸干净得就跟洗过一样。

尤光棍回忆起牛红梅脸上的凄苦，决定帮帮她。他听人说过这样一句话：一个嫖客关怀一个妓女，最好的法子是加钟而非劝她从良。

所以，当牛红梅手捏一把角票回到厨房时，尤光棍认真地说："加钟！"

牛红梅的眼眶忽然湿润了，她哽咽着说了声谢谢。她觉得灰暗的生活重新燃起了美好的希望。

她没有想到的是，尤刚被吵醒了。

第五十节　尤刚的启蒙教育

　　尤刚在被吵醒之前正在做梦，梦中的自己又一次把崔瞎子踩在脚下，夏天成跷着二郎腿，坐在不远处的雅座上。尤刚鼓着嘴地问："爷爷，这些天你去了哪儿？"夏天成笑而不语，他一拍手，尤德赖弯腰驼背地从某个角落里钻了出来，神情恭敬得宛若一条养了七八年的忠犬。尤刚正想说话，耳边却忽然传来隐约的女人呻吟声，这声音很奇怪，婉转曲折，也不知是痛苦还是快乐。尤刚睁开眼，发现呻吟声是来自厨房而非梦境。他揉了揉睡眼，套了件睡衣，稀里糊涂地朝厨房走去。他望见月光下的地面上正蠕动着两具白花花的肉体。

　　充满视觉冲击力的场景将尤刚吓呆了，他的大脑一片空白，完全不知道发生了什么。此刻的一对男女完全没意识到两米外的门口已站了个刚满七岁的孩子。这堂生理卫生课的下课铃声最终还是敲响了，尤刚木木地站了半分钟后，"哇"的一声哭了。

　　牛红梅与尤光棍对视了一眼，同时发出响彻云霄的尖叫声。尤光棍脸憋得通红，他破口大骂："小杂种，你来做什么！"

　　尤刚用舌头舔了舔刚长出来的门牙，没有作声，但牛红梅不乐意了，她对尤光棍说："你凭什么叫我儿子杂种？"

"我为什么不能叫？如果他不是杂种，那个夏老板为啥要给你家钱！"尤光棍一边穿衣服一边谩骂，他对牛红梅说："姓夏的跟你也那个过吧？"

牛红梅觉得身上的每一根毛孔都张开了，她不顾赤裸的身体，抄起一旁的锅铲就朝尤光棍头顶敲去。尤光棍敏捷地让开了，他又用了十秒穿好衣裤，像野狗一般落荒而逃。他跑到门口之后才回过头来，对牛红梅说："干不干都一样啦，尤刚反正都是他的种了！"

牛红梅将锅铲扔了出去。

目睹这一切的尤刚没有丝毫反应。他的小脑袋瓜里满是两具赤裸的肉体交媾扭动的场景。牛红梅赶跑了尤光棍，却没有穿衣服，而是揭下锅盖，挡住身体的关键部位。她对尤刚说："回去睡觉吧！"

"我想尿尿！"尤刚冷不丁冒出来这么一句。

"去茅坑尿啊！"

"我……尿不出来！"

牛红梅愣住了，紧接着扑哧一声笑了出来。她一手抱着锅盖，另一只手将尤刚推出门外，说等会儿就出来。牛红梅走出厨房的时候已经穿戴整齐了。尤刚撑着惺忪的睡眼看着妈妈，打了个哈欠。

"睡吧。"牛红梅说。

在左右邻居的宣传推广下，这一晚发生的一切在短短两天内传遍了整个尤村。几个好事村民问尤光棍："你他娘的是不是脑壳坏了，连得病的女人都敢日？"

尤光棍嘿嘿一笑，告诉这些人牛红梅有花柳病不过是以讹传讹的谣言，事实上牛红梅干净得就像一只刚剥了壳的鸡蛋。

听众们大多嗤之以鼻，说牛红梅早就是千人骑万人睡的婊子了，这辈子都不会干净了。不少人在说这话的同时，心里暗自决定再去光顾牛红梅一把。就这样，牛红梅的"生意"再一次红火了起来，只不过价格从从前的二百跌到了一百。原本空空如也的米缸重新装满了，鸡鸭鱼肉这些荤菜又一次出现在家里的餐桌上。

这一刻牛红梅的目标更坚决。

然而，就在这个死气沉沉的家里再次充满生机之前，一个熟悉的人出现了。

尤德赖拘留结束，被释放回家了。

第五十一节　危机

尤德赖是在一个多云的黄昏重获自由的，他刚走到村口，便从两个骑摩托车的光棍后生那里听说，牛红梅在这段日子里居然重操旧业，明目张胆地开了一个红灯区。尤德赖绿豆大的鼠眼滴溜溜地转了几圈，一脸哀痛地对后生说："有伤风化，有伤风化啊!!"

尤德赖到家后发现大门紧锁，便一扭头跑去杂货店了。他到杂货店时，徐玉凤正笑嘻嘻地拿出一包假烟递给一个打工仔模样的后生。打工仔走后，徐玉凤才注意到躲在门口张望的尤德赖。她开心地叫了一声："你回来啦!"接着又愤怒地吼了一声："你怎么才回来?"她用两根指头揪住尤德赖的耳朵，说："你不知道，前几天我们去牛红梅家，受欺负啦!"

"牛红梅家?"尤德赖问，"你去找牛红梅干什么?"

"还不是为了你? 要不是尤刚的那个劳什子爷爷，你怎么会坐牢? 我过去是让牛红梅给我磕头赔罪来着。谁想到尤刚这小杂种恁霸道，追着我就是一顿拳打脚踢，要不是看在他是个娃娃的分上，老娘早就掐死他了!"

尤德赖望了望满脸怨气的徐玉凤，心中的鄙夷不敢表现在脸上。他说："你要报复她，就不能想个有脑子的办法吗？"

"还能用什么法子？"

"牛红梅如今都在家开红灯区了，你不知道？"

"知道啊！"徐玉凤下意识地回答。她很快嗅出一丝不对劲的味道，两根指头又一次搭上了尤德赖的耳垂，"你这个老乌龟，你不是刚从看守所出来吗，牛红梅干这营生也就这几天的事，你咋知道？老实交代，你是不是昨天晚上就放出来了，然后嫖了那婊子一宿？"

尤德赖"哟哟"地叫唤，怎么都想不通徐玉凤的智商怎么突然就从二十跳到两百了。他赶紧将手伸进口袋，将盖着红色公章的刑满释放证明掏了出来。徐玉凤瞄了眼证明上的日期，大发慈悲地把手松开了。尤德赖摸了摸火红火辣的耳根，对徐玉凤说，自己是半路上听见别人议论，才得知这个人神共愤的消息的。尤德赖义愤填膺地说："牛红梅这么胡搞，你们都不报警抓她？"

"报警？"徐玉凤呆了半晌，随后拍手叫好，她一把抓过柜台上的电话，就要拨110。尤德赖一巴掌扇在她的肥手上，并在她发作之前，苦口婆心地解释了捉贼拿赃、捉奸拿双的道理。徐玉凤将头点得跟小鸡啄米似的。夫妻俩望眼欲穿地从中午等到天黑，待到牛红梅门外的红灯亮起的一刻，两人的四只眼睛如饿狼般放出绿光。他们从家里翻出两件大衣，将各自裹得严严实实的，然后蹲在二楼的天台上遥望牛红梅家的大门。牛红梅穿着一件单薄的秋衣从屋里走出来，摆出一个婀娜的姿势坐在门口，她在寒风里冻得瑟瑟发抖，不远处的尤德赖夫妇因为激动而全身发颤。

晚上八点半，第一个顾客上了门。这个形容猥琐的中年男人跟牛红梅低语了两句，随后身影一晃，钻进了门。徐玉凤满心欢喜，觉得这个人尽可夫、勾引自家老公的婊子终于要受到法律的严惩了，她想要下楼打电话报警。谁知尤德赖又一次拦住了她，恨铁不成钢地说："你这个瓜婆娘，没认出刚才进去的男人是谁吗？"

"是谁？"

"村头的尤得喜！"

"尤得喜咋了？不就是你堂姑奶奶的孙子吗？尤村拢共就这么大，谁家不沾点亲呢？"

"蠢婆娘！"尤德赖将指头戳到徐玉凤的额头上，说，"你又不是不知道，这老烟枪过年前刚在俺店里赊了两条烟，他要是被抓进去，少说罚三五千，到时候这烟钱啥时才能讨回来！"

徐玉凤被一戳一骂，整个人跟皮球一样泄了气。她平日里蛮横，但说起理来从不是尤德赖的对手，更何况尤德赖摆出的理由比铁还硬比钢还强，让她一个字都没法反驳。夫妻俩只得继续等待，不足一袋烟工夫，尤得喜弯腰驼背地走了出来，身形比进去时更矮了两寸。尤德赖顿时沾沾自喜起来，他指着尤得喜说："看这不中用的老小子，一根烟没抽完就完事了！"

尤得喜走远后，牛红梅又一次出了门，坐姿从二郎腿变成了交叉腿。尤德赖想到，今天如果真举报了牛红梅，那日后很可能永远都睡不到这个女人了。可惜如今已是骑虎难下之局，尤德赖抓耳挠腮，想要找一个拖延的理由。在他想出理由前，下一个顾客上门了。

"来人了，来人了！"徐玉凤兴奋地说，她的视力不如尤德赖好，只能依稀辨认出来人是个身形很高的魁梧汉子，背影看上去略有些眼熟。尤德赖被徐玉凤一喊，心顿时提到嗓子眼儿，直到辨清了来人后才重新跌回了肚里。尤德赖长长呼了一口气，说："唉，婆娘，看来咱们今天运气不好啊！"

"咋了?"

"你认不出来吗?"尤德赖故作惊讶地说,"那个男人是你家大哥,徐玉海啊!"

徐玉凤先是一愣,接着用各种恶毒的语言谴责徐玉海。她说自家的这个大哥从小就吃喝嫖赌无恶不作,怪不得每次声讨牛红梅,徐玉海都会找出各种理由推托不去,原来在他眼里,一个得了花柳病的婊子居然比自己的亲生妹妹还重要。徐玉凤说到花柳病时瞅了尤德赖的裤裆一眼,尤德赖顿时觉得下身凉飕飕的。他的花柳病早已痊愈了,然而那种生不如死的煎熬恐怕直到他死的那天都难以忘怀。尤德赖听徐玉凤说:"徐玉海这个混账,要不我们现在打电话给派出所好了!"

尤德赖大惊失色,慌忙抱住正要往楼下走的徐玉凤,徐玉凤用力挣扎,她说徐玉海这样的禽兽压根儿就不配做徐家的兄长,她今天要大义灭亲,将这对奸夫淫妇一并送进拘留所。尤德赖眼见自家女人这副又傻又倔的样子,一跺脚,松开了紧紧合抱的双手,大声吼叫道:"你去打电话好了!反正你哥不是我哥!"

徐玉凤踩着高跟鞋,头也不回地往楼下奔去。尤德赖本指望以退为进,让听不进人话的徐玉凤冷静冷静,没想到这蠢婆娘居然当真提起了电话。他火急火燎地奔下楼,赶在徐玉凤按下最后一个"0"前抢过听筒。他恼怒地说:"你疯了?"

"我疯啥?他没把我当妹妹,我凭啥把他当哥哥!"

"这事要是传出去,你以后在徐家还怎么混?"

徐玉凤如梦初醒,意识到自己差点做出一件自绝于家族的蠢事,她擦了擦额头上的冷汗,夸赞尤德赖是个识大体懂大局的男人。尤德赖没有陪她啰唆,而是一溜烟又跑回天台,继续观察牛红梅的家门口了。谁知这一回时间久了,尤德赖抽完了三根烟，徐玉海的人影依旧没有出现。

　　大约又等了二十分钟，徐玉海的身影终于从大门里晃了出来，只见他步履虚浮，但腰杆依旧挺得笔直，魁梧的身影很快便消失在朦胧的夜色里。他离开后足足过了五分钟，村道上又走来了一个熟悉的身影。夫妻俩同时惊喜地说："尤济世!"

第五十二节　扫黄打非

　　如果尤德赖当初砌房子的时候能将楼顶加高两尺的话，他就能隔着牛红梅家的山墙，看见她引着尤济世走进了客厅而非厨房。可惜现实不是假设，尤德赖看不见牛红梅屋里的一切，只能想当然地断定尤济世也是牛红梅的主顾之一。他跟徐玉凤对视了一眼，从彼此的眼神里看出一丝窃喜的味道。这对夫妻早就瞧尤济世不顺眼了，当年尤济世做村长时，就曾经严厉批评过贩卖假货、以次充好的杂货店老板尤德赖，此前他们联合对付牛红梅，尤济世更是多次从中作梗。如今看来，这其中的缘由并非友情、正义、善良，而是跨越年龄界限的男女奸情。然而想到这一点后，尤德赖反倒犹豫了，他劝徐玉凤不要报警，他说通奸、顺奸并不违反治安管理处罚条例，不属于派出所管辖的范畴。然而徐玉凤不听，她义愤填膺地说："去年崔瞎子被尤刚砸破脑袋，就是这老东西帮牛红梅付的医药费。如今这对狗男女有染，这不是卖淫嫖娼是什么？"

　　尤德赖大摇其头，他耐心地向徐玉凤解释：长线投资跟短线交易在法律上的定义是完全不同的，然而这一次徐玉凤是王八吃秤砣——铁了心。她说就算是通奸也应该报警，让这对奸夫淫妇好好丢一把脸。尤德赖死劝活劝都没拦住，想想这事也没太大坏处，干脆就随她去了。徐玉凤拨通了报警电话，大声对民警说："俺们尤村有人卖淫嫖娼，你们赶紧过来一趟！"

就在徐玉凤挂上电话的一刻，尤济世枯槁的右手恰好搭上牛红梅的肩头，浑浊的老眼里射出一丝莫名的光彩，他拍了拍牛红梅的肩膀，示意她坐下来说，接着又将手闪电般地缩回去了。

"尤书记，找我有事吗？"牛红梅垂下头，目光不敢与尤济世相触。她不知道尤济世是不是因为那种目的来找她的，她也不知道如果对方提出那种要求，自己会不会答应。她唯一能确定的是，如果自己真跟尤济世发生什么，绝不会收他一分一厘的钱。这对年龄差了近四十岁的男女在尴尬的气氛里对坐了两分钟，尤济世开口了，他支支吾吾地说："牛大妹子，你最近的事情，我都听说了！"

牛红梅的脑袋埋得更低了，她以为尤济世下面就要含蓄地提出某些要求了。牛红梅心里有些抗拒，却又找不出拒绝的理由。她一不做二不休，干脆站起身朝厨房走去，她走到一半时便将手伸进背后的毛衣，开始解胸罩的扣子。尤济世一见此情此景，慌忙解释："等等，等等！我不是那个意思！"

牛红梅惊讶地转过脸，只看见尤济世老脸涨得通红，双手左右摆动。她刚跨出门槛的脚重新缩了回来，赧然一笑，消弭了一些屋子里尴尬的空气。尤济世拍了拍起伏不定的胸脯，"我不是来找你那个的……"

尤济世说"那个"时，整个身子都在发抖，"你门口这红灯还是不要亮了！"

"为什么？"

"你当初挂红灯，是为了让别人知道……现在村里人都知道了，镇上人也知道了，该知道的人都知道了。你再这样挂红灯，不但没意义，反而招摇，容易被派出所找过来！"

牛红梅感激地点点头，她从阳台上找来晾衣服的竹竿，用力将蒙在白灯上的红衣给挑了下来扔进垃圾桶，转身走回客厅，对尤济世说："谢谢书记，你想得真周到！"

"还有，你……你每次都用套吧？"尤济世声音细得跟蚊蚋似的，他说，"最好用进口的，去镇上的药店买，算下来也就块把钱一个，安全第一！"

牛红梅轻咬嘴唇，脸涨得跟垃圾桶里的红布一个颜色，她说："好，好！"

"还有一件事。"尤济世忽然从口袋里掏出一根钢笔，以及一张叠得四四方方的白纸。牛红梅诧异地看着他，不知道他葫芦里卖的什么药。尤济世将纸展平了，抬起头，用无比严肃的眼神凝视牛红梅，在纸上写下了一连串的名字：

尤德赖、尤德宽、尤志飞、徐玉海……

尤济世写得很认真，一笔一画都格外工整。他一边写还一边解说。以尤德宽为例，牛红梅听这名字有些耳熟，但又想不起具体是哪个人。尤济世便告诉她，尤德宽便是尤光棍，只不过光棍这个名号太响，以至于大名早已没人记得。牛红梅悄然大悟，说直接写"尤光棍"就行。

尤济世挤出一丝尴尬的笑容。他将白纸翻到反面，把刚才的几个名字用小一些的字体重写了一遍，同时在后面附上了直白的注释：

尤德赖

尤德宽（尤光棍）

尤志飞（尤跛子）

……

　　尤济世将写满字的纸递到牛红梅眼前，他说："把这几个名字背下来！"

　　牛红梅瞪大了双眼，脸上满是迷茫之色。尤济世没有过多解释，而是将要求重复了一遍。牛红梅只好将信将疑地照做了："尤德赖……尤光棍……尤跛子……"或许是记忆力衰退的缘故，牛红梅背了整整十五分钟，也没能将纸上的九个名字记周全了，偶尔背对了一两次，下一遍便又出了差错。尤济世忍不住了，他用食指轻叩桌面，看上去好像私塾里的教书先生一般严苛："就算今晚不睡觉，你也得把这几个名字给背熟了！"

　　"为啥？"牛红梅终于问，"把纸放这儿不就好了！"

　　"不能放，不能放！这张纸，一会儿就要烧了……"尤济世一咬牙，像是下了很大的决心，他对牛红梅说，"这几个名字你得始终记在心里，一刻都不能忘记！"

　　"村长，你倒是把话说敞亮了，这几个人究竟咋了？"

　　尤济世沉默了，他用虎口撑住额头，张开手掌，将面目隐没在一片阴影中。客厅里只剩下时钟的嘀嗒声，过了很久，尤济世说："这些人以前都找我瞧过病……他们的生意，你以后千万别接！"

　　牛红梅闻言一惊，整个身子不自觉地颤抖起来。她将纸上的名单仔仔细细地看了一遍，又将近日的回忆从头到尾滤了三遍，她确定这份名单中的三个人已经跟自己发生过不可描述的关系了，冷汗瞬间从牛红梅额角流了下来。尤济世将牛红梅的表情瞧在眼里，叹了一口气，问："哪几个？"

牛红梅颤颤地报出三个名字。

"没了？"

"没了！"

尤济世长长嘘出一口气，拍了拍牛红梅的手，示意她先冷静下来。尤济世说："这三个人都是花柳病，除了尤德赖以外，另两个前些年都在我这儿治好了，应当问题不大！"

牛红梅闻言轻抚胸口，原本绷得紧紧的身子重新松弛下来。尤济世皱了皱眉，再一次提起笔，在九个名字中的两个后面打了个大大的红叉。尤济世指着这两个名字说："这两个人得的都是最脏的那种病，我看这辈子都治不好啦！"

牛红梅悚然点头，她将写满名字的纸凑到眼前，恨不得将上面的每个名字都用刻刀刻进心里才好。牛红梅像晨读的孩子一样，将九个名字念了一遍又一遍。她在背到第二十七遍的时候，被窗外的车灯闪了一下眼睛；当背到第二十九遍时，两个身穿警服的年轻人推开铁门，不由分说冲了进来。他们冲进屋，望着穿戴得整整齐齐、在沙发上正襟危坐的一对男女，愣了愣神，用不太确定的语气问："你俩在干啥呢？"

尤济世与牛红梅呆呆地看着破门而入的警察，大脑一片空白。过了大约两分钟，尤济世才缓过神来，明白多半是有人将牛红梅的红灯区举报给小石镇派出所了。他暗暗庆幸，幸亏没有在牛红梅解胸罩的时候顺势而上，否则只怕现在已戴上手铐，成为万众唾弃的犯罪嫌疑人了。尤济世故作镇定地说："警察同志，我们在谈事儿呢！"

"大半夜的谈什么事？"

"她男人的事！"

民警环顾了一圈，心知找不到任何证据能证明此地是一处卖淫嫖娼现场，只好甩下一句"孤男寡女，赶快回家"后就快快而去。牛红梅直到这一刻才明白刚刚发生了什么，她惊魂未定地看着对面的尤济世，问他警察怎么会突然来袭。尤济世不是派出所厕所里的蛔虫，也不是千里眼顺风耳，自然不晓得在两百米开外有两双眼睛正盯着牛红梅家门口。他只好说："我也不知道，你最近小心点，要不歇一阵子再做吧！"

牛红梅没有立刻表态，而是走进房间，仔细数了数压在抽屉最下面的那沓钞票，然后让尤济世放心，表示一定接受他的合理建议，最近半个月歇业整顿。牛红梅说话时认真的神态让尤济世稍稍定下心来。他端起面前的茶杯，抿了两口茶，跟牛红梅说了声再见，便起身告辞了。尤济世临走时隔着窗户看了一眼尤刚，尤刚睡得很沉，长长的睫毛随着胸口的起伏微微颤抖。尤济世对牛红梅说："这伢子长得越来越像尤二了！"

牛红梅也望了一眼尤刚，她说："旁人都不这么说哩！村里人都说尤刚像夏老板，可我死活都看不出来！"

"那些人都是拍夏老板的马屁呢，不过现在夏老板垮台啦，以后不会有人这么说啦！"尤济世推开铁门，却没有立刻挪动脚步，他最后一次交代牛红梅，"对了，桌上那份名单，你记熟了之后，就扔灶台里烧了吧！"

不远处的二楼天台上，尤德赖与徐玉凤怀着无比沉重的心情，从头到尾见证了这次扫黄行动的失败。他们猜到了原因，却没有猜到结果。在之后的三个晚上，这对夫妻在凄冷的寒风里整整守候了十二个小时，却始终没有看到那盏红灯重新亮起，不仅如此，就连牛红梅的影子都没有再出现过。这三夜总共来了十二个男人，全都乘兴而来败兴而归。时间一长，就连牛红梅的最大仇家——徐玉凤都失去了兴致，她表示暂且放牛红梅一马，给她一个洗心革面的从良机会。尤德赖经过这一番波折，原本强烈的复仇意愿也被冲淡了。热闹了一段时日的尤村渐渐从喧嚣开始后重归平静。然而一个礼拜后，一道惊雷忽然在尤村的上空响起。

尤村的煞星、牛红梅的丈夫、尤刚的父亲，那个消失了大半年的男人——尤二回来了！

第
五
章

回
家

第五十三节　看守所托孤

让我们将时钟拨回到夏天成被捕的那一日，尤二从荣升为赌场顾问的前任总经理那儿听说了大老板锒铛入狱的消息，正在跟女荷官调笑的他惊得口中的香烟都掉在了地上。没等他回过神，两名女荷官已一前一后地发出两声刺耳的尖叫，她们用可怜巴巴的语气问尤二，能不能将这个月的工资提前结给她们。她们保证拿到工资后，一定排除一切外界干扰尽心尽力地干活。尤二恍若未闻，他一言不发地坐在沙发上，觉得头顶的整片天空都塌了下来——他的前程、他的梦想、他的宝马车与别墅全都裂成了一块块碎片。然而这还不是最让他痛苦的事，尤二虽说是个混混无赖，却是个懂得知恩图报的混混无赖，信奉"士为知己者死"的人生信条。他始终认为，自己就是夏天成的"士"，他甘愿将自己的全部青春与满腔热血奉献给那个欣赏自己、提携自己的男人。尤二结结巴巴地问王顾问："王总，夏老板他……他没事吧？"

"怎么会没事？这事都上中央电视台啦！"王顾问拿出手机，打开一个点击量已超过三千万的视频，然后将手机递到尤二面前，在看见画面之前，崔瞎子鬼哭狼嚎的惨呼声就钻进了尤二的耳朵。尤二接过手机，只看到一小半，整个人便跟中风一样，双目发直，身体僵硬，直挺挺地向后倒去，要不是王顾问眼疾手快一把扶住，说不定当场就要发生流血事件。

"尤经理？"

"尤二！"

"你咋地了？"

平日里没心没肺的尤二失魂落魄，像一摊烂泥般躺在沙发上喘了五分钟，口中不停喃喃自语："怎么会这样？""怎么会这样？"总经理得了失心疯的消息很快就传遍了整个赌场，几十个因为老板入狱而忧心忡忡的员工更加躁动不安，一部分人要请假，还有一部分直接提出辞职。幸好，在这场骚动升级为工人运动之前，尤二找回了飞走的魂魄。他撑着扶手，从沙发上勉强立起身，接着在王顾问的搀扶下，在赌场里巡视了一圈。尤二对手下人说："夏老板近来遇上了点麻烦，但很快就没事啦！大家该干啥干啥，这个月奖金加三成！"

赌场里顿时欢声雷动。要知道在这儿打工的荷官、庄家大多是没上过学的文盲加法盲，对概率学跟心理学以外的知识几乎一窍不通，这些人利令智昏，相信夏老板多半会没事，尤经理的承诺肯定会兑现。但王顾问不一样，一来他见过世面，二来比谁都清楚夏天成在发家过程中那些见不得光的黑历史。安抚完下面人后，王顾问扶着尤二回到经理办公室，他压低了嗓门说："老板这次的事儿，恐怕没这么简单，咱要做两手准备！"

尤二一动不动，没有点头也没有摇头。他问王顾问："夏老板去尤村做啥？"

"啥？尤村？"王顾问被问得一头雾水，他解释道，"王老板又不是我爹，他去哪儿我哪知道？"

尤二看了一眼王顾问，对方迷茫的脸色让他确定，这位股肱之臣也对夏天成造访尤村之事一无所知。他咬了咬舌头，语气低落地说："能不能让我见见夏老板！"

"啥？夏老板都进去了，你咋见他？"

"不能想办法吗？"

"能有啥法子？"事实上王顾问转瞬间便想到两种办法：亲属探望或律师见面。然而他被尤二刚才的表现给吓到了，准备装疯卖傻先糊弄过去。尤二看出了王顾问的敷衍。两个男人不再说话，只是一根接一根地抽烟，烟灰缸里的烟头很快堆成了一座小山。

尤二将烟盒里的最后一根烟扔给王顾问，语气低落地说："王总，夏老板去的尤村，就是我老家。视频里的那孩子，是我的儿子。那个挨整的瞎子，是我的仇家……这件事从头到尾我都不知道！"

王顾问被尤二的这番陈述给吓愣了，在他的印象里，自家老板虽说体恤下属，但也绝不该做出如此不同凡响的事情。毕竟在视频里，脑壳进水的是崔瞎子而非夏天成才对。他把这些想法都藏在肚子里，拒绝的态度一如既往地坚决。两个男人继续大眼瞪小眼地对峙。就在这时，办公桌上的电话响了，尤二犹豫了片刻，伸手接了起来。

"是尤二吗？"

"是！"

"我是夏天成的辩护律师，夏天成希望您现在过来见他一面！"

尤二跟夏天成见面时，两人中间隔着六根拇指粗的铁条。夏天成开门见山地告诉尤二，尤刚体内的那两段外源基因正是源于自己早夭的儿子。夏天成为先前的隐瞒道歉，他说自己能感到尤二对尤刚另一个父亲的满腔恨意，不得不先斩后奏，准备等时机成熟后再和盘托出。夏天成说到动情之处甚至流下了眼泪，这让尤二几乎不敢相信自己的眼睛，他想不到像夏天成这样的男人竟然也有哭泣的时候。

夏天成将手伸出铁窗，粗糙的大手紧紧捏住尤二的肩膀，对尤二说："你回去之后，不要亏待了尤刚！"

尤二也哽咽了，他抓住夏天成的手，表示早就在心里将他看作大哥与父亲，他为尤刚体内流淌着夏天成的血液而自豪。尤二对天发誓，这趟回去后一定会把尤刚视若己出，如果再做出一丁点儿对不起尤刚的事，他尤二就遭天打雷劈。夏天成打断了尤二的誓言，他笑着说："尤刚本来就是你的儿子，还谈啥视若己出？"

夏天成说完这句话便换上了一副无比严肃的神情，他用余光瞄了一眼墙角的监控探头，中指在尤二的肩膀上轻点了两下，尤二立刻心领神会，他侧过头，将耳朵卡进铁窗的缝隙中。夏天成凑到尤二的耳边，轻声问："赌场的账上目前还有多少钱？"

尤二惊呆了，他没想到夏天成身陷囹圄居然还关心赌场的生意。尤二仔细思索了一下，报出了一个数字："一百七十二万！"

夏天成不置可否地点了点头，又问出下一个问题："赌场那边现在怎么样？出啥状况没？"

"一切平安！"尤二露出慷慨激昂的神情，他捏紧了拳头，对夏天成宣誓，"只要我尤二在一天，赌场就不会倒！"

"别犯傻了，我都进来了，那赌场想必撑不了几天啦！"夏天成忽然对尤二挤了挤眼睛，他说："这一百七十二万，你给老王七十二万，另外一百万就划你账上吧！"

尤二脸色大变，在短暂的呆滞后，他像白帝城托孤里的诸葛亮那般跪了下来，哭着说："使不得，使不得！我尤二何德何能啊？"

　　"我问你，这一百七十二万是谁的？"

　　尤二指了指夏天成，毫不犹豫地说："你的！"

　　"既然是我的，我把我的钱给你，有什么使不得？"

　　尤二无言以对，两只手徒劳地摆动。他表示自己刚到公司半年，如今能忝居总经理一职，已经对夏天成感恩戴德了，这一百万实在消受不起；他还说自己刚刚安抚过下面人，承诺他们月底奖金上浮三成。尤二痛心疾首地说："如果我跟老王把钱全卷跑了，那兄弟们不是都要喝西北风了？"

　　尤二不说这话还好，这话刚一出口，夏天成就冷笑了一声。他用悲悯的目光扫了双膝跪地的尤二一眼，摇头叹息："妇人之仁，不成气候！"

　　夏天成说出"妇人之仁"四字时忽然生出一种怪异的感觉，他记得这话自己不久前似乎说过，却又记不起是什么场合对谁说的。当他回忆起这问题的答案时，眼中的怜悯愈加浓重了，他想起上一个让他给出同样评语的是尤二的妻子牛红梅。

　　也正是在这一刻，夏天成对尤刚的命运产生了深深的担忧。

第五十四节　衣锦还乡

夏天成对尤二感到失望，他清楚这一刻牛红梅与尤刚多半已经陷入了极大的困境，尤德赖与崔瞎子那两条恶狼毒蛇早晚会将他们撕碎吞掉。他需要一个狠辣、决绝、毫无怜悯之心的尤二担当自己孙子的保护伞。然而尤二并非这样的人，夏天成仰起头，将后背靠在坚硬的椅子上，摇着头说："好吧，好吧！"

尤二不明所以，夏天成将仰着的身子前倾，整张脸贴在铁窗前。夏天成用怒其不争的目光审视尤二，尤二全身起毛，又不敢低头，只得战战兢兢地跟鹰视狼顾的夏天成对视了十秒，就连跪在地上的膝盖都变软了几分。夏天成朝尤二的脸上呼出一口气，他说："给我拿一张纸，一支笔！"

尤二慌忙照做，夏天成在纸上写下一行简短的汉字：

> 我认尤二做了干儿子，你从我的篮子里拿二十个给他。张。

夏天成将纸条叠好，然后推到尤二面前，他说："拿这张条子去找王顾问，他会给你两百万。这钱跟赌场没关系，是我个人存他那儿的。拿到钱你就回家吧，我一倒，赌场撑不了多久就完蛋了！对了，拿到钱之后，你记得买一辆五十万往上的好车，再买一身五千向上的西装。你一回去就把尤德赖、崔瞎子揍一顿，不过千万别揍出伤！我的话你都记住了吗？"

若不是两人中间隔着一道一米高的墙壁，墙壁上面又是两米高的铁栅栏的话，这一刻的尤二就要抱住夏天成的大腿，给他磕三个响头了。尤二实在想不通，为什么自己忤逆了老板的意思，老板赏的钱反倒翻了一番。他还想推辞，夏天成却将推辞的话语堵回了嗓子眼。

"我这次去尤村，跟尤德赖、崔瞎子的梁子是结大啦。这两个人都是欺软怕硬的主，只要你衣锦还乡，他们就只敢做缩头乌龟；但如果你还是穿一身破衣服，坐公共汽车回去的话，他们一定会骑到你头上，不择手段地报复你们一家的！你跟你老婆的死活我可以不管，但我的孙子不能受人欺负啊！"

尤二这才明白夏天成的良苦用心，他第二次发誓，说自己一定会照顾好尤刚，如果家里只剩一碗饭，那这碗饭一定会留给尤刚；倘若家里一碗饭都没有了，那他尤二就割自己身上的肉给尤刚吃。夏天成听完面色阴沉，他问尤二既然拿了两百万，怎么会沦落到一碗饭都吃不上的地步。尤二抬手啪啪甩了自己两个耳光，他说："是我说错话啦！老板！"

夏天成拍拍尤二的手，意思是接受了他的道歉。探视的时间到了，两个狱警从门外走了过来，夏天成将嘴唇凑到尤二耳边，他说："这两百万你可以用，你老婆可以用，你儿子更可以用！但你要是敢给你那个小情人一分一毫，老子饶不了你！"

夏天成从椅子上站起来，像吃错药一般哈哈大笑。尤二看着夏天成笑，不明白究竟是怎么回事，也只好跟着嘿嘿地笑。夏天成放肆的笑声跟尤二尴尬的笑声混杂在一起，把两名狱警听呆了，狱警将警棍在墙上敲得啪啪响，大吼道："肃静！肃静！"

夏天成不笑了，他对尤二说："走吧！"

尤二鞠了个躬，拍拍膝盖，朝探视室的门口走去，他刚走出两步就扭过头，想要再看一眼夏天成，谁知夏天成已经离开探视间了。尤二失魂落魄地走出看守所的大门。从王顾问那儿取到钱后，尤二将自己半年里攒下的五万块存款压在枕头底下，给怀着纯种孩子的曹小纯留下一张"我走了"的字条，然后怀揣两百万现金，踏进了 X 市最大的一家奔驰 4S 店。

第一个见证尤二衣锦还乡的人是尤德赖。当时他正躺在杂货店的藤椅上，用两根手指将一只吸了他大半年血的虱子捏得啪啪响，忽然间他的眼皮跳了一下，是左眼。尤德赖记得"左眼跳财、右眼跳灾"的俗语，以为自己快要发财了，他瞪大眼，看见一辆崭新的银色奔驰车出现在不远的乡道上，轮胎扬起的风沙让他下意识地捏住了鼻子。又过了大约十秒，奔驰车不偏不倚地停在了杂货店的门口。尤德赖大喜过望，下意识地看了一眼柜台底下的两条假中华烟。驾驶室的门打开了，一个西装革履、头发锃亮的年轻男人从车门里钻了出来。

"这位老板，要买点啥?"尤德赖扔掉被捏扁的虱子，满脸恭敬地迎了上去。他走到一半的时候才发觉有些不太对劲，这个年轻男人的面目似乎有些熟悉，不，何止是熟悉，就算烧成灰他也认识。尤德赖不敢相信，这个开奔驰、穿西装的成功男士居然是尤二！他的两条腿有些打飘，说话也结巴起来："尤二……不，二哥，你咋回来了?"

若是论年纪，尤德赖比尤二大整整两轮，假如论辈分，尤德赖比尤二高一辈，但他这声"二哥"却喊得字正腔圆，最后的"哥"字还带着些许的颤音，简直就像桃园结义中的张翼德称呼关云长一般。唯一不同的是，扮三弟的尤德赖此刻一张红脸，而尤二哥却板了一张黑脸。尤二没有说一个字，正手一拳捣在尤德赖的脸上，将这张老脸上的皱纹跟笑容都捣开了花，尤二说："听说我出门的时候，你欺负我老婆孩子了？"

尤德赖面门上遭了一拳，整个人站在原地晕了半分钟，接着哇的一声号啕大哭，他双膝跪地，两条胳膊死死抱住尤二的大腿，他说："二……二爷，我没有啊！这些事都是崔瞎子做的啊！"

尤德赖的这声"二爷"喊得比"二哥"还要带调，这一刻他的身份从张飞降格为周仓，成了尤二的手下跟班。然而尤二依旧不吃这一套，他知道就是这个狗日的杂货店老板将恩人夏天成送进了大牢。尤二用力甩了尤德赖两个耳光，踢了他的裤裆一脚，最后恶狠狠地丢下一句话："老子回来啦，你以后给我放老实点儿！"

尤德赖捂着鼻青脸肿的面颊，心里开始嘀咕，他奇怪的是尤二居然这么轻易就放过了自己，这一拳一脚两耳光都只能算重手而非毒手，这可完全不符合这个流氓无赖的一贯作风。他很快便意识到，尤二很可能只知道自己"欺负"了牛红梅与尤刚，却并不知道自己是如何"欺负"的，更不知道自己是牛红梅第一个嫖客的故事。尤德赖心念飞转，觉得这些事的败露是时间问题而非概率问题，他一想到日后自己可能的下场，裤裆里就泛起一丝寒意。尤德赖下意识地摸了摸裤子的拉链，发现果然有小半截没有拉上。

尤德赖拉好拉链，用半秃的脑瓜琢磨该用什么办法将未来的暴风骤雨减轻到能够忍受的地步。他知道整个小石镇嫖过牛红梅的男人不可胜数，自己最大的罪孽是恰好做了第一个，本着首恶必办、胁从不问的原则，他的下场多半不会太美妙。尤德赖寻思能不能通过强大的民间舆论，将尤光棍、尤跛子、尤见春中的某个塑造成第一个吃螃蟹的人，然而仔细思索了半小时后，尤德赖还是放弃了。一来他还清楚记得自己第一次睡完牛红梅后，在一干赌友面前大肆炫耀的场景；二来他也不认为尤光棍、尤跛子愿意做自己的替死鬼。尤德赖一面想一面揪头发，在两根烟的工夫里把头发揪掉了七八十根，终于想到一条妙计。

尤德赖认为，只要能利用尤村的一百多张嘴，将牛红梅的形象从一个为了生计被迫出卖肉体的可悲母亲，转而塑造成一个为了性欲而主动出卖肉体的淫娃荡妇，尤二对他的仇恨就会自然而然地转嫁到牛红梅身上去了。尤德赖为自己的聪明才智而沾沾自喜，他关门打烊时嘴里甚至哼唱着久违的京剧。

与此同时，尤二的奔驰车在崔瞎子家门口停住了。崔瞎子听见门外传来的刹车声，心头先是一紧，随即又放松了，他从门外的脚步声中听出来人穿着一双休闲鞋，而夏天成一向是穿皮鞋的。崔瞎子将尤二误当成来请他算命的外地老板，心里乐呵呵、脸上冷冰冰地出了门，他手持罗盘昂然而立，黑洞洞的墨镜反射出神秘的色彩。尤二依旧没有废话，给了崔瞎子一视同仁的待遇——一拳一脚外加两耳光。尤二指着崔瞎子说："崔瞎子，我尤二又回来了！"

尤二知道崔瞎子看不见，所以在离开时故意将喇叭摁得震天响，尤村的几十名群众听见窗外经久不息的喇叭声，纷纷探出头来看个究竟，当他们看见从奔驰车里走出来的竟然是半年未见的尤二后，表情瞬间变得精彩纷呈起来。那些嫖过牛红梅的男子心中犯怵，还没来得及嫖的则满心后悔，没胆量或没机会嫖的则暗自庆幸。至于女人，她们的眼睛就跟刚打完蜡的车身一样闪闪发光，她们对身边的男人说："你看人家尤二多有出息，出去闯荡了大半年，如今都开奔驰回来啦！"

部分男人醋意大发，而那些嫖过牛红梅的男人则嗤之以鼻，心想你尤二就算开飞机坦克回来，也改变不了家中如花似玉的老婆被千人枕万人骑的事实，改变不了养了七年的儿子是杂种野种外来种的事实，改变不了三个孩子加起来只有一个屁眼的事实。这种"精神胜利法"是这世上最流行的一种：只要我有一点比你强，那我便比你强，因为这一点是最重要的，其他你比我强的那些，根本无关紧要。有了这样的想法，男人们觉得尤二也没什么值得羡慕的。那些没嫖过牛红梅的男人将这三点感受分享给身边的女人，女人们一脸蔑视地回答："不是我说，你也就这点出息啦！"

第五十五节　归人

尤二踩着夕阳的余晖走进熟悉又陌生的家门。铁门虚掩着，那辆破摩托车依旧停在熟悉的角落，院子里还多了一架老掉牙的三轮车与一个黑黢黢的煎饼炉。尤二一见这两件东西，冷漠的面庞上露出如释重负的微笑，他认定自己贤惠而忠贞的妻子一定是靠这个维持着温饱或小康的生活。他没有敲门就走了进去，迎接他的是活蹦乱跳的小白与满脸憔悴的牛红梅。

牛红梅看着西装革履的尤二，整个人就跟被施了定身咒那样，僵硬地站在原地，牙齿咯咯作响，半天说不出一句话来。过了大约半分钟，牛红梅晃了晃，一下子瘫倒在地，全身软得好像被抽走了全部筋骨。尤二慌了，他一个箭步冲上前，抱住瑟瑟发抖的牛红梅，他对牛红梅大吼："老婆，我回来啦！"

牛红梅的脸僵硬得好像扑克牌上的画像。

尤二又喊："老婆，我再也不走啦！"

牛红梅依旧没有回应，无神的眼睛里淌出两滴黄豆大的泪水，胸腔就像春风下的湖水一般微微起伏。尤二隔着牛红梅的外套与胸腔，感受到她擂鼓般的心跳。尤二左手搂着牛红梅的腰肢，右手指向门外，他说："老婆，我开奔驰车回来啦！"

牛红梅眼皮眨了一下，目光却没有挪动。尤二忽然有了主意，他将牛红梅扶起来，半抱半搀地将她抬上奔驰车的后座，尤二跳上驾驶座，将车子的四面窗户全部摇了下来，狠狠踩下油门："红梅，我开奔驰带你兜风去!"

奔驰车一路颠簸地冲了出去。尤二一手握方向盘，一手伸出车窗，对路边的村民挥手示意，村民们纷纷注目，私底下却小声议论，说尤二是活王八绿毛龟，不知走了什么狗屎运发了一笔横财。尤二开了整整一个半钟头，将尤村前前后后转了五六圈，直到油箱见底才被迫中止。尤二问牛红梅："这车怎么样?"

牛红梅的眼睛里恢复了几分神采，说："好是好，就是太晃啦!"

尤二咧嘴大笑，他解释说晃的原因是路不是车，他说只要牛红梅开心，自己以后每天都带着她在尤村晃三圈。牛红梅笑了，笑容里藏着一丝不易觉察的苦涩。她静静地躺在柔软的真皮沙发上，觉得阳光有些刺眼，于是让尤二将车窗给摇上了。她隔着车窗望向外面熟悉的景致，觉得尤村仿佛被涂上了一层灰色的油彩。

牛红梅忽然想到了什么，她说："尤刚快放学了! 你开车去接他吧!"

尤刚在一片艳羡的目光中上了奔驰车，当他看见坐在驾驶座上的男人竟然是自己阔别已久的父亲而非夏天成时，整个下巴差点从脸上掉下来。他雀跃着跳下车，然后又将尤二拽了下来，像爬树的猴儿一样，撅着腚挂在尤二的腰上，冲同学们大喊："我爸爸回来啦，我爸爸开车接我放学啦!"

尤刚将这两句话重复了一遍又一遍，一直到学校关门、人走茶凉都没有停下来。当尤二抱他上车时，尤刚的两只脚在爸爸的西裤上留下了七八个清晰的泥印。尤二笑着对尤刚说：

"有啥好嘚瑟的，老子以后天天开车来接你好了！"

尤二开着车，将牛红梅与尤刚拉到小石镇最高档的一家餐馆，他记得上次来这里吃饭还是三五年前自家表弟结婚的那天。老板觍着笑脸迎了上来，当他看见今天的主顾竟然是沐猴而冠的尤二、满脸兴奋的尤刚以及低头不语的牛红梅时，眼睛瞪得比厨房里的肉丸子还大。老板问："尤先生，今晚吃什么！"

尤二接过菜单，马马虎虎点了七八个菜，然后将菜单递给牛红梅。牛红梅皱起眉，埋怨道："就三个人，吃得完这么多吗？"

老板含笑附和："消费不浪费！"

尤二笑而不语，只是从上衣口袋里掏出一摞两厘米厚的百元钞票，将钞票在手心摔得啪啪响。老板一见尤二这副架势，立马不再作声，乖乖跑到厨房忙活开了。老板上菜时大声说："尤先生，其实我早就认识您啦！我记得您来我饭店吃过三次。当时我就觉得，您是人中龙凤，早晚会发达的！"

尤二点点头，他伸出筷子，从冒着热气的葱爆海参里挑出最肥最腻的一块，吸溜一声下了肚，刚出锅的海参烫得他不住咂嘴。尤二又夹了两块海参，一块给牛红梅，一块给尤刚，对他们说："慢点吃，别烫着！"

"尤先生，您儿子长得可真像您，都是一表人才，脑瓜子也聪明，长大了可不得了哇！"

尤二看了一眼尤刚，发觉半年不见，这小子的个头儿又蹿高了半寸，他从尤刚稚嫩的脸上清晰地看到了自己儿时的影子。这一刻尤二恨不得抽自己两个耳光，他觉得自己从前一定是瞎了眼，才会怀疑尤刚不是自己的儿子。他又往尤刚碗里夹了两根海参，给牛红梅夹了一根。

"尤先生，不是我说，您媳妇可生得真俊俏。不但俊俏而且能干，她从前做的那煎饼，咱们整个小石镇都爱吃啊！"

　　也不知是无意还是故意，老板在说"能干"与"从前"两个词时，略微加重了语调。尤二没有注意到这两个细节，他将手覆到牛红梅的手上，手心摩挲她的手背，对牛红梅说："这段日子苦了你了！"

　　牛红梅鼻子一酸，眼泪扑簌簌地落到面前的饭碗里。尤二一伸手，用手心接住牛红梅腮帮下的泪水，他说："别哭啦，再哭就要吃盐水泡饭啦！"

　　牛红梅扑哧笑了，眼角的鱼尾纹随着笑容绽放开来，然后如波浪一样缓缓消散。她心中的忧虑没有减退，反倒如潮水般缓缓上涨。牛红梅知道尤二只要没聋没瞎，早晚会知道这些天发生的一切，但怎么都鼓不起主动坦承的勇气。

　　这顿晚饭总共吃掉了九百八十六块，尤二吃得意气风发，尤刚吃得津津有味，牛红梅吃得味同嚼蜡。尤二察觉出妻子的心不在焉，却以为她是记恨或埋怨自己，毕竟对大多数男人来说，想读懂一个沉默女人的心事几乎比一个文盲学高等数学还困难一些。

第五十六节　尤村故事会

　　女人的仇美与男人的仇富是世上最强大的两种心理力量，当这两种力量合而为一后，由尤德赖编排、尤光棍补充、崔瞎子艺术加工的《牛红梅卖淫记》很快便成了整个小石镇最炙手可热的故事集。他们将《金瓶梅》《玉蒲团》的剧情原封不动地搬进《牛红梅卖淫记》里，只不过将人物姓名从西门庆、未央生改成了尤村的甲乙丙丁，整个故事发展到后来出现了三五十个版本，无论在哪个版本里，牛红梅都是个饥渴且寂寞的深闺少妇。

　　"你知道不，这些嫖客里，牛红梅最喜欢的就是尤跛子。"

　　"胡扯，牛红梅明明更喜欢徐玉海，每次徐玉海过去，都能在里面待上大半个钟头，可怜我在门口脚都站酸啦！"

　　"听说牛红梅第一个勾引的是大学生尤智，那天尤智放寒假回家来，捧着本书从尤二家门口经过，牛红梅看见了，故意将自己的一条丝袜给抛了下去，就跟抛绣球似的，这丝袜刚好落在人家大学生的眼皮下面。她下去捡的时候，还故意解开领口的两个扣子，白花花的奶子露了一半出来。不是我说，她都生了三个孩子的人了，也不知道害臊……"

　　这些故事传得沸沸扬扬，就连毛还没长全的孩童、毛已经掉光的老妪都能随口说上一两段。三天后，牛红梅的故事终于通过喝得烂醉的尤光棍之口传入尤二的耳朵。

尤二没有打尤光棍，而是怒气冲冲地跑回家。他到家后先在院子里的煎饼炉上摸了一把，结果摸了一手指的浮灰。这一来尤二的怒火烧得更旺了，他摔门而入的时候牛红梅正在轻声哄尤刚睡觉，尤二一脚踢在床边上，微微摇晃的木床差点被他踢散了架。尤二大声问："尤刚，你看见妈妈跟别的男人睡觉了？"

牛红梅顿时面如死灰，尤刚睁大了眼睛，认真地说："妈妈没有跟别的男人睡觉啊！妈妈跟我睡觉的！"

尤二讪讪地收回脚，尤刚又说："妈妈没有跟别的男人睡觉，妈妈光着身体跟别的男人抱在一起的！"

房间里陷入一片可怕的寂静，尤二看着牛红梅，牛红梅看着尤二，两个人一个字都不说。尤刚并不明白自己刚说的话意味着什么，在他混沌且幼稚的世界观里，男人女人是不可以随便在同一张床上睡觉的，但脱光了抱在一起则是兴奋刺激的。尤二身上的每一个毛孔都在颤动，他问牛红梅："为什么？"

牛红梅没有回答，她将尤刚推进被窝，穿上鞋，一言不发地走向门外。尤二以为她心虚了，他愤怒地吼道："贱货，滚！"

牛红梅没有滚，她蹒跚着走进厨房，等出来的时候，手中已经多了一个沉甸甸的米缸，她一松手，米缸"乓"的一声摔在地上，白花花的大米撒了一地。牛红梅指着地上的米对尤二说："如果我不这么做的话，家里早就断粮啦！"

"胡扯！老天饿不死瞎家雀儿！你干啥不能挣钱，偏偏要干这个？"

牛红梅走进房间，从抽屉的最下面翻出一本病历，说："刚开始我在镇上卖煎饼。可是我跌了一跤，把腰跌坏了，什么活都干不了啦!"

尤二依旧不信,他咒骂着抢过病历,刚翻到第一页,"外伤流产"这四个字便跳进他的眼睛。尤二愣了一会儿,随后破口大骂:"老子不在家的时候,你这个贱人居然怀了别人的孩子!"

牛红梅走到尤二身边,伸出手,用干枯的指甲在病历的某个位置划了一道。尤二定睛看去,望见了"怀孕四个半月"的字样,尤二掰着手指算了算日子,才意识到这个夭折的孩子事实上是自己的骨血。他立马闭嘴了,两边肩膀一上一下地耸动,号啕大哭:"我的儿呀!"

"不是儿子,是女儿!"牛红梅冷冷地说。

尤二跟牛红梅坐在客厅的沙发上,从月出聊到月落,又从月落聊到日出,终于把这半年来发生的一切给讲完了。上半夜说话的是牛红梅,她坦白地告诉尤二,自己已经记不清跟多少男人发生过那种关系了。她只记得,第一次民警没收的卖淫款是一万九千多块,那会儿她的价码是两百一次。牛红梅又翻出柜子底下的存钱罐,将一大沓有零有整的钞票哗啦一声倒在桌上,这三千八百六十块钱,是她以八十到一百的价格挣回来的。牛红梅拿出纸笔,做了两次除法跟一次加法,最后算出一个答案,这三个多月来她接待了一百五十人次。就算扣掉回头客与加钟,也至少跟七八十个男人发生过性关系。尤二直勾勾地看着纸上的数字与桌上的钞票,胸中的屈辱就像活火山一样蠢蠢欲动,他问牛红梅:"你就不能找人借钱吗?"

"借过了,借不到!"

"你就算去偷、去抢、去上街要饭也比做这个强啊!"尤二用力一拍桌子,七八张钞票被风掀离了桌面,在空中翩翩起舞。尤二恨恨地说,"你怎么想到做这个的?"

"我自己没想到，过小年那天晚上，尤德赖忽然跑来，说只要我跟他做这种事，就给我两百块钱。当时我腰疼得站都站不直，米缸里只剩不足两斤米。我要是不答应，这年就没法过啦！等你回来的时候，就只能给我们上坟啦！"

尤二听见尤德赖的名字，转身跑进厨房，将砧板上的菜刀提了出来。牛红梅死死抱住尤二，她哭泣的声音在黑夜中听起来宛若猫头鹰的啼叫。牛红梅对尤二说："你要是剁了尤德赖，我们全家都没法活啦！"

尤二"咣当"一声将刀摔在地上，跑回屋，一口气往喉咙里灌了七八杯凉水，喝到肚子滚圆都没有停下，直到胸口的那团火焰被浇熄得差不多了，他才抹了抹嘴角。尤二一屁股坐在沙发上，说："你说的都说完啦，下面该我说啦！"

下半夜是尤二的演讲时间，其实尤二本不想将他在X市干的风流事说出来，然而牛红梅都说了，如果他不说，总觉得吃了亏，平白无故做了乌龟，尤二决定将自己塑造成一个有尊严、有气节的乌龟。他告诉牛红梅，自己一到X市就找了个十八岁的女荷官同居了，他在描述曹小纯外貌时特意强调了她夸张饱满的胸部，尤二还说，他走的那天曹小纯肚子里还怀着一个姓尤的纯种孩子。说到这件事尤二变得忧心忡忡，他说："也不知道这孩子现在还在不在了！"

牛红梅垂下头，不知究竟在想什么东西。

第五十七节　众口铄金

尤二很不开心。

尤光棍酒后失言新闻在第二天便通过他本人之口传遍了尤村，村民们奔走相告，男人们人人自危，他们不清楚牛红梅还记得不记得每一个客人，尤二是否已经知道自己也是牛红梅的主顾之一，个别脑子不太好使的尿包软蛋干脆坦白从宽。他们三五成群，主动给坐在奔驰车里的尤二敬烟，对尤二说："其实我们也不想那个啊，但你老婆站在红灯底下朝我们招手，说没人光顾她生意的话，第二天你儿子就没饭吃啦！我们也是为了尤刚着想啊！"

还有人说："二哥现在有钱了，漂亮的姐儿还不想找几个就找几个？这女人如衣服，兄弟如手足嘛！"

这群蠢货每人挨了三个耳光，他们摸着肿胀的面颊，欢天喜地地说："尤二大人大量，不跟我们计较啦！"

这消息一传十十传百，很快便成了席卷尤村的特大喜讯。曾经嫖过牛红梅的六七十号男人整日守在村口，只等尤二的奔驰车经过时上前请罪，他们坦白错误后，都主动将脸凑到尤二的手边，因为这一来尤二的巴掌就抡不圆，打上去也不太疼了。这段日子里，尤村的男子凭借观察别人脸上的指印，总共认了十八对结义连襟。

　　经过这些天的传播发酵，群众口口相传的《牛红梅卖淫记》也攀上了一个更高的艺术高度，不仅细节丰富还能逻辑自洽。在如此强大的舆论基础下，嫖客们向尤二坦白的故事自然大同小异，大家都说牛红梅生性喜淫卖弄风情，自己意志不坚误入深渊。他们说牛红梅的煎饼摊明明生意兴隆，却为了挣大钱快钱才选择出卖肉体。他们清楚只有这么说，才能将当日的主动犯罪变成被动犯罪。众口铄金积毁销骨，尤二对这些流言的态度从不信到怀疑，从怀疑到相信，心里的愧疚越磨越少、愤怒越攒越多。他坐在豪华的奔驰车里，觉得村里的每一个男人都在讨论牛红梅的身体。田里的尤跛子拔起一把韭菜，给一旁的儿子指上面的虫眼，尤二看在眼里，觉得尤跛子在说牛红梅的耻毛就是这般长度；路边的尤见春在李寡妇屁股上轻轻拍了一下，说她的屁股就跟面团一样有弹性，尤二远远听见"屁股"二字，觉得尤见春在拿李寡妇的屁股跟牛红梅的屁股做比较。尤二将身边人的每句话、每个表情、每个手势都过度解读，他觉得自己成了尤村三百年历史上最大的一只王八。

　　尤二回到家，冲牛红梅说："村里人说的话，我都听见啦！"

　　牛红梅问："他们说什么了？"

　　"你做了什么，他们就说了什么呗！"

　　"我做的事情都给你说了！"

　　"你是给我说了，但你只说了结果，没有说原因，更没说过程啊！现在大家都说你是条不要脸的骚狐狸，你跟别人那个的时候是不是很开心？"

　　"你信他们，还是信我？"

　　"就算你是被迫的。别人说饿死是小，失节是大，但到你身上反过来啦！"尤二不依不饶地说，"你说现在怎么办吧？"

牛红梅摇摇头，她让尤二想怎么办就怎么办。尤二从后面追上她，狠狠拽住她的头发，将她踢翻在地。尤二踩住牛红梅的胸口，问她到底咋办，牛红梅没有反抗、没有呻吟、没有叫喊，她什么保护动作都没有做，而是用毫无神采的眼睛看着头顶的天花板。尤二踩了一会儿，也觉得厌倦了，他揪着牛红梅的衣领将她提了起来："我要把曹小纯接过来！"

牛红梅脸上就像戴了一层面具，尤二以为她不知道曹小纯是谁，于是说："曹小纯就是我前两天说的那个女荷官！十八岁，胸比你大的那个！"

牛红梅点点头，说："我知道！"

尤二还不满足，他说："曹小纯肚子里的孩子如果还没打掉，你就得伺候她坐完月子！"

牛红梅再次点头，说："随你。"

"不是随我，我问你听见没有！"

"听见了。"

尤二说到做到，他打电话时曹小纯刚好躺在冰冷的妇科病床上，尤二在电话里听到她对医生大喊："我不做流产啦，孩子他爹打我电话啦！"

曹小纯在激动了半个钟头后重归冷静，她知道赌场已经完蛋了，尤总经理如今是狗屁总经理。她还知道尤二在做总经理前是个一文不名的流氓混混，在老家还有结婚十年的妻子和七岁的孩子。她犹豫了整整一宿，好几次她都忍不住想重新拨通医生的电话。她一直想到太阳升起才下定决心。她回忆起赌场关门的那晚，四十多个同事没拿到工资破口大骂的样子，她觉得那些钱多半正躺在尤二的口袋里，她相信自己只要找到尤二，就能赢得他全部的感情与财产。

她知道自己肚子里正怀着尤二唯一的纯种孩子。

曹小纯在十八个小时后踏上了尤村的土地，她看见尤二家门口的崭新奔驰车，原本有些迷茫的双眼一下子闪闪发光。她挺着微微隆起的肚子与高高隆起的乳房走进尤二家大门。一手抚腹，一手掩胸，两条比麻秆还细的腿勒在满是补丁的牛仔裤里。她站在院子里大喊："尤二，我来啦！"

　　尤二屁颠颠地从客厅跑出去，他喊房间里的牛红梅跟他一道去接曹小纯。牛红梅没有说话，她站起身，拢了拢有些凌乱的长发，面无表情地走在尤二的身后。这两个素未谋面的女人就在夕阳的余晖下第一次碰面了。曹小纯死死盯着牛红梅的脸，她没想到这个想象中的黄脸婆竟然生了如此美丽的一张面庞，她甚至觉得脚下的高跟鞋都变矮了两寸，牛红梅也在看曹小纯，她也没想到年过而立的尤二居然还能骗到一个如此性感迷人的少女。她们互不相让，针尖对麦芒地对视了三分钟，最后还是尤二的一声吆喝打破了两个女人间的平衡。尤二冲牛红梅喊："还不回屋给小纯倒杯热水！"

　　这句话瞬间击溃了牛红梅的骄傲与尊严，她低下头，强忍着泪水跨过门槛，走进厨房。她觉得水瓶的重量几乎要压断颤抖的手臂，她看着热水冒着热气，从瓶口倾泻进杯子里。她觉得自己就像热水瓶，曹小纯就像水杯，尤二的心就是热水。热水只能从水瓶倒进水杯，却不能从水杯回到水瓶。她觉得尤二对自己的爱永远也回不来了，她觉得自己在这个家里是多余的。

　　牛红梅将装满水的水杯放到曹小纯的眼前，她说："喝吧！"

　　曹小纯露出胜利者的笑容，她不渴，但还是咕咚咕咚地喝完了这杯水。她对牛红梅说："谢谢姐姐啦！"

　　一家三口从这一天开始正式升级为一家四口——又或者一家五口。曹小纯怀着孕，她的肚子里孕育着一个纯种的姓尤的婴儿，这个婴儿让尤二牵肠挂肚。尤刚不一样，尤刚的血管里流淌着含有杂质的血——即便这些杂质是源自恩人的儿子，那也是杂质，就像铁剑中的黄金也是杂质一样。尤二为了先前的承诺，也为了那两百万现金而善待尤刚；牛红梅是尤二的结发妻子，她的容颜不复当初的美丽，她的身体今生今世都难以洗刷干净。尤二曾承诺过要照顾牛红梅一生一世，然而婚礼上的誓言是作不得数的——如果谁能统计一个谎言出现频率最高的场景，那冠军一定会在婚礼与葬礼中产生。

第五十八节　泡沫

　　曹小纯恃宠而骄，她的心理年龄从十八岁退化到十八个月。她早晨起来，觉得口渴，便吆喝牛红梅去为她倒水；肚子饿了，便吩咐牛红梅给她做饭。曹小纯的胃口一天天变得挑剔，每顿都要吃三荤三素，说是为了胎儿的健康成长。牛红梅烧的菜咸了淡了，又或者不咸不淡，曹小纯都会"哐"的一声把碗摔到地上，久而久之，她仿佛一天不摔碗摔桌子就浑身不自在。

　　曹小纯更不喜欢尤刚，她明白尤刚非但是自己的竞争者，还是自己孩子的未来竞争者。但她非常聪明，她从不会当着尤二的面使唤尤刚，她也从不当尤刚的面使唤牛红梅。她知道自己的唯一本钱就是肚子里的胎儿，她不可能靠一个本钱同时跟两个人为敌。她看见尤刚时脸上总是笑眯眯的，常常对尤刚说："想不想姐姐给你生个弟弟陪你玩？"

　　尤刚被曹小纯的甜言蜜语跟小恩小惠哄得迷迷糊糊，觉得这个漂亮姐姐有时比妈妈温柔贴心。尤刚对曹小纯说："好啊！"

　　曹小纯过了十来天饭来张口、衣来伸手的快活日子，终于觉得无聊了。她找了个阳光明媚的日子对尤二说："我怀孕快五个月啦，该上医院查查啦！"

尤二点头称是，他转过头吩咐牛红梅："赶紧找块抹布，把我的摩托车擦干净！"

牛红梅"嗯"了一声，她从曹小纯面前经过时还冲她笑了笑。曹小纯看了眼院里那辆破破烂烂的摩托车，一张嘴噘得比肚子还高，她说："我们四个人一块儿去医院！"

尤二答应了，他朝院子里大喊："摩托车不用擦啦，咱四个一起去医院吧！"

曹小纯换上最漂亮的一套衣服，喜滋滋地走到门口的奔驰车旁边，她对着黑色的车窗照了又照，忽然意识到，她在尤二家住了将近半个月，还没有坐过一次奔驰车。她为自己过去的懒惰而悔恨，她决定以后每天都叫尤二开车带她在村里兜两圈。

曹小纯靠在副驾驶的车门上，看见尤二、牛红梅、尤刚依次从面前走了过去。曹小纯问尤二："你怎么不上车？"

尤二说："县医院不远。我们不开车，走着去！"

曹小纯捧着肚子，两条比筷子还细的眉毛皱得连在一起，她只当尤二是过惯了穷日子，宁愿跑路也要省下十几块钱的汽油费。她对尤二说："我肚子这么大，跑不动啊！"

尤二立刻回答："跑不动就到村口打车！"

曹小纯不乐意了，她忽然想起，就在前一天下午，尤二还开着奔驰车去接尤刚放学，她意识到尤二不是因为吝啬才拒绝开车的。曹小纯感觉全身发冷，她不知道是因为少穿了一件衣服还是在恐惧什么，她问尤二："你明明有车，为什么不开车？"

尤二没有应声，曹小纯又说了一遍："咱们开车去吧！"

尤二忽然做出一个奇怪的动作，他拧过身，打开刚刚锁好的铁门，头也不回地走回了家。曹小纯起初以为他忘了拿汽车钥匙，于是满心期待地靠在门口等尤二回来。谁知尤二回屋后，牛红梅与尤刚也跟在他屁股后面回了屋，牛红梅很平静，尤刚很困惑。曹小纯听见尤二在屋里喊："回来吧，咱不去了！"

曹小纯脑子里填满了问号，当她回忆起，一周前尤二曾开着奔驰车带牛红梅去镇上买菜的时候，那些问号全被捋直了，化作了感叹号。她怒气冲冲地走进屋，指头几乎要戳到尤二的脸上，问："你这算什么意思？"

尤二有些羞愧，他低着头说："这不是我的意思！"

曹小纯更加愤怒了，她跑到牛红梅跟前，居高临下地问："这是你的意思？"

她又扭过头问尤二："你听她的？"

尤二的脑袋更低了，他借助鞋面的反光，偷偷观察曹小纯的脸色，过了很久才说："不是我，也不是她，这是夏老板的意思！"

"夏老板？"

"没错，这辆车是用夏老板的钱买的，不过不是为我买的，是为尤刚买的。夏老板当时交代了，说他的钱不能花一分在你的身上。"尤二忽然有些结巴，"不过……不过你放心，等孩子生下来，我就出去找份活儿，到时候尤刚花夏老板的钱，你花我的钱，夏老板就算知道了也没话说！"

屋子里的两个女人同时颤抖起来，牛红梅看着尤二，不明白自己在这个家里究竟算什么；曹小纯看着尤刚，煞白的脸上露出悲哀与绝望，她不知道夏天成到底给了尤二多少钱，但坚信尤二就算苦一辈子都赚不到那个数字。曹小纯偏偏生不出半点反抗的勇气，她在赌场只干了一年，但对夏天成的畏惧已经渗入了骨髓，这是因为她亲眼见过两个吃里爬外的荷官受到的惩罚。这一来就算尤二觍着脸请她上车她也不敢了。曹小纯又想起一个问题："你先前的工资都留给我了，夏老板的钱又不能花在我身上。那我这几天吃的喝的，都是用什么钱买的？"

尤二缩了缩脖子，没有吭声。牛红梅平静地说："用的是我的钱。"

"呀！"曹小纯尖叫，声音好似剪刀划在玻璃上一样刺耳。她晓得牛红梅的钱是怎么来的，就在两天前，她还用讥讽的语气，当着尤二的面说自己哪怕饿死也不会出卖身体。这一刻，她觉得这几天吃下去的饭菜都泛着肮脏的骚味。曹小纯将自己的银行卡摔到地上，大声说："我不要用这个女人的钱！我有钱！"

曹小纯在尤二的手指触到银行卡的一刹那就后悔了，她忽然意识到，自己马上就要生孩子了，生完孩子还要养孩子，养孩子就要买奶粉、买尿不湿、买各种婴儿用品跟玩具。这一来卡里那五万块只怕一年半载就一分不剩了。曹小纯忽然意识到，前几天她很可能做了个错误的选择。

尤刚有些生气，他想不通爸爸妈妈姐姐都换好衣服出了门，怎么又打道回府了。他的心早已飞到了外面，他先跑到曹小纯面前，叫嚷着要出去玩。曹小纯没有说话，她目不转睛地盯着尤刚的脸，试图从他的五官里找出那些不属于尤二的部分，她知道正是这一部分让她在自以为大获全胜后又一败涂地。

尤刚见曹小纯不搭理自己，腮帮子鼓得就像金鱼的眼泡，他又跑到牛红梅的跟前，吵着要去街上买零食逛游乐场。牛红梅抬起头望尤二，尤二点点头，他让牛红梅将院子里的摩托车擦干净。牛红梅立刻从厨房里找出一块抹布，一丝不苟地擦了起来。她擦去了摩托车表面的浮尘，黄绿色的铁锈在阳光的照耀下闪闪发光。尤二跨上摩托车，牛红梅抱着尤刚坐在身后，摩托车带着黑色的浓烟与沙哑的声响发动了，尤二朝屋子里喊："我们出去一会儿！"

曹小纯呆呆地望着一家三口远去的背影，脸上笼罩了一层浅薄的雾霾。她曾经认定：那个坐在摩托车后座，整天给自己端茶倒水的女人是不堪一击的，因为她的儿子是一个血脉不纯的杂种；如今她才知道牛红梅是自己永远无法取代也无法战胜的，因为同样的原因。

曹小纯想改变这一切。

一位奋力改变命运的女人是不该被嘲笑的，即便她的法子十分幼稚可笑。

第五十九节　渴望

这一天，医生周诚听到了从业十年来最匪夷所思的要求。一个十八九岁的少女指着自己微微隆起的肚皮，问他能不能给腹中的胎儿做基因手术。周诚摇了摇头，他告诉她基因手术只有省级的三甲医院才能做，他还说等胎儿显怀时进行基因介入早已无济于事。看见少女凄楚的泪水在脂粉中冲出一条淡淡的沟壑，周诚安慰说："你孩子到底有啥问题，有的毛病就算出生后也能治的！"

曹小纯没有开口，苍白的双手在椅背上用力撑了一下，站起身，摇摇晃晃地朝门口走去。周诚追了上去，他怀着医者仁心劝诚她，如果肚子里的孩子真有什么严重的先天缺陷，那放弃也是一种选择。曹小纯摆了摆手，她说腹中的孩子没有任何毛病。

周诚听傻了，还以为是自己的耳朵或曹小纯脑袋出了毛病。他问她能不能将话说清楚。曹小纯答应了，她说："我孩子的爸爸姓尢，我想给孩子再加一个爸爸，加一个姓夏的人的种子进去！"

周诚满头雾水，当他弄清楚曹小纯要求的真实含义时，张开的下巴几乎掉到面前的桌子上。他目瞪口呆，他觉得眼前的少女不是在孕育一个属于自己的生命，而是在做一次无比大胆的杂交水稻实验。他被曹小纯的想象力深深震撼，同时为她的无知感到分外悲哀。他对曹小纯说："你怎么会有这样的想法?!"

曹小纯说出了自己的故事，一个与奔驰车、杂种、纯种有关的故事。她说得含糊其词，同时使用了大量的化名，但周诚只听了三分之二便猜出了主角的真名，他不再震惊，对曹小纯说："死了这条心吧!"

曹小纯百折不挠，她问："省医院也没办法吗?"

"没办法!"

"首都的医院呢?"

"没办法!"

"我有五万块钱!"

"死了这条心吧!"周诚将一字未写的病历递给曹小纯，"就算你有五百万，也做不了这样的手术!"

曹小纯身子一沉，几乎瘫软在诊室的地砖上，她出门时连站都站不稳了。她到家时尤二一家三口正围在饭桌前吃饭。尤二问曹小纯："你上哪儿去啦?"

曹小纯没有理睬，她在饭桌边坐下。牛红梅帮她盛了饭，还将两块冒着油光的红烧肉夹进她的碗里。尤二看出了曹小纯的不悦，问她在想什么心思。曹小纯摇摇头，她用手遮住饭碗，不让尤二看见她的眼泪滴在热气腾腾的米粒上。吃完晚饭，尤二就哼着不着调的曲儿出门赌钱了，牛红梅将尤刚哄上床，然后给曹小纯倒洗脚水。她不知道自己为什么要做这些低贱的事情，但她依然做了。

曹小纯将嫩生生的脚丫伸进热水，暖气顺着脚心一直蹿进肚皮里，曹小纯身体的每一寸皮肤都热腾腾的，唯独心是冰凉的。她忽然对牛红梅说："我下午一个人去过医院了!"

"哦?"牛红梅不以为然，"宝宝还好吧!"

"你当初做那个基因手术，是怀孕几个月的事?!"曹小纯忽然问了个没头没尾的问题。牛红梅有些发愣，她回忆了片刻，告诉她大约是怀孕一个月的事情。曹小纯心中的最后一丝念想粉碎了，她咬着嘴唇说："周医生没有骗我，我真的没指望啦!"

　　牛红梅听不懂曹小纯在说什么，曹小纯便解释给她听。牛红梅听曹小纯说完，觉得脑子里有两栋大楼轰然倒塌了。牛红梅没上过学，不然她会知道这两栋大楼分别叫"人生观"与"价值观"。这两栋大楼倒塌后，牛红梅终于弄明白自己为什么会忍着屈辱照顾曹小纯了。她发现自己始终是怀着一丝愧疚的，她为没能给尤二生下一个纯种的后代而愧疚，她希望能借曹小纯的子宫弥补这个无法弥补的缺憾。牛红梅将手放在曹小纯的肚子上，轻轻地说："纯种的多好，如果我也能生一个纯种的孩儿，也不会沦落到今天的地步啊!"

　　曹小纯甩开牛红梅的手，一双眼睛就像门外的奔驰车一样又黑又亮，她说："纯种的不好。纯种的没车坐，纯种的没钱花，纯种的一辈子都是苦命!我要是能怀上个杂种的孩子，有两个爹同时疼爱我跟孩子，那该多好啊!我要是能去做基因手术，把夏老板的基因种进我孩子身体里，那该多好啊!姐姐，我要是能有跟你一样的命，那该多好啊!"

　　牛红梅无言以对。

　　曹小纯问牛红梅："我前几天丢给尤二的那张银行卡，你知道放哪儿了吗?"

　　牛红梅想问她要银行卡干什么，但又觉得这样会被人看轻了，于是走进里屋，从床头柜里翻出那张银行卡递到她手上。曹小纯将银行卡揣进衣兜，穿好裤子，却没有穿鞋，她将脚下那双镶着水钻的高跟鞋推到一边，赤着脚走到鞋柜边，从里面翻出一双牛红梅劳动时穿的旧球鞋。她将球鞋穿到脚上，鞋带系得紧紧的，对牛红梅说："姐姐，你的脚跟我一般大哩！"

曹小纯穿着牛红梅的白球鞋走出了尤二家的大门，她甚至没有拿放在墙角的行李。牛红梅不知道她要去哪里，当她意识到曹小纯很可能不会再回来的时候，夜色中已看不见那道瘦弱的身影了。牛红梅发了疯一样跑到村头，将尤二从赌桌上拉了下来。尤二当时刚摸到一把好牌，他气愤地说："找我什么事？"

"曹小纯，曹小纯走啦！"

"走了，她能上哪儿去？！她一个女人大着肚子，能走到哪儿去？"

"我也不知道，总之她就是走啦！她走之前把银行卡要走了，还换上了我的球鞋。总之，她就是走啦！"

尤二有些慌张，他顾不上牌友的奚落，一溜烟跑回家。他跳上奔驰车，吩咐牛红梅坐在副驾驶的位置上，摁着喇叭朝村口驶去，一路上他逢人就问，有没有看见一个大着肚子的年轻孕妇经过。有个晚归的工人说看见了，他说七八分钟前有个女人在村口的路牌下拦了辆酒红色的出租车，然后往西边去了。尤二道了声谢，将油门踩到底，以每小时一百二十公里的时速在颠簸的水泥路上冲刺了三分钟，在全身骨头被震散架之前，尤二开到了一个亮着红灯的四岔路口。

尤二看了眼牛红梅，发觉牛红梅也在用同样的眼神看着他。尤二深吸了一口气，最终选择了通往小石镇火车站的那条路。他赶到火车站时已是晚上十点了，广场上空无一人。尤二一连问了三个还没打烊的店家，终于接受了刚才选错道路的事实。

第二天一早，尤二接到了曹小纯的电话。曹小纯拨通电话后没有对话筒说话，她对眼前的医生说："我要做人流手术！"

第六十节　归宿

　　尤二将手机放到地上，跪在手机前，"咚咚"的磕头声穿越了数百公里的距离，传到曹小纯的手机上。她听着尤二的哀求和哭泣，觉得世上再没有比这个更畅快的事了。曹小纯挂断电话，走进弥漫着消毒水味道的手术室。

　　尤二听见听筒里的嘟嘟声，从地上爬了起来，他对牛红梅说："曹小纯把孩子打掉啦！"

　　牛红梅也流下泪来，尤二又说："猫哭耗子假慈悲！这下如你的意啦！"

　　牛红梅摇头否认，她说："我是不喜欢她，但我也希望她能替你生个孩子啊！"

　　尤二不相信牛红梅的肺腑之言，他继续问："昨晚我出门的时候还好好的，你究竟跟她说了什么，把她给逼走了？"

　　牛红梅咬着牙，将昨晚曹小纯讲的话重复了一遍，尤二起初还冷静地听她叙述，但当他听到，曹小纯居然想给肚里的胎儿掺进一些夏天成的基因时，哭丧的脸上立刻充满了愤怒。他觉得牛红梅说的不是实话，认为她一定是出于嫉妒，才用刻薄的语言逼走或气走了曹小纯，最后还用精心编造的谎言来诋毁她，尤二觉得牛红梅害死了自己的孩子。

尤二甩了牛红梅一个耳光，接着是第二下，第三下。尤二的第一个耳光太重，第二个和第三个太快，以至于牛红梅连挨了三下耳光后，过了好一阵子才意识到自己挨了打。她捂着脸颊，她觉得被尤二打的地方就像火烧一样疼。尤二的愤怒并没有因为这三个耳光有所消减，他歇斯底里地朝牛红梅高喊："你这个贱货！自己没能给我生一个纯种的孩儿，还不让别人给我生一个！你害死了我儿子！你害得我尤家绝后啦！"

　　尤二越说越恼火，他揪住牛红梅的头发，像拎小鸡一样将她提到墙角，对牛红梅拳打脚踢。牛红梅神色漠然，任凭尤二的拳脚如雨点般落到头上身上，连哼都没有哼一声。正在院子里和小狗玩耍的尤刚听见屋里的吵闹声，趿拉着拖鞋跑进屋，朝尤二喊："你不要打妈妈啦！妈妈都流血啦！"

　　尤二并没有住手，他的脸色变得前所未有地狰狞。他揪起牛红梅的头发，将她的脸推到尤刚的面前，对尤刚说："你妈妈把你弟弟害死啦！你再也没有弟弟啦！"

　　尤刚愣了两三秒，这才意识到似乎有一天时间没看见挺着肚子的曹小纯。尤刚看着牛红梅的眼睛，问她是怎么回事，牛红梅闭上眼，浅红色的血泪顺着苍白的面颊缓缓流下。尤刚觉得她是承认了，他鼓起腮帮，将一口唾沫吐在牛红梅青肿的鼻梁上，对牛红梅大叫："妈妈害死了弟弟，妈妈赔我弟弟！"

　　此前尤二对牛红梅拳打脚踢，她并未感到一丝疼痛，然而尤刚的唾沫却如同一把锋锐的锥子，狠狠地扎进了牛红梅麻木不仁的心脏。她疼得整个人都蜷曲起来，像一只餐盘里的醉虾那般痉挛抽搐，等到平静下来之后，牛红梅缓缓睁开眼，美丽的瞳孔里看不出一丝活人的气息。

　　"打够了吗?"她问尤二。

尤二被牛红梅的脸色吓退了半步，但想起自己即将死去或已经死去的孩子，怒火重新淹没了理智，咬着牙说："我孩子都死了，你怎么还不死！"

牛红梅点点头，她拍了拍衣角的尘土，从地上站了起来，朝门口走去，她的步子不快不慢，每一步迈出去的距离都完全相等，精准得就像广场上等待检阅的士兵。尤二看愣了，他以为牛红梅的脑子被自己打坏了，他拉住她的衣袖。牛红梅缓缓摇头，她用冰冷却平静的语气对尤二说："我没事，你不要管我，我出去走走。"

尤二眼见她一副不服不忿的样子，刚刚消解的怒气重新积聚，他撒开手，对牛红梅的背影高喊："快滚吧，滚得越远越好！"

牛红梅迎着初升的朝阳走向东方，路上有村民看见她，冲她打招呼，牛红梅便微笑着回礼，她笑的时候脸上的指印显得更加清晰了。不知为什么，她完全感觉不到身上与心上的痛楚，她觉得太阳照得身子暖和和的。牛红梅走着走着，忽然觉得有些疲惫，就坐在路边的麦草堆里休息了一会儿。几个路过的村民看见她满身伤痕的样子，关切地问："红梅妹子，你的脸怎么啦？"

牛红梅没有回答，甚至连脸上的表情也没有丝毫变化。这些人以为她被打糊涂或者跌傻了，于是交头接耳，说要把这个消息赶快通知尤二。牛红梅笑着对他们说："不用啦，我好着呢！"

牛红梅说完后站起身，她感觉自己歇够了，双腿重新充满了力量。牛红梅继续朝着东方走，她的身上更暖了，一层细密的汗珠笼罩了她的额头，汗水中的盐分让她感觉到了一丝刺痛。她眯起眼，太阳的光晕将四周的一切都照得模模糊糊的，她看见路边的一朵石竹花正在怒放，她听到树梢上有两只布谷正在鸣叫，她用力仰起头，觉得空气中弥漫着迷人的芬芳味道。

当一个悲观者忽然感到世界的善意与美丽，往往不是因为热爱，而是她在留恋这个世界。

"嗨，红梅妹子！"

牛红梅觉得耳边的声音有些熟悉，她朝前张望，路上却看不见人影。

"嗨，红梅妹子！"

这一回牛红梅听出了声音的主人，她将头扭向一边，尤德赖跷着二郎腿，坐在杂货店的柜台后似笑非笑地看着她。牛红梅的脸刚转过一半，尤德赖嘴角边的笑容便僵住了。他眯起眼，将手掌撑在额头上遮住阳光，确认了牛红梅脸上的并非阴影而是淤青，朝牛红梅喊："尤二这个王八羔子，他打你啦？"

牛红梅站在阳光下，平静地看着屋檐下的尤德赖。她忽然想起，就是这个卑鄙的杂货店老板让自己跨出了那一步，他将她推下了火坑，又让她免于饿死，牛红梅也不知道是该感激他还是憎恨他；牛红梅又想到，正是眼前这个人的这张嘴，给尤刚贴上了"杂种""野种"的标签；牛红梅最后想到，当初尤刚住院的时候，尤德赖对自己提出的非分要求。牛红梅将脑中的回忆像糖葫芦一样串成一串，终于看清了披在人皮下面的那颗比墨汁还黑的兽心，牛红梅对尤德赖说："我买一把水果刀！"

尤德赖全身一震，他的这个动作连带着身前的柜台都跳动了一下："你要水果刀干什么？"

"曹小纯想吃苹果，她嫌我用过的水果刀脏，让我出来重新买一把！"

尤德赖并不晓得曹小纯已经出走了，他觉得这个要求合情合理，如果再配合上牛红梅脸上的淤青更显得无比通顺。他甚至脑补出曹小纯的纤纤细指甩在牛红梅满是风霜的脸上的噼啪声，他觉得属于自己的机会来了。尤德赖瞟了一眼杂货店黑暗的墙角，舌头在嘴唇上舔了一下，他说："尤二对你不好，我可以对你好！"

牛红梅没有作声，她跨过杂货店的门槛，把手放到柜台上。尤德赖大喜过望，以为牛红梅是答应了，他觉得一个女人在遭受了老公那样的虐待后，使用出轨的法子来报复伤害男人也是合乎情理的。尤德赖看四下无人，便拉住牛红梅的手，将她朝杂货店后边的角落里拖，牛红梅没有反抗。她甚至让尤德赖掐自己，让尤德赖咬自己，让尤德赖蹂躏自己。

完事后，牛红梅问趴在她身上喘气的尤德赖："水果刀呢？"

尤德赖从货架后面拿出一把水果刀，大方地对牛红梅说："这刀就不收钱啦！"

牛红梅道了声谢，当尤德赖背过身穿衣服的时候，赤裸的牛红梅从地上站起来，将水果刀刺进了他的后心。锋锐的刀刃首先刺破了透明的塑料包装，发出清脆的破裂声，接着是尤德赖的秋衣、内衣、表皮、真皮、脂肪，最后是那颗剧烈跳动的心脏。当她抽出刀时，鲜血如喷泉一样从尤德赖的后心喷溅出来，尤德赖发出呵呵的喘息声，牛红梅便捂住了他的嘴。尤德赖如上钩的鱼儿一样拼命挣扎，牛红梅就用膝盖死死顶住他的胸。当尤德赖彻底没有声息后，牛红梅赤裸的身上已经找不出一处没有血迹的地方了。她用手指蘸着尤德赖的鲜血，在白墙上写了一行字：

尤德赖强奸我，我杀了他。

牛红梅写完后将水果刀擦拭干净，对准自己左边乳房的下方刺了进去。她不知道尤德赖留在她身上的伤痕与精液能不能让尤二与尤刚逃脱民法的经济追责，但这已经是她能想出的最好的法子了。

牛红梅在弥留之际看见了一个人，这个人不是尤二，不是尤刚，甚至不是她在生活里认识的任何一个人。这是个扎着朝天辫、脸蛋红扑扑的女娃娃。牛红梅对她笑，女娃娃也笑，牛红梅冲她挤眉弄眼，女娃娃做鬼脸的时候小巧的鼻子整个皱了起来，酒窝里足以塞下一颗鸽子蛋。牛红梅做什么女娃娃也做什么。牛红梅从没见过这个女孩，但她却知道她的名字，她叫尤喜，是个尚未出生便夭折的、凝结了自己与尤二血脉的纯种且健全的孩子。

"尤喜，妈妈来找你啦！"

第六十一节　尾声

三天后。

摩托车载着尤二与尤刚，拖着长长的黑烟跑在朝阳下的乡道上。因为胸前抱着骨灰盒，尤刚只有将胳膊伸到最长，才能勉强抱住父亲瘦弱的腰杆。四四方方的骨灰盒将尤刚的胸口和尤二的后背同时硌得生疼。路过村口时，摩托车的前轮轧上了一个饭碗大的土疙瘩，座位上一大一小两个屁股同时飞离了坐垫，然后又落下，骨灰盒的边缘在尤刚瘦弱的胸脯上留下一道两寸长的伤痕。

路边的群众看见摩托车上的一家三口，纷纷行注目礼，他们对尤二说："节哀顺变！"

尤二将摩托车的喇叭按得震天响，他对空气说："红梅，我们回家啦！"

尤二来到墓园，将牛红梅的骨灰盒摆在尤龙与尤凤的正上方，三个骨灰盒排成整齐的"品"字形；他又把牛红梅的照片贴在尤龙与尤凤的正上方，三张照片同样排成整齐的"品"字形；他最后让石匠将牛红梅的名字刻在尤龙与尤凤的正上方，三个名字依旧排成整齐的"品"字形。尤刚问尤二，这一来妈妈是不是就跟哥哥姐姐团聚了？尤二说是，尤刚心里的悲伤减轻了一些，他说："这下哥哥姐姐不会没人照应啦！"

尤二点点头，他把手放在墓碑上，觉得墓碑冰凉凉的。尤二忽然对石匠说："等我死的时候，你把我的名字刻在他们底下！"

石匠愣住了，他连连摆手，说这样乱了辈分纲常，他又说尤二春秋鼎盛，只怕到自己咽气那天还活得好好的。尤二叹息了一声，他告诉石匠自己不久前被诊断出得了恶疾，估计活不长久了。他对石匠说："要不是我生病的话，怎么会把外面的女人带回来？我尤家就我一个独子，不能在我这儿断了香火啊！"

石匠看了看一旁的尤刚，脑中回忆起这家人在镇上的种种传闻，没敢搭话。尤二又说："要不这样，你现在就把我的名字刻上去吧！"

石匠吓得手里的凿子都掉了，说自己这辈子刻过八千多个名字，唯独没刻过活人的名字。尤二将一千块丢到石匠的面前，石匠没伸手，说这是老祖宗传下的规矩绝不容违逆；尤二又丢了一千，石匠依旧没要，说这事有违天道会折福减寿；尤二再次丢下一千，石匠闪电般伸出手，将三千块揣进怀里，咬着牙说自己决定做一回唯物主义者。

石匠将尤二的名字刻在墓碑最下面，四个名字排成整齐的十字形。尤二冲尤刚喊："磕头！"

尤刚便磕头。尤刚磕完头问尤二，等自己死的那一天，名字应该刻在什么地方。他发觉墓碑上的四个名字已经构成了一个和谐的整体，"尤刚"二字无论加哪儿都不合适，都会破坏墓碑的整体美感。尤二笑着说："这儿是尤家的墓，你以后不用葬这里！"

尤二在尤刚的脑袋上拍了一下，带他回家了。

尤二咽气的那天正好是立秋，尤刚含着泪站在床头，夏天成带着镣铐站在床尾。尤济世面容枯槁，立在门外，尤二将三个人招呼到病床前，将尤刚的左手放进夏天成的大手里，右手塞进尤济世的糙手里，他先对尤济世说："村长，日后，还得麻烦您多操心。"

尤济世老泪纵横，说："有我一口吃的，尤刚就不能饿着。"

尤二用力摇头："不会饿着。但是，娃日后要改个名。"

"啥？"

尤二抬起头，对尤刚说："从今往后，你就姓夏吧！"

尤刚拼命摇头，夏天成悚然动容。他知道一旦拒绝这个请求只会让尤二死都不得安生，便对尤二说："好，姓夏好！就姓夏！"

尤二看了一眼日历，接着说："今天是立秋，你以后就叫夏秋吧！"

夏天成说："夏秋好，就叫夏秋！"

尤刚觉得"夏秋"这个名字朗朗上口又文雅动听，脸上露出幸福的笑容。

以上是尤刚的故事，一个发生在某平行宇宙，与幸福有关的故事。